DOS MUNDOS EN GUERRA

DOS MUNDOS EN GUERRA

FRANCISCO JOSÉ JURADO

algaida

Primera edición: 2020

Avda. San Francisco Javier, 22
41018 Sevilla
Teléfono 95 465 23 11. Telefax 95 465 62 54
e-mail: algaida@algaida.es
ISBN: 978-84-9189-322-6
Depósito legal: SE. 645-2020
Impreso en España-Printed in Spain

Índice

Esta novela está basada en hechos reales ocurridos durante la madrugada del 30 al 31 de octubre de 1938 en el frente del Ebro, y en la ciudad de Nueva York.

Solamente se han modificado —y muy levemente— los nombres de algunas unidades de combate y la secuencia horaria de algunas de las operaciones descritas.

31 DE OCTUBRE DE 1938, FRENTE DEL EBRO.
TRES MENOS DIEZ DE LA MADRUGADA

LAS URGENCIAS DEL GENERAL

EL DISPARO REBOTÓ EN LA CRESTA DEL MONTÍCULO TRAS el que se parapetaba, haciendo saltar varias esquirlas de roca que a punto estuvieron de impactarle en la cara. Sonó seco y sordo, vacío, tan irreal que parecía engendrado de las entrañas mismas de la oscuridad que todo lo inundaba. Pero tan cercano que el estampido le pareció más bien el eco de una granada. Mantuvo el cuerpo a tierra unos segundos, enraizándose en el lodazal yermo y calizo sobre el que a duras penas avanzaba, entre cadáveres descuartizados, hierros retorcidos y alambre de púas, y luego rodó varias veces sobre sí mismo buscando una protección más segura, unos grandes cascotes de hormigón y un par de sacos terreros milagrosamente sin despanzurrar que había visto a su izquierda. Al hacerlo, casi se corta el brazo con el borde del nido de ametralladoras que dichos sacos debieron fortificar, muy afilado tras el intenso y sistemático bombardeo al que las tropas republicanas habían sometido la posición esa misma tarde.

Con las pulsaciones aún desbocadas y la boca seca, Martín de Mendoza, teniente de ametralladoras del ejército nacional, forzó la vista cuanto pudo y, a unos cincuenta metros, a cubierto en un hoyo provocado por una bomba o por el proyectil de un obús de grueso calibre, pudo intuir al tirador, apuntándole con su fusil. Él hizo lo mismo. Aguantó la respiración y llevó el dedo al gatillo. Lo tenía en el punto de mira, a una distancia perfecta, imposible fallar. Entonces, disparó. Y dio en el blanco, apenas unos centímetros a la derecha del bulto oscuro del enemigo, que enseguida silbó algo parecido al ulular de un búho, levantó el brazo y lo saludó. Mendoza repitió el silbido, confirmando su identidad. La rutina de siempre, desde hacía año y medio por lo menos, cuando sus destinos se cruzaron en el valle del Jarama, la primera gran batalla de esta guerra. Ahora protagonizaban la última, la del Ebro. Pero desde ese entonces hasta aquí, hasta esta fría y húmeda madrugada del otoño de 1938, las unidades en las que ambos estaban encuadrados se habían ido viendo las caras en casi todos los frentes principales de la contienda, desde Guadalajara al norte cantábrico, desde el tórrido calor de Brunete al frío polar del Bajo Aragón en las pasadas navidades del 37, como si hubiesen hecho la guerra juntos, pero en un macabro juego de espejos que se empeñaba en reflejarlos continuamente. Así que Martín de Mendoza, joven oficial del Regimiento Divisionario Navarra nº 2, uno de los más aguerridos y laureados del ejército franquista, y Jeffrey Walter Henderson, cabo de infantería de asalto adscrito a la XV Brigada Internacional, en concreto al batallón Lincoln, uno de los más condecorados del ejército de la República tras su heroica actuación en el Jarama, bien podían decir que eran viejos amigos. Sucede que ellos no eran viejos amigos al uso de las guerras —esto es, veteranos combatientes entre quienes se instala una cierta camaradería, fruto del diario convivir con la muerte y las penalidades—, sino viejos amigos de verdad.

—Bueno, para ti la perra gorda esta vez, Jeffrey. Con esa bala has ganado tú solo el Ebro enterito, pero ten cuidado la próxima vez, ¿eh?, que por poco me vuelas la cabeza, hijoputa.

—Pues agacha la gaita, ¡coño!, que cuanta más guerra llevas, más recluta pareces, «mi teniente» —contestó Jeffrey con sorna desde el otro lado de las líneas, justo en la cota de enfrente, separadas las dos alturas por un pequeño llano, esos apenas cincuenta metros desde los que ambos se habían apuntado y que constituía la disputada tierra de nadie entre las dos posiciones enemigas—. El tuyo tampoco ha estado mal. Cada día disparáis mejor, *cabrounes* fascistas —aulló Henderson, palpándose el hombro derecho para comprobar que Martín no se lo había reventado definitivamente.

—La verdad es que no esperaba volver a verte por aquí, Jeff. He oído decir en el puesto de mando que os iban a retirar del frente. Te hacía ya en Barcelona, rumbo a París o a Nueva York, donde habrá tantas mujeres esperándote con los brazos, y sobre todo con las piernas, abiertas —le dio pie, un punto lúbrico, el joven teniente.

—Pues ya ves que no. —Fue parco en palabras el brigadista.

—Me alegro. Esto no sería lo mismo sin ti —intentó animarlo Mendoza, que le notó un tono desvaído.

—Me consta —le agradeció, lacónico, el americano—. Por lo demás, dile a vuestros espías que tienen razón. Hace tres días disolvieron las Brigadas y nos echaron a todos los extranjeros de aquí. No es ningún secreto, no creo que me fusilen por contártelo. «¡A casita!», nos dijeron; así que ya tenéis menos trabajo por hacer. Estaréis contentos, ¿no, *mamounes*? ¡Política, la jodida política de siempre, *Martin*! En fin, mejor dejarlo ahí —rezongó Jeffrey.

—¿Pero...? —dejó en el aire Martín.

—Pero, ¿qué? ¿No habíamos quedado en que aquí no se hablaba de política? ¿Por qué crees que llevamos dos años aguantándonos? —se escabulló Henderson.

—Muy buen tiro ese también, Jeff, muy bueno. Aunque esta vez te equivocas de diana —sonrió Martín—. La pregunta es ¿por qué?

—¿Por qué, por qué, por qué? Siempre por qué. Sois curiosos los españoles, ¿eh? Eso os pierde.

—¿Por qué, Jeff? Si vas a terminar contándomelo. Tú mismo lo has dicho: son dos años aguantándote y te conozco demasiado bien —le sonsacó Martín, aunque, en realidad, creía intuir la respuesta.

—Claro que me conoces demasiado bien, *cabrounazo*. Y eso es lo que te hace realmente peligroso, y no la ametralladora que llevas. De todas formas, ¿quién te ha dicho a ti que haya alguien esperándome en Nueva York, en Barcelona o en París, *Martin*? —le respondió el americano, que siempre pronunciaba su nombre en inglés; esto es, sin acentuarle la i—. En esos sitios ya no queda nadie que me quiera. Y si alguna vez lo hubo, seguro que se ha olvidado de mí. Los que de verdad me quieren están aquí, con nosotros, a nuestro alrededor, ¿no los ves? Vivos o muertos, eso ya da lo mismo. Y los que me odian y hacen que cada día tenga un cierto sentido también están aquí. Así que aquí me quedo yo: con todos ellos.

—Sois tozudos los yanquis, ¿eh? —lo remedó Mendoza—. Y eso, tarde o temprano, te perderá, Jeffrey, no lo dudes. Pero te entiendo. Entiendo perfectamente eso que dices —asintió Martín sombrío y pesaroso.

Y no hacía falta que mirase ni viese nada a su alrededor para comprender a Henderson. Bastaba con inspirar el hedor que flotaba en toda la zona de combate y que se superponía a las primeras nieblas de la madrugada. Intentó decir algo, una ocurrencia chispeante que elevara la moral de su amigo, pero no pudo; ni siquiera un leve suspiro de resignación salió de su garganta. Qué iba a decir, además, si a él —que tenía una familia que lo quería y anhelaba su regreso—, de un tiempo a esta parte empezaba a ocurrirle lo mismo.

Por otro lado, se dijo Mendoza, quizás lo único que cabía hacer ante la dantesca escena que en esos momentos Henderson y él tenían delante fuese guardar silencio. Guardar silencio, maldecir entre dientes la inexplicable y retorcida condición humana, y llorar. O rezar, rezar todas las oraciones del mundo aunque uno no creyera desde hacía mucho tiempo en nada ni en nadie. Y entonces sintió pena de sí mismo, y de Henderson y de su vida rota sin remedio, y de todos aquellos que yacían a su alrededor, aún más rotos por la muerte. Una pena insondable que le hizo estremecerse; tan profunda, negra e incrustada en su cerebro que incluso le provocó un cierto mareo, y de la que —en ese instante fue por completo consciente Martín de Mendoza— nunca podría desprenderse del todo. Nunca. Por mucho y muy bien que viviese, cosa que esperaba hacer a partir del mismo día en que concluyera esta interminable guerra.

Estremecerse, rezar o llorar de angustia ante lo que veían y nunca hubiesen querido ver sus ojos. Es lo menos que podía hacer aquel que siguiera considerándose a sí mismo un ser humano, pues, como consecuencia de los sucesivos ataques y contraataques de uno y otro ejército a las distintas cotas y posiciones enemigas —que podían cambiar de mano varias veces a lo largo de una jornada—, el terreno estaba, literalmente, cubierto de cadáveres que no habían podido ser recogidos para darles la debida sepultura. Cadáveres o trozos sanguinolentos de los mismos, miembros humanos y vísceras esparcidas por doquier tras la explosión cercana de una granada o el impacto de un mortero mientras asaltaban una trinchera. Y ese maldito hedor a pólvora y a muerte impregnándolo todo: la ropa, la comida, los matorrales, las armas, el aliento... Un hedor asfixiante que incluso dificultaba la respiración; que hacía imposible evitar las arcadas, las náuseas, un asomo de vómito cada vez que se respiraba. Hasta que, al final, cada soldado terminaba por acostumbrarse a ese olor, pues lo llevaba impregnado en su propio cuerpo. Y era entonces, en ese justo momento, cuando uno comprendía que la guerra lo había hecho suyo, que lo había atrapado en su seno y nunca lo dejaría escapar, se dijo Mendoza, preso de la más descarnada lucidez; que no estaba combatiendo en una simple contienda que más tarde o temprano concluiría, sino que se había convertido él mismo —como soldado, como hombre; como presente y futuro— en la propia guerra; en un trasunto individual e íntimo de ese dios monstruoso que es la guerra, un dios que lo acompañaría ya hasta el último de sus días. Por mucho y bien que viviese cada uno de esos días.

Cadáveres putrefactos que, además, habían reventado por efecto del calor que aún seguía haciendo durante las horas centrales del día y por la humedad del cercano río, con el rostro grotescamente deforme y los miembros hinchados, amontonados en las quebradas o en las pendientes que llevaban a la cima de cada cota o promontorio. Soldados a los que ya resultaba casi imposible identificar. Soldados y oficiales a quienes, tras tanto tiempo a la intemperie, era imposible encuadrar a simple vista en un ejército u otro, pues sus uniformes e insignias también habían sucumbido a la podredumbre de los humores y jugos propios de la putrefacción de la carne. Esos soldados únicamente pertenecían ya al ejército de los muertos en combate. El más numeroso escuadrón de esta batalla, la del Ebro, que venía durando tres meses desde que se iniciase en la madrugada del 25 de julio —día de Santiago, patrón de las dos Españas— con el cruce del río por parte del mayor contingente de tropas que la República pudo reunir desde que comenzó la guerra. Tres meses de durísimos combates. Bajo torrencial lluvia, con viento cortante, con frío y con calor, aquel asfixiante calor del principio sobre todo, que dificultó el avance de la infantería ralentizando la ofensiva inicial republicana. Y la sed, esa sed que laceraba la lengua y resquebrajaba los labios, que impedía incluso una correcta vocalización de las palabras, sustituidas a veces por sonidos guturales, animalizantes, expeditivos. Y cientos de muertos cada día. En cada ejército. Esos muertos que ahora eran testigos de su conversación.

—¿Sabes cuál es la diferencia entre ellos y nosotros, *Martin*? —le preguntó Jeff, que parecía haberle leído el pensamiento y la pesadumbre a través del silencio de la noche. Verdaderamente, aquellos dos hombres se conocían muy bien.

—El olor seguro que no —contestó Mendoza, buscando salir de aquel marasmo esparciendo unas gotas de humor—. Porque yo huelo como ellos. Y tú muchísimo peor; que llevarás más días sin lavarte.

Jeffrey Henderson sonrió. Una sonrisa turbia y desganada. Esa era una de las cosas que más apreciaba de Mendoza, su sentido del humor, esa oportuna chispa que, mezclada con un cierto fatalismo andaluz, siempre le ayudaba a sobrellevar las más duras situaciones.

—El olor no, desde luego. La diferencia es que ellos saben que están muertos y nosotros no. Pero en realidad, todos estamos muertos aquí, *Martin*. Todos. Incluso los que salgan vivos de estas sierras estarán siempre muertos, no lo olvides. Por si eres tú uno de los que salen de este infierno, que estoy convencido de que será así, ¡con la potra que tienes!

—No me mentes a la bicha, Jeff, ya sabes lo que pasa con la suerte: que el día menos pensado se acaba sin avisar. Aunque yo voy a poner todo de mi parte para que se cumplan tus deseos, no te preocupes por eso. Lo que me gustaría tener claro es que tú también lo pondrás. ¿Me explico, Jeffrey? Que una cosa es perder la guerra y otra dejarse el pellejo en ella, ya lo hemos discutido muchas veces —pareció recordarle Martín antiguas conversaciones. Y precisamente porque a su alrededor ya había demasiados hombres convertidos en despojos, el teniente casi se vio en la obligación de advertir a su amigo—: Por eso, quizás sería mejor que te marcharas, Jeff. Tú no sabes la que se está preparando por aquí: artillería pesada como nunca habíamos visto, cientos de aviones alemanes recién salidos de fábrica, varias divisiones de refresco como refuerzos para el asalto por tierra... Os vamos a dar a base de bien, Jeff.

—Me estás acojonando, *Martin*, en serio —quiso cortarlo Henderson, pero el teniente siguió a lo suyo, como si no lo hubiera oído.

—No estoy de broma, Jeffrey. Hasta ahora habéis aguantado el tirón, de acuerdo, pero la siguiente embestida va a ser el órdago final, te lo digo yo. Fíjate la que se montó ayer, y eso es solo el inicio. Estáis cada vez más desgastados, amigo, y ya sin los Internacionales para echar una mano... Sin los veteranos no tenéis nada que hacer, tú lo sabes. Llevas la misma guerra que yo. Y nuestros mandos están decididos a que esta sea la última contraofensiva, la definitiva, que nosotros también llevamos lo nuestro, si de bajas hablamos. No hace falta que te diga que, en cuanto caiga el Ebro, Cataluña caerá como fruta madura. Y con ella, la República.

—¿Como fruta podrida? —Henderson también se manejaba bien en el humor agrio.

—Jeffrey, deja los sarcasmos para mejor ocasión, que te estoy hablando en serio, joder —le reconvino Mendoza.

—Lo sé, *Martin*, lo sé. Todos sabemos eso que dices —concedió Henderson.

—Pues entonces, márchate, ¡no me seas melón! Vete a Barcelona. No sé si estás a tiempo aún, yo qué sé... Coge un barco o un tren. Aquí ya has hecho cuanto podías hacer. Mucho más de lo que podías hacer, en realidad.

Jeffrey Henderson permaneció un instante en silencio. Si no supiera que quien le dirigía esas palabras era su amigo —sin duda el mejor que había encontrado en toda la guerra, aunque estuviese en el bando contrario— y que lo hacía para convencerlo de que se pusiera a salvo ante la inminencia de un ataque brutal y decisivo, demoledor, hubiese jurado que el teniente Mendoza repetía mecánicamente las proclamas que los altavoces fascistas les lanzaban de continuo durante varias horas al día, justo tras concluir cada asalto a las posiciones gubernamentales; barrocas arengas con las que intentaban convencer a los soldados republicanos para que abandonasen la lucha porque, según les insistían con argumentos cada vez más alambicados, ya no tenían nada que hacer en esta guerra, el comunismo había demostrado ser el infierno y, si se pasaban a la zona contraria, tendrían abundante carne, ríos de leche y pan de sobra. Pan bendito, además, que según ellos alimentaba el doble.

Pero Jeffrey Henderson estaba seguro de que Martín nunca le haría una cosa así. Lo suyo era un asunto estrictamente personal, una extraña amistad entre dos hombres demasiado parecidos en demasiadas cosas que tenían la desgracia de disentir en una sola. Por eso nunca hablaban de política. Lo acordaron aquella lejana noche en la que sus destinos se cruzaron por primera vez, en las riberas de otro río también teñido por la sangre de hombres jóvenes y valerosos, el Jarama, cuando ambos se quedaron mirándose el uno al otro sin saber qué hacer y sin atreverse a disparar por no saber muy bien en qué lado de las líneas se encontraban en ese momento.

—Quizás tengas razón, pero ¿qué quieres que te diga? —se resignó el brigadista.

—Quizás, no; ¡la tengo seguro! Tengo toda la razón, lo que pasa es que se te ha pegado lo peor de los españoles y no me lo vas a reconocer jamás —replicó Mendoza—. Pero, en fin, no vamos a discutir ahora por eso, ¡pedazo de borrico, que ni aunque te arreen! Oye, Jeffrey, al menos, ¿me dejas que te diga una cosa? —le preguntó, cambiando de tema y la inflexión de su voz, pues el encuentro de esa noche empezaba a discurrir por unos derroteros demasiado amargos.

—Le dejo, mi teniente, le dejo. ¡Faltaría más! Dígame usted. Pero espere un momento que me cuadre para escucharlo mejor —agradeció Henderson, zumbón, el cambio de tercio.

—Hombreee, verás... no sé cómo decírtelo; pero si el problema es que alguien te quiera, te puedes pasar a este lado hoy mismo. Tú sabes que yo te quiero mucho, ¿no?

—Mira que te gusta el cachondeo, ¿eh, teniente? Con lo machotes que erais en el 36 y al final os habéis vuelto todos mariquitas; ¡qué decepción! Pero te advierto que todavía me queda una bomba de mano, así que esta noche a lo mejor vuelves volando junto a tus generales si te la meto por el culo —contestó, riendo de buena gana una de las típicas salidas de Martín, ese tipo de gansadas que tanta gracia le hacían.

—Pues entonces, a lo peor se me cae el tabaco durante el aterrizaje y, la verdad, no me haría maldita la gracia, con lo que me ha costado conseguirlo. ¿Has traído el papel? —preguntó Martín.

—Todos los librillos que he podido conseguir. Y son bastantes. ¿Qué tienes tú? —quiso saber el americano, buscando el papel de fumar en varios bolsillos interiores de su pelliza.

—Bonito cargamento te traigo, para que no se enfaden tus camaradas —contestó Mendoza, sacando varias cajitas rectangulares de una pequeña mochila.

—Vamos al lío entonces, ¿no? —dijo Henderson.

—Vamos a ello —confirmó Martín, saliendo de su escondite y avanzando unos pasos hacia tierra de nadie. Henderson hizo lo mismo. Semiagachado, con extrema cautela, avanzó hacia su amigo.

El momento del intercambio era el más peligroso, pues ambos debían abandonar toda protección, por mínima que esta fuese, y permanecer en terreno descubierto, a merced de francotiradores propios y ajenos, que solían merodear por las posiciones más avanzadas del frente para evitar tanto las incursiones del enemigo como las deserciones y cambios de bando. Pero había que arrostrar ese riesgo; no en vano ese intercambio de tabaco picado por papel de fumar era la excusa perfecta con que ambos justificaban la pertinencia de sus encuentros, y la duración de los mismos, ante los cada vez mayores recelos que levantaba una situación tan anómala entre los mandos de uno y otro bando. «Una cosa es el comercio y otra confraternizar», era la advertencia, torva y afilada, que ambos habían escuchado más de una vez al regresar a sus líneas. Y más de dos. Y como una guerra todo lo trastoca y descabala, incluso la lógica de las matemáticas, en este tipo de asuntos no siempre tenía por qué haber dos sin tres.

Pero la cuestión del tabaco era demasiado importante para ambos ejércitos. Y ya podían existir todas las reticencias y objeciones del mundo, que el intercambio iba a seguir realizándose; nada más peligroso para cada bando que miles de hombres con los nervios deshechos por el combate sin poder fumarse un cigarrillo de vez en cuando. Acabarían matándose entre compañeros por cualquier discusión estúpida. Y como el diablo de la casualidad quiso que en una zona se produjese casi todo el tabaco, mientras que la otra era absolutamente deficitaria; y respecto al papel de fumar ocurría lo mismo —ya que las fábricas de celulosa estaban en territorio republicano y los sublevados no tenían con qué liar las exquisitas hojas plantadas en los campos de Canarias y Extremadura—, pues alguien tenía que poner las cosas en su sitio. Y desde poco tiempo después de conocerse en el Jarama, Henderson y Mendoza habían conseguido convencer a sus respectivas planas mayores de que ellos debían ser los encargados de cumplir esa misión cuando el trueque hubiera de llevarse a cabo en los sectores que sus unidades tenían asignados.

A veces, en los intercambios, también se solían incluir las cartas que algunos compañeros de armas —naturales de la región donde en ese momento combatiesen— dirigían a sus novias o familiares que habían quedado en la otra zona, solo fuera para hacerles saber a los allegados que aún seguían vivos; pues poca información más les permitían suministrar los distintos servicios de inteligencia, que previamente revisaban cada misiva y cribaban cualquier descuido o desliz, poniendo especial énfasis en aquellas expresiones demasiado explícitas sobre la moral de las tropas o la localización de las distintas unidades. En esta ocasión, en concreto, Henderson le dio cuatro o cinco cartas atadas con un cordel, que Mendoza guardó en un bolsillo exterior de la mochila.

La operación fue rápida y mecánica, igual que el fuerte abrazo que ambos se dieron antes de regresar a sus escondrijos, cada cual a su zona. Justo en ese instante se escucharon varias explosiones, acompañadas del correspondiente resplandor. Procedían de la sierra de Pàndols, un sector del frente al sur-suroeste del lugar donde ellos se encontraban. Era fuego de artillería, probablemente legionaria o falangista, respondido de inmediato por contrabaterías Bofors republicanas, que intentaban localizar las piezas que hacían fuego sobre ellas.

—Ahora sí que vamos al lío, *Martin*. El jaleo de cada mañana empieza hoy bien temprano, ¿eh? —afirmó Henderson, absorto en los destellos de los proyectiles trazadores que surcaban la oscuridad en ambas direcciones. De ahí que no pudiese escuchar unos pasos que, por su flanco izquierdo, se acercaban a su posición. El sobresalto, desde luego, fue monumental. Y el imbécil a punto estuvo de llevarse un balazo entre ceja y ceja.

—¡Eh, *Guachinnay*! ¡Ven, p'acá, que el capitán pregunta por ti! —le espetó un suboficial, haciéndole señas con la mano para que se fuese con él. Se trataba del sargento Román, un malagueño robusto sin llegar a grueso, moreno de pelo ondulado y piel curtida por el sol, militar de carrera y vocación que ya dio muestras de su coraje en la defensa de Madrid en el otoño del 36, donde en aquellos momentos estaba destinado.

Simpatizante de Azaña y de su Acción Republicana, partido al que se afilió clandestinamente el mismo día que escuchó a don Manuel proclamar en un mitin que reformaría y modernizaría el ejército, era el suboficial al mando de su sección de asalto, y Henderson lo apreciaba sinceramente. Román se definía a sí mismo como «flamenco de juerga larga, cabal con los amigos y con querencia al puterío fino», y lo decía con la voz y la cabeza muy alta, pues fueron esas aficiones las que, en definitiva —y cada vez estaba más convencido de ello el sargento—, le salvaron la vida el convulso día de la sublevación, cuando el pueblo de Madrid asaltó el cuartel de la Montaña, donde él prestaba sus servicios. Para su fortuna, aquel ya lejano 18 de julio de hacía dos años, él llevaba casi una semana rebajado de servicio, sin salir de casa, en cama, creyéndose morir por unas fiebres inconvenientes. De haberse encontrado en su puesto, sus propios compañeros lo habrían fusilado en el patio de armas, seguros como estaban de que el malagueño les habría abierto las puertas del cuartel a los asaltantes. La razón de su ausencia residía en una espectacular gonorrea que había agarrado unos días antes —aunque sería más exacto decir unas noches antes—, tras una farra festiva que recordarán los siglos con el grupo flamenco de su paisano Miguel de Molina, de alguno de cuyos acompañantes y palmeros el sargento había sido compadre de francachelas en su Málaga natal. Cumplidor con sus amigos como era, para coronar el alba, Román los llevó a uno de los mejores burdeles que había por la calle Montera, donde él, adicto al fulaneo, conocía el mejor percal conforme las chicas iban llegando a la villa y corte, y le tenía echado el ojo desde hacía un tiempo a Emperatriz, una casi-niña sevillana que enloquecía al personal con sus ojos de bruja, artes de hurí y dedos inventados para hacer filigranas.

Por eso se salvó: por una gonorrea que casi acaba con él. Pero hay paraísos que siempre merecen la pena, pensaba Román.

La extraña manera en que llamó a Henderson, *Guachinnay*, era una degeneración fonética de la frase *What's your name?*, que era lo primero que los brigadistas ingleses y norteamericanos solían preguntar a su interlocutor cuando se incorporaban a sus unidades y eran presentados a alguien. Como el oído español no estaba acostumbrado a las sutilezas del idioma anglosajón, la repetida frase quedó en una forma cariñosa de motejar al colectivo de internacionales.

Desde su parapeto, Martín de Mendoza observó cómo Henderson y el sargento daban media vuelta, reptando entre cascotes, alambradas y zanjas, camino de su retaguardia. También él debía regresar, pero tenía la costumbre de permanecer unos instantes agazapado, alerta a la posible presencia de algún francotirador. Estaba a punto de echar a correr hacia la protección de sus líneas cuando escuchó que alguien se acercaba. Lo tenía prácticamente encima, así que dejó el fusil a un lado y desenfundó con rapidez la pistola que, como oficial que era, llevaba reglamentariamente al cinto.

—¡No dispare, mi teniente, que soy yo, Jiménez! —exclamó con la respiración entrecortada, conforme se tiraba cuerpo a tierra junto a él, el soldado Ramiro Jiménez, un castellano duro y recio, enjuto de carnes y alto hasta parecer desgarbado; un buen soldado de primera el zamorano, uno de esos hombres de campo de los que siempre te puedes fiar. En el combate y fuera de él, lo cual lo hacía más preciado dadas las circunstancias. Por eso se podría decir que era una especie de asistente personal de Mendoza, y su mano derecha en los ataques a las trincheras enemigas.

—¡Coño, Ramiro, te tengo dicho que no vengas por aquí! Un día vamos a tener una desgracia, ¡joder! —le reconvino, devolviendo la semiautomática a su cartuchera.

—Y de las gordas que la vamos a tener como no se dé usted prisa, mi teniente —ni se disculpó siquiera Jiménez—. Lo manda llamar la superioridad, y me han dicho que es urgente.

—Y, ¿qué cojones quiere ahora el comandante? ¿Lleva cuatro días sin fumar y no puede esperarse cinco minutos? —refunfuñó Mendoza.

—No, no, mi teniente, el comandante no quiere nada; que yo sepa. Quien quiere verle de inmediato es el general. El general Yagüe, me refiero.

Así que, sin solución de continuidad y acompañado por Jiménez, el teniente Mendoza regresó al puesto de mando de su

Regimiento, esa noche situado en la parte más protegida de la cresta que les tocaba defender. Como no podía ser de otro modo, se trataba de una precaria instalación, compuesta básicamente por una amplia tienda de campaña sustentada por troncos retorcidos y recubierta de hierbas colganderas y arbustos resecos que le servían como parco camuflaje. Mendoza dejó el hatillo de cartas y el papel de fumar sobre una de las grandes mesas de listones donde se extendían los mapas que indicaban la ubicación actual de las muchas unidades combatientes, ya se encargaría Jiménez de repartirlo cuando fuese posible entre las distintas compañías dispersas por la sierra, y de hacer de cartero en cuanto agentes especializados de la sección de inteligencia comprobasen que los textos procedentes de la zona roja eran inofensivos. Estaba aseándose mínimamente, apenas un rápido lavado de manos, brazos y cara en una de las palanganas situadas en un rincón para uso de la oficialidad, cuando apareció en el puesto de mando su superior, el comandante Villatoro.

Entrado en carnes y bien rebasada la cincuentena, Villatoro no era ni alto ni bajo, tenía el cabello entrecano y un fino y poblado bigote negro que le remarcaba ese permanente gesto avinagrado que lucen los eternamente insatisfechos. Traía en las manos, jugueteando con ellas para disimular su inquietud, las gafitas redondas que necesitaba para interpretar los mapas y leer las órdenes diarias, anteojos que —en sus escasos momentos de relajación y descanso— le daban un aspecto de intelectual desubicado. Nada más lejos de la realidad, pues Villatoro solo había leído en su vida esos partes de órdenes que cada vez le desagradaban más y los manuales reglamentarios del arma de Artillería, a la cual estaba adscrito tras haberse reincorporado al servicio, pues cuando estalló el Alzamiento, él ya estaba prematuramente retirado, en situación de reserva disponible, como consecuencia del cumplimiento por parte de Manuel Azaña de aquella promesa que una tarde hiciese en un tumultuoso mitin electoral, el día que ya sin remisión se ganó al sargento Román para su causa.

De ahí precisamente nacían buena parte de los problemas que acuciaban a Villatoro desde que comenzó la guerra: el comandante no era un militar en activo en el momento en que la contienda estalló, matiz que no hubiese tenido ninguna relevancia —cientos de oficiales se encontraban en el mismo estado tras las purgas del muy conservador ejército de Alfonso XIII y ahora ascendían en el escalafón y gozaban de la plena confianza de sus superiores— de no haber sido por la extremada prudencia con que Villatoro solía guiarse en todos los órdenes de la vida, cautela que le llevó a retrasar en demasía la decisión de adherirse a los sublevados. Casi un mes tardó. Y eso que se encontraba en su Galicia natal. Un paréntesis de reflexión tan prolongado que resultó muy sospechoso para algunos compañeros.

Pero tal demora no se produjo en modo alguno porque Villatoro albergase ciertas simpatías por los republicanos, a quienes odiaba con toda su alma, sino porque, a la luz de los últimos acontecimientos, había llegado a la lúcida, evidente y descarnada conclusión de que este país ya no tenía remedio, se hiciera lo que se hiciese por él. Así que lo más sensato era no hacer nada y dejar que se despeñara discretamente por los riscos de la historia, sin formar demasiado ruido ni alboroto. Villatoro no sabía muy bien en qué demonios lo convertía eso: si en un derrotista, en un mal patriota o solo en un estúpido resignado, por eso nunca le contó a nadie la verdadera razón de sus muchas dudas y zozobras.

Sin que Mendoza advirtiera aún su presencia, el comandante se colocó las gafas y se las volvió a quitar, en un gesto mecánico, sin tener muy claro cómo comenzar la conversación con su subordinado. El astroso cristal de las lentes no conseguía ocultar que a la sempiterna desconfianza de su mirada se añadía en esta ocasión un indisimulado resquemor. Desde que hace menos de una hora supo —a través de un cabo de enlace que se presentó en su tenducho— que el general Yagüe en persona quería hablar con uno de sus oficiales sin antes informarle previamente a él, Villatoro estaba ensayando la mejor manera de abordar la delicada situación. Si sus temores se cumplían y Yagüe llamaba a su joven teniente por la razón que él se maliciaba, podía quedar en una posición muy comprometida. En exceso comprometida. Sin descartar ninguna posibilidad, rumiaba Villatoro desde hace aproximadamente una hora. No hacía falta ser un experto militar para saber que cuando se rompe la jerarquía de la cadena de mando, eso no augura nada bueno para el puenteado. Él esperaba una reconvención por parte de algún general quisquilloso, ciertamente, pues su sector fue tibio en la penetración en territorio enemigo durante la recién comenzada contraofensiva y alguna compañía bajo su responsabilidad no estuvo a la altura de lo exigido. Eso lo asumía. Pero de ahí a llamar a capítulo a uno de sus mejores oficiales para rendir cuentas, mediaba un abismo. Intentó tranquilizarse, Mendoza no debía darse cuenta de la ansiedad que lo embargaba. Quizás lo llamasen al Cuartel General para cualquier otra cosa, tal vez para cortar de una vez por todas sus reiterados contactos con el enemigo, se dijo. Mejor no pensar en ello, concluyó el comandante, ajustándose los anteojos. Villatoro llevaba unos años viviendo en permanente estado de alerta, pero la precariedad de la guerra y sus privaciones le habían acentuado el carácter receloso, y ahora cualquier contrariedad le parecía una confabulación del mundo contra su persona. Pero a veces no es así, como tendrá ocasión de comprobar muy pronto. Casi nunca es así. Sobre todo en una guerra como esta, en la que el mundo y aun el universo entero han implosionado y no están para tejer intrigas ni urdir confabulaciones contra nadie en particular.

Pero, incluso cuando el mundo estalla por los aires, hay que atenerse a ciertas reglas y a una jerarquizada cadena de mando. La cadena de mando, esa que comenzaba, acababa y dependía del general Yagüe. Al último eslabón candente de la misma se agarró un medroso Villatoro para comenzar su discurso, con Mendoza ya secándose las manos y presto a adecentar su uniforme, solo fuera sacudiéndole el polvo y eliminando algunas costras resecas de barro.

—Teniente, si tiene ocasión, no olvide comentarle al general que necesitamos mayor concentración de fuego artillero en la cota 252, y que la aviación prolongue el ataque durante al menos media hora más al oeste de nuestro sector. De otro modo, no podremos cumplir las expectativas en el plazo previsto. Y lo haremos con un enorme coste de bajas, usted bien lo sabe —se defendió con la excusa Villatoro.

—Así lo haré, mi comandante. —Tras el inicial sobresalto, pues no se lo esperaba justo a su espalda, Mendoza asintió, y con ese comentario supo que Villatoro no tenía ni idea de por qué lo llamaba personalmente el general. Eso lo puso en guardia. Eso y el taimado sigilo con que lo había abordado, muy poco usual en él. Aún así, para suavizar el ambiente, casi se vio en la obligación de preguntarle—: Disculpe, mi comandante, pero usted...

—Yo no sé nada, teniente —lo cortó Villatoro sin poder evitar que se le notase la irritación contenida—. Si ya está listo, dispóngase. Ahí afuera tiene usted un coche esperándole. Un cabo de enlace lo llevará ante el general y lo traerá de vuelta. Supongo —remachó, irónico, Villatoro.

Mendoza no supo a qué atenerse, de ahí que se apresurase en salir. Nunca se acabó de encontrar a gusto con el humor revirado de su comandante. Así que, sin más dilación, respondió al saludo del cabo que le esperaba con la puerta del coche entreabierta, se acomodó en el espacioso asiento trasero, apoyó la cabeza en el borde superior del respaldar del mismo y cerró los ojos, intentando conciliar aunque fuese una ligera duermevela mientras era conducido al Estado Mayor, situado esa madrugada en algún lugar inconcreto a las afueras de Gandesa, la ciudad más importante del frente y plaza fuerte del ejército nacional desde que comenzase la batalla.

El muchacho arrancó el coche, pero apenas había metido la primera marcha cuando Villatoro se plantó delante del vehículo, haciéndole señas al conductor y obligándolo a frenar bruscamente. Mendoza se sobresaltó, ¡no iba a dejarlo en paz su comandante en toda la noche! Pero, ¿qué cojones quería ahora?

—Teniente, ya que va al Estado Mayor, llévese esto y que nos lo revisen los *inteligentes*. Tome —le dijo con sorna cuando Mendoza bajó la ventanilla, entregándole el hatillo de cartas y, sobre todo, los paquetes con el papel de fumar que Mendoza acababa de canjear con Henderson—. A ver si puede traérselos cuando venga de regreso y así matamos dos pájaros de un tiro, que la gente ya está demasiado nerviosa por aquí para andarnos con retrasos.

—Descuide, mi comandante. Será lo primero que haga —convino Mendoza, dándole la razón.

Volvió a subir el cristal, colocó cuidadosamente las cartas y los paquetes en el asiento y, dándole un golpecito en el reposacabezas, le indicó al chófer que arrancase de una vez.

Poco a poco, el automóvil alcanzó velocidad. Mendoza se acurrucó de nuevo, intentado relajarse. Pero no bajó la guardia hasta que perdieron de vista el tenducho de Villatoro. ¡Váyase uno a saber por dónde podría aparecérsele de nuevo ese hombre, y con qué absurdas intenciones!

Cuando el ayuda de cámara del general Juan Yagüe lo hizo pasar a la pequeña sala, lo que el teniente Mendoza pudo ver era lo más parecido a una agradable reunión. Sentados en semicírculo, Yagüe departía amigablemente con la práctica totalidad de jefes y generales del Estado Mayor franquista, comentando las acciones y objetivos del día. Bebían coñac francés en copas de balón y algunos fumaban unos cigarrillos largos y finos que a Mendoza también le parecieron franceses. Desde luego, se dijo, aquí no había problemas con el papel. Entre los reunidos se encontraba también el general Rafael García-Valiño, el mejor estratega del ejército sublevado. Por orden expresa de Franco, Valiño acababa de sustituir a Yagüe en la dirección táctica de la batalla —aunque este conservó el mando de las operaciones—, y era el responsable directo de esa última contraofensiva con la que el alto mando esperaba acabar de una vez por todas con la tenaz resistencia republicana. Tenaz y obstinada, áspera, como solo los asuntos entre españoles pueden serlo. Terca e irracional, casi ilógica. Suicida, si no fuera porque, en realidad, se trataba de pura supervivencia animal. Pero esa noche el Caudillo no asistía a la velada, a pesar de que llevaba ya varias semanas en el frente presenciando personalmente los combates.

Yagüe era un tipo alto y barrigudo, campechano y buen conversador, militar africanista que no dudaba en participar personalmente en los asaltos a posiciones enemigas si hiciese falta. Muy apreciado por ello entre sus hombres, esa admiración no era compartida por buena parte de sus colegas en el generalato, que le achacaban ciertas torpezas y errores estratégicos por mor de los cuales la batalla se había estancado y podía incluso perderse si se enquistaba en el tiempo, objetivo principal de los republicanos, quienes solo alargando la pelea tenían opción de victoria. De ahí la presencia constante de García-Valiño junto a él. Pero, desde un punto de vista estrictamente militar, a Yagüe no parecía importarle demasiado su postergación; antes al contrario, se le notaba aliviado, pues lo suyo siempre había sido el choque cuerpo a cuerpo y la lucha diaria junto a sus tropas. Otra cosa era que no le importase desde un punto de vista *estrictamente* personal. En ese sentido, no le hacía ninguna gracia tener a Valiño todo el día pegado a sus talones, pues era público y notorio que la relación entre ambos bien podría definirse como una competición continua, aderezada con grandes dosis de celos profesionales y antipatía recíproca. Como quiera que Mendoza llevaba un rato inmóvil en la entrada de la estancia, en posición de firmes, Yagüe se levantó y lo invitó a acercarse.

—Teniente, me han dicho que habla usted inglés y que por eso se entiende con los rojillos —dijo para romper el hielo el general al mando de todas las operaciones en el Ebro. El resto de asistentes rieron la gracia. Menos Valiño, que refunfuñó. Mendoza no supo qué contestar, así que se atuvo al reglamento.

—Necesitamos tabaco, mi general. Eleva la moral de los hombres —balbuceó.

Yagüe sonrió y abrió los brazos exageradamente, dando por buena la respuesta. ¿Desde cuándo se podía controlar que los hombres de uno y otro bando se comunicaran entre sí, ya fuera para darse noticias de la familia, del pueblo, o entregarse cartas para la novia? En todas las guerras había sido así y hay cosas que no se pueden cambiar. Por eso respondió a tan reglamentario razonamiento en su estilo habitual.

—¡Claro que sí, hombre! Pero verá usted, Mendoza, no le he hecho venir para eso. Es que acabamos de interceptar algo muy extraño y, como mi inglés es muy flojo —siguió bromeando Yagüe—, me gustaría que usted lo escuchara y me diera su opinión. Escuche con atención, teniente; escuche y verá. ¡Manolo, dale a la manivela! —le ordenó a un coronel de ingenieros, el cual se levantó de inmediato y puso en marcha un achacoso y baqueteado magnetófono. Por cierto, también francés.

Por su parte, el cabo Jeffrey Thomas Henderson, antes encuadrado en el batallón Lincoln de la recién disuelta XV Brigada Internacional, fue llevado al puesto de mando de su actual unidad, un batallón de choque perteneciente a la XXX Brigada de infantería, una de las pocas que, al mando del teniente coronel Líster, aún mantenía su línea defensiva en el frente del Ebro, ya a punto de resquebrajarse para la República. El rudimentario puesto había sido excavado aprovechando una hondonada del terreno y estaba camuflado con algo parecido a una empalizada de cañas y ramas y varias lonas andrajosas. Allí lo esperaba el capitán Peñalva, uno de los oficiales que con más reticencias veía sus contactos con Mendoza, «cuando no declarada simpatía por un enemigo fascista», como solía murmurar el capitán con retintín, al tiempo que aseguraba a quien quisiera escucharlo que tal extremo le constaba por su excelente servicio de información. Lo cierto es que Henderson tampoco tragaba a Peñalva, a quien juzgaba jactancioso y soberbio, un inculto con ínfulas que disfrazaba de brutalidad y malos modos su absoluta incapacidad para dirigir a sus hombres. Conforme se fue acercando pudo verlo al fondo de la cueva, inclinado sobre un conglomerado de mapas y órdenes emitidas por el Estado Mayor republicano.

—¿Qué, hoy tampoco le has volado la cabeza a ese fascista cabrón? —fue el particular saludo de Peñalva.

—No es un *cabroun*, mi capitán. Y tampoco podría asegurarle que fuera un fascista. Un tipo interesante, en cualquier caso —lo dejó estar Henderson.

—¿¡Que no es un maldito cabrón, que no es un maldito fascista, y que es un tipo interesante!? ¡¿Pero qué me estás diciendo, cabo?! ¿¡Porque es eso lo que me estás diciendo, verdad!? Yanqui, un día de estos te voy a fusilar y no te va a dar tiempo ni a despedirte de tu amiguito.

—Pero no lo hará mientras le traiga tabaco como este, mi capitán —se zafó el americano, lanzándole una de las cajas que había intercambiado con Martín, la que correspondía a jefes y oficiales por permitir ese tráfico tan poco marcial en plena batalla. Peñalva la abrió con sumo cuidado y aspiró su contenido, haciendo suyo el aroma de cada hebra. Desde luego hoy no iba a haber ningún fusilamiento—. Si no ordena otra cosa, mi capitán —inició la retirada el cabo Henderson.

—La ordeno, cabo, la ordeno. No te he hecho venir para que me dieses tabaco. Verás, me dicen desde el Estado Mayor que han detectado algo raro, no me preguntes qué, porque no tengo ni idea. Pero está en inglés, y como eres el único *guachinnay* que queda por aquí que lo habla medianamente bien, quieren que vayas y se lo traduzcas. Ya tardas. Pero antes, espera. Toma esto —le dijo, extendiéndole una cuartilla doblada en cuatro pliegues minuciosos—. En este papel están las coordenadas que necesitas saber para localizar el Estado Mayor. Cuando llegues allí, quémalas.

—A la orden, mi capitán —se cuadró Henderson.

Luego guardó la hoja, dio media vuelta y salió de la covacha camino de su Estado Mayor, situado esa noche a varios kilómetros del frente, en algún lugar inconcreto y relativamente protegido de la pequeña sierra de Les Perles, que venía a ser una sucesión de cotas no tan elevadas como las imponentes estribaciones de Pàndols o Cavalls, sistemas ambos que flanqueaban Corbera —el pueblo más importante que las fuerzas republicanas pudieron tomar desde el 25 de julio— y Gandesa, capital de la comarca y en cuyos arrabales y lomas circundantes se combatía en esos momentos con extrema fiereza. Ojalá hubiera un camión disponible, se dijo Henderson al constatar en el tosco plano dibujado por su capitán el lugar más o menos exacto adonde debía dirigirse. O alguna ambulancia, o una mula siquiera, porque la caminata no era menor, desde luego. Y bastante abrupta, por lo demás.

No muy lejos de la casamata de mando de Peñalva, mientras buscaba con la vista algún vehículo, una algarabía llamó su atención. Varios suboficiales y soldados veteranos —entre ellos algunos internacionales que no acataron la orden de disolución, ya fuera por voluntad propia o por necesidad, y se habían quedado en España— se entretenían en una partida de cartas, apostando ingentes cantidades de dinero en cada mano, a veces miles de pesetas. Allí estaba Hansi, un alemán grande y cachazudo, comunista hasta el tuétano, al que más le valía no volver a su país por razones obvias. A su lado, medio tapado por la humanidad del teutón, atisbó a Jaroslav —un checo en la misma situación que el gigante bávaro tras la reciente entrada de los nazis en los Sudetes— y a Víktor, el amable y servicial húngaro, taciturno y retraído, que era un poco como Henderson, un transterrado que no tenía sitio ni hogar concreto adonde volver. Un tanto apartado del grupo, observaba la partida Silvestre Casares, un mexicano alto y altivo, delgado y moreno, de ojos verdes y profunda mirada, siempre quejicoso con cualquier contrariedad de las muchas que se dan en una guerra y que nadie se explicaba cómo demonios continuaba aún en el frente —sin duda alguna tampoco podría regresar a su tierra, aunque nunca le confesara a nadie el motivo—, en especial con la figura y perfil que lucía, no en vano todos sus compañeros le gastaban continuamente bromas sobre el particular, asegurándole que perdía miserablemente el tiempo y muchas oportunidades allí tirado, en ese lodazal del Ebro, pues con su planta de galán y modales cortesanos bien podría intentar carrera en el cine o en el teatro, haciéndole arrumacos a la grandísima estrella Dolores del Río, por quien el mexicano bebía los vientos y afirmaba conocer personalmente.

Lo cual provocaba codazos cómplices y sonrisas de sorna entre los camaradas, pero no era mentira ni una fanfarronada más del azteca, pues Silvestre Casares, nacido y criado en el DF, era hijo de una de las familias que más se habían beneficiado del estallido de la Revolución, y desde siempre se movió entre las élites culturales de su país. Muralista de segundo nivel —de muy segundo nivel—, frecuentó durante mucho tiempo el círculo intelectual de Diego Rivera y Frida Kahlo. En ese ambiente, es cierto, se cruzó un par de veces con la gran actriz. Allí conoció al también pintor David Siqueiros —ideólogo y gran impulsor de las Brigadas Internacionales—, bajo cuyo influjo quizás decidió alistarse cuando comprobó que sus capacidades artísticas no lo encumbrarían al parnaso de los más reconocidos pintores populares de su tierra.

Ahora bien, sus dotes plásticas sí le sirvieron para buscarse un destino militar más cómodo —Silvestre apenas había combatido, si es que lo hizo alguna vez—, pues desde que llegó a España se dedicó a diseñar buena parte de los carteles y *affiches* propagandísticos del ejército popular, y eso le llevó a ser nombrado comisario cultural de las Brigadas. Tras la apresurada disolución de las mismas ocupaba un puesto muy similar en la Plana Mayor de Líster, en dependencia directa del comisario político de turno. Demasiados altos vuelos para Henderson, que siempre guardó distancias con él, aunque era consciente de que, con su posición y contactos, era mejor llevarse bien con el atildado mexicano. Al menos, intentarlo.

Al verlos enfrascados en el devenir del juego, Jeffrey Henderson negó con la cabeza y sonrió. Ese dinero que apostaban con prodigalidad era moneda franquista, requisada al enemigo un par de meses atrás cuando, en un contragolpe nocturno, tuvieron la suerte de tomar el puesto avanzado de un regimiento completo, haciendo prisionera a toda la Plana Mayor, incluido el teniente coronel al mando. Fue un buen día, uno de esos que raramente se tienen. Allí, en la caja fuerte, encontraron casi un millón y medio de pesetas para los gastos mensuales de la unidad, pero en esta zona de España ese era un dinero sin valor, inservible, absurdo papel coloreado. Por eso se apostaba con tanta valentía y largueza en esas partidas. ¡Si no, se iba a jugar el sargento Román veinte mil del ala en una mano! ¡Y a descojonarse después, como quien no quiere la cosa, por haberlas perdido en un santiamén! ¡Con lo bien que le vendrían a él ahora esos dineros para hacerle ese regalo que tanto le gustaba a su Emperatriz! ¡Ay, los paraísos perdidos!, suspiraba el sargento Román a cada poco.

A cada nada.

O sea, cada vez que se acordaba de ella y de esa piel que prometía el edén celestial con solo rozarla.

La batalla del Ebro

El 24 de julio de 1938 la situación de la II República española podría definirse perfectamente con una sola palabra: desesperada. A lo largo de ese año, en sucesivas campañas victoriosas, el ejército nacional había ido rompiendo poco a poco el frente de Aragón, asestando durísimos golpes a las cada vez más debilitadas tropas gubernamentales, que se batían continuamente en retirada tras la estrepitosa pérdida de Teruel. El momento más crítico del hundimiento se produjo durante la noche del 14 de abril, aniversario de la proclamación de la República, y la mañana del día siguiente. Una vez ocupada Lérida y convenientemente afianzada Huesca, ese día 15, tropas requetés de Navarra llegaron hasta Vinaroz y Benicarló, uniendo así el Maestrazgo y el Bajo Aragón con el Mediterráneo, y partiendo en dos la zona republicana, pues Cataluña quedó aislada del resto del territorio aún controlado por el Gobierno de Negrín, que en esos momentos comprendía todo el Levante, La Mancha, la provincia de Jaén, buena parte de Castilla la Nueva, la zona limítrofe entre Córdoba y Badajoz, así como Madrid y sus alrededores.

Tras la conquista de Castellón, el siguiente objetivo del general Franco no podía ser otro que Valencia; un objetivo estratégico, geográfico, y también simbólico, ya que en esa ciudad buscó refugio el Gobierno de la República cuando Madrid estuvo a punto de caer a inicios de la guerra. Si tras la toma de Valencia el ejército nacional se hacía con todo el litoral mediterráneo —como estaba previsto en el plan de operaciones—, Franco habría asestado a la contienda el golpe definitivo que ya le reclamaban con impaciencia Hitler y Mussolini, pues Cataluña ya no tendría ninguna opción.

Eso era justamente lo que en aquel verano de 1938 intentaba evitar el Gobierno republicano presidido por el doctor y eminente fisiólogo Juan Negrín, pues a pesar de las continuas derrotas militares, su única esperanza de supervivencia se cifraba en resistir por todos los medios y prolongar la guerra cuanto fuera posible, a la espera del cada vez más evidente inicio del conflicto bélico que enfrentaría a las potencias democráticas europeas contra la Alemania nazi y la Italia fascista.

Resistir. Esa era, además, la mejor cualidad del ejército republicano, pues si bien era cierto que en campañas anteriores había demostrado demasiadas lagunas y carencias a la hora de atacar, también lo era que siempre había cumplido, y con creces, llegado el momento de defender y aguantar las posiciones propias.

Pero una guerra no se gana solamente resistiendo. Había que pasar a la ofensiva, conseguir una victoria rápida, incontestable. Y había que hacerlo cuanto antes por dos razones: para elevar la maltrecha moral de las tropas y de la retaguardia —que se habían ido acostumbrando peligrosamente a la derrota— y, sobre todo, para aliviar la presión que el ejército nacional ejercía ya sobre Valencia, obligándolo así a desviar su atención y sus mejores soldados hacia ese nuevo frente abierto.

La operación resultaba, pues, vital para la supervivencia de la II República. El punto elegido para el ataque fue el extenso arco que el río Ebro forma en su lento discurrir por la comarca de la Terra Alta, en la provincia de Tarragona, un meandro de varios kilómetros que reunía todas las características geográficas exigidas para realizar una operación de tal complejidad técnica y calado logístico. Si además, en el culmen del optimismo, la ofensiva conseguía el máximo nivel de penetración planeado por el alto mando del ejército popular, la República recuperaría la franja costera de Castellón y todo el Maestrazgo, volviendo así a unificar su territorio.

Por eso, la madrugada del día 25 de julio de 1938, el mayor ejército que hasta ese momento pudo reunir la II República española, compuesto por 95 000 hombres, cruzó el río. A pesar de contar con muy poca capacidad artillera, sin apenas blindados y con una cobertura aérea bajo mínimos, la ofensiva fue rápida y eficaz, brillante en su desarrollo y ejecución, de forma que en apenas unas horas los republicanos habían arrollado a las desprevenidas defensas franquistas, que esperaban un ataque en esa zona, pero no de semejante envergadura y virulencia. En menos de un día, las tropas republicanas alcanzaron prácticamente todos los objetivos señalados para la fase inicial de la batalla, ya fueran poblaciones, carreteras o sistemas montañosos desde donde dominar la situación. Solo les faltó uno, el más importante: Gandesa, la capital de la Terra Alta. Allí se reagruparon los restos desperdigados del ejército franquista a la espera de refuerzos, a resistir como fuera, puesto que las tornas parecían haber cambiado. La defensa fue encarnizada, por cada calle o edificio se luchó cuerpo a cuerpo, alma a alma, a dentellada pura, pero el coraje y la determinación de los defensores frenaron en ese punto la ofensiva republicana.

Al cabo de varios días de combate, agotada la sorpresa inicial, asumida la precariedad de medios y tras la masiva llegada de refuerzos nacionales desde los frentes de Extremadura y Valencia, el alto mando republicano se dio cuenta de que no podía avanzar ni un metro más y dio paso a la segunda fase de la batalla: defender a sangre y fuego todas las posiciones conquistadas; aguantar como fuera a la espera de acontecimientos, ganar tiempo. Enquistar la guerra. Al fin y al cabo —tras desactivar con éxito el frente del Levante—, ese pasaba a ser el verdadero y único objetivo de la arriesgada operación. La República se estaba jugando el todo por el todo con el paso del río Ebro. Y lo hacía a una sola carta, a pesar de no contar con el armamento suficiente, los materiales necesarios ni la preparación militar adecuada. Pero el 24 de julio de 1938 su situación era, sencillamente, desesperada. Y la desesperación minimiza los detalles y obvia las contrariedades.

Superada la zozobra inicial por el ataque recibido, el general Franco aceptó la partida, pues rápidamente comprendió que el choque decisivo de la guerra se iba a dirimir en las abruptas y encrespadas sierras de la Terra Alta y no en las luminosas y tranquilas playas de Valencia. Un triunfo en el Ebro sí que representaría el golpe definitivo y mortal para la República, pues lo pondría a las puertas de Barcelona, sede actual del Gobierno. Y para conseguirlo, durante esos primeros días de la batalla —en una operación logística de transporte sin precedentes—, el ejército nacional movilizó hacía el frente a sus unidades más fogueadas y combativas, las brigadas y batallones de Galicia, de Navarra, las mejores unidades blindadas del frente extremeño... Unos cien mil hombres en total. Con semejante despliegue de efectivos, taponó el boquete producido en sus líneas, cortó de raíz el avance republicano y, lo más importante, en lugar de verse retrocediendo camino de Zaragoza, pasó a llevar la iniciativa. Sobre todo cuando el frente quedó estabilizado. Entonces, fueron los republicanos quienes quedaron en una difícil posición, acorralados entre la temible vanguardia franquista, las escarpadas sierras a los flancos y el peligroso río a sus espaldas.

Y fue en esa tesitura tan favorable —con el grueso del ejército enemigo embolsado en el Ebro, desgastándose día tras día—, cuando por primera vez en toda la guerra comenzaron a surgir discrepancias y agrias disputas en el seno del Estado Mayor del ejército nacional. La razón es que había dos caminos para alcanzar la tan ansiada victoria, dos estrategias diametralmente opuestas. Una, relativamente fácil. La otra, terriblemente dura y costosa.

Los generales que defendieron la primera, que fueron casi todos, argüían que, una vez frenada la ofensiva y dibujadas las líneas maestras del frente, bastaba con fijar al inmenso ejército republicano en sus posiciones, dejándolo prácticamente acantonado, sin operatividad alguna, y dar un pequeño rodeo por Lérida y los Pirineos para llegar hasta Barcelona, cuyas carreteras estarían expeditas al no contar la República con más hombres disponibles.

Pero el general en jefe de todos los ejércitos era partidario de la segunda. Y cuando se produce una discusión entre generales, siempre termina imponiéndose la jerarquía del Generalísimo. Franco prefería la segunda y más difícil opción por dos razones: en primer lugar, porque los Pirineos son la frontera, y siempre había que recelar de la actitud de Francia ante un movimiento de tropas hostiles tan cerca de su territorio; sin descartar que sus paracaidistas hiciesen alguna incursión de combate en favor de la República, solo fuera para espantar el desfile de las águilas hitlerianas al otro lado de Puigcerdá y Le

Perthus. Debían ser cautos, pues un paso en falso podría facilitar un choque armado entre esos soldados franceses y los alemanes encuadrados en el ejército nacional, y prender así la chispa de una conflagración europea ya latente. No, ni se le ocurría arrostrar ese peligro.

La segunda razón era única y exclusivamente de índole personal, íntima; es decir, en modo alguno susceptible de ser analizada desde parámetros militares, geográficos o fronterizos, pues forma parte de esas inexplicables pulsiones que fluyen por el tortuoso y enrevesado laberinto que todos llevamos dentro. Y es que el general Franco era un soldado curtido en las guerras de África, en donde el prestigio profesional y el buen nombre exigían que cada metro, cada palmo perdido ante el enemigo, debía ser recuperado cuanto antes al precio que fuera. El alto mando y los servicios de inteligencia republicanos daban por descontado que el jefe de los alzados se conduciría así y que elegiría el segundo camino. La batalla se desarrollaría, pues, donde los republicanos la habían planteado, en ese terreno quebrado y áspero de la Terra Alta. Si resistían lo suficiente, quizás consiguieran el tiempo que necesitaban, pero el precio a pagar por ello sería altísimo, pues la forma de combatir sería la habitual de las guerras coloniales en Ifni y el Rif. Ataques y defensas continuas. Palmo a palmo. Esa era la táctica. Y la estrategia. No había otra. En términos militares se denomina de «topa carnero», pues de topar y chocar se trata. Lanzar divisiones enteras contra el enemigo hasta acabar con él, una y otra vez, hombres y más hombres contra sus alambradas y trincheras, contra las cotas que ocupa; una y otra vez, sin descanso, asumiendo el altísimo número de bajas en las filas propias; batallones y compañías enteras enviadas contras las posiciones enemigas tras someter a estas a varias horas de intenso bombardeo aéreo y artillero. Una táctica demoledora en todos los sentidos. Primitiva. Animal. Al estilo de la gran guerra europea del 14 al 18. Esa era la misión de los cien mil combatientes movilizados hacia el Ebro. Utilizando Gandesa como base de operaciones, tendrían que recuperar cada palmo de terreno conquistado por la República en esos primeros días; cada pueblo y carretera, cada colina o montaña, por pequeña que esta fuese, cada valle, cresta o desfiladero, por angosto y escondido que estuviera, y obligar a los republicanos a cruzar de nuevo el río Ebro camino de Barcelona. Diezmados, a ser posible.

Ese era el planteamiento de la que iba a resultar la más mortífera, cruenta y encarnizada batalla de una guerra ya de por sí sin cuartel. Ya no habría vuelta atrás para ninguno de los dos ejércitos. Cerca de doscientos mil hombres iban a dejarse matar en un radio de acción de apenas cuarenta kilómetros. Sería una batalla de desgaste extremo. No habría maniobras envolventes por Lérida para dejar embolsado e inactivo al mayor ejército que la República pudo reunir, porque en África, cuando el enemigo está enfrente, encajonado entre unas montañas, tus bayonetas y un río a sus espaldas, lo único que hay que hacer es liquidarlo, causarle la mayor cantidad de bajas posibles. En eso consistía esta guerra para uno y otro bando. Y en eso se convertiría la batalla del Ebro. En una batalla de supervivencia, de aniquilación, de exterminio.

Siguiendo esas premisas, apenas dos días después del sorpresivo paso del río, el Estado Mayor franquista diseñó un plan para reconquistar todo el territorio perdido. Básicamente, y siguiendo en efecto el patrón de la gran guerra europea del 14, consistía en lanzar una serie de contraofensivas en los distintos sectores en los que se había hecho fuerte el ejército popular. Durante los meses de agosto, septiembre y octubre, lanzaron seis contraofensivas, a cual más dura. Tres fracasaron y tres tuvieron relativo éxito, logrando recuperar algunas poblaciones y carreteras, haciendo que los republicanos se replegasen hacia el río, pero sin lograr un triunfo que pudiera parecer definitivo. Ataques y contención a ultranza. Asaltos continuos a costa de numerosísimas bajas. Defensa hasta morir de extenuación. «Topa carnero».

Tres meses habían transcurrido así. El frente se había estancado y el cercano invierno favorecería a los defensores republicanos. Llevado por la impotencia, el general Franco, que asistía personalmente a los combates, relevó a Juan Yagüe de la dirección estratégica de la batalla y se la encomendó a Rafael García-Valiño, con el encargo de que diseñase la séptima contraofensiva, que debía ser la final, la que devolviese de una vez por todas a los soldados gubernamentales a la orilla derecha del río. Para ello, reforzó sus tropas trasladando al frente varias divisiones más de refresco, cientos de aviones alemanes e italianos, así como artillería y vehículos blindados como nunca hasta ese momento se habían visto en toda la guerra. Definitivamente, si Valiño sabía utilizar todo el potencial a su disposición, no habría una octava contraofensiva.

Como medida complementaria para facilitar el éxito de la operación, el alto mando franquista ordenó abrir las compuertas y desembalsar todo el agua posible de los pantanos que mantenían bajo su control en el área de combate —como ya hizo el día inicial de la batalla para frenar la avalancha que se les vino encima—; en concreto los de Tremp, Camarasa y Barasona, miles de hectómetros cúbicos que elevaron el nivel del caudal un par de metros y arrastraron los pontones, pasarelas y débiles puentes portátiles construidos por los ingenieros republicanos, cortando así la conexión de los combatientes de vanguardia con sus bases logísticas de suministros situadas en la otra orilla, y dejándolos prácticamente incomunicados e inermes en zona enemiga.

Henderson y Mendoza pudieron comprobar desde sus respectivas primeras líneas del frente que ese ataque masivo comenzó el domingo 30 de octubre de 1938. Tendría una duración de setenta y dos horas prácticamente ininterrumpidas, con el único objetivo de destruir por completo las defensas contrarias y finiquitar la batalla. Las hostilidades se iniciaron con un intenso bombardeo aéreo de fijación que impedía cualquier movimiento de los soldados republicanos, clavándolos en sus posiciones, y prosiguió con un abrumador y preciso fuego artillero de barrera que, literalmente, reventó las trincheras y refugios en los que se protegían las tropas del Gobierno. Finalmente, sin darles tiempo a reaccionar, se produjo el asalto por parte de la infantería legionaria y requeté. El éxito fue total, pues solo en ese día los nacionales recuperaron más terreno que en los dos meses anteriores, y a punto estuvo de hundirse el frente entero de no ser por la rápida reacción del alto mando republicano, en especial los tenientes coroneles Juan Modesto y Enrique Líster, dos profesionales bragados que contuvieron la sangría con determinación y frialdad, movilizando unidades y unificando fuerzas como buenamente pudieron ante la ausencia del tercer teniente coronel al mando, Manuel Tagüeña, que justo ese día se hallaba en Madrid por un asunto familiar, y que solo pudo reincorporarse a su puesto al final de la batalla, siendo el hombre clave en la organización de la retirada.

Pero, de seguir así las cosas, dicho hundimiento tendría lugar en pocos días, tal vez horas, pues los franquistas habían logrado tomar casi por completo las sierras de Cavall y Pàndols, con sus cotas y vértices más importantes, y ahora eran ellos quienes dominaban las alturas. La séptima y brutal contraofensiva había comenzado y ya nada podría pararla. Sería, esta vez sí, la definitiva. La que acabaría con la batalla del Ebro y abriría las puertas de Cataluña al ejército nacional. Y cuando cayese Cataluña, caería inevitablemente la República, como bien sabían Henderson y Mendoza.

Sin embargo, ese mismo día 30 de octubre, entrada la noche, un extraño suceso ocurrido al otro lado del mundo —y con el que, por supuesto, ningún ejército contaba—, vino a interrumpir de forma sorpresiva el demoledor ataque ya en marcha, a silenciar los cañones y a instalar durante unas horas el estupor y el miedo en los dos bandos. De repente, el frente quedó paralizado, completamente paralizado, y los combates suspendidos. Fueron unas horas, nueve horas y cuarenta y cinco minutos para ser exactos, en las que pudo cambiar la suerte, no ya de los contendientes, sino de la Guerra Civil entera, puesto que —como indican los informes de los servicios de inteligencia y de los estados mayores de ambos ejércitos—, el conflicto pudo concluir en ese mismo momento de la forma más inesperada.

Posteriormente, para justificar ese extraño parón en los combates y el inusual número de contactos con el enemigo en tan corto espacio de tiempo —desde simples llamadas telefónicas hasta comunicaciones secretas al más alto rango—, los partes militares nacionales y republicanos reflejaron que las intensas lluvias, acompañadas de granizo y fuerte aparato eléctrico, hicieron imposible cualquier enfrentamiento, razón por la cual decidieron recoger e intercambiar muertos y heridos. Pero, una vez contrastados los mapas meteorológicos, cabe concluir que tal extremo no refleja por completo la realidad, pues aunque durante esos días, en efecto, llovió, lo cierto es que lo hizo con una fuerza similar a jornadas precedentes, en las que sí hubo una lucha encarnizada.

Fue otro muy distinto el motivo que paralizó la guerra civil española durante unas horas cruciales, fue otra la razón que pudo cambiar el curso de la misma. Un motivo aterrador que nadie se atrevió a confesar al término de la contienda y que de mutuo acuerdo quedó sepultado en el olvido, pero que justifica las urgencias del general Yagüe por ver al teniente Martín de Mendoza y la insistencia del alto mando republicano para que compareciese ante ellos el cabo norteamericano Jeffrey Walter Henderson.

Unas horas decisivas, de tremenda tensión.

Esta es la verdadera historia de lo que sucedió durante esas horas.

Pero, para conocerla en todos sus extremos, debemos remontarnos casi un par de años atrás, al crudo invierno de 1937, a las riberas de otro río igualmente teñido por la sangre de soldados jóvenes y valientes, el Jarama; a una gélida madrugada en la que dos hombres, no tan distintos como ellos en un principio creían serlo, se quedaron mirándose el uno al otro sin saber qué hacer o qué decir. Mudos e inmóviles. Sin atreverse tampoco a disparar por no saber realmente en qué lado de las líneas se encontraban en ese momento.

DOS AÑOS ANTES, FEBRERO DE 1937.

BATALLA DEL JARAMA

COSAS DE LA VIDA

«JEFFREY WALTER HENDERSON, SOLDADO DE PRIMERA, misión de escucha. Lo siento, chaval, pero eres el único de por aquí que medio entiende el español». Eso fue lo que le dijo el sargento Colinsworth —un inglés de Leeds que se fogueó en las revueltas irlandesas de los años veinte y que moriría un par de semanas después, desangrado por un disparo en el cuello en medio de una refriega entre los olivares, al no poder ser evacuado por la intensidad y duración del tiroteo—: misión de escucha.

Y aunque no sabía muy bien lo que *eso* significaba, le bastó con mirar las caras de alivio y consternación de los compañeros más veteranos para comprender que se trataba de algo serio. Llevaba apenas tres meses en España, pero hablaba fluidamente el idioma y lo comprendía bastante mejor al haber disfrutado de varias becas y estancias universitarias en México. Seis meses estuvo en Puebla y en Veracruz a lo largo de los tres últimos años, dando clases y asistiendo a seminarios. Una buena época, se dice ahora el soldado de primera Jeffrey W. Henderson mientras se encamina a cumplir su misión y comprende a carta cabal el peligro. «Sin armas, Henderson. Irás más ligero sin armas. Una pistola, en todo caso. Y si es con una sola bala, mejor», le espetó el sargento inglés, voz aguardentosa, mirada esquiva.

Mejor no saber. Mejor no pensar, piensa Henderson mientras se aleja de su campamento. Mejor dejarse guiar por la ignorancia. O por la inconsciencia, se convence conforme avanza, cauteloso y reptil, por la tierra de nadie, una franja de apenas cien metros, pues la lucha es tan enconada en esos primeros compases de la batalla que las posiciones de vanguardia de ambos ejércitos casi se tocan, cuando no se trastocan y confunden varias veces en el mismo día. Mejor no pensar lo que uno está haciendo, se dijo mientras vadeaba un pequeño ramal del río, casi un arroyuelo. Aún así, cuando los tuvo enfrente, cuando pudo verlos con nitidez, se detuvo, paralizado por el miedo. A su derecha, a unos cincuenta metros, había un nido de ametralladoras, y a su izquierda, a una distancia similar, un puesto avanzado de tiradores, seguramente regulares marroquíes. Esos no solían fallar. Desde ambos puestos se vigilaba y batía sin dificultad toda esa línea del río. En ese punto, muchos se daban la vuelta o se camuflaban durante horas en algún regato o alguna poza y luego decían haber cumplido la misión. Él decidió continuar. Para eso había venido a España, para luchar por la República y por la libertad. Ayudado por la ausencia de luna, se arrastró como le habían enseñado durante su corta instrucción en Albacete, rápida pero sigilosamente. Tenía que cruzar las líneas enemigas, introducirse en ellas, esconderse como y donde pudiera y obtener cuantos datos fuesen posibles sobre el emplazamiento de tropas, la posición de los cañones y baterías antiaéreas o constatar la moral de los soldados franquistas a través de las conversaciones que pudiese escuchar. Y para escuchar reproches y confidencias hay que estar muy cerca, lo cual convertía este tipo de misiones en prácticamente suicidas. Pero, como ya le había dicho el sargento Colinsworth a modo de excusa, él era el único de ese sector del frente —defendido en su totalidad por brigadistas anglosajones, balcánicos y centroeuropeos— que medio comprendía el idioma del enemigo.

Siguió reptando por un terreno cada vez menos húmedo, más compacto. Ya estaba, pues, en la otra zona, en el otro mundo. Supo que así era cuando comprobó que la ametralladora y los tiradores quedaban ligeramente a su espalda. Tuvo la tentación de seguir, de internarse un poco más y ver si encontraba otras posiciones más seguras, no tan al descubierto. Luego lo pensó mejor y decidió acercarse a alguno de esos puestos, pero no se atrevió. Tenía miedo, era la primera vez que realizaba una acción tan arriesgada como esta, la primera vez que veía al enemigo tan de cerca y sintió, por qué no reconocerlo, verdadero pánico. «Pero con miedo o sin él —se dijo para sus adentros—, vas a cumplir la misión que te han encomendado, soldadito Jeffrey». Así que, conteniendo la respiración, dio media vuelta y se dirigió hacia el nido de ametralladoras. Pensó que si los tiradores de élite eran marroquíes, de poco le iba a servir su académico español de ultramar, pues estos hablarían en beréber o árabe rifeño.

Vio una hondonada del terreno que llegaba prácticamente a las alambradas que defendían el perímetro del nido, protegida además en su lado más expuesto —el que daba al río—, por un pequeño remonte de la cercana orilla, una especie de ribazo quizás formado por el desprendimiento de arena arrastrada por la corriente. Allí se escondió, mimetizado entre las piedras, algunos juncos de ribera y unas pequeñas plantas muy tupidas que le produjeron picores en los brazos y en la cara. Y se dispuso a escuchar, que era lo que le habían ordenado. A escuchar en medio de aquella oscuridad que preludiaba tanta muerte. Aunque, en realidad, lo único que escuchaba el soldado de primera Jeffrey W. Henderson en el silencio de una fría madrugada de febrero de 1937 eran los latidos de su corazón, un redoble ensordecedor que parecía estar convocando a todo el ejército enemigo; sangre acelerada, miedo circulante que le provocaba un golpeteo desbocado en el pecho y en las sienes que le hizo comprender de forma inmediata un par de cosas: la primera, que además de aguzar el oído, lo más prudente sería, sin ningún género de duda, permanecer en ese escondite hasta que rayara el alba; y la segunda y no menos importante, que a pesar de contar con muy pocas probabilidades a su favor, su pobre y maltrecho corazón se empeñaba en recordarle que él, al menos, seguía vivo; cosa que no todos los que habían llegado hasta donde Henderson se encontraba en esos momentos podían decir.

Lo que el soldado de primera Henderson no podía saber es que la zona del frente enemigo en la que se acababa de internar estaba defendida por el Regimiento Divisionario Navarra nº 2, una feroz fuerza de choque que acababa de llegar al Jarama, integrada fundamentalmente por requetés de acendrado catolicismo, tropas marroquíes del Sáhara y Tetuán y soldados profesionales muy experimentados en el combate. Tampoco podía estar al tanto de que la providencial hondonada que protegía su vida se enmarcaba en un sector muy concreto y sensible de ese frente —debido a su proximidad al río, que es por donde solían iniciarse los ataques republicanos— asignado al batallón de ametralladoras de dicho regimiento. Uno de sus oficiales, un joven alférez recién salido de la Academia, estaba al mando esa noche y era el encargado de organizar y distribuir a los hombres en los respectivos puestos de guardia, darles el relevo cuando correspondiera y supervisar la vigilancia de las posiciones más avanzadas y peligrosas de la primera línea de combate, realizando continuas patrullas entre las mismas.

La noche había sido tranquila, casi rutinaria. Hasta que comenzó la ronda final. Se encontraba acompañando al último turno de guardia cuando, desde uno de los puestos, dieron la voz de alarma: habían detectado un escucha republicano y, tras una breve persecución, lo habían apresado. El alférez ordenó a los hombres que acababan de ser relevados —que lo acompañaban como escoltas hasta el final de la patrulla— que lo condujeran al Estado Mayor y se lo entregaran de su parte al capitán Quintana, ya continuaría él solo y regresaría de inmediato al cuerpo de guardia.

Se encaminó entonces a los dos últimos puestos bajo su responsabilidad: un nido de ametralladoras fortificado y una casamata de francotiradores marroquíes, en la complicada zona de la orilla. Pero, al cabo de un rato, le pudo la urgencia. No tardaría mucho en amanecer, se dijo el alférez, y en toda la noche apenas había tenido tiempo para hacer lo que en esos momentos ya no podía aguantar. Se apartó del sendero, buscó un árbol que lo protegiera mínimamente y orinó con la fuerza de un buey mitológico. Aliviado, reemprendió la marcha, pero al verse por fin solo —sin nadie a quien tener que dar órdenes o rendir cuentas—, le apeteció fumar, así que se dirigió a un cercano bosquecillo buscando cobijo, pues una lumbre es un blanco perfecto en una noche tan oscura.

Esos escasos momentos de intimidad siempre le parecían demasiado fugaces, pero lo cierto es que estuvo un buen rato ensimismado, tumbado en el suelo con las manos entrelazadas en la nuca a modo de almohada, contemplando la imperfecta geometría del firmamento. Cuando acordó, no es que se le hubiera ido el santo a ese incomprensible cielo, pero ya andaba la divinidad camino del purgatorio, y a él aún le quedaba una buena caminata hasta la orilla. Decidió entonces que lo más rápido sería atravesar el bosquecillo donde se resguardaba e ir campo a través. Sin embargo, a unos quinientos metros, se detuvo en seco. Se agachó, ocultándose tras un arbusto, y desenfundó su pistola, cuyo cañón refulgió en la semipenumbra. Ya le había parecido escuchar algo raro antes de abandonar el sendero principal, pero ahora estaba seguro de que ese extraño ruido —parecido al crujir de una rama a destiempo o al chasquido de un percutor— no era uno más de los sonidos de la noche. Alguien andaba por ahí. Sin duda.

Henderson maldijo su suerte. Una y mil veces la maldijo. Había decidido no jugársela cruzando de nuevo el río, camino de sus líneas, y ahora se encontraba con algo mucho peor, con alguien que parecía estar escondido tras la vegetación, al acecho de cualquier ruido o movimiento. Por lo menos, en el agua tenía la descabellada opción de enfilar raudo hacia sus compañeros, pero ahora ni siquiera sabía muy bien dónde se encontraba, en qué punto del frente, si propio o contrario. Y ello porque, durante su tensa vigilia, había llegado a la conclusión de que lo más sensato sería regresar dando un amplio rodeo por detrás del nido de ametralladoras. Sin duda un camino más largo, pero infinitamente más seguro. Con luz, aunque fuera muy poca, era hombre muerto mientras cruzaba el río o cualquiera de sus ramales. Ya podía correr más rápido que el viento, que sus posibilidades seguían siendo mínimas. Si no lo acribillaba la ametralladora, lo harían los moros con sus fusiles de precisión. «Descabellado, absolutamente descabellado», se dijo el brigadista.

Por eso, mucho antes de que despuntase el amanecer, abandonó su escondite. Reptando sobre los codos, y a gatas cuando se lo permitía el follaje, se internó cuanto pudo en terreno enemigo, se alejó del radio de alcance de la ametralladora y giró a la derecha, hacia lo que supuso la zona de retaguardia entre dos sectores limítrofes del frente, áreas que en los cambios de guardia solían quedar un tanto desguarnecidas, al menos no tan vigiladas como los puntos clave de confrontación directa. La maleza jugaba a su favor y no tuvo ningún problema para llegar a un sendero que, se dijo con lógica, debería llevarlo de nuevo a la orilla unos cientos de metros más hacia el Este, desde donde podría acceder con cierta facilidad a zona republicana, pero que hubo de abandonar a toda prisa al escuchar voces en la lejanía. Saltó entonces a una zona de arbustos y matorral bajo y se internó en ella, buscando protección en la tupida cubierta vegetal. Y fue en ese instante —quizás el único de toda la noche en el que Henderson se había sentido a salvo de cualquier peligro—, cuando creyó ver algo justo delante de él, una sombra esquiva, un reflejo fugaz y a destiempo, quizás el destello mate de una pistola al ser desenfundada rápidamente.

Y maldijo su suerte.

Una y mil veces la maldijo, porque esa no era una más de las extrañas formas que el miedo intuye en la oscuridad. Con una concentración sobrehumana fijó la vista en los arbustos que tenía delante, en cada uno de los negros recovecos que, como bocas de fusil, formaban sus ramas y tallos entrelazados, caprichosamente retorcidos. Quizás divisara el contorno de una figura o el aleteo delator de una hoja, se dijo para atenuar la ansiedad, para concederse una mínima ventaja. Pero no vio ni oyó nada. Supo que iba a hacer una locura, pues desconocía el lugar exacto donde se encontraba, si enfrente había un amigo o un enemigo —o varios de ellos—, o quizás desertores intentando cambiar de bando, y además su única arma para defenderse, llegado el caso, era una Tokarev semiautomática con apenas cuatro balas en el cargador. Todo eso lo sabía el soldado de primera Henderson. Lo sabía perfectamente. Pero lo que también supo desde siempre, desde que era un mocoso que apenas levantaba dos palmos del suelo mientras correteaba por las calles de Boston, y aun desde antes, es que en esta vida, una vez que, en efecto, un fatídico momento como este se presenta ante nosotros con todas sus consecuencias, lo único que cabe hacer ante semejante tesitura es jugársela. Jugársela e ir a por todas. Así que, intuyendo que quien estuviese escondido en el otro lado no se encontraba en mejor posición que la suya propia, se incorporó ligeramente tras el matorral, quitó el seguro de su arma y dijo con voz ahogada, pero nítida:

—¿Quién anda ahí? Santo y seña o te reviento.

Al no recibir contestación, supo que había perdido la partida. Es lo normal cuando uno juega de farol. Se quedó un instante tal como estaba, tenso, agazapado, esperando el tiro certero que lo dejara en el sitio o la ráfaga de ametralladora que lo partiera por la mitad. Pero en lugar de eso, justo desde los matorrales a los que Henderson apuntaba, le respondieron en un perfecto inglés:

—Alférez Martín de Mendoza. Batallón de ametralladoras del Regimiento Navarra número dos, del glorioso ejército nacional.

Con la pistola por delante, sin dejar de apuntarse, ambos salieron de sus escondites y quedaron cara a cara, a no más de dos metros del cañón del arma del enemigo, mirándose a los ojos, mirándose a las manos, mirando en realidad la muerte reflejada en la mirada del otro. No sabría decirse si por la extrañeza que le produjo haber recibido la respuesta en su idioma o porque, al no saber si estaba en zona enemiga sería mejor no delatarse, lo cierto es que Henderson se aguantó las ganas de disparar. Otro tanto le ocurrió al alférez Mendoza, quien tras abandonar el sendero que conducía al río, atravesar el frondoso hayedo que le sirvió de protección mientras fumaba y luego, con las prisas, marchar medio kilómetro campo a través, tampoco podría asegurar que no se hubiera internado durante un tramo en territorio republicano, o que incluso en ese mismo instante no lo estuviera. Máxime en un frente tan inestable y móvil como el del Jarama en estos primeros días de la batalla.

Fue Henderson quien primero comprendió que, en este tipo de situaciones, si uno quiere mantenerse vivo lo mejor es hablar. Hablar mucho, sin parar. Hablar por hablar si es necesario. Entretener como sea al que está enfrente. Ganar tiempo. Lo sabía por experiencia. Una noche lo atracaron en Nueva York. Aquellos dos tipos lo habrían degollado sin contemplaciones si él no los hubiera tranquilizado, incluso haciéndoles reír, mientras les iba dando todo lo que le pedían. Quedó desplumado, es cierto, pero con el cuello en su sitio. Y como esta noche le recordaba bastante a aquella otra de Nueva York, sin dejar de apuntar indistintamente al pecho y a la cabeza de su enemigo le preguntó:

—¿Cómo es que sabes tú inglés, fascista?

—Cosas de la vida —respondió el alférez.

—Cosas de la vida —repitió el internacional con voz cansada, repasando como en un destello algunos retazos de la suya. No muy alentadores por la mueca que compuso—. Bonito título.

—Bonito título, ¿para qué? —preguntó a su vez el alférez Mendoza, que también parecía dominar las técnicas básicas de supervivencia callejera.

—No lo sé —dudó Henderson—. Para un poema, para una novela. Para el día de tu muerte. Ahí tienes dónde elegir.

—¿Eres escritor? —preguntó Mendoza, alargando esos segundos siempre tan decisivos.

—Lo era. Eso creo, al menos.

—Yo también he escrito algo. Nada importante. Artículos en algún periódico, antes de la guerra. Poca cosa. Bueno, y también una obra de teatro, pero no me he atrevido a estrenarla ni en el salón de casa —dijo el alférez intentando esbozar una sonrisa, manteniendo en el punto de mira de su Astra el pecho del brigadista.

—Aún así, ya has publicado más que yo. Por lo menos te habrá leído más gente que a mí, no te quepa duda —respondió Henderson al tímido intento de acercamiento del joven alférez—. En otras circunstancias, quizás me hubiera gustado leerla —dijo, cumplidor, sin dejar de apuntarle al mismo sitio.

—Bueno, eso sería matarte poco a poco —criticó sin piedad su propia dramaturgia el alférez—. Para eso, mejor te disparo y acabamos antes.

Henderson sonrió. Desde luego, esta noche le estaba recordando punto por punto a aquella otra de Nueva York. Y se reconoció que —al igual que le ocurrió a él con aquellos dos ladronzuelos que lo atracaron—, ese joven alférez franquista que no dejaba de apuntarle entre ceja y ceja estaba empezando a caerle en gracia. Ciertamente, había que tener mucho cuajo o estar muy loco para bromear en una situación como la que se encontraban. También cabía una tercera posibilidad, que es tener mucho miedo, pero eso ya lo daba por descontado Henderson con solo pararse a pensar en sus rodillas, que parecían reproducir el ligero temblor que observaba en las manos del oficial enemigo.

—Soy buen tirador, así que tú verás lo que haces —pareció retarlo Henderson, pero el tono no era desafiante, sino de alguien que permanece a la expectativa. Quizás no estuviera todo perdido, comenzó a sopesar el brigadista.

—Yo también tengo buena puntería. Y a esta distancia es imposible fallar. Los dos somos un blanco demasiado fácil, acabaríamos volándonos la cabeza el uno al otro. ¿Qué ganaríamos con ello? La guerra seguro que no —abrió varias opciones a esa expectativa el alférez Mendoza.

La pregunta instaló un muro de silencio entre ambos. Un muro invisible, pero un muro de salvación, porque a partir de ese instante ambos intuyeron que el otro no iba a disparar. Un silencio que se quebró súbitamente con un estruendo que les llegó amortiguado por la distancia. Pero a ninguno de los dos les cupo ninguna duda. Era una descarga de fusilería. Mendoza comprendió: allá en el cuerpo de guardia acababan de ejecutar al otro escucha capturado. El capitán Quintana no solía tener miramientos en esas circunstancias. Ni en esas ni en ninguna otra, duro como era. Con el enemigo y con los hombres bajo su mando. Henderson escrutó la reacción de Mendoza, se puso de perfil y apretó con fuerza su pistola. Pero no disparó. El eco del fusilamiento había sido tan lejano que no resultaba fácil situar el lugar exacto de procedencia. Lo mismo pensó Mendoza. De haber podido hacerlo, habría tenido una idea aproximada de dónde se encontraban. Ya no era solo una intuición. Ahora estaba convencido de que el americano no dispararía. Las manos no le temblaban tanto y volvió a notar saliva en la boca. El muro surgido entre ambos empezaba a consolidarse. Ninguna bala podría atravesarlo esa noche.

—Tú dirás, entonces —le dio pie Henderson, relajando su posición de alerta.

—Te diré lo que vamos a hacer. Tenemos un título de novela precioso, pero será mejor que no muera nadie más esta noche, así que ni tú enseñarás la estrella de un alférez en el desayuno de hoy, ni yo presumiré en la cantina de oficiales de haber capturado a un internacional. ¿Te parece? —propuso

Mendoza, al tiempo que lo invitaba a dejar de apuntarse el uno al otro con el evidente gesto de extender el brazo izquierdo, mostrándole la palma de la mano, y dirigir el cañón de su arma hacia arriba, hacia el cielo, en lugar de hacerlo a la cabeza de Henderson.

—Me parece. Es lo más inteligente que podemos hacer. Tú, por donde has venido; y yo, por donde me iba. Así no habrá equívocos —respondió Henderson, comenzando a caminar hacia atrás, con pasos lentos y cortos, encañonando también a la bóveda celeste, esa vieja conocida de su enemigo.

—Así no habrá equivocación, desde luego —concedió el alférez, caminando también hacia atrás, buscando de nuevo la protección de arbustos y matorrales.

Quizás fue esa mínima seguridad al verse de nuevo a resguardo la que le dio el aplomo necesario. El caso es que antes de alejarse definitivamente de allí, a Henderson le pudo la curiosidad y quiso saber una cosa. Así que, antes de que Mendoza emprendiera el camino de regreso, le preguntó:

—Oye, fascista, no me has contestado la pregunta que te he hecho. ¿Qué cosas de la vida son esas?

—No me llamo fascista, rojo. Me llamo Martín. Martín de Mendoza.

—Bueno, no te pongas así. Si no me lo quieres contar, allá tú, *Martin de Mendousa* —lo llamó por primera vez por su nombre, no sin cierto retintín—. Te lo pregunto porque me hace gracia.

—¿El qué te hace gracia? ¿Que sepa inglés? No es tan difícil, créeme. Incluso un pobre alférez español puede aprenderlo si se lo propone —respondió con retranca Mendoza.

—No, hombre, no; no es eso. Es que me han enviado a esta misión por ser el único que habla español, y si he salvado el pellejo esta noche ha sido por dar con el único que quizás hable inglés en el otro lado. Cosas de la vida, supongo. Pero no me reía de ti, en serio. Además, *Martin de Mendousa*, tú no tienes pinta de ser un pobre alférez español.

—Pues lo soy.

—Alférez y español, no lo dudo. Pero pobre no lo has sido nunca. Para otra cosa no, pero para ser buen observador sí que me ha servido la literatura. Bueno, será mejor que nos marchemos. Lo dicho, que tengas suerte y no nos volvamos a ver. Adiós —se despidió Henderson, dando media vuelta.

—He vivido tres años en tu país. De hecho, he estudiado allí. Por eso hablo tu idioma con cierta soltura. Fui para unos cursos que debían durar un par de meses, en la primavera del 32, y regresé hace poco, justo para aprender a disparar —le contestó Mendoza con cierta ironía, satisfaciendo su curiosidad y haciendo que el americano se diera media vuelta otra vez—. Cosas de la vida y de las mujeres, supongo. Oye, rojo, por cierto, ¿y tú por qué hablas tan bien español, con el poco tiempo que debes llevar aquí? —quiso saber, a su vez, Mendoza.

Aunque, en realidad, la respuesta era la misma que el alférez acababa de darle a su interlocutor. «Cosas de la vida, de las mujeres, de la guerra y de la muerte», le contestó Henderson, «que te arrastran desde México a Nueva York; poco después un nuevo regreso al sur: a la ciudad de Puebla, impartiendo clases e investigando sobre diversos aspectos de Filología Hispánica y literatura de vuestro Siglo de Oro, mientras entraba en contacto con la pobreza, la miseria y el subdesarrollo más atroces, con una revolución perpetua y violenta que no terminaba de empezar ni de concluir», lo cual le hizo tomar conciencia de su propia posición en la vida, le recalcó el brigadista. Luego, para su desgracia, la guerra en España comenzó cuando ya nada le importaban la filología, la literatura ni todos los quilates del Siglo de Oro español, pues él había dejado de importarle a esa mujer detrás de cuyos pasos había ido diseñando y entreteniendo su propia vida.

—Y lo peor para un hombre herido es que empiece una guerra, aunque sea una guerra extraña e incomprensible en un país lejano, y sepa cabalmente cuál es su posición. Entonces ya no hay remedio. No sé si entiendes lo que quiero decir —le confesó el internacional.

Porque de una confesión y no de otra cosa se trataba. De hecho, meditó Henderson, hacía mucho tiempo que no hablaba de todo eso con nadie, en el caso de que lo hubiera hecho alguna vez con alguien, enterrada como tenía esa parte de su vida bajo varias capas de amargura, rencor y resentimiento. Quizás fuese la situación. La cercanía de la muerte une a los hombres. Y de repente, una vez pasado el peligro inmediato, ese desconocido que puede matarte o a quien puedes matar, se transforma en un ser humano. Un ser humano al que probablemente no vuelvas a ver nunca más y que, por tanto, nunca te pedirá explicaciones ni intentará aprovecharse de esa confesión ni de las muchas debilidades que con ella se reconocen. Por eso le contó Henderson a Mendoza cosas que no hubiera imaginado que fuera a contárselas algún día a alguien. Y Mendoza le correspondió de igual manera, pues conforme la conversación entre ambos fue distendiéndose, hubo de reconocerse que pasó de sentirse levemente intrigado por aquel extranjero a sentir una verdadera y leal complicidad hacia esa voz que, muy quedamente, le iba relatando los pormenores de su azarosa existencia.

Y así, en ese cambalache de recuerdos apresurados, Mendoza le fue contando que era el único hijo varón de una familia de prósperos comerciantes gaditanos especializados en el cuero y el textil, y que marchó a los Estados Unidos en junio de 1932, mitad para estudiar esos cursos requeridos en el pliego de ingresos en la carrera diplomática —una agregaduría comercial en Norteamérica hubiese colmado las expectativas de su padre—, mitad para poner millas marinas de por medio con la institutriz de su hermana menor, a quien aún hoy no había podido olvidar. Luego, la complicada situación de España —con el posterior estallido de la guerra— le obligó a regresar a Cádiz a finales del 35 y cambiar la diplomacia por la Academia Militar.

—Me fui cuando ya era evidente que la República no iba a ningún lado y me vine deprisa y corriendo con el tiempo justo para aprender a disparar. ¡Qué pena de país! —se condolió Mendoza.

—No te quejes, alférez: que la República está justo donde vosotros queríais que estuviese: al borde del precipicio —le replicó el americano.

—No te equivoques tú ahora, rojo; que quien estaba aquí en abril del 31 era yo, no tú. Y en aquellos días muchos nos creímos que a España se le presentaba una oportunidad para dejar atrás tanto lastre. Créeme cuando te digo que ninguna persona decente te hubiera discutido las muchas cosas que debían cambiarse. Ninguna, o muy pocas. Lo que ocurre es que luego, en fin...

—Hay formas y formas de cambiar las cosas. Y tiempos y modos para hacerlo; eso no te lo voy a discutir —se avino el internacional—. No olvides que he estado varios años en México y algo he aprendido. Pero te recuerdo que los indecentes que desde el principio se negaron a cambiar cualquier cosa están todos en tu bando, alférez.

—Y los que empujaron para que el precipicio estuviese cada vez más cerca y fuese cada día más profundo, en el tuyo —repuso Mendoza—. Así que tú dirás qué hacemos.

—Más allá de matarnos el uno al otro, tú y yo podemos hacer poca cosa, alférez —dijo quedamente Henderson—. Y si no vamos a hacerlo, lo mejor será que vayamos despidiéndonos, que el tiempo apremia para los dos.

—Oye, por cierto, ¿cómo se llamaba? —se interesó Mendoza, queriendo prolongar un poco más aquél extraño encuentro, aún a sabiendas que el americano tenía razón.

—Meredith.

—Me-re-dith —silabeó Mendoza—. Bonito nombre. ¿Has vuelto a pensar en ella?

—No.

—Bueno, eso que has conseguido viniéndote a España. Algo de provecho debía tener una guerra como esta —repuso el alférez.

—Creo que esta vez no me has entendido, *Martin de Mendousa*. Quiero decir que «esa» no es la pregunta correcta. No es que tenga que volver a pensar en ella. Es que nunca he dejado de hacerlo. Ni un solo minuto.

—¡Vaya, lo siento! Ese asunto tiene muy mala cara, amigo —aseveró Mendoza—. Si ni siquiera aquí, en medio de este infierno, eres capaz de olvidarla, entonces lo tuyo es más grave de lo que crees.

—Lo sé —reconoció Henderson con una media sonrisa amarga—. Es lo que ocurre cuando te rompen el corazón. Cuando te lo rompen del todo, quiero decir, sin posibilidad de arreglo. Por lo que me has contado, imagino que sabrás de qué estoy hablando.

—Mejor de lo que quisiera saberlo —le contestó Mendoza pidiéndole prestada la sonrisa y la amargura—. Pero lo mío es peor, créeme. Porque ella no me abandonó. Fui yo quien se rindió cuando mi familia no me dio otra opción y salí huyendo rumbo a tu país. Y al cabo del tiempo me di cuenta de algo que, en realidad, uno siempre sabe, aunque no quiera reconocérselo: que la única y mejor opción hubiese sido quedarme con ella y olvidarme de todo lo demás. Así que, ya ves; además de roto, tengo el corazón podrido. Porque soy un cobarde que dio demasiado rápido el paso atrás.

—No creo que seas un cobarde, alférez. Basta con que lo reconozcas para saber que no es así —le dio oxígeno el internacional—. Que lo reconozcas y te arrepientas, claro. Al menos, si ella te diera la oportunidad, podrías solucionarlo cuando regreses. No sé, las mujeres atienden más a según qué razones que nosotros. No me preguntes por qué, pero es así. No me has dicho cómo se llama —quiso saber Henderson.

—Claire.

—¿Francesa? —conjeturó el brigadista, bien conocía él lo difícil que es zafarse del encanto femenino francés.

—Suiza —le aclaró Martín—. Mis padres la contrataron para que les enseñara francés a mis hermanas pequeñas. Francés y algunas nociones de alemán, lengua que también habla bastante bien, porque su familia materna procede de la parte alemana del país.

—Si sigues queriéndola, y no hace falta que me contestes, yo que tú lo intentaría, alférez.

—Ojalá fuera posible. Pero no lo creo. No está el mundo para fantasías, ya lo estás comprobando. Además, si regreso a Cádiz, en el caso de que consiga regresar sano y salvo —se tentó las vestiduras Mendoza—, Claire ya no estará allí. Se fue de casa poco después de mi marcha a América. Lo último que supe es que volvió a su país. Así que lo reitero: tengo el corazón podrido y roto.

—Pues intenta arreglarlo de algún modo. Un hombre con el corazón roto está muerto, alférez. Él no lo sabe, quizás incluso crea que está vivo, pero no es así. Cuando una mujer te ha roto el corazón y te lo ha partido en dos ya siempre estarás muerto, hagas lo que hagas. Al menos una parte de ti, la que ella te arrebata. Porque la mitad de ese corazón ya no latirá jamás de igual manera, pues sabe perfectamente que nunca recuperará lo que más amó. Se queda en tu pecho, sí, es cierto, y habrá veces que hasta puedas sentirlo, pero no te equivoques: es solo un trozo inerte de sangre y músculo, algo inútil que vive amando el pasado; amando la ausencia de ese amor que ya no volverá. La otra mitad tal vez recomponga las astillas y mire al futuro, no digo que no, pero siempre será un corazón maltrecho que ya no funcionará como antes, pues las dos mitades marchan a distinta velocidad, sin coordinación ni entendimiento —razonó Henderson con infinito pesar—. Y en medio de ese pasado sin retorno y ese futuro incierto es donde yo me encuentro en estos momentos: hecho un guiñapo en mi presente, como bien puedes contemplar, alférez. En medio de una guerra en un país que yo creía anclado en el siglo XVI —resumió el estado de la cuestión el brigadista.

—Así que se llamaba Meredith —quiso añadir un lacónico epílogo Mendoza.

—Se llama, alférez; se llama. Su corazón seguía funcionando muy bien cuando me dijo que no quería verme más y que desapareciese de su vida. Las dos partes —le echó Henderson unas gotas de ácido humor a la herida que nunca dejaría de sangrarle—. En fin, es lo que te he dicho hace un momento: que hay cosas en esta vida que no tienen remedio. Pero la tuya no es una de ellas, así que hazme caso.

—Lo que ya no tiene remedio es que empieza a amanecer —requebró Mendoza las hebras de tristeza con un juego retórico—. Así que será mejor dejarlo aquí. Ha sido un placer.... —De repente, el joven oficial se dio cuenta de que no sabía el nombre de su interlocutor, de esa persona con la que había compartido los únicos momentos de intimidad en toda la guerra y a quien no quiso volver a llamar *rojo* de forma despectiva. Al americano debía ocurrirle lo mismo, se dijo, pues hacía ya un buen rato que se dirigía a él haciendo referencia a su nombre o a su grado militar.

—Me llamo Jeffrey Walter Henderson, alférez *Mendousa*. Soldado de primera J. W. Henderson, batallón Lincoln de la XV Brigada Internacional. Tengo veintiocho años recién cumplidos y nací en Lowell, Massachusetts, muy cerca de Boston —se despidió el brigadista camino de sus líneas, de su frente, de su mundo tan diferente al del alférez—. Y yo también me alegro de haberte conocido.

Y esa última frase se la dijo en inglés. Porque, en una guerra, nunca se sabe quién puede estar escuchándote detrás de unos oscuros y retorcidos matorrales.

Claire

—En esta casa ya no tienes nada que hacer. Te acogimos como a una hija y nos has respondido como una fulana, seduciendo a nuestro hijo mayor. Márchate. No queremos saber nada de ti —concluyó, severo y grave, sin inflexiones en la voz a pesar del mucho aprecio que por ella sentía, don Ulises de Mendoza, señalándole a la muchacha el camino del zaguán con el solo y significativo gesto de alzar levemente la barbilla.

A su lado, su esposa, doña Catalina Cervantes, se retorcía las manos sin poder levantar la vista de algún lugar inconcreto del terrazo del patio, avergonzada por la situación que estaba viviendo su familia, ya en boca de todo el Mentidero gaditano, y pensando en el disgusto con que dejó a sus dos hijas allá arriba, en la habitación de la pequeña Isabelita, a quien en esos momentos tenía como pupila Claire, tras haber educado durante varios años a la mayor, Soledad.

Y frente a la figura rotunda y marmórea de don Ulises, la fragilidad de Claire, esforzándose en vano para que no se le notase demasiado que temblaba y estaba a punto de echarse a llorar. De ira, de rabia, de absoluta indefensión. Porque ella no sedujo a Martín, el hijo mayor y único varón de la familia Mendoza. Ella amaba a Martín, que no es lo mismo. Y se sentía correspondida. Y si don Ulises no era capaz de establecer la diferencia y la acusaba de ser una fulana, él se estaba comportando como su perfecto rufián. Aunque la institutriz nunca le permitió acercarse ni un centímetro más de la frontera que le estableció el primer día que llegó a la casa, unos ocho años atrás, consistente en varios metros de distancia entre ambos, modales exquisitos las raras veces que se encontraba a solas con el señor, y el brumoso territorio de los sueños para que él lo gestionase con la procacidad que quisiera.

Contrariamente a lo que pudiera pensarse, a don Ulises no le dolió en exceso el rechazo ni le tomó inquina a la recién llegada, sobre todo cuando, con el correr de los meses, fue constatando el excelente servicio que la institutriz prestaba en la instrucción académica y humana de sus dos hijas y lo feliz que su esposa se encontraba por tenerla con ellos. Así que, como buen comerciante que era, calibró en la balanza los pros y los contras y concluyó que le era más rentable mantener la armonía familiar que alimentar un celo encolerizado y tardío que a ningún sitio le llevaba. Siempre se sintió satisfecho de su decisión don Ulises, siempre, y no pasó mucho tiempo para que comenzara a estimar sinceramente a aquella muchacha de piel pálida, elegantes maneras, cabello rubio recogido en un moño bajo y ojos cenicientos, y a tratarla con afecto y respeto. Por eso le dolía tanto la situación que estaban viviendo. Pero no había vuelta atrás. Él había educado a su hijo para otros objetivos, pensaba don Ulises mientras le señalaba el zaguán.

Cádiz es una ciudad pequeña, reconcentrada, circular, de ahí que las inquinas y maledicencias la recorran muy rápido, haciendo que se envuelva aún más en sí misma. Por eso ninguna otra familia quiso contratar a Claire Deverèaux, a pesar de que, para cubrir apariencias y acallar chismes, los Mendoza le firmaron un extenso documento trufado de alabanzas y recomendaciones. Nadie quiso. Ninguna dama o señora se atrevía a tenerla bajo su mismo techo. Era demasiado el riesgo, se murmuraba. Poco a poco, a lo largo de ese verano, la joven fue convenciéndose de que no encontraría nada. Ni en la capital ni en toda la Bahía, incluidos los grandes terratenientes del marco de Jerez, donde ella tenía puestas sus esperanzas. Aunque su deseo y su firme voluntad era quedarse cerca de la casa de Martín, a esperar su pronto regreso, el escaso dinero ahorrado se agotaba con demasiada rapidez y empezó a sopesar la idea de regresar a su país o, al menos, marcharse de la ciudad, quizás a Sevilla o a Madrid, donde sin duda se le abrirían otras expectativas.

Finalmente, uno de los últimos bodegueros que la rechazaron se conmovió del estado de necesidad que ya empezaba a presentar la joven y la puso en contacto con la empresa consignataria de los buques en los que el buen hombre exportaba su mercancía, Gavilán & Hnos. Naviera Intercontinental. El dueño, Jerónimo Gavilán, buscaba una persona que le ayudase a llevar la administración del negocio, una persona de confianza en quien pudiese delegar las muchas preocupaciones y menudencias cotidianas que él ya no se veía con ánimo y fuerzas de solventar como antes hacía, con el brío y ánimo necesarios, pues era consciente de que ya estaba encarando la primera vejez.

Ese trabajo pareció estar hecho a la medida de la antigua institutriz. Por un doble motivo. Algo que ella al principio ni siquiera sospechó. En primer lugar, porque, gracias a su conocimiento de lenguas y a su ordenada gestión con los números,

Claire empezó a hacerse necesaria para el buen funcionamiento de la empresa, de tal manera que don Jerónimo incluso le consultaba algunas operaciones mercantiles de cierta envergadura antes de llevarlas a cabo. Y en segundo, porque, de forma insospechada, gracias a su nuevo empleo, Claire encontró una forma de comunicarse con Martín, allá en los Estados Unidos. Una comunicación espaciada e indirecta, bastante compleja. Pero más fluida de lo que cabía suponer. Era muy complicado hacérselas llegar a través del Atlántico y de las innumerables trabas interpuestas por su familia, ciertamente, pero esas cartas llegaron a constituir el verdadero motor de su existencia.

Desde que se marchó de casa de los Mendoza, Claire apenas había vuelto a verlos por la ciudad, si acaso un par de veces a doña Catalina, pero de inmediato esta cruzaba de acera o se refugiaba en una iglesia cercana con tal de no encarar a la joven. Aún así, nunca perdió del todo la relación con sus dos pupilas, en especial con Soledad, la cual en esa primavera de 1933 era ya una joven de quince años que empezaba a sentir la punzada insidiosa del primer amor adolescente y, por tanto, comprendía a la perfección las razones que Claire le desgranaba en las cartas y notas que nunca dejaron de intercambiarse. Se escribían a espaldas de don Ulises, gracias a un reservado en la estafeta que Claire utilizaba para despachar la correspondencia internacional de la consignataria naviera. De ese modo, gracias al secreteo con Soledad, Claire supo que Martín hizo una primera parada en Nueva York, durante unas semanas, para finalmente recalar en la Escuela de Comercio de Baltimore, que era el destino elegido por su padre para iniciar su formación diplomática.

Allí le enviaba Claire sus cartas, aprovechando su consolidada posición en la empresa, pues, aunque no eran muchos, a veces algunos buques consignados por don Jerónimo tenían como escala final —o intermedia— varios de los principales puertos norteamericanos de la costa este. La joven se las arregló para convencer a un par de capitanes mercantes y a varios industriales vinateros, dedicados al comercio transnacional, para que le sirvieran como intermediarios de sus correos y los hicieran llegar a su verdadero destino cuando atracaran en América. Varias de esas cartas llegaron a manos de Martín, a pesar de la dificultad del proceso. Y Martín las contestaba casi a vuelta de correo marítimo; comprendiendo sus primeros reproches, consolando la desazón de la joven, que se sentía humillada e incomprendida en una sociedad que le había dado la espalda; o renovando después él también su amor por ella, al tiempo que le insistía en que su estancia en Baltimore, a pesar de que ya duraba más de lo previsto por mor de circunstancias académicas, no se alargaría más de dos o tres meses. Entonces volvería a Cádiz. Con ella.

Eso le prometía en su última carta, fechada en diciembre de 1933. Al menos la última que Claire leyó. Estaba tan feliz que no dudó en hacer partícipe de la noticia a Soledad. Al fin y al cabo, ella también se pondría muy contenta con el regreso de su hermano mayor. Le escribió una extensa nota contándole los pormenores. La mala suerte fue que don Ulises también leyó esa nota. Y eso acabó con todo. Absolutamente con todo.

Ya había sospechado algo raro en el comportamiento de su hija mayor cuando ambos se cruzaban inopinadamente por la casa, o cuando su madre le hacía alguna pregunta a destiempo. Parecía estar siempre alerta, Soledad, una niña anteriormente en absoluto cautelosa, diríase que incluso ingenua. Por eso estaba sobre aviso don Ulises. Una tarde en la que sus hijas fueron a pasear cerca de la playa, rebuscó en el escritorio de Soledad y descubrió una nota perfumada, convenientemente plegada en cuatro dobleces que parecían querer disimular su naturaleza de misiva clandestina. No se dejó engañar don Ulises. La leyó y, a la luz de esas palabras y de lo que dejaban entrever sobre correspondencia anterior, fue consciente de que el enamoramiento de su hijo por la institutriz no se trataba, en modo alguno, de un mero capricho pasajero, sino —como pocos años después el mismo Martín le diría a su amigo Henderson cuando se conocieron en el Jarama—, que estaba ante un asunto con muy mala cara.

Tenía que acabar con *eso*, supo don Ulises, antes de que eso acabase con todo. Absolutamente con todo. Y había que hacerlo con la mayor rapidez. Cuando las dos hermanas regresaron de su paseo vespertino, se encerró con Soledad en el gabinete, la presionó hasta límites que él nunca hubiese creído posibles y, finalmente, viéndose sobrepasada por los acontecimientos y la cólera de su padre, la joven confesó.

De común acuerdo con su esposa decidieron actuar de forma indirecta, sin dar lugar a más escándalos. El plan surtió efecto inmediato, no le convenía a ninguna compañía naviera indisponerse con quien empezaba a ser —si no lo era ya— uno de los principales importadores de productos de ultramar, un poderoso capital a quien muchos de ellos debían la prosperidad de sus barcos, no en vano a veces los fletaban solo con sus mercancías. Los dos capitanes mercantes fueron destinados a otras rutas. Los pequeños industriales vinícolas comprendieron que la actividad de correveidile podría resultar muy peligrosa para los intereses de sus bodegas y se apartaron prudentemente. Toda comunicación con Baltimore se cortó. De repente. De raíz.

Don Jerónimo Gavilán se resistió a las presiones, pero Claire comprendió la situación. Fue ella misma quien se marchó. En Cádiz, y quizás en España, ya no tenía nada que hacer. El motivo que la retenía en estas tierras había desaparecido por segunda vez, volatilizado sobre las brumas del Atlántico, y el país que ella había aprendido a amar se volvía más y más convulso, preso de esa excitación suicida que lo envenena cada cierto tiempo. Solicitó un último favor en un barco que partiría pronto. Nadie podía negarle esa petición: un modesto pasaje rumbo a Marsella. Cuanto antes. Cuanto antes, mejor, sí.

Una soleada tarde de marzo de 1934 se fue. Solo don Jerónimo acudió a despedirla al puerto. Quiso abrazarla, pero contuvo las formas y también el nudo en la garganta, no debía notarse que estaba a punto de romper a llorar. De rabia. De ira, por las malditas circunstancias de la vida. De amargura, por la absoluta indefensión de Claire.

En cuanto la estela del barco se difuminó en las aguas de la bahía, Jerónimo Gavilán dio media vuelta e hizo lo que llevaba sopesando hacer desde que la antigua institutriz le anunció su marcha irrevocable. Se sintió tan vacío, tan sin fuerzas, que le costó llegar a las dependencias de la naviera, situada a unos escasos doscientos metros. Ordenó los pocos papeles y documentos que la joven no había tenido tiempo de despachar, cerró la oficina, tiró la llave al mar y desde ese momento se consideró a sí mismo el más triste de los jubilados. Del trabajo diario, de sus demás obligaciones y de la vida en general, pues don Jerónimo fue dejándose morir poco a poco, lastrado por su cansancio, por su tristeza infinita y por los continuos desórdenes que desgarraban España; de tal manera que no llegó a ver siquiera el estallido de la guerra civil.

Desde Marsella se encaminó a su país, en concreto a la ciudad que la vio nacer: Montreux, una pequeña población asomada al lago Lemán. Allí se instaló Claire en la casa de su padre,

Marcel Deverèaux, con quien nunca acabó de congeniar del todo, e intentó fabricarse una falsa rutina cotidiana, consistente en largos paseos a la orilla del lago —cuando el clima lo permitía—, y repetidas y tediosas visitas a casas de familiares y amigos —durante el largo imperio del frío alpino—. Echaba de menos caminar por la playa, descalzarse y sentir en la piel el fragor de las últimas olas del día; o el refrigerio que se tomaba después en el Balneario de La Palma, en la misma orilla de La Caleta, sentada en una terraza voladiza sobre el mar calmo, a ella le parecía que el edificio entero emergiese cada tarde del mismo océano. Pero, sobre todo, lo que echaba de menos es que esas cosas las hacía con Martín. Como tantas y tantas otras: pasear en silencio por el agreste Campo del sur, con el Atlántico rendido a sus pies; secretear entre los muros del castillo de san Sebastián, perseguida por las risas y alborotos de Martín, mientras se atrevían a enlazar sus manos al cobijo de miradas impertinentes. Tantas y tantas cosas. ¡Tantos y tan escasos los momentos!, le parecían ahora a Claire aquellos lejanos días de felicidad.

Al poco de su regreso, consiguió un trabajo que ya ni siquiera buscaba. Pero ni el extenuante cuidado de los tres hijos pequeños de un hacendado local consiguió que desistiera de una absurda y loca idea que quizás empezase a germinar en su cabeza durante la travesía que la llevó desde Cádiz a Francia, y que se acentuó tras el estallido de la guerra en España: quería volver, reencontrarse con Martín al menos una vez para ponerle cara a cara, de viva voz, el necesario punto final a las muchas cartas que no le habían permitido escribirle. Y que él también les pusiese su propia firma y rúbrica a esas epístolas interrumpidas. Imaginaba a Martín desconcertado y furioso ante las maniobras de su familia, que la expulsaba una segunda vez de su lado. Pero nunca dudó un ápice de su amor ni de su comportamiento, esta vez no, ni por asomo. Y la prueba más fehaciente del mismo y de su determinación en volver junto a ella era la premura con que don Ulises utilizó sus contactos y componendas para que perdiese su empleo en la naviera, de eso se convenció Claire incluso antes de embarcar en el buque que la desterró del sol y del mar. Sí, Martín seguía amándola, hay cosas que una mujer siempre sabe, cosas de las que una mujer siempre puede estar segura.

Por eso tenía que volver. La guerra, paradójicamente, le dio el pretexto, una excusa perfecta para neutralizar sus miedos. El grave problema era que llevaba más de un año sin saber nada de Martín, nada en absoluto: si estaba vivo, muerto, herido, o en qué bando peleaba, aunque eso lo intuía, obviamente. Nada de nada. De lo único que no albergaba duda era de que no habría podido esquivar los zarpazos de la guerra, pues en la única carta que don Jerónimo Gavilán le envió poco antes de morirse, corría el verano de 1935, este le informaba que había visto a Martín en Cádiz, pero con la intención de marcharse pronto, pues debía incorporarse a la Academia Militar de Zaragoza. Eso es lo único que sabía Claire cuando, desde su pequeña y tranquila ciudad, cruzó el lago Lemán y se dirigió a Ginebra para apuntarse como enfermera voluntaria en las oficinas internacionales de la Cruz Roja, que allí tenía su sede.

Pero, en realidad, eso era lo único que necesitaba saber Claire, lo demás lo dejaba al albur de su determinación: que Martín había estado, o quizás aún estuviese, en Zaragoza y que, posiblemente, sería militar. Lo demás ya lo averiguaría ella en cuanto estuviese allí. No le preocupaba nada más: ni la adscripción política de cada bando, ni los frentes abiertos que a esas alturas de 1937 ardían por todo el país, ni los evidentes peligros que habría de enfrentar. En su guerra solo luchaba una persona y esa era la batalla que Claire Deverèaux estaba dispuesta a ganar.

De ahí que ni se fijase siquiera en el gesto de contrariedad que su supervisora esbozó cuando, a la conclusión de los cursos de enfermería quirúrgica que apresuradamente hubo de recibir en Ginebra, Claire señaló en el mapa el lugar exacto donde le gustaría desempeñar su labor: Zaragoza. «En la zona nacional», musitó la supervisora. Pero Claire ya estaba muy lejos de allí, de reproches y dobles sentidos. Ella estaba de nuevo en la playa de La Caleta, sobre una terraza voladiza, tomando un granizado junto a Martín, sintiendo bajo sus pies la profunda respiración de un mar cada vez más agitado.

Los patos de Central Park

Cuando, tras verificar que los dos puestos junto a la orilla no presentaban ninguna novedad, el alférez Mendoza regresó al cuerpo de guardia de su batallón, el capitán Quintana ya estaba algo más que preocupado, a punto de telefonear al Estado Mayor para notificarles la desaparición o muerte en combate de un oficial, uno más de esos alféreces novatos que suelen confundir el campo de batalla con el patio de la Academia y se creen que pueden ganar la guerra ellos solitos, los muy gilipollas.

Conforme se acercaba al improvisado despacho de su capitán —una oquedad de mala muerte que se sostenía gracias al desnivel de una loma, inserta en una trinchera de la segunda línea de protección—, el alférez Mendoza empezó a sentirse tan nervioso como cuando se encaró, pistola en mano, con el internacional. De camino al campamento creía haberle dado forma a una excusa convincente, pero con Quintana nunca se sabía. El capitán Quintana, uno de los pocos oficiales falangistas de toda la división, lo escuchó con condescendencia, aceptó unas atropelladas y confusas disculpas acerca de sus escasas dotes para orientarse en la oscuridad, y se apostó consigo mismo que ese pobre chico no le llegaba a fin de mes. Una pena, masculló, porque tiene madera, sabe mandar y encima cae bien a los hombres, el hijoputa; adjetivo este que, junto al anteriormente mencionado —gilipollas— y el mucho más descriptivo de «tonto del culo», constituía el culmen del refinado protocolo con que solía despachar a sus subordinados.

A Henderson, por contra, no le dieron el más mínimo cuartel y en el parte oficial de ese día ya constaba como fallecido en acto de servicio, toda vez que los «escuchas», por puro instinto de supervivencia, solían regresar cuando aún no había despuntado el alba. Además, en el sector republicano también oyeron los disparos del pelotón de fusilamiento y habían dado por supuesto que, en lugar de uno, habían sido dos los ejecutados. Tanto les extrañó su súbita aparición que el sargento Colinsworth le dio un abrazo delante de toda la compañía, que en esos momentos estaba formada para pasar revista justo antes de desayunar. Tras recibir los parabienes de los compañeros, Henderson fue llevado a unas dependencias especiales de la XV Brigada, donde oficiales de inteligencia lo interrogaron al objeto de recabar cualquier tipo de información sobre lo que hubiera visto u oído, por estúpida e inverosímil que a él pudiera parecerle.

Henderson evacuó completísimo informe de cuanto escuchó o creyó escuchar mientras permanecía escondido en la hondonada que le sirvió de trinchera, cama y camuflaje; así como de los recorridos de ida y vuelta cruzando el río y tras las líneas enemigas, pero se guardó muy mucho de referir siquiera de pasada el extraño episodio que acababa de vivir junto a un oficial franquista. Eso sería mejor olvidarlo. Olvidarlo para siempre. Además, le molestaba sobremanera no saber explicarse qué insensata fuerza lo había impulsado a permanecer tanto tiempo hablando con un hombre al que un minuto antes, y de buena gana, habría matado sin pensar. Y no solo hablando para entretenerlo y que no le disparase, eso fue al principio, sino contándole buena parte de su vida y de sus sentimientos. Y se había encontrado muy bien haciéndolo. Quizás no había explicación. A veces es bueno desahogarse sin más, y no es fácil encontrar a alguien que te escuche cuando quieres hacerlo. Sí, se había sentido bien. Por un breve, extraño y maravilloso instante en esta guerra, se había sentido muy bien. Pero sería mejor olvidar todo lo ocurrido. Porque, en realidad, había confraternizado con el enemigo —falta penada con el fusilamiento inmediato— pero fue para salvar la vida y regresar a sus líneas. Esa era la mejor y única explicación. No era tan difícil entenderlo. Y si estaba tan contento era precisamente por eso, por haber salvado el pellejo. Confiaba en que el alférez *Mendousa* pensara lo mismo. Y por lo que había conocido de él, no tenía motivos para dudar de su buen juicio.

Los oficiales de inteligencia lo felicitaron por el exacto cumplimiento de su misión, le dijeron que lo propondrían para un ascenso a cabo en cuanto se produjeran vacantes y Henderson se retiró por fin a descansar, a fabricarle un paréntesis a las últimas horas de su vida y dejar que el transcurso del tiempo situara de nuevo las cosas en su sitio.

Cuatro días de intensos combates se sucedieron a orillas del Jarama. Cuatro días en los que lo único reseñable fue que el frente se estabilizó por completo. Tanto es así que las líneas de defensa y ataque conseguidas en esos días por uno y otro ejército permanecieron inalterables hasta prácticamente el final de la guerra. Por increíble que parezca, la batalla del Jarama se extinguió por consunción, por cansancio, cuando ambos contendientes comprendieron que no podrían mejorar sus posiciones y prefirieron conservar las que tenían. Los nacionales no pudieron tomar Madrid por el sureste y cortar la carretera de Valencia, desmesurado objetivo principal de su ofensiva; y los republicanos, una vez los frenaron, fueron incapaces de superarlos y conectar con sus tropas de La Mancha. Y así hasta el final, hasta el derrumbe del frente de Madrid en el año 39.

Pero mientras los estados mayores nacional y republicano llegaban a esa conclusión, transcurrió todo un mes, el mes de febrero de 1937, y la batalla del Jarama se convirtió en la primera gran carnicería de la guerra civil española, una matanza sin descanso que prefiguró posteriores batallas y que se desarrolló, sobre todo, en los alrededores de Arganda del Rey, en concreto entre el puente del Pindoque y el cerro del Pingarrón, donde miles de hombres perecieron en sucesivos ataques y contraataques a las distintas posiciones y trincheras.

Fue precisamente esa nueva fase del combate, esa lucha cuerpo a cuerpo, a bayoneta calada, granada de mano y culatazo de fusil, la que propició que los deseos del soldado de primera Jeffrey Henderson no se hicieran realidad, pues el anhelado transcurso del tiempo no situó las cosas en el sitio que tanto el alférez como el brigadista hubieran deseado y más convenía a sus respectivos intereses. Antes al contrario, vino a trastocarlas, ya que esa terrible sucesión de asaltos a las posiciones enemigas que dejaban cientos de bajas en cada bando hizo que, en lugar de no volver a verse nunca más —y así poder archivar definitivamente aquel encuentro como otro más de los extraños episodios con que una guerra obsequia a sus participantes—, ambos volvieran a encontrarse relativamente pronto, o creyeran haberlo hecho al menos, pues el fragor de una batalla suele ser incompatible con los detalles. Pero Henderson hubiera jurado que el oficial que permanecía aferrado a una MG alemana en las faldas del Pingarrón, junto a un cabo muerto y a un soldado malherido, defendiendo una posición a punto de caer en manos republicanas, no era otro que Martín de Mendoza, el mismo que disparó una ráfaga que casi le secciona de cuajo la pierna izquierda, motivo por el cual echó cuerpo a tierra y se protegió en una irregularidad del terreno. Cuando pudo alzar la vista, sus compañeros habían tomado por completo esa trinchera y el oficial se había refugiado en una cota superior y más protegida del cerro.

Ráfaga a ráfaga consiguió ascender hasta las trincheras de segunda línea. Saltó a su interior con la ametralladora quemándole las manos. Acababa de salvar la vida por segundos y había dejado allá abajo a dos de sus hombres literalmente destripados. Los ataques republicanos estaban siendo tan intensos que incluso el entramado de zanjas de seguridad y refuerzo se encontraba en peligro. No sería la primera vez que el cerro del Pingarrón, o una parte de él, cambiaba varias veces de manos en un mismo día. Por eso siguió disparando, aunque la MG-15, por muy solvente, fiable y eficaz que fuera, estaba a punto de reventar. Normalmente no apuntaba, pero ahora se concentró en los soldados que acababan de tomar su anterior posición.

Frenados en seco por el joven alférez, los republicanos se pusieron a cubierto, apretujándose unos contra otros mientras volaban sobre sus cabezas trozos de piedra y esquirlas de metralla. Cuando se le acabó la munición, Mendoza tiró la ametralladora y cogió el fusil Parravicino de un italiano muerto, también sin balas, y se dispuso para la lucha cuerpo a cuerpo. Vivo no lo iban a capturar, eso siempre lo tuvo muy claro, sabido era el tratamiento que los republicanos daban a los oficiales enemigos. Pero esa tarde, los internacionales no asaltaron esa segunda línea de fortificaciones franquistas. Prefirieron asegurar las cotas ya conseguidas. Cuando los ataques cesaron, Mendoza recapituló y se dijo que, aunque no estaba muy seguro, hubiese jurado que uno de los extranjeros que, granada en mano, se le vinieron encima, se parecía bastante a Henderson, ese americano con el que «él-no-se-había-encontrado-una-semana-atrás», se volvió a repetir, sonriendo, la cantinela que se había autoimpuesto. No, ese encuentro nunca tuvo lugar, se remachó el alférez en lo más profundo de su mente. Nunca. A pesar de que, a lo largo de los últimos días, más de una vez se había sorprendido a sí mismo recordando la agradable conversación que ambos mantuvieron.

Pero eso, ya se sabe, son las extrañas cosas que tiene la vida.

La madrugada siguiente, el contraataque franquista fue demoledor. Varias compañías de regulares y dos banderas de Falange se abalanzaron en masa sobre las cotas ocupadas por los efectivos del batallón Lincoln en las faldas del Pingarrón. El objetivo era reconquistar todo el perímetro del cerro y asegurarlo convenientemente. Henderson y Mendoza participaron en el combate, pero no llegaron a verse, a pesar de que durante buena parte de la mañana apenas hubo ciento cincuenta metros de distancia entre ellos. Ese día, el Pingarrón —punto clave de la batalla por su gran valor estratégico para controlar la carretera entre Arganda y Aranjuez; o sea, la salida natural de Madrid hacia las carreteras del sur— quedó definitivamente en manos del ejército nacional. De ese modo, las posiciones empezaban a definirse por completo. Pero antes de que eso pudiera suceder, el alto mando republicano diseñó una última ofensiva a tan emblemática cota. Los internacionales tendrían el honor de encabezar el asalto, de curtirse a sangre y fuego en el Jarama.

Y fue esa tarde, tras el aluvión de oleadas casi suicidas protagonizadas por toda la Brigada XV Internacional —y en esta ocasión ya sin ningún género de dudas, puesto que ambos pudieron verse perfectamente e identificarse—, cuando los caminos del alférez Mendoza y del soldado Henderson volvieron a cruzarse por tercera vez en muy poco tiempo. Lo cual no resultaba en absoluto extraño. Al fin y al cabo, los dos estaban encuadrados en unidades de choque y ambas fuerzas de élite peleaban por conquistar o defender un mismo sector. El sector clave, el que más muertos presentaba en los partes diarios de cada Estado Mayor. Topa carnero, lo llamaría algún especialista no mucho tiempo después.

La ofensiva republicana no consiguió desalojar de la cima del Pingarrón a los regulares de Melilla, y el batallón Lincoln americano fue —en buena lógica, dado que solía encabezar cada asalto— uno de los más castigados en el intento. Con varias de sus compañías seriamente quebrantadas, los estadounidenses emprendieron la retirada, perseguidos por los moros y la Legión. Los rezagados fueron presa fácil. Era lo que los soldados rifeños llamaban ir de caza. Pero varios grupos que no pudieron replegarse a tiempo se refugiaron en quebradas y accidentes del terreno, configurando de ese modo una débil e inconexa línea de improvisados enclaves que se defendían con bravura y tesón, facilitando así una más ordenada y tranquila retirada del resto de compañeros. En el flanco izquierdo del frente, los legionarios iban acabando poco a poco con esos focos de resistencia. En el derecho, ese trabajo correspondía a los hombres de la División Navarra nº 2. Mendoza participaba en *la cacería* con su sección de ametralladoras. Ya habían liquidado dos o tres núcleos de durísima oposición que prefirieron morir antes que capitular. Y el alférez sospechaba que con esos seis o siete brigadistas atrincherados tras un montículo de rocas iba a suceder igual. No iba a ser fácil sacarlos de ahí, de esa pequeña elevación que tanta ventaja les concedía. Descargaron sobre ellos toda su potencia de fuego durante unos minutos, y luego dos soldados se acercaron cuanto pudieron para lanzarles sendas granadas de mano. Una hizo impacto en la posición. Se escucharon nítidamente los lamentos y las imprecaciones en extraños idiomas, no solo en inglés. Aun así, los defensores seguían contestando con fuego discontinuo de fusil. Los dos soldados regresaron apresuradamente junto a los suyos, dejándose caer por un pequeño terraplén, y se produjo un compás de espera. Seguramente, se dijo Mendoza, ahí no quedaba nadie con vida, pero no quiso arriesgar a sus hombres en un asalto cuesta arriba. Si quedaba un defensor capaz de disparar, podría causarles una auténtica escabechina. Cogió sus binoculares y comprobó que, tras los múltiples impactos recibidos, la pequeña elevación era ya poco más que una ruina erosionada a punto de ceder. Podrían destruirla fácilmente con fuego graneado de mortero o con un tiro directo de la batería Öerlikon que portaban, una manera poco ortodoxa de utilizar una pieza antiaérea, pero muy eficaz a media distancia contra pequeñas protecciones como la que los republicanos se empeñaban en no abandonar. Hizo una señal a sus hombres al respecto.

Mendoza no lo sabía, pero detrás del disminuido parapeto enemigo, un pequeño retén ya prácticamente destrozado se disponía a abandonar el montículo y replegarse camino de su línea estable de trincheras. Fue en ese momento, mientras ajustaba correctamente los binoculares para comprobar el daño que causaría el impacto, cuando le pareció verlo. De hecho, solo el soldado Henderson estaba en condiciones de replegarse, pues tres compañeros habían sido abatidos por la granada, otro se desangraba inevitablemente con una pierna seccionada por un obús, y un quinto presentaba heridas de gravedad en el bajo vientre y en los testículos. Aprovechando la pausa en el ataque, Henderson arrastraba a este último fuera de la posición a punto de ser bombardeada, buscando una zona más segura. Mendoza situó a aquel loco en el punto de mira de sus prismáticos y entonces estuvo seguro.

—No disparen —ordenó tajante al cabo, que ya tenía embocado el proyectil en el mortero.

—Pero, mi alférez —mostró este su perplejidad.

—Poco conejo para tanta munición. Ya lo cazaremos mañana. Ocuparemos ese montículo. Está medio destrozado, pero nos vendrá bien. Prepárelo todo para fortificarlo, cabo —lo mandó callar.

Y mientras el cabo se aprestaba a revisar que los hombres estuvieran equipados y que la posición que abandonaban quedara guarnecida con un pelotón —que luego habría de transportar las armas pesadas que se dejaban atrás—, el oficial al mando del asalto, alférez Martín de Mendoza, abandonó la seguridad que le proporcionaba el desnivel del terreno, se irguió y su figura se recortó en el horizonte, mientras parecía retar él solo a todo el frente republicano que, allá a lo lejos, cercaba el cerro del Pingarrón. «El puto yanqui tiene un par», se dijo entre dientes, comprobando cómo Henderson avanzaba a duras penas por una zona tan al descubierto.

Por su parte, mientras cargaba con el peso cada vez más muerto de su camarada, Henderson iba contando los segundos que los fascistas tardarían en practicar un fácil tiro al blanco sobre su zigzagueante caminar. Máxime con las armas que manejaban y que él mismo había comprobado en sus propias carnes. Cuatro, tres, dos, uno..., aguantaba la respiración esperando el proyectil que lo fulminara; tres, dos, uno..., contaba una y otra vez, juego macabro con el que parecía distraerse de la ardua tarea que tenía por delante. Como el maldito proyectil no llegaba —y eso que más que un blanco fácil empezaba a ser una diana fija, pues el peso del compañero era ya realmente insoportable—, Henderson pensó que quizás los nacionales se habían desentendido de él porque sus cuerpos de vanguardia podrían haber rebasado completamente la primera línea de trincheras republicana y haber iniciado una envolvente para tomar la segunda, la de seguridad y refuerzo. De repente, comprendió la magnitud de ese movimiento y las terribles consecuencias del mismo. Eso significaba romper el frente casi por completo. Cientos de hombres morirían embolsados sin poder defenderse. Y otros tantos, o miles, caerían prisioneros. Henderson resopló; no supo decirse si por el esfuerzo físico o por comprender que, si se escondía convenientemente en ese momento o se hacía el moribundo, sería de los pocos que podrían salvarse.

Pero no hubo más tiempo para ese tipo de disquisiciones tácticas que a un soldado de primera no le corresponde hacer. Ni tampoco para construir absurdas escaleras descendentes de números cardinales, cuatro, tres, dos, uno..., porque mientras intentaba ponerse en pie tras un tropiezo y cargar de nuevo sobre sus espaldas el cuerpo ya cadáver de su compañero, Henderson lo vio. Lo vio erguido sobre esas rocas derretidas que él acababa de abandonar, apuntándole con sus prismáticos. Y comprendió que no había ninguna envolvente que temer, y también que podía dejar los juegos numéricos para mejor ocasión. «No puede ser otro que el maldito alférez de la otra noche», pensó; *Martin de Mendousa*, quiso recordar que se llamaba. Con cuidado, depositó al muerto en el suelo y miró fijamente hacia las posiciones enemigas, parecía desafiar él solo a todas las tropas nacionales que defendían el áspero cerro del Pingarrón. «Tiene clase ese chaval», se dijo entre dientes, mientras lo saludaba cortésmente con una casi inapreciable inclinación de cabeza. Mendoza lo observó con los prismáticos y le devolvió el saludo. Ambos sonrieron y, sin que mediase un gesto más, los dos parecieron comprender que este tercer encuentro que el puro azar les deparaba en apenas unos días bien podría significar que ese mismo destino les animaba a que continuasen aquella extraña conversación que dejaron a medias unas cuantas madrugadas atrás.

Fue una cita tácita, sin palabras.

Por eso, una vez que, a partir de ese día, el frente se estabilizó sin apenas variaciones, ambos merodearon por ese mismo lugar durante cuatro o cinco noches, una semana quizás, más parecían francotiradores buscando infiltrados que dos hombres comprobando si su intuición era cierta. Sucede que, por sus distintas obligaciones militares, no daban en coincidir, si bien es cierto que al menos las largas y tensas esperas les sirvieron para comprobar que la zona no revestía especial peligro. Finalmente, una noche de luna nueva, cuando Martín de Mendoza estaba a punto de desistir y marcharse a su campamento —pensando probablemente en no hacer ya más tonterías, ni arriesgarse nunca más— oculta tras un pequeño roquedal, una figura salió de la nada y sorprendió por la espalda al alférez, encañonándolo con un fusil. Solo que en lugar de conminarlo a levantar los brazos y llevárselo prisionero camino de una muerte segura ante un pelotón, le dijo con voz queda pero nítida:

—El otro día por poco me arrancas una pierna, *cabroun*.

—O sea, que eras tú el hijoputa de las granadas —le replicó Mendoza con las manos aún en alto.

—Sabía que ibas a venir. Lo que no tengo muy claro es por qué.

—Supongo que por la misma razón que tú. Me gusta estar solo —contestó Mendoza—. ¿Sabes lo que más me molesta de la guerra? —le preguntó.

—Lo extraño es que haya algo que te guste —respondió Henderson.

—Sí, bueno... También tiene sus cosas, no creas. Lo que de verdad me molesta es que uno nunca está solo, ¿no te has dado cuenta? Siempre estamos rodeados de gente. Incluso cuando un hombre se está muriendo hay gente a su alrededor gritando, chillando como posesos. Y a mí siempre me ha gustado estar solo. Quizás sea que me he criado con dos hermanas y una madre que siempre me mandaba callar y les daba a ellas la razón, pero cada vez estoy más convencido de que, de vez en cuando, lo más saludable es no tener a nadie alrededor.

—Curiosa manera de ver las cosas. ¿Y entonces porque estás aquí conmigo, contándome que en realidad querrías estar solo?

—Porque, tal vez, para mí, hablar contigo sea un poco como estar solo. Con la ventaja añadida de que, además, hay alguien que me escucha.

—¡Vaya, mil gracias! Nunca me habían ninguneado con tanta elegancia. Y créeme cuando te digo que lo han hecho en bastantes ocasiones.

—No quería decir eso, hombre —sonrió quedamente Mendoza—. Ya sabes cómo son las cosas por aquí. Estás todo el día hablando, dando o recibiendo órdenes, pero en realidad no estás diciendo nada. Nada importante. Y te pasas la guerra conviviendo con multitud de hombres, aunque sería más exacto decir *conmuriendo* con ellos, pero en realidad no llegas a conocerlos nunca, si acaso a un par de buenos camaradas antes de que los reviente una bomba. Así que quizás sea esa la razón por la que ambos hemos venido y nos hemos buscado: nosotros no estábamos destinados a convivir o a *conmorir*, sino a matarnos el uno al otro. Y nos bastaron cinco segundos para no dispararnos, y cinco minutos para trabar algo parecido, si me permites decirlo, a una cierta amistad, o complicidad con nuestro pasado, o como quieras llamarlo. No sé si me has entendido.

—La verdad es que no. Oye, ¿tú siempre le das tantas vueltas a las cosas? —bromeó Henderson.

—¡Que va! Desde que me alisté me lo tengo terminantemente prohibido. Es lo primero que me dijeron en el cuartel: «tú no pienses demasiado, chaval. Aquí se trata de obedecer». Y un oficial debe ser siempre disciplinado —contestó, también divertido, Mendoza.

—Para mí es mucho más simple. ¿Quieres saber por qué he venido? Pues porque la otra noche, mientras hablábamos entre los matorrales, me sentí como en Central Park.

—¿¡Cómo en Central Park!? —se extrañó Mendoza. La guerra deforma la realidad y nubla el entendimiento, pero no creía que hasta esos extremos.

—Eso he dicho. Como en Central Park. Cuando las cosas se pusieron verdaderamente mal, me pasaba allí las tardes enteras. Bueno, las tardes, y las noches, y los días; en fin. Me tumbaba en los bancos, junto a algún estanque, a repetirme una y otra vez lo triste que era mi vida y a pensar por qué demonios no tiraba todo por la borda de una maldita vez. Pensarás que estoy loco, pero a veces le contaba alguna de mis patéticas historias a los pobres patos del estanque central, que al principio eran los únicos que parecían prestarme atención, y al final eran los únicos que verdaderamente me importaba que me la prestasen. Pero lo cierto es que, durante aquellos meses, allí era donde me sentía bien: junto a los patos de Central Park. Por eso estoy ahora aquí —concluyó, muy serio, Henderson.

—¡No sé si es mejor que te ninguneen o que te comparen con un pato! —bromeó Mendoza para relajar el tono de confesión que, de nuevo, iba adquiriendo este segundo encuentro clandestino. Henderson empezaba a ser consciente de la facilidad innata que Martín poseía para oxigenar cualquier tipo de situación, por complicada que fuera, y salir airoso de ella.

—Pues ten mucho cuidado entonces —requebró, enigmático.

—¿Perdón? ¿Mucho cuidado, por qué? —quedó descolocado Martín.

—Tú también sabes cómo son las cosas por aquí. ¿No dicen vuestros moros que les gusta salir a cazar? Lo mismo te disparan un día si te descuidas —tiró con bala el brigadista.

—Eso ha sido un golpe bajo —se revolvió, molesto y cortante, el alférez.

—Lo ha sido. Discúlpame la maldad, ¡pero es que a veces! —no quiso seguir Henderson.

Mendoza lo agradeció. Por ese camino no iban a llegar a otro sitio que no fuera la ametralladora o la granada, la pierna arrancada de cuajo o varios soldados y un cabo muriendo a tu alrededor. Y para eso no estaba él jugándose la vida, confraternizando con un enemigo en el límite de las líneas de ambos ejércitos. Porque precisamente esa era la otra razón por la que Mendoza tanto buscó el reencuentro. Porque aquella primera noche en la que sus caminos se cruzaron por casualidad, ambos estuvieron hablando de la vida y de la muerte, del pasado y del porvenir, pero no pronunciaron ni una sola palabra de la guerra que los rodeaba. Mendoza lo pensó después, mientras desayunaba en la cantina, pasado el mal trago de la charla con el capitán Quintana. Y Henderson también, mientras esa tarde paseaba junto a su estanque imaginario, el río Jarama reconvertido en un pálido reflejo de Central Park. De ahí que Mendoza viese llegada la ocasión para exponerle a Henderson una propuesta que llevaba varios días rondándole la cabeza, por si se daba el caso de que volvieran a encontrarse.

—Los moros no sé si lo harán, pero tú y yo está visto que no nos podemos matar, así que quizás debamos hacernos amigos. Te propongo un pacto —dijo Mendoza, intentando dar un tono desenfadado a su intervención.

—Te escucho —le dejó hacer el brigadista.

—No sé cuántas veces nos volveremos a encontrar, porque esto se acaba y he oído que nos trasladan a otro frente, al norte; pero si algún día nos volvemos a ver, sea donde sea y en las circunstancias que sean, está prohibido hablar de la guerra. Y de política también. ¿Qué te parece?

—Y entonces de qué vamos a hablar —repuso Henderson.

—Pues de todo lo demás. ¡Por ejemplo, de todo lo que hablamos la otra noche, que no fue poco, precisamente! —exclamó Mendoza—. Como mucho, podemos contarnos cómo nos va a ti y a mí en medio de este infierno, entre campaña y campaña, pero solo eso. Que bastante política y bastante guerra tenemos ya el resto del día. Así que, cuando nos encontremos, hablaremos de todo lo demás, pero de guerras, de política y demás historias ni una palabra. ¿Qué me dices?

—¿Qué te voy a decir? —se encogió de hombros Henderson.

—Pues eso, ¡que tengo razón! —se la dio a sí mismo Mendoza.

—Quizás la tengas. Sí, seguro que la tienes, y además parece un buen trato —concedió Henderson—. Tampoco yo sé si volveremos a vernos, si me matarán mañana o serás tú quien caiga, pero por lo que a mí respecta, prometo cumplir con la parte que me toca —concluyó, con una ligera inflexión de comicidad, pero completamente en serio, el internacional.

Y si, como le habían enseñado al alférez Mendoza en la Academia, un oficial del ejército de Franco debía ser siempre un hombre disciplinado y cumplidor, también había de serlo un soldado de la XV Internacional. Por eso, desde esa fría madrugada de febrero de 1937 en la que Henderson y Mendoza sellaron un peligroso pacto de amistad a orillas del Jarama, y durante las quince o veinte ocasiones más en las que pudieron, no sin dificultades, contactar y volver a verse —ya fuera en Brunete o Guadalajara, en Belchite o en Teruel—, ambos cumplieron escrupulosamente su palabra.

De ahí que el 31 de octubre de 1938, cuando la batalla del Ebro se encontraba en su momento decisivo y ocurrieron esos extraños sucesos que a punto estuvieron de paralizar la contienda civil, Henderson y Mendoza llevaran casi dos años aguantándose, como ellos decían; deseando en realidad volver a encontrarse por esos campos de batalla de Dios y del diablo. De modo que, en cuanto se informaban en sus respectivos puestos de mando de que, indefectiblemente, y también en esa campaña concreta, sus respectivas unidades iban a enfrentarse de nuevo, ambos hacían todo lo posible por volver a escuchar esa voz amiga que no pronunciara las palabras prohibidas. Que no las pronunciara jamás. El método para contactar en cada batalla no difería mucho del utilizado en el Jarama. Era el más rápido y el más seguro: una vez conocido el sector del frente en el que cada unidad estaba acuartelada, o bien el que le tocase atacar o defender, ambos iniciaban una serie de rondas nocturnas por la tierra de nadie colindante hasta que el destino quisiera que se encontrasen, pues en realidad ninguno de los dos sabía a ciencia cierta si el otro seguía vivo o llevaba varias semanas muerto. Hasta que escuchaba a sus espaldas un silbido parecido al ulular de un búho.

Y entonces se contaban los más íntimos pormenores de sus vidas antes de llegar a estas trincheras, y cómo esperaban que estas fuesen cuando lograsen salir de allí. También las vicisitudes personales de la batalla anterior, cómo habían conseguido esquivar la muerte ese día y los temores de no poder fintarla una vez más; o fantaseaban acerca de las mujeres que habían conocido en el último permiso y, sobre todo, de las muchas que les hubiera gustado conocer, ninguna de las cuales superaría nunca a Meredith ni a Claire. Llegados a ese extremo, siempre terminaban en París, y eso que Mendoza no conocía la ciudad, pero Henderson se la describía con tal lujo de detalles que el alférez hubiese podido pasear por los Campos Elíseos o por Montmartre con los ojos cerrados. Y por Pigalle con los ojos como platos, abrumado por la sobreabundancia de carne y champán. El americano había vivido dos meses allí, mientras esperaba pasar a España, tras alistarse voluntario en Nueva York, y más de una vez le confesó sin ambages, que durante su estancia en la capital francesa, se pensó muy mucho si cruzar la frontera o quedarse a vivir en una buhardilla frente al Moulin Rouge o el Folies Bergère. «Eres un golfo», le replicaba, pícaro, el joven oficial, que, a esas alturas, sería enero del 38, acababa de ascender a teniente.

En definitiva, que cada uno de sus encuentros significaba un paréntesis que hacía más llevadero aquel marasmo de sangre, muerte, sudor y maldad; unos instantes, aunque fueran realmente peligrosos, en los que no importaba otra cosa que no fuera estar allí, charlando tranquilamente, fumando un cigarrillo compartido como si estuvieran en Central Park. Unos instantes en los que ni siquiera importase que el mejor amigo estuviera en el ejército equivocado, como ambos se reprochaban a modo de despedida, sin saber a ciencia cierta si aquella era la última vez que iban a verse.

—Por que nos volvamos a encontrar. No sé si en el norte, en el sur, o dónde demonios pueda ser, pero que nos volvamos a encontrar en algún sitio —se despidió Henderson aquella segunda noche en el Jarama, y alzó una imaginaria copa como si quisiera brindar por ese futuro nada prometedor—. Eso significará, al menos, que seguimos vivos.

—¿Tú crees en el destino? —le preguntó Martín de Mendoza.

—No más que en los hombres —replicó el americano.

—Mal me lo pones para empezar. Pero bueno, si crees en los hombres, aunque solo sea un poco, entonces seguro que nos encontraremos más de una vez —fue optimista Mendoza.

—¿Y eso? —inquirió, confuso, Henderson.

—Porque este hombre que tienes delante hará todo lo posible para que volvamos a vernos —le dijo mientras le daba un abrazo apresurado, tras el cual inició el regreso hacia sus posiciones en el Pingarrón—. ¡Ah, oye! Y no hace falta que me llames por mi nombre completo, ¿sabes? Puedes llamarme Martín, el «de *Mendousa*» te lo puedes ahorrar.

—Descuida, *Martin* —pronunció su nombre como su amigo quiso, pero sin el acento en la i, como ya siempre haría a partir de ese momento—. ¿Está bien así?

—Así está muy bien —asintió Mendoza.

—Pues tú también puedes llamarme Jeff —le dijo el brigadista antes de difuminarse por completo en la oscuridad.

Meredith

La primera cuchillada fue directa al estómago y la hizo doblarse, gemir de dolor y caer de rodillas —la incredulidad aún reflejada en su rostro ovalado—, abrazándose el abdomen con fuerza para taponar el reguero de sangre que brotó de inmediato, se desbordó por su mano derecha y lloviznó hasta el suelo con cadencia matemática, tachonándolo de irregulares lágrimas tono rojo turbio, tristes gotas de un lacre perverso que parecía certificar una muerte irreversible. Nunca descartó que Alberto pudiese tener una reacción imprevista, incluso violenta a pesar de no ser un hombre especialmente agresivo, pero no se esperaba algo así; siempre le pareció una exageración aquella advertencia que, recién llegada a México, hace demasiados años ya, alguien le hizo respecto a que casi todos los hombres del país reaccionarían de forma similar si una mujer les plantease una situación como la que ella acababa de proponerle a quien, durante los últimos tres años, fue su único amante. Su único y rabioso amante: Alberto Salinas, el galán seductor, el desenvuelto y educado cosmopolita, el artista incomprendido que, en realidad, intentaba mitigar con su impostada bohemia algo que él consideraba un estigma: el hecho de pertenecer a la más alta burguesía capitalina, a una de las familias de mejor posición y solvencia de todo México; pues no casaba con la Revolución, ni con sus ínfulas artísticas, y muchísimo menos con los nuevos vientos políticos tras la llegada del presidente Cárdenas, la acomodada y frívola existencia que había llevado desde la mismísima cuna.

Nunca lo hubiese esperado Meredith, ese fue su primer error.

El segundo era no haberse tomado en serio las advertencias. Jeffrey también reaccionó muy mal cuando ella lo abandonó. También hacía demasiados años ya. Muy mal, pero al menos él decidió hacerse daño únicamente a sí mismo, marchándose a Nueva York a torturarse con delectación y saña. Jeffrey siempre fue un caballero, se dice sorprendida, pues llevaba esos demasiados años sin pensar apenas en él, y ahora, en el punto y final exacto de su existencia a manos de otro hombre, a Meredith le viene a la mente su recuerdo. Y le es muy grato, se reconoce, intentando tragar saliva, buscándola de donde ya no hay.

A su merced como estaba, la segunda cuchillada se hendió con fuerza en su costado izquierdo, partiéndole el corazón en dos. Fue consciente de que la vida se le escaparía en cuestión de segundos, la hemorragia era ya imparable y los órganos dañados parecían seguir latiendo solo por pura inercia, tal como Jeffrey opinaba que les ocurría a los corazones rotos por el mucho uso. No quiso desplomarse como un fardo ajado y, en un gesto de dignidad postrera, se dejo caer derramándose sobre su muslo y hombro derechos, depositando con suavidad la cabeza sobre el suelo, la mata de su cabello negro y sedoso se embadurnó de inmediato en su propia sangre viscosa.

Antes de exhalar un último estertor, seco y ronco —la muerte nunca es lírica ni bella—, le dio tiempo a escuchar su último reproche:

—¿Te habías creído que yo era como ellos, o qué, ¡pendeja de mierda!? ¿Que yo era como uno de esos amigos tuyos, esos huevones que todo lo consienten y tragan con gusto? ¡Pues no! Yo soy un hombre, Meredith; un hombre. Aunque a veces no lo parezca y tenga que comerme mucha *encoñadura* de mucha gente. Y a un hombre no se le hace una cosa así, que lo sepas —apostilló, dándole al cadáver un ligero golpecito con el pie para comprobar que no se movía. Que no respiraba. Que ya no era.

* * *

—Que tú eres un hombre, dices —leyó con incredulidad la sucinta declaración que tenía delante, sobre la oscura y barroca mesa de roble tallado—. O sea que, en realidad, la única coartada que tienes para lo que has hecho es que eres un hombre, ¿no es así, Albertito? —le preguntó, con un tono que denotaba al mismo tiempo fastidio por la situación y verdadero enojo por las consecuencias que la misma podría tener.

—¿Qué hubiera hecho usted en mi lugar, don Silverio? —intentó defenderse el acusado.

—Yo no estoy en tu lugar, Albertito. No lo olvides. Eres tú el que tiene un problema. Un serio problema. A mí no me ha dicho ninguna mujer, al menos todavía —ironizó—, que me abandona porque se va con otra. A vivir la vida y a comerse la boca —le espetó don Silverio, echándose hacia atrás, sobre el esponjoso respaldar de su silla repujada. Alberto Salinas encajó la descarnada verdad lo mejor que pudo; esto es, pisoteando su malherido orgullo de macho y recordando una y mil veces que don Silverio, y solo don Silverio, era la persona que podía resolver su problema sin dejar demasiado rastro. O no hacerlo. Aún así, casi se vio impelido a puntualizar:

—Me dijo que quería probar. No que me dejase, don Silverio.

—No me andes con pendejadas que el asunto es muy puto, Alberto —le replicó don Silverio, incorporándose de nuevo.

—Esa Frida la volvió loca, créame, la engatusó, como hace con tantas y tantas mujeres para llevárselas a la cama. Y cuando Meredith me dijo que tenían una aventura y que pretendía seguir con ella, quien se volvió loco fui yo. Eso es todo, don Silverio. Ya está. No hay más. Fin de la historia. ¡Maldita sea, y fui precisamente yo quien tuvo que presentársela! —exclamó el amante despechado.

—¡Ay, Albertito, Albertito! —tintinearon las cuatro tes que lo hacían aún más diminuto, allá, en el centro del inmenso despacho de la Procuraduría General del Estado, desde donde ejercía su poder y control sobre todo el país don Silverio Quesada, responsable máximo de la seguridad interior y policía en el DF y, por extensión, en todo el territorio nacional. Desde el río Grande y fronterizo hasta el Yucatán no se movía un asunto sin su aquiescencia o conocimiento.

—Algo se podrá hacer, don Silverio. Llame usted a mi padre y vemos —empezó a darle consistencia a su defensa el acusado, recordando de repente que, además del pobre y desaliñado Albertito, fuera de esas cuatro paredes que ya empezaban a ahogarlo él se llamaba Alberto y su apellido era Salinas, linaje de peso excesivo tras la Revolución, con acceso directo a la residencia presidencial de Los Pinos tras los muchos servicios prestados a la misma por las dos generaciones anteriores de la familia, siempre apostando a caballo ganador en las muchas trifulcas internas que debilitaron el larguísimo conflicto.

—Su papá ya me llamó a mí. —A don Silverio le infundía tanto respeto su progenitor que incluso cambió el tratamiento de forma inconsciente y le habló de «usted», cuando antes casi se estaba mofando del joven—. Es lo primero que hace cuando sabe que algo va mal. ¿Por qué crees que estás aquí, en mi despacho, y no en los calabozos?

Era obvio que su padre ya habría llamado a don Silverio. Al títere don Silverio y a cuantos hiciese falta. Y les habría dicho lo que tendrían que hacer con su destartalado hijo, lo que decirle, lo que advertirle, incluidos sarcasmos e ironías, humillaciones en algo que se pareciese a un interrogatorio. Silverio Quesada era un tipo bragado, pero no se habría atrevido a tanto sin rienda suelta. Y su padre era un pinche cabronazo que ahora se estaría muriendo de la risa con solo imaginárselo delante del jefe de la Policía Metropolitana, pasando un mal trago, muy malo, pero no era un descastado sin corazón. Lo que ocurre es que el viejo gustaba de darle lecciones. Lecciones que él se empeñaba en no aprender nunca. Pero siempre había una solución. Siempre. Y don Juan Alberto Salinas, su papá —«el señor patrón», como era conocido en las altas esferas políticas y económicas del país— lo sabía mejor que nadie, pensó Albertito. Y tal como lo pensó, lo dijo:

—¿Y bien? Porque alguna solución habrá, ¿no, don Silverio?

El jefe de policía enarcó las cejas y se le quedó mirando con sus ojos acuosos y tristones, bajo los cuales colgaban dos bolsas prominentes, violáceas, mitad por el insomnio que lo perseguía desde hacía unos años, mitad por el mucho alcohol que trasegaba durante el día para mitigarlo. También empezaban a descolgársele los carrillos y una incipiente papada, todo lo cual le abotargaba un gesto que otrora fue duro, rocoso. De todas formas, y a pesar de que no estaba envejeciendo bien, fuerte y corpulento como era, infundía algo más que respeto cuando se levantaba y se dirigía hacia un acusado o un detenido. O cuando guardaba un largo silencio, sibilino, dejando a la presa macerarse en sus propios miedos, en sus muchas angustias y dudas; como en este momento puede comprobar Alberto Salinas, que por un instante no sabe a qué atenerse.

—Siempre hay una solución, Alberto, siempre la hay —retomó el guion don Silverio, sintiéndose más marioneta que nunca, parecía que por su boca hablase el mismísimo don Juan Alberto, el señor patrón que todos los hilos y resortes controlaba—. Siempre la hay. Menos para Meredith, claro —no se lo pudo callar don Silverio. Al menos un desahogo sí puede permitirse.

—Menos para ella, claro. Menos para ella —musita el homicida, encajando por primera vez en los últimos tres días lo que realmente había hecho: matar a la mujer que más amó en su vida. Tres días con sus tres noches de calabozo lleva retirado de la circulación para calmar las posibles complicaciones diplomáticas que el caso puede acarrear, tres días han sido suficientes para encontrar una solución que satisfaga a todos.

—Lo que ocurre es que has cometido un pequeño error, Albertito. Digamos un error de perspectiva, y eso nos agrava el problema. Meredith no era una pendeja provinciana que podamos esconder como si nada; ¿cuántos asesinatos y robos nocturnos hay en el DF; eh, cuántos? Ni yo mismo lo sé —mintió don Silverio, y Alberto era plenamente consciente de ello—. No, no era una perdida a la que, en realidad, nadie quiere encontrar. Ni mucho menos. Tu Meredith era una gringa muy bien relacionada, como sabes —aseveró el jefe de policía, releyendo en voz alta algunos datos que figuraban en el detallado informe del suceso—: Meredith Kay Jericoh, treinta y un años, soltera, nacida en Little Rock, Arkansas, etnóloga y antropóloga de reputación internacional, llevaba más de diez años viajando por todo el país o residiendo en él, tanto en la capital como en Puebla y Veracruz, al menos esos fueron sus últimos domicilios conocidos. Becada por varias universidades americanas para estudiar las distintas culturas precolombinas y los nexos en común que pudiera haber entre ellas, en estos momentos dirigía unas excavaciones en el distrito de Coyoacán para recabar información sobre los ritos funerarios toltecas. Actualmente adscrita al Departamento de Antropología de la Universidad Nacional, entre su círculo de amistades o conocidos figuran los pintores Diego Rivera y David Siqueiros, así como la esposa del primero...

—No hace falta que siga leyendo, don Silverio. Todo eso ya lo sé —le cortó el acusado, no quería volver a escuchar ni por asomo el nombre de la pintora tullida, la causante de sus desgracias—. Lo que no tengo muy claro es adónde nos lleva todo esto. Así que, si es usted tan amable —le instó Alberto a concretar, también muy incómodo con ese retrato frío y administrativo, forense, que convertía a Meredith en simple carne de atestado.

—Lo que quiero decir es que sus amigos, que también son los tuyos, ya están preguntando por ella. Y los gringos de la embajada se están poniendo nerviosos con tantas preguntas, así que ellos, a su vez, empiezan a preguntarme a mí, Albertito —abrió exageradamente los brazos don Silverio y resopló—. Y como nadie les da una respuesta más o menos lógica, la cuestión ha llegado incluso a oídos del señor presidente, que también se hace algunas preguntas al respecto, ¿me vas entendiendo ahora, Alberto?

—Prosiga —asintió Alberto Salinas con seriedad, comprendiendo cabalmente su delicada posición.

—Es decir, que no tengo sobre mi mesa un puñetero informe sobre un puñetero homicidio, no —le alzó la voz don Silverio, apuntándole con el documento—, ¡sino un jodido montón de mierda! Eso es lo que tengo. Y solo hay una manera de limpiar toda esa mierda para que no nos salpique y no huela demasiado —concluyó, lanzando con desprecio el informe sobre el escritorio; lejos de sí, no fuera a contaminarlo con su fetidez.

—Pues usted dirá —concedió sumisamente Alberto, apenas un hilo de voz le salió.

Era evidente que don Silverio tenía poco o nada que decir, pues cuando a él lo subieron desde el calabozo a su despacho de la Procuraduría General, en realidad ya estaba todo dicho. Don Silverio era, en todo caso, el ocasional portavoz de su inmediato futuro. Y no le gustaba en absoluto a Alberto Salinas cómo se estaba dibujando el horizonte del mismo. En absoluto. Ese tono condescendiente, esas pausas taimadas, alguna sonrisa artera que traslucía el íntimo disfrute que en realidad a don Silverio le procuraba su zozobra.

—Pues te diré, Alberto, te diré. Ese grupo de amigos tan influyentes y reconocidos entre los que ambos os movíais son declaradamente comunistas, no hace falta que te lo diga; partidarios leales de la revolución soviética, de la Internacional obrera y de cualquier dictamen que emane de Moscú. ¿Voy bien? —se gustó don Silverio.

—Ya sabe usted que sí. —Estaba muy cansado Alberto, solo deseaba salir de allí, empezaba a darle igual lo que tuviera que hacer para ello.

—Diego Rivera y David Siqueiros han sido los ideólogos e impulsores de las Brigadas Internacionales, donde se han alistado voluntarios antifascistas de todo el mundo para pelear en España a favor de la República. De hecho, ya entraron en combate, el pasado mes de febrero fue —apostilló don Silverio, refiriéndose en concreto a la batalla del Jarama—. Muchos jóvenes mexicanos se han unido a esas Brigadas, Alberto. Muchos. Y sin duda muchos más lo harán. Todos ellos comunistas revolucionarios, como podrás imaginar —muy paso a paso don Silverio, parecía estar impartiendo una lección difícil de comprender para el alumno.

—Bueno, ¿y qué? Al presidente Cárdenas le pareció buena idea y los apoyó. A ellos y a la República española en general. Eso lo sabe usted mejor que nadie —adujo Alberto, a quien, en efecto, había piezas que le costaba encajar en el discurso del señor profesor—. Al fin y al cabo, nosotros también somos revolucionarios, ¿no es así?

—Sí, bueno. Es verdad —convino el jefe de policía—. Nosotros somos revolucionarios, pero hasta cierto punto, Alberto; hasta cierto punto. Luego, conviene no pasarse, y eso es lo que está ocurriendo con esta situación —empezó a despejar incógnitas don Silverio.

—Lo que usted quiera, don Silverio; pero ¿qué tiene que ver todo esto conmigo y con Meredith?

—Tiene que ver, Alberto, tiene mucho que ver, créeme. Intentaba explicarte que la mayoría de esos jóvenes brigadistas son fervientes partidarios de Moscú y, en consecuencia, de Stalin; a imagen y semejanza de Diego Rivera y Siqueiros, sus líderes mexicanos. Es más, sospecho que, si muchos de esos jóvenes tuvieran que elegir entre Rusia y su propio país, sus lealtades se inclinarían hacia el lado soviético —se malició don Silverio—. Y eso ya no le gusta tanto al señor presidente, como podrás suponer. Y mucho menos desde que León Trotski, a quien Stalin prefiere ver muerto, vive un apacible exilio en nuestro querido México. Eso ya nos ha traído roces y complicaciones en nuestra relación bilateral, pero no quiero ni pensar en qué ocurriría si Stalin decidiese eliminar a su enemigo en suelo patrio, como creemos que planea, mientras Trotski goza de nuestra protección diplomática.

—Entiendo —asintió Alberto, quien había coincidido un par de veces con Trotski desde que este llegase en enero de 1937, hacía apenas tres meses, al Distrito Federal. En concreto a la casa de Frida Kahlo, donde actualmente vivía. Si los temores de Alberto Salinas se confirmaban, su horizonte no era turbio, no; simplemente empezaba a sospechar que hubiera algún futuro en cuanto saliese de la Procuraduría.

—Eso está mucho mejor, Alberto. El señor presidente te lo tendrá en cuenta, no lo dudes. Necesitamos saber, quiero decir, México necesita saber —se corrigió para darle un tono más solemne a sus palabras— qué hacen esos jóvenes comunistas en España. Qué piensan, quiénes los adoctrinan, qué planes tienen para el regreso, afecten o no a Trotski, si formarán células para desestabilizar a nuestro Gobierno... Todo, Alberto. Necesitamos saberlo todo. Y tú nos lo dirás —concluyó su exposición don Silverio, sin más giros ni ambages, sin retórica, con la brutalidad que dan los muchos años de mando.

Esperaba esa conclusión o una muy parecida, pero al escuchar esas palabras sintió un ligero vértigo. España, la descarnada guerra civil que allá estaba teniendo lugar, la muerte, la miseria, la sordidez que él tantas veces había escuchado en los relatos revolucionarios de sus antepasados y que siempre había procurado evitar a lo largo de su vida. Decididamente, y casi sonrió al reconocérselo, su padre era un pinche cabronazo y también un descastado sin alma que lo sometía a la más dura prueba posible. Desde luego, si conseguía salir vivo de ese agujero hediondo al que lo mandaban —y en ese mismo instante se conjuró para que así fuese—, esta lección no la iba a olvidar jamás.

—Si me voy a España no habrá ocurrido nada, ¿verdad, don Silverio? —quiso asegurarse.

—Nada. Absolutamente nada, Alberto. Meredith Jericoh no habrá existido siquiera y no habrá más preguntas. Nadie querrá saber. Si tú cumples con tu trabajo, yo cumpliré con el mío. ¿Cuántos asesinatos y robos se producen cada noche en el DF; eh, cuántos, querido Alberto? Ni yo mismo lo sé. ¿A quién le importará un cadáver más si yo encuentro convenientemente al ladrón? —zanjó el asunto el jefe de Policía.

—Los gringos, por supuesto, tampoco preguntarán —aprendía rápido Alberto. Falta le iba a hacer si quería sobrevivir en el frente.

—Tampoco preguntarán, pero también quieren saber. Como todo el mundo, Alberto, como todo el mundo. No es que se hayan alistado en masa, pero hay varios miles de norteamericanos combatiendo en España, y en Washington quieren cubrirse las espaldas; no vaya a ser que a través de las Brigadas pueda infiltrárseles el comunismo en su lindo país. Así que con los gringos haces exactamente igual que con los brigadistas mexicanos —le confirmó don Silverio—. Toda la información posible, Alberto. Toda.

—Muy bien —asintió este.

—¿Alguna cosa más, alguna duda? —Era el inicio de la despedida, muchos asuntos tenía aún que resolver don Silverio a lo largo de esa mañana.

—Supongo que no —le contestó Alberto.

—Yo sí tengo una última cosa para ti —le dijo don Silverio, sacando un sobre color vainilla del primer cajón de su mesa—. Toma, ábrelo.

—¿Y esto qué es? —preguntó Alberto tras haber rasgado el sobre, con el brillante pasaporte en una mano y varias cuartillas en la otra.

—Tu nueva identidad. No pensarías irte a Europa utilizando tu verdadero nombre. Eres demasiado conocido en determinados ambientes, y aunque estoy seguro de que ninguno de los compatriotas que ya están peleando en España te conocerá, si alguien ata cabos desde aquí podríamos tener problemas. Así que te aprendes tu nueva vida, cuyos datos fundamentales figuran en esas hojas, y cambias de apariencia. Luego te vas a la embajada gringa y hablas con el agregado militar, presentándote de mi parte. Allí te dirán lo que tienes que hacer. Estarás un tiempo aprendiendo todo lo que debes saber, y luego te irás a Europa, como te he dicho. Primero a París y luego pasarás a España como un brigadista voluntario más. Eso es todo lo que te puedo decir, Alberto. Eso y que tengas suerte. Mucha suerte —le deseó de corazón don Silverio, levantándose pesadamente para acompañarlo hasta la puerta.

Ya en la calle, trastornado por la súbita claridad de un sol apabullante, un desaseado y astroso Alberto Salinas volvió a sacar el pasaporte y empezó a reconocerse en su nueva y peligrosa vida. Las pocas posibilidades que tenía de sobrevivir pasaban por afrontar cuanto antes la situación. Ya no se llamaba Alberto Salinas. Ya no pertenecía a la alta sociedad. Ya no era quien había sido, y en ese instante supo en lo más profundo de su alma que ya nunca volvería a serlo. Todos pagarían por ello. Todos. A ser posible, del mismo modo y con la misma moneda que había pagado Meredith Kay Jericoh, la mujer que nunca existió.

Se quedó mirando fijamente su nuevo nombre y apellidos. Se los grabó a fuego en lo más hondo de su rencor ardiente. Silvestre Casares. Esa era su nueva vida: Silvestre Casares, soldado del batallón Lincoln, perteneciente a la XV

Brigada Internacional. Un miserable soldado con una única y obsesiva misión: sobrevivir a cualquier precio. Costase lo que costase.

Sobre todo, y especialmente, le costase a quien le costase.

* * *

31 DE OCTUBRE DE 1938, FRENTE DEL EBRO.
CUATRO MENOS CUARTO DE LA MADRUGADA

DOS MUNDOS EN GUERRA

—A LAS OCHO MENOS VEINTE, HORA LOCAL, EL observatorio del Monte Jennings, a las afueras de Chicago, comunica haber observado varias explosiones de gas incandescente en el planeta Marte. Las explosiones se repitieron a intervalos regulares. El gas en cuestión es hidrógeno y se mueve hacia la tierra a gran velocidad —tradujo el teniente Mendoza sobre la marcha y se quedó callado, mirando a una concurrencia de jefes y generales que, a su vez, lo miraban a él, al tiempo que asentían con aire grave.

—¡Muy bien, teniente, muy bien! Pero siga usted, hombre, ¡que esto no ha hecho más que empezar! —lo apremió Yagüe.

—Sí, claro... A sus órdenes, mi general —balbuceó Mendoza, quien, perplejo, no daba crédito a que lo hubieran llamado con tanta urgencia para traducir semejante estupidez sobre un gas incandescente descubierto en Chicago, cuando él esperaba vérselas con algún mensaje cifrado de vital importancia para el desarrollo de la batalla, quizás uno de esos códigos que de vez en cuando el Estado Mayor le interceptaba a los servicios secretos británicos. Puso de nuevo en marcha el magnetófono, escuchó otro párrafo y, aprovechando un instante de silencio en la grabación, tradujo de corrido—: El observatorio de Princeton, Nueva Jersey, ha confirmado dicha observación y ha descrito el fenómeno como «una llamarada azul disparada por un cañón».

—¿Está seguro de que ha dicho por un cañón, teniente? —le preguntó García-Valiño, el estratega, desde el fondo de la sala, donde permanecía sentado en un sillón de orejas, pensativo y con las piernas cruzadas.

—Absolutamente, mi general —le respondió el teniente.

—¿Y de qué calibre? —quiso saber Valiño.

—Eeeeh... pues eso no lo ha dicho, mi general —pareció disculparse Mendoza, justo en el instante en el que otra voz distinta, más aguda y juvenil, inundaba de nuevo la habitación. Mendoza escuchó reconcentrado durante un buen rato, pulsó la tecla, apagando el reproductor, y se dirigió al grupo de generales, explicándoles—: Este trozo de grabación parece ser una entrevista realizada a un eminente astrónomo llamado Richard Pierson, del Observatorio Nacional de Princeton, la ciudad desde donde confirman la existencia de esas llamaradas y cañonazos. Princeton está cerca de Nueva York —reforzó Mendoza los conocimientos de geografía de sus generales, por si a alguno le pasaba como a Yagüe con el inglés—. El periodista le ha preguntado al profesor Pierson «¿qué es exactamente lo que ve cuando observa el planeta Marte desde su telescopio?» —tradujo el teniente, aún sin dominar por completo sus nervios tras el recibimiento dispensado por Yagüe.

—Por el momento, no veo nada anormal. Marte es un disco rojo flotando en el océano azul del universo, responde el señor Pierson. También observo unas franjas transversales a lo largo de ese disco —tradujo Henderson en el Estado Mayor republicano—. ¿Y qué pueden significar entonces esas franjas transversales que se ven en Marte, profesor Pierson? Es la segunda pregunta del periodista al científico —puntualizó el brigadista, que no salía de su asombro ante la extraña tarea que le habían encomendado.

Máxime teniendo en cuenta que, nada más llegar al puesto de mando, al primero que vio allí fue a Markoff, y de inmediato supuso que habían requerido sus servicios para traducir algún vulgarismo anglosajón inserto en un código que los agentes secretos no hubieran podido descifrar. No sería la primera vez que lo llamaban para eso. O para algo parecido; colaborador ocasional como era de los servicios de inteligencia desde la batalla del Jarama. Aunque esta vez, para su sorpresa, no era así. Y en esas estaba ahora, sentado frente a una vetusta radio traduciendo una inofensiva entrevista a un famoso astrónomo de la Costa Este norteamericana.

Para llegar hasta allí, hasta el Estado Mayor del ejército del Ebro, Henderson hubo de confiar en los buenos oficios del sargento Román, el cual, tras comprobar que en los alrededores de la casamata del capitán Peñalva no había camión alguno —como Henderson suplicó para sus adentros—, ni ambulancia, ni una maldita mula siquiera, barrido como estaba todo el campo por la metralla del día anterior, y viendo el buen suboficial las urgencias del brigadista, pidió a uno de los fotógrafos que acompañaban al ejército republicano en esta fase final de la batalla que solicitase una moto o vehículo similar para ser evacuado hasta retaguardia por herida, por necesidades del trabajo o por aquella inverosímil razón que se le ocurriera en ese momento, pero que lo solicitase cuanto antes. Eran esos unos detalles que la República cuidaba en grado sumo, así que, aunque la situación fuese complicada, si un periodista extranjero pedía un vehículo para ser retirado del frente, se le solía conceder.

El tipo se presentó al poco con un sidecar en bastante buen estado.

Condujo como pudo Román, guiado por las indicaciones a gritos que Henderson le iba dando desde el porta-pasajeros, el pobre reportero húngaro asido fuertemente a la cintura del sargento, a punto de vomitar en cada curva, en cada zigzag violento para esquivar un bache o irregularidad del terreno. Cuando por fin llegaron a las inmediaciones del Estado Mayor, el sargento Román le propuso al lívido fotógrafo descansar un rato en alguno de los barracones de suboficiales, él también necesitaba dormir un poco, al fin y al cabo. El fotógrafo lo agradeció sobremanera y antes de despedirse le entregó a Henderson esos negativos que *necesitaba urgentemente enviar a su redacción, portada segura en todos los diarios de Europa.*

Por la discreta vigilancia que observó en el perímetro de la boca de un antiguo túnel ferroviario, supuso que allí se encontraba el puesto de mando que buscaba. Uno de los guardias se lo confirmó. Nada más entrar el brigadista en el habitáculo que hacía las veces de cuartel general republicano, Markoff le arrebató las fotos, les echó un rápido vistazo, tirando a vulgares, y sonrió.

Henderson le devolvió la sonrisa y en ese momento se dio cuenta de que, precisamente, Markoff llevaba mucho tiempo sin sonreír, lo cual era extraño en un tipo como él. Luego, le dio la hoja con las coordenadas secretas que Peñalva le había facilitado —que el ruso quemó de inmediato—, y se presentó ante los tenientes coroneles Modesto y Líster, que aguardaban su llegada junto a Markoff, pegados los tres a la radio y a una maraña de cables y teléfonos que culebreaban por la estancia, conectados a cada uno de los puntos clave en los que, en esos instantes, se estaba desarrollando la batalla. Uno de esos puntos era la casamata del capitán Peñalva, con quien Modesto acababa de cortar la comunicación. Y no había recibido buenas noticias, a juzgar por su reacción al colgar el aparato. Aunque bien es cierto que las furibundas reacciones del teniente coronel Modesto no solían depender de si las noticias eran buenas o malas. Simplemente, él era así.

Juan Guilloto Modesto era paisano de Mendoza, pues nació en El Puerto de Santa María, pero era la antítesis del arquetipo gaditano. Seco y agrio en el trato, distante con todos salvo con su guardia personal, los más de sus compañeros y subordinados no aguantaban los continuos sarcasmos con que solía dirigirse a ellos. Alto y de buena planta, tenía por oficio el de carpintero, y era un comunista convencido y ortodoxo, fiel seguidor de las directrices emanadas desde la Internacional. El día del alzamiento se alistó como miliciano en Madrid y fue ascendiendo hasta teniente coronel, siempre por méritos de guerra. Alguien así tenía que ser buen soldado, no en vano fue el fundador del 5º Regimiento, el más duro del ejército popular. Henderson había comprobado sobradamente su valía para la República tras dos años combatiendo junto a él. Ahora bien, salvo en los combates, prefería no estar demasiado tiempo a su lado, sentimiento tan extendido y arraigado entre quienes lo conocían, que incluso había dado lugar a chascarrillos y chistes fáciles entre la tropa.

Como si del envés de una moneda se tratara, junto a él se encontraba Enrique Líster, quizás el mando más popular y querido en todo el ejército republicano. De gran envergadura y con tendencia al sobrepeso, Líster era hombre rocoso, de frente ancha, facciones duras y manos grandes. «Un tipo algo bruto», podría definirlo alguien que no estuviese dotado para el matiz. Y aunque, ciertamente algunos jefes y oficiales le acusaban de haber ejercido la brutalidad con sus hombres con tal de mantener la disciplina —con la que estaba obsesionado, pero que tan buenos resultados daba a sus unidades—, la verdad es que bajo su ruda fisonomía habitaba un amante de los placeres y la buena vida, conversador perspicaz e ingenioso, gallego afable y con retranca, como demostraba en las largas sobremesas tras los ágapes con que solía obsequiar a los periodistas extranjeros, costumbre que no perdía aunque estuvieran en pleno frente, cayendo bombas y con el enemigo a la carga contra sus posiciones.

Y luego estaba ese tercer hombre. Ese ruso a quien últimamente tanto le costaba sonreír se llamaba Pavel Markoff, y también estuvo presente durante toda la traducción que Henderson hizo del mensaje interceptado por los radioescuchas republicanos. De Markoff se sabía poco, como de casi todos los agentes y espías soviéticos enviados a España por Stalin. Probablemente, Markoff no fuese su nombre verdadero, ni el único en clave que había utilizado a lo largo de la guerra. Quizás por eso, y por las complejidades fonéticas que los idiomas eslavos siempre han representado para el duro oído español, todos le llamaban «camarada Pablo», y así unos y otros se ahorraban explicaciones.

Fiel a esa técnica de despiste personal, el camarada Pablo ni siquiera era ruso en realidad, sino bielorruso, y era un joven oficial de inteligencia de mediana estatura, fina tez pálida, casi de humo, y ojos transparentes como el lago Nevski, que a veces es de color azul y a veces de color gris. «Según el día y según la luz», decía él. «Así que en España son siempre rojos», se reía con Henderson cuando se emborrachaban los dos con ese vodka de navaja cuartelera que el ruso siempre sacaba de váyase uno a saber dónde. Desde que llegó, procedente de Moscú, Henderson y él mantenían una relación de franca camaradería. Se habían caído bien a las primeras de cambio, desde una tarde en la que Markoff necesitó los servicios de un intérprete, allá en el frente de Guadalajara, y los oficiales de inteligencia que lo habían interrogado en el Jarama unos meses atrás le indicaron que la persona que buscaba era él, el brigadista norteamericano Jeffrey Henderson, un tipo con las suficientes agallas para combatir cuerpo a cuerpo y con la necesaria discreción para confiar en él.

Y eso lo valora mucho un espía. Que alguien sea de fiar. Lo de las agallas es secundario. De hecho, la misión de los agentes soviéticos enviados a España fue la de organizar la estructura de los servicios secretos republicanos. Y tuvieron que empezar prácticamente de cero, ya que, al inicio de la contienda, según le explicó Markoff a Henderson, el espionaje republicano no es que fuera un colador, no: ¡era los mismísimos agujeros de ese colador! Y a ese arduo trabajo se había aplicado con total dedicación el camarada Pablo, siempre bajo las órdenes del superintendente máximo y general en jefe del NKVD soviético, Alexander Orlov.

Esa era la máscara diplomática, la perfecta excusa militar para intervenir en España, porque ese titánico trabajo de inteligencia se solapaba y al mismo tiempo encubría el verdadero y último objetivo de los miles de agentes comandados por Orlov: eliminar cualquier disidencia hacia Moscú. Por mínima que esta fuese. «Hacia Moscú, no, querido Pavel. Hacia Stalin», le aleccionaba siempre su general y maestro. «Porque el camarada Stalin es Moscú. Y Rusia entera. Y es todos nosotros en realidad; humildes proletarios que, al mismo tiempo, somos el camarada Stalin», resumía Orlov la implacable doctrina a seguir. Al principio lo decía con absoluto convencimiento, mirando muy fijamente a su subordinado para que no le cupieran dudas. Luego, al cabo de unos años, consolidado el poder de Stalin, no podía disimular una sonrisa hastiada. Y al final, ya en España, lo que no podía evitar era un tono bufo y socarrón cuando repetía esas frases cada vez más carentes de sentido para él.

Una eliminación implacable y sistemática, por lo demás; ya fueran anarquistas, militantes del heterodoxo POUM, e incluso comunistas seguidores de Trotski, como bien sabía Henderson; siempre en su memoria varios compatriotas de la Lincoln purgados como consecuencia de esa furibunda represión entre republicanos. Pero, en fin, mascullaba para sus adentros el brigadista, si había sido capaz de no hablar de política con un oficial de Franco durante dos años seguidos, seguro que podría obviar algunas cuestiones con Markoff, cuya compañía, por lo demás, era de lo más agradable, siempre dispuesto el ruso a ver el lado positivo de las cosas, aunque estas rodasen inexorablemente hacia el precipicio.

Pero ese optimismo y esa sonrisa infantil que le achinaba los ojos se habían difuminado de un tiempo a esta parte, se dijo Henderson tras darle el papel con las coordenadas, y Markoff parecía últimamente meditabundo y reconcentrado, taciturno y abstraído. Sin duda, pensó el americano, su estado de ánimo tendría mucho que ver con la actual situación de los servicios secretos soviéticos en España, muy cuestionados tras la súbita desaparición de quien, hasta hacía poco, había sido su máximo responsable, el general Orlov, ese genio especialmente dotado para la hipérbole y el panegírico. Henderson había oído mil historias, muchas de ellas rocambolescas e imposibles de verificar, protagonizadas por aquel humilde hijo de granjeros que, con el correr de la Revolución, había alcanzado en la Unión Soviética un estatus de mito nacional: desde que se había pasado al enemigo hasta que lo habían ejecutado en Moscú acusado de ensombrecer la figura de Stalin; pero al margen de insidiosos rumores y habladurías de trinchera, la única verdad constatable respecto al general Orlov desde que comenzó la batalla del Ebro era que no se le había visto por el frente. Ni un solo día. Cosa bastante anormal, por lo demás. Es decir, que las dos teorías anteriormente apuntadas podían ser ciertas.

—¿Nada anormal, ha dicho, cabo? Y tanto jeribeque pa' esta mierda —resopló Modesto, reprochándole a Markoff tantas prisas y tanto tiempo perdido, con lo mucho que aún le quedaba a él por hacer—. O sea, que las explosiones en Marte son como las nuestras: ¡fuegos artificiales! —se quejó de su escasa artillería, a esas alturas de la batalla muy dañada y con escasa operatividad en bastantes sectores—. ¡Tiene huevos la cosa! —remató Modesto.

—Espere, Modesto, deje que el cabo siga traduciendo, no vayamos a sacar conclusiones precipitadas. Adelante, Jeff —le pidió Markoff—. ¿Por dónde íbamos? Ah, sí, unas franjas transversales que, en realidad, no significaban nada *anormal* —dijo Markoff con un cierto retintín que incluso el duro oído español de Modesto identificó perfectamente.

—Nada anormal, y mucho menos canales de agua, como dicen quienes creen que Marte está habitado. Yo diría que esas franjas pueden ser producto natural de las condiciones atmosféricas de ese planeta. Pero nada más. Es lo que responde el astrónomo, un tanto escéptico; si se me permite la apreciación —añadió Mendoza ese último comentario de su cosecha, antes de seguir con la transcripción literal—: Y entonces, como científico, le inquiere de nuevo el periodista, ¿está usted convencido de que no hay vida inteligente en Marte? Pues yo diría que las probabilidades son de una contra mil, responde el astrónomo, muy convencido —apostilló el teniente—. Y ahora se escucha un ruido raro, una especie de crujido, y parece como si se cortase la comunicación, ¿lo oyen ustedes? —preguntó Mendoza al grupo de jefes, subiendo el volumen.

A un par de generales les dio dentera, parecía un disco rayado adrede o que alguien escribiera con tiza sobre una pizarra mal encerada. Entonces, impelido como un resorte, desde el rincón donde tomaba rápidas notas taquigráficas de cuanto Mendoza iba traduciendo, el coronel Altozano —más conocido tras la chanza de Yagüe como «Manolo el de la manivela»—, se levantó rápidamente para comprobar que el aparato no se hubiese roto, lo único que les faltaba, maldijo entre dientes Altozano, que se les escacharrase el único que quedaba en unas condiciones *medioqué*.

El desagradable chirrido cesó y la voz dinámica y jovial del periodista volvió a escucharse con nitidez. Henderson se esforzó en recuperar la concentración y prosiguió con la labor encomendada.

—¡Un momento, por favor!, el profesor acaba de recibir un mensaje, exclama excitado el periodista —exclamó a su vez Henderson, metiéndose en el papel del entrevistador—. El profesor lo lee atentamente, se lo pasa después al periodista, el cual pregunta si puede leérselo en voz alta a sus oyentes —continuó Henderson a dos voces—. El astrónomo le contesta que sí y el periodista pasa a leerlo: «Del Museo de Historia Natural de Nueva York al profesor Pierson: el sismógrafo ha registrado, en un radio de treinta kilómetros alrededor de Princeton, un impacto de intensidad similar al de un terremoto. Agradeceré que lo investigue. Punto final». Leído el mensaje, el periodista le pregunta al astrónomo: ¿cree usted que este suceso pueda tener alguna relación con las perturbaciones observadas en Marte? Eso es difícil decirlo sin tener más datos. Probablemente se trate del impacto de algún pequeño meteorito contra la Tierra, le contesta el científico —concluyó Henderson, antes de que la emisión volviera a cortarse y una maraña de interferencias y extraños gorgoteos le diera pie a Modesto para sentar cátedra con un comentario de su especialidad:

—¡Un puto meteorito! ¿Y cuantos de esos nos caen al día por aquí? ¿Para eso tanta fanfarria? —se encogió de hombros ante la mirada de hielo de Markoff. Decididamente, ese hombre lo sacaba de quicio, se dijo el ruso, acariciando sutilmente la culata de su pistola.

—¡De nuevo se recupera la conexión, mi general! —exclamó Mendoza tras darle varios golpecitos al magnetófono—. Con el corte anterior hemos debido perder una parte de la grabación, porque ahora parece que están dando un boletín de noticias. Sí, así es, se trata de un parte informativo —confirmó Mendoza—. En concreto de la Intercontinental Radio News, una emisora de Canadá. Según informan, algunos observatorios situados en la zona de los Grandes Lagos han observado tres explosiones de gran envergadura en el planeta Marte. Además, comenta el locutor canadiense que acaban de recibir en la emisora un comunicado especial desde Trenton, también en el estado de Nueva Jersey, donde se informa de que un enorme cuerpo en llamas, probablemente un meteorito, ha caído en las proximidades de una granja en Grovers Mill, un pueblo muy cerquita de esa ciudad, de Trenton, continúa diciendo el despacho de agencia —recapituló datos Mendoza.

—¿¡Un meteorito!? —preguntó Fidel Dávila, general jefe de todo el ejército del norte, que tenía bajo su mando las temidas divisiones de Navarra y, por tanto, era uno de los superiores directos de Mendoza—. ¡Vamos a ver! Lo que a mí no me queda muy claro es si ese meteorito en llamas que se ha estrellado cerca de Nueva York tiene algo que ver con las explosiones del cañón de Marte, que es lo que nos interesa aquí, ¿no? ¿Ha dicho algo de eso, teniente? —le preguntó a su subordinado.

—No, mi general, no ha dicho nada, pero el locutor ha hecho hincapié en que la emisora ha desplazado al lugar del impacto una unidad móvil encabezada por el joven periodista que entrevistó al profesor Pierson. El periodista se llama... eeeh... estooo... Carl Phillips —puntualizó Mendoza, volviendo a escuchar ese trozo de grabación—. Y el boletín de noticias termina diciendo que, en cuanto Phillips llegue desde el observatorio astronómico de Princeton, que está a unos trece kilómetros de Trenton, les hará a todos los oyentes una descripción detallada del suceso —concluyó Mendoza, y creía no haberse dejado ningún dato en el tintero.

—Carl Phillips llega a la granja y lo hace acompañado del profesor Pierson, que ha decidido acercarse también hasta Grovers Mill, dada la cercanía de su observatorio, unas diez millas de distancia aproximadamente —confirmó Henderson a sus mandos—. El periodista dice que el objeto semienterrado y humeante que pueden ver desde una cierta distancia no se asemeja en nada a un meteorito, pues tiene forma de cilindro y mide unos treinta metros de diámetro.

—¡Coño, treinta metros! Cabo, ¡a ver si en vez de un meteorito lo que ha caído es el planeta entero! —exclamó Modesto.

—Grande sí que es, desde luego —sonrió Henderson— y bastante raro, porque el periodista jura que nunca ha visto nada parecido al metal brillante que lo recubre, y le pregunta al profesor Pierson si aún cree que eso que tienen delante es un meteorito. —Hizo un alto el brigadista, que necesita unos instantes para encajar en su mente la respuesta que Pierson acaba de darle al periodista y él debe, por tanto, traducir.

—¿Qué pasa, cabo? ¿Qué es lo que cree el científico ese? ¿Se ha quedado sin palabras? —le inquiere Modesto.

—No, no. Estooo... —zozobra Henderson—. El profesor Pierson le contesta que no sabe qué pensar. Pero que, indudablemente, el revestimiento metálico de ese cilindro es de origen extraterrestre, pues ese material no se encuentra en la Tierra. Al menos eso cree él.

—¡Extraterrestre! ¡No me acojones, cabo! —exclamó Líster, ciertamente alterado—. ¿Cómo que extraterrestre, acaso no tenemos ya bastante con lo que hay por aquí?

—¡No me jodas con que crees en esas cosas, Líster! —afiló el cuchillo Modesto.

—No es que crea o deje de creer, Modesto —repuso el gallego como mandan los cánones de su tierra—. Pero algo he leído sobre el asunto y todos concluyen que esto es demasiado grande para que estemos nosotros solos nada más. ¿Tú qué dices, Pablo? —le preguntó a Markoff—. Seguro que en Moscú sabéis algo que no nos queréis contar.

—Hombre, indicios sí que hay al respecto. Para pensar una cosa y la contraria —nadó también entre dos aguas el ruso, borrando la incipiente sonrisa de triunfo de Líster.

—¿Tú siempre tienes que hablar así? ¡Que no hay quien te entienda! —le reprochó Líster, con esa voz grave y profunda de oráculo, su falta de apoyo.

—Desde luego que cada día me sorprendes un poco más, Enrique. ¡Creer en los extraterrestres! —siguió afilando el dardo Modesto—. Como sigas así, un día vas a terminar creyendo en Dios —se lo clavó por la espalda.

—Mira, Modesto —se revolvió Líster, la furia en la mirada—, con quien voy a terminar un día de estos es contigo si sigues así. Y si no hicieran falta dos para llevar el peso de todo esto —dijo señalando los cables y teléfonos, y añorando sobremanera la ausencia Tagüeña, el tercer teniente coronel al mando en el Ebro, que en esos momentos se encontraba en Madrid, por graves asuntos personales—, te juro que ese día podría ser el de hoy, porque a mí me la suda que seas el jefe. Así que vamos a dejarlo ahí, ¿eh, Juan?

Sonriendo entre chulesco y burlón, Modesto se dio media vuelta para controlar el repiqueteo de los teletipos y cablegramas. Un incómodo impás se instaló en el Estado Mayor, con Markoff y Henderson a la expectativa. Con un gesto de cabeza, Pablo ordenó a Henderson que continuase, lo cual el brigadista se apresuró a hacer.

—¡Un momento, un momento, por favor! Es el periodista quien grita ahora —aclaró Henderson—. ¡Algo está sucediendo en Grovers Mill! ¡El extremo del cilindro ha empezado a moverse! ¡La parte superior está girando como un tornillo! ¡Señoras y señores, es lo más aterrador que he presenciado nunca! ¡Un momento! Alguien está saliendo por la abertura superior del mismo. Alguien, o algo; nos dice bajando la voz el joven periodista —puntualizó Henderson, tragando saliva—. ¡Dios mío!, exclama el informador, algo acaba de salir reptando de las sombras. ¡Es como una serpiente gigante de color gris! Ahora aparece otra, y otra... Pero no son serpientes. En realidad son los tentáculos gigantes de un ser monstruoso, horrible. Y eso que se escucha de fondo parecen los gritos de terror de la multitud que se había congregado cerca del cilindro —dedujo Henderson, subiendo el volumen para que los tres hombres pudieran escuchar los alaridos y maldiciones.

Modesto, Líster y Markoff se acercaron al aparato de radio como imantados por él. Líster era la seriedad personificada, ni siquiera miraba a Modesto; y este ya no se reía, triunfador y burlón, sino que buscaba con la mirada a Markoff, preguntándose y queriendo saber qué demonios significaba todo esto. Cuando comprobó que el agente soviético no le iba a responder, demudado como estaba, lo preguntó directamente en voz alta:

—Pero, ¿qué demonios estás diciendo, cabo? A ver, Markoff, ¿esto qué cojones es? ¿Un truco de los fascistas o nos vas a contar de una vez qué coño está pasando aquí? —los interpeló a ambos, el pobre Henderson no sabía dónde meterse ya. Al parecer, los fuegos de artificio se habían acabado. Y la pólvora estaba a punto de explotar.

En el ejército siempre hay que respetar el grado, y más cuando uno no sabe qué decir, así que Henderson permaneció en silencio y fue Markoff quien contestó:

—«Esto» no es ningún truco, Modesto. ¡Ojalá lo fuera! Esto es una grabación captada hace unas horas por el servicio de radioescucha del ejército republicano del Ebro, de la cual también han tenido constancia en Valencia y en Barcelona, a través de sus estaciones de radio en los Pirineos, y narra unos hechos absolutamente verídicos. Lo hemos comprobado gracias a una breve comunicación establecida con un agente infiltrado en Nueva York, con el cual he contactado a través de mis enlaces en Moscú. Lo cierto es que hasta este momento no he sido verdaderamente consciente de cuanto ocurría, de la extrema gravedad de la situación, pues mi dominio del inglés no da para tanto. Por eso he llamado a Henderson, y por eso le he hecho venir desde primera línea con tanta urgencia, Modesto —pareció reprocharle su falta de confianza—: para que me lo traduzca correctamente y así comprender en toda su extensión qué está ocurriendo en realidad. Como ustedes han escuchado, la emisión ni siquiera venía cifrada, ni en clave o encriptada, sino en alocución normal. No creemos, por tanto, que se trate de una intoxicación del enemigo, aunque debamos guardar todas las reservas al respecto. Pero es que, además, si he de serles sincero, aún no sé si los fascistas han interceptado esta emisión o en qué condiciones lo han hecho; porque nosotros tenemos una grabación en muy buenas condiciones técnicas, es cierto, pero muy fragmentada, lo cual impide...

—O sea, Markoff —le cortó Modesto llamándolo por su apellido, plenamente convencido el teniente coronel de que la situación, en efecto, se tornaba grave por momentos—, ¿me está usted diciendo que algo procedente del espacio ha aterrizado en una granja cerca de Nueva York? ¿Es eso lo que me está diciendo? —preguntó incrédulo, pero ya no había sombra de ironía en su voz. Era incertidumbre lo que traslucían sus ojos ante el gesto adusto del agente soviético.

Ya no era solo Henderson quien permanecía en silencio. Ninguno de los cuatro hombres sabía qué decir, cómo reaccionar ante la magnitud de los acontecimientos. Quizás porque a ninguno de ellos le correspondía continuar la narración de los hechos, sino a Carl Phillips, un joven periodista que se hallaba ante la experiencia más asombrosa de su no muy larga carrera profesional. A una señal de Markoff, Henderson puso en marcha el aparato y, con voz entrecortada, borrado ya cualquier rastro de dinamismo o jovialidad, Carl Phillips les contó:

—Ahora puedo ver el cuerpo del monstruo. ¡Dios santo! Es grande como un oso y brilla como el cuero mojado. Y su cara... es... indescriptible, exclama Phillips —siguió Henderson con la traducción de los hechos—. Sus ojos son negros y brillantes como los de un tiburón asesino. La boca tiene forma de V, y de esa abertura sin labios brota un líquido viscoso semejante a la saliva. El monstruo, o lo que esto sea, se mueve torpemente, como si cargase con un gran peso, quizás por el efecto de la gravedad, apunta el periodista muy excitado —acotó Henderson—. Esa cosa horrible se yergue. Y la gente retrocede, nos relata Phillips. Esta es la experiencia más extraordinaria que he... ¡Oh, vaya, lo siento! Parece que la emisión se corta de nuevo, señores —informó Henderson a su Estado Mayor, al tiempo que golpeaba rítmicamente la radio, tan absorto en la narración de los hechos que olvidaba que, en realidad, se trataba de una grabación previa y no de una interceptación en directo.

—¡¡Coño, se tiene que cortar precisamente ahora!! —protestó Líster, que se veía ganador. Markoff esbozo una tímida sonrisa, una mueca apenas.

Y ya era la segunda vez que lo hacía en esa noche.

—Otra vez tenemos señal clara y audible, ¡menos mal! —exclamó un excitado Mendoza, que reanudó la traducción ante su enmudecido auditorio—. Phillips, el periodista, dice que tres policías del condado se acercan al cilindro con una bandera blanca para parlamentar con el monstruo. Cuando están cerca se oye un silbido muy agudo y luego un zumbido intenso. La silueta jorobada sale por completo de su agujero y, de repente —prosiguió Mendoza con dramatismo—, lanza una llamarada contra los tres agentes. ¡Los ha alcanzado!, grita el periodista —casi grita Mendoza, viviendo los hechos más que traducirlos— ¡Dios mío, los ha fulminado! ¡Y el monstruo sigue lanzando fuego y rayos por doquier!, exclama Carl Phillips al borde de la histeria. Todo el campo alrededor de la pequeña granja de Grovers está ahora en llamas —concluyó Mendoza el párrafo con un punto de desasosiego en la voz.

—¿Y esos zambombazos que se escuchan de fondo qué pueden ser, teniente, más explosiones del cañón? —preguntó de nuevo Valiño, que seguía emperrado con la artillería.

—Pueees... Creo que no, mi general —contestó Mendoza—. Son explosiones, en efecto, pero el periodista explica que son los automóviles al arder, y los graneros, las casas y los bosques de alrededor, pues el fuego se propaga por todas partes. —El desasosiego del joven teniente fue a más, como las llamas en Grovers Mill.

—¡¿Todo ese destrozo por una simple llamarada?! No sé yo. —No supo qué más decir, en efecto, García-Valiño, que se encogió de hombros y guardó silencio, pues Mendoza se volvió súbitamente hacia sus generales para confirmarles que...

—Sí, sí, así es. La información es correcta. Son explosiones que han afectado a la población civil. Hay cuarenta muertos en los alrededores de la granja, seis de ellos soldados. Al parecer, Carl Phillips es uno de los fallecidos en el ataque, y según la Intercontinental Radio News se ha declarado la ley marcial en todo el territorio de los Estados Unidos de América ante el ataque sufrido —concluyó Mendoza con un nudo en la garganta, absolutamente seguro a esas alturas de la narración de que las urgencias del general Yagüe estaban absolutamente justificadas, y que, desde luego, lo que quiera que estuviese pasando en el confín del mundo no era ninguna estupidez; amén de tener una importancia capital —que a él se le escapaba en ese momento— en el desarrollo de la batalla del Ebro. Y de la guerra en su conjunto. Porque, a ver, qué demonios estaba pasando, se dijo, ¿qué diablos estaba traduciendo él ante el Estado Mayor del ejército nacional: que una nave de Marte había invadido uno de los países más grandes y poderosos del mundo? Sí, sin duda eso era lo que acababa de decirles. Y los generales parecían asumir las noticias con cierta calma y displicencia, como si dieran por descontado que una cosa así pudiera suceder de un momento a otro. De modo que, mitad para convencerse de que no estaba viviendo una pesadilla de ciencia ficción, mitad para constatar que no se había vuelto completamente loco, y sabiendo que quizás incurría en una falta de disciplina, se atrevió a preguntar al cónclave de jefes y generales, no sin un deje de ingenuidad—: Disculpen vuecencias el atrevimiento de este oficial, pero, ¿podrían explicarme qué es lo que está sucediendo realmente en esa granja americana?

—Las preguntas para los periodistas, teniente. Usted a lo suyo —le respondió Yagüe con cierta indolencia, como si, en efecto, supiera que la curiosidad de Mendoza terminaría por imponerse y le hubiera importunado una interrupción tan previsible—. A ver, ¿qué dice el de la radio? —lo instó a seguir.

La respuesta fue tan cortante que a Mendoza le costó trabajo recuperar la concentración, a todas luces necesaria, pues la voz del profesor Pierson volvió a escucharse no sin ciertos problemas e interferencias.

—Tras la muerte de Carl Phillips, es el profesor Pierson quien sigue al habla y nos cuenta lo que ve —confirmó Mendoza—. Dice que los monstruos regresan a su nave y que no puede dar ninguna explicación respecto a la naturaleza extraterrestre de las varias criaturas que han salido del cilindro y atacado a la población. Pero sí puede confirmar que el arma misteriosa que ha fulminado a los humanos es un rayo térmico devastador.

—¡Un rayo térmico devastador, ahora se entiende lo del fuego! —musitó el coronel Campos, cuyos hombres recibieron el principal impacto de la invasión republicana del 25 de julio, y fue quien tuvo que atrincherarse y defender Gandesa desde el primer día, tras ver como sus unidades caían desarboladas en pocas horas. Un rayo térmico es lo que él hubiera necesitado en aquellos momentos, pensó el coronel Campos, ahora apartado del mando tras haberle hecho responsable el mismísimo general Franco de falta de previsión ante la embestida y de no haber sabido defender sus posiciones una vez comenzada la refriega. Desde ese día, brujuleaba por el Estado Mayor de acá para allá, no se sabe muy bien si en situación de disponible o de arrestado; comido por los celos, la impaciencia y el resentimiento hacia sus camaradas de uniforme. En cuanto tuviese ese maldito rayo en su poder, iba él a ajustar unas pocas cuentas en ambas orillas del río, se dijo.

—Aún así, me parece demasiado —insistió Valiño—. ¡Es que no me entra en la cabeza que un rayo pueda liquidar a una compañía entera en un santiamén, no sé si me explico!

—Explicarte sí que te explicas, Rafael. Lo que no pareces es enterarte —intervino por primera vez el general Vigón, mano derecha de Franco y jefe de su Estado Mayor; por tanto, superior jerárquico de cuantos estaban allí. En el escalón inmediatamente inferior se encontraba Fidel Dávila, al ser jefe de todo el ejército del norte. Y por debajo de Dávila estaban Valiño y Yagüe con el mismo nivel de mando. De ahí su rivalidad—. ¿No escuchaste antes que se trata de un rayo térmico? Térmico y devastador. Un arma terrible, no como las que tenemos aquí. Con un chisme de esos puedes hacer lo que te salga de los cojones, Rafael —remató Vigón, y Yagüe sonrió para sus adentros, pensando que García-Valiño se tenía merecida la reprimenda por presuntuoso—. A ver, teniente —ordenó Vigón—, no haga usted caso de estos generales y siga a lo suyo, no vayamos a perder el hilo.

Y aunque en esos momentos, sin que ninguno de los dos llegara a intuirlo, entre Henderson y él estaban enhebrando con sus traducciones el más extraño suceso acontecido durante la Guerra Civil, lo cierto y verdad es que quien acababa de perder completamente el hilo tras las palabras del general Vigón era él, Martín de Mendoza. ¿Cómo qué «antes»? «¿No escuchaste antes?», fue exactamente la réplica de Vigón al petulante García-Valiño. ¿Y qué significaba eso? ¿Qué sus generales conocían de antemano la invasión extraterrestre y de ahí la calma con la que parecían afrontar los hechos? Si así fuera, divagó Mendoza, quizás incluso supieran cómo hacerse con ese mortífero rayo, un arma con la que rápidamente acabarían con toda resistencia en el Ebro. Y en España. Y en el mundo entero, se dijo. Sin duda, a eso se refería el Generalísimo cuando les habló en la Academia del inminente resurgir del glorioso imperio español. Abstraído como estaba, Yagüe casi tuvo que darle un empellón para que regresara a este mundo desde donde quiera que estuviese, y les tradujera lo que iba contando esa voz entrecortada y nerviosa, aunque con cierto aire distinguido y marcial, precisó Yagüe. Su inglés sería muy flojo, pero él sabía reconocer perfectamente a un militar con solo oírlo. Aunque no supiera lo que estaba diciendo. Precisamente para solucionar ese pequeño problema habían hecho llamar a ese teniente, a ver si se centraba de una vez en la traducción en lugar de mirar al vacío, ¡coño!, qué parecía tonto.

—Es un capitán quien habla en estos momentos —confirmó Henderson en su Estado Mayor. Modesto, Líster y Markoff prestaron especial atención a sus palabras. Sin duda, los hechos ya habían llegado a su terreno, al estrictamente militar—. Se han debido producir varios saltos en la acción, porque el capitán informa de que el cilindro está ahora completamente rodeado por ocho batallones de infantería ligera. Siete mil hombres rodean el tubo de metal formando un triple perímetro de protección, nos explica el capitán —tradujo Henderson—, y comenta que varias compañías se despliegan por el flanco izquierdo para, llegado el caso, realizar un ataque rápido y directo, y que si el monstruo se aventura a asomar la cabeza recibirá fuego inmediato de varias secciones de ametralladoras pesadas que han situado justo enfrente.

—Buena disposición táctica —aprobó Líster—. Pero lo que no me queda a mí muy claro es la rapidez con la que han llegado, ¿no? —mostró sus reticencias el teniente coronel.

—No crea; es perfectamente posible —apostilló Henderson —. El ejército norteamericano tiene unidades desplegadas por todo el estado de Nueva York y varios acuartelamientos en Albany, no muy lejos de donde se están desarrollando los hechos. Bien coordinados, se podría llegar sin problema.

—Debéis andar bien de logística por allí —concedió Líster, sin despejar del todo sus dudas.

—No es el ejército alemán o el japonés, pero saben hacer su trabajo —hizo patria el brigadista, y volvió a sumergirse en la narración de los hechos. Puso en marcha la grabación y lo que escuchó hizo que se le cortase el aliento. Boquiabierto, miró a sus interlocutores, que a su vez lo miraban expectantes a él, esperando que les comunicara el desarrollo de los acontecimientos. Buenas noticias no podían ser, desde luego, a juzgar por la reacción del americano. Aunque lo más exacto sería decir falta de reacción, pues Henderson aún no había conseguido articular palabra.

—¿Qué es lo que pasa, Jeff? —le dijo Markoff, poniéndole la mano en el hombro.

—Pasa que el cilindro se ha movido, Pablo —tradujo Henderson con voz entrecortada—. Un escudo brillante de grandes dimensiones se ha desgajado de su parte superior y se ha elevado unos metros por encima del cuerpo metálico. Luego, toda la estructura se ha erguido sobre algo que parecían largas piernas, llegando hasta la copa de los árboles. O sea, el cilindro se ha convertido en una máquina, en una nave que ha comenzado a lanzar llamaradas y rayos sobre las tropas que lo rodeaban.

—¡Dios mío! —exclamó Modesto, sobrecogido, pero Líster no le tuvo en cuenta el súbito acceso religioso, aturdido como andaba él también.

—Eso no es todo —les adelantó Henderson—. El locutor lee una terrible noticia procedente del Departamento de Estado norteamericano, aunque no puede confirmarla: al parecer, esos extraños seres y esas mortíferas naves son la vanguardia de un poderosísimo ejército invasor procedente del planeta Marte. La primera batalla ha tenido lugar esta noche en Grovers Mill y ha concluido con una de las derrotas más sorprendentes que haya sufrido un ejército en los tiempos modernos: siete mil hombres armados con fusiles, ametralladoras pesadas y blindados semiligeros frente a una sola máquina de guerra marciana. Solo hay unos pocos supervivientes. Los demás yacen esparcidos sobre el campo de batalla, aplastados y deshechos bajo los pies metálicos del monstruo o reducidos a ceniza por el rayo térmico.

—¡¿Pero esto qué es, Markoff, pero esto qué demonios es!? Dime que no estoy loco. ¡¿Que unos marcianos han derrotado a uno de los mejores ejércitos del mundo sin apenas resistencia?! ¡¿Siete mil bajas en unos minutos?! ¡Joder, si aquí en el Ebro necesitamos por lo menos una semana para semejante escabechina! —seguía Modesto lanzando su incredulidad en forma de reiteradas preguntas; preguntas sin respuesta a esas alturas de la noche—. ¡Pero, hombre, por favor! —exclamó impotente—. ¿Y entonces nosotros, qué cojones vamos a hacer? Porque si han aplastado así a los americanos, a nosotros es que nos machacan, ¡vamos! —abandonó el espacio interestelar Modesto y regresó a la dura Tierra donde en ese momento se encontraba: con sus hombres muy debilitados y en medio de la más cruenta ofensiva por desalojarlos del Ebro—. ¡Pero a mí no me liquidan así como así! No llevamos tres meses en este río, resistiendo a los fascistas, para rendirnos ahora sin presentar batalla a unos marcianos, ¡eso sí que no!

—¡Calma, Modesto, calma! —intervino Markoff, cuyo tono era, desde luego, bastante más sosegado—. No sabemos qué está sucediendo en realidad, aunque ciertamente las cosas no pintan nada bien. Pero habrá que confirmar estas y otras noticias con fuentes fiables, y ver qué ha sucedido en el resto del país. Debemos esperar antes de tomar cualquier determinación. Quiero tener más datos —resumió los pasos a seguir Markoff, con lógica aplastante de espía veterano.

—¡Que quiere más datos, dice el ruso este! ¡Y que me calme! —resopló Modesto, dirigiéndose a Líster—. Joder, eso nos dijeron el dieciocho de julio, ¿te acuerdas, Enrique?: calma, tranquilos, que no pasa nada; ¡y si no nos andamos listos, nos dejan en pelotas en Madrid! No, Markoff, las cosas no se hacen así. Al toro hay que cogerlo por los cuernos, y si eso que dice la radio es verdad, más vale que nos vayamos preparando.

—Pablo, el teniente coronel tiene razón —intervino Henderson, que no había dejado de escuchar la grabación mientras Modesto diseñaba la estrategia de esta nueva e inesperada batalla. El tono y el gesto del brigadista eran tremendamente serios—. Y si quieres más datos, yo te los puedo dar. Al parecer, según las últimas informaciones del

Departamento de Interior, cifradas en Washington, obviamente, la máquina controla ya la mitad del estado de Nueva Jersey. Los raíles del ferrocarril han sido levantados en los principales nudos de comunicación del país y las carreteras hacia el norte, sur y oeste están abarrotadas por una muchedumbre que huye despavorida. La policía y el ejército no pueden contener esta desbandada general de pánico.

—¡Maldita sea, eso sí es completamente cierto! Esa información la tenemos confirmada —empezó a asumir la derrota de sus tesis Markoff—, pues cuando contacté con nuestro agente infiltrado en Nueva York, me transmitió que el pánico se había apoderado de la población y que ingentes masas de personas huían hacia ninguna parte a lo largo de esa zona del país, en los Grandes Lagos y el nordeste. En ese momento, como me resultaba imposible traducir o comprender toda la grabación, no supe interpretarlo correctamente, pero ahora lo entiendo, claro. Ahora lo entiendo todo. Lo que sucede es que, desde entonces, hemos perdido contacto con el exterior. Es como si en la zona del Ebro se hubiese producido un apagón eléctrico. Ni cables ni mensajes, ni radiogramas... ¡Nada!, no podemos emitir ni recibir información.

—¿Y tú espía en Nueva York entra dentro de eso que tú llamas «fuentes fiables», Pablo? —ironizó Líster.

—Muy fiables, teniente coronel. Muy, muy fiables —le reconoció Markoff.

—Pablo, por si te sirve de algo —intervino Henderson—, puedo asegurarte que el acento de las personas que han ido interviniendo en los distintos boletines de noticias o entrevistas se corresponde con el de la zona del ataque: Jersey, los Grandes Lagos, la frontera con Canadá o Nueva York. Y algunos giros fonéticos también son típicos del nordeste. Y aunque en estos casos, como tú dices, siempre haya que mantener una prudente reserva, la verdad es que no veo yo a los fascistas hilando tan fino. Yo nací ahí, en esa zona, y sé lo que me digo.

—No, no..., si puede que tengáis toda la razón —comenzó a resquebrajarse la lógica de Markoff ante la avalancha de evidencias que le mostraba la realidad. Desde luego, la apreciación de Henderson ayudaba a clarificar la situación. Un tipo de fiar el brigadista, siempre lo supo el camarada Markoff. Por eso quería tenerlo a su lado.

—¡Pablo, Pablo, escucha esto! —exclamó Henderson, dando quizás la vuelta de tuerca definitiva a las esperanzas del soviético—: Desde la cadena CBS, una de las más importantes del país, se informa que desde hace unas horas no se pueden establecer comunicaciones radiofónicas con la zona de Nueva York debido a los efectos de los rayos térmicos sobre los equipos de transmisión y sobre el tendido eléctrico general. Y en el resto de los Estados Unidos las comunicaciones también son muy difíciles.

—Lo sospechaba —claudicó Markoff—. Era lógico pensar que una tecnología de ese calibre pudiera acabar con nuestro sistema de transmisiones y de recepción. Eso y las lluvias de estos días, que les ha facilitado el trabajo. ¡Malditos sean una y mil veces!

—Es un plan calculado, ¿no os dais cuenta? —apuntó Líster—. Se están centrando en las infraestructuras y en las comunicaciones. ¡Quieren aislar a los americanos para acabar con ellos poco a poco! —dedujo consternado, pero no supo decirse si el comentario contenía más de admiración por la pericia militar del poderoso enemigo, o de terror por las consecuencias futuras de su inapelable victoria.

—Y lo peor está por venir, mi teniente coronel —auguró Henderson—, pues los observatorios astronómicos de algunos estados del Medio Oeste comunican que se siguen detectando explosiones en Marte a intervalos regulares. Las fuentes consultadas opinan que el enemigo no tardará en recibir refuerzos, pues sospechan que cada explosión registrada es, en realidad, el lanzamiento de una nueva nave invasora que se dirige a la Tierra. También se han recibido telegramas de científicos ingleses, franceses y alemanes ofreciendo su ayuda. La situación es de alerta mundial —concluyó Henderson con gesto preocupado.

—Emergencia mundial —fue lo que tradujo Mendoza—. Emergencia mundial —repitió casi en un susurro.

Cada vez más atribulados ante la confirmación de noticias que su teniente de ametralladoras les iba desgranando, los generales franquistas permanecían en silencio, ya plenamente conscientes del calado de la situación en la que se veían inmersos. El ejército americano estaba siendo derrotado por un enemigo en inferioridad que empezaba a recibir refuerzos; un enemigo cuyo armamento ligero superaba de largo las más modernas tecnologías conocidas en nuestro planeta. Desde luego, así planteada la batalla, ningún ejército tenía la más mínima posibilidad. Ese silencio amargo y derrotista lo rompió Yagüe, y a partir de ahí, siguiendo la más genuina táctica franquista, los generales se lanzaron en avalancha para expresar su opinión sobre las terribles novedades que llegaban del otro lado del Atlántico.

—Una emergencia mundial y nosotros pegando tiros en este agujero —expuso fielmente los hechos Yagüe—. Si son capaces de derrotar a los americanos tan fácilmente, uno a uno nos van a despedazar. Y a nosotros nos pillan entrenados, que conste; pero no tenemos reservas ni armas para plantar batalla contra algo así, eso lo sabemos todos.

—¿Y qué es lo que estás insinuando, querido Juan? No será lo que yo me imagino. ¡Que te veo venir! —se le encaró otro general que hasta ese momento no había dicho una palabra, Fernando Barrón, quien intuyendo una nueva veleidad falangista en Yagüe saltó como un resorte.

Aunque también era general, Barrón no tenía el rango jerárquico de García-Valiño o de Yagüe, pues solo mandaba una pequeña división, la 13 de Navarra, conocida como «La mano Negra», unidad de élite y choque, pero se podía permitir ese atrevimiento con su superior al ser integrante del núcleo más duro y cercano al Generalísimo y a sus tácticas frontales. No, decididamente, Barrón no era hombre de muchas palabras. En todo caso, para él, las palabras venían después de la acción.

—Yooo, yo no estoy insinuando nada, Fernando —se escabulló Yagüe—. Pero el teniente Mendoza también ha dicho que Inglaterra, Alemania y Francia han brindado su apoyo a los Estados Unidos. Antes no nos hemos fiado de ese inglés tan relamido, pero ahora ya no hay duda. No sé, quizás lo mismo tengamos que unirnos todos ante lo que se nos viene encima.

—¿Unirnos? ¿Con esos de ahí enfrente? ¡Venga ya! No, si ya sabía yo por dónde ibas. Todos juntitos de la mano, como si no hubiera pasado nada. Nunca aprenderéis en la Falange —replicó Barrón, que no pudo continuar porque Valiño le cortó:

—Si España es invadida, yo lucho al lado de quien haga falta, Fernando. ¿O es que quieres ver a nuestra patria sometida por esas cosas con babas? Seguro que el Caudillo opina como yo —se encaró García-Valiño con Barrón.

—Pero, ¡¿qué coño estás diciendo, Rafael!? ¿Cómo voy a querer yo que España caiga en manos de esos bichos? ¡Ni de esos bichos ni de nadie! Por eso no duermo en mi casa desde el 36. Y al Caudillo, déjalo en paz —alzó la voz Barrón.

—Eso es lo que me extraña —intervino Vigón, como superior de todos los presentes, para aplacar los ánimos.

—¿A qué se refiere, mi general? —le preguntó García-Valiño. Barrón también quedó a la expectativa. Como todos hacían cada vez que hablaba el segundo del Caudillo, por otra parte.

—A que sea precisamente ahora cuando se produzca esa invasión. Ahora que por fin tenemos a esos *bichos* contra la espada y la pared —dijo señalando hacia el lado republicano—. ¡Qué casualidad!

—¡Que los marcianos son rojos! ¡Ay, Dios! Si vienen a ayudarles, estamos perdidos —exclamó el coronel Altozano.

—No seas imbécil, Manolo. ¿Cómo van a ser rojos los marcianos? —le reconvino Vigón—. ¡Qué cosas tienes! Además, ¿no dicen que son verdes? —bromeó, pero Altozano, abucharado, no apreció su humor—. Lo que quiero decir es que las casualidades no existen. Y menos en una guerra —apostilló quien, al fin y al cabo, estaba al cargo del Estado Mayor de Franco, o sea, de filtrar todas las comunicaciones y mensajes de los servicios de espionaje y contrainformación de la zona nacional.

—¿Una maniobra de despiste o de intoxicación roja, quizás? —intervino Juan Yagüe—. No sé qué decirle, mi general, usted sabe más que yo de eso, pero si los rojos y sus amigos no han conseguido forzar la situación para que Alemania invada Danzig y desencadenar un enfrentamiento europeo, ¡y llevan meses intentándolo!, la verdad, me parece un poco difícil que puedan convencer a los marcianos para que invadan la Tierra —concluyó Yagüe su razonamiento.

Y aunque hablaba completamente en serio, lo absurdo del planteamiento hizo que, a ojos de los demás generales, pareciera que se estaba burlando de Vigón, superior jerárquico de todos ellos. Pero este no se tomó las palabras de Yagüe como una chanza. Al contrario. Le pareció que, a pesar de su rudeza, había enfocado correctamente el asunto.

—Yo no me atrevería a llegar tan lejos, Juan, porque en realidad no sé muy bien lo que está ocurriendo. Pero lo cierto es que esta invasión, aunque no sea la esperada del Reich a Polonia, cambiará las reglas de juego en el mundo, como el teniente acaba de traducir y tú muy bien has apuntado. Y eso sí que nos afectaría sobremanera a nosotros, a los que estamos pegando tiros en este agujero. A nosotros y a los que están en el agujero de enfrente, ¿me explico? —insinuó con su serpenteante retórica de espía avezado—. De ahí que lo único que tenga muy claro en estos momentos es que, antes de tomar cualquier decisión de la que después podamos arrepentirnos, y seguro que el Caudillo opina en esto como yo —recalcó mirando a la concurrencia—, debemos esperar a tener más datos, a confirmar algunos aspectos. Estamos en ello, así que no se preocupen, caballeros. Pronto sabremos cómo actuar.

—Con el debido respeto, mi general, ¿cómo vamos a esperar más, si llevamos tres meses empantanados aquí? Y precisamente ahora, que los tenemos a punto de caramelo —intervino Fernando Barrón—. ¡Al carajo con los marcianos! Acabemos con los rojos antes de que esos bichos asquerosos lleguen aquí, y luego ya veremos —resumió su táctica el general de «La Mano Negra».

—Yo estoy con Barrón —le apoyó García-Valiño—. No podemos dejar a medias el trabajo ya empezado —arguyó, y los presentes no supieron si Valiño se refería a la guerra en general, o a su bien planificada contraofensiva en particular, esa por la que esperaba recibir la laureada de San Fernando.

Solo fuera por contradecirle o porque, en realidad, no las tenía todas consigo y siempre es mejor ponerse del lado de un superior, Yagüe intentó hacerles ver que:

—Y si la invasión se ha producido de verdad, ¿qué estaríamos haciendo entonces, eh?: ¿matar a quienes pueden cubrirnos las espaldas antes de confirmar siquiera las noticias? ¡Menuda táctica, joder! —apuntilló Yagüe.

Valiño, Barrón y el defenestrado coronel Campos saltaron a una, pisándose la palabra, lanzando veladas acusaciones de servilismo a Yagüe, y críticas bastante más explícitas a todas esas gilipolleces de falangista trasnochado que no acababa de sacudirse del todo y que, obviamente, nublaban su inteligencia. Este se defendió, buscando el paraguas de Vigón, que en esos momentos andaba perdido en sus cavilaciones e hipótesis. Por su parte, Fidel Dávila, como segundo general de la jerarquía, intentaba en vano que aquello no degenerase en una trifulca propia de cantina de oficiales.

Fue en ese momento, enzarzados como andaban en lo más álgido de la discusión, cuando alguien llamó a la puerta. Tres toques enérgicos, pausa, y dos toques más. Vigón suspiró aliviado, solo fuera por no tener que escuchar más las cuitas de sus generales. Con voz enérgica, casi gritando para hacerse oír sobre el guirigay reinante, autorizó la entrada al recién llegado y un viejo conocido del teniente Mendoza hizo aparición portando una carpeta, de cuyo interior extrajo un despacho secreto que entregó al segundo de Francisco Franco.

—¡Ferrer! —no pudo contenerse el teniente—. ¡Mi capitán! —se corrigió, más marcial.

—¡Mendoza! ¡Todavía por aquí! —se sorprendió y se alegró el capitán Ferrer de verle, pues no había reparado en él conforme entró y se dirigió a su jefe.

—¿De qué se conocen ustedes personalmente, de la Academia, quizás? ¿Son de la misma quinta? —preguntó Vigón.

—Así es, mi general —respondió Ferrer, alargando la ele con esa guturalidad catalana que le caracterizaba—. Mendoza es de una promoción inferior, pero tenemos buenos recuerdos de Zaragoza, ¿verdad, Martín?

—Verdad, mi capitán, verdad —asintió Martín.

Mientras Mendoza y Ferrer se saludaban, Vigón leyó el despacho para sí. Una vez hubo concluido, apuntándole con el mensaje, preguntó al capitán Ferrer.

—¿Fiable y seguro?

—Absolutamente, mi general. Cien por cien. Hemos conseguido contactar con el duque de Alba, en Londres, y nos ha confirmado la existencia de la grabación. También la han captado allí y en todo el sureste de Inglaterra y norte de Francia. Asimismo, nos informa que ha podido hablar con los Estados Unidos y gente de su absoluta confianza asegura que, en efecto, se observan grandes masas de población huyendo aterradas en toda la zona este del país, desde Virginia a Maine.

—¡Vaya, vaya! —cabeceó Vigón, adelantando medidas y posibles movimientos a la luz de las malas noticias recibidas. Desde luego, si quería más datos para confirmar algunos aspectos, ya los tenía sobre la mesa. Y la fuente era la mejor: el embajador de Franco ante el Foreign Office—. Capitán, contacte de nuevo con Alba, quisiera hablar con él —ordenó a Ferrer, uno de los mejores oficiales que servían bajo sus órdenes en el Estado Mayor. Segunda Sección, por supuesto; denominación militar bajo la que los ejércitos combatientes escondían sus respectivas redes de espionaje.

—Me temo que va a ser imposible, mi general —se disculpó Ferrer—. La comunicación con Londres ha sido muy breve, muy complicada, y luego ha debido cortarse toda la red radioeléctrica y no podemos mantener contacto alguno con el exterior. Estamos intentando restablecer nuestras líneas, pero, por ahora, no podemos mandar mensajes. Ni recibirlos tampoco.

—¡El rayo térmico! —musitó el coronel Campos, ajustando sus cuentas particulares—. El rayo térmico ha cortado todas las comunicaciones, ¿no lo han escuchado ustedes?

—Puede ser, mi coronel. No lo hemos confirmado, pero no deberíamos descartarlo. También puede ser que la lluvia y el aparato eléctrico que hemos sufrido estos días hayan inutilizado las instalaciones, los postes o los cables del tendido —informó, escueto, Ferrer.

Lo cual era cierto, pero la razón principal de los graves problemas que empezaban a evidenciarse en toda la zona de combate con el fluido eléctrico, las líneas telefónicas y los sistemas telegráficos obedecía a la espectacular crecida del río tras el desembalse de los pantanos de Barasona, Tremp y Camarasa, maniobra llevada a cabo por el alto mando nacional para impedir que las tropas republicanas recibiesen refuerzos durante esta séptima contraofensiva y, al mismo tiempo, dificultar la retirada de las unidades más quebrantadas hacia la otra orilla. Y es que el súbito aumento de caudal no solo arrasó pontones y pasarelas republicanas, sino que también dañó las ya de por sí precarias instalaciones de una central térmica que aún se mantenía en funcionamiento —en el bando nacional— y dos subestaciones eléctricas situadas en la ribera del río, una en cada zona. De hecho, durante la traducción que Mendoza estaba realizando, la luz artificial que iluminaba la estancia donde se encontraban perdió intensidad un par de veces, y otra a punto estuvo de cortarse el suministro, sin duda costaba mucho mantener la necesaria tensión y recuperar las súbitas bajadas de energía.

—Bien, pues entonces será mejor que el teniente termine de traducirnos la grabación. Y como usted ya la ha escuchado, siga en su puesto e intente arreglar esa comunicación con Londres —dispuso Vigón.

—A sus órdenes, mi general —se cuadró Ferrer, que se despidió acto seguido de Mendoza dándole dos palmadas afectuosas en el hombro, el cual, atónito, no dejaba de mirarlo fijamente con ojos interrogativos. O sea, que Ferrer también «ha escuchado antes la grabación», pensó Mendoza, esbozando una mueca de perplejidad. Y aunque sabía que las preguntas eran para los periodistas, no pudo evitar que una ráfaga de ellas se disparase de inmediato en su mente: ¿por qué querían sus generales escuchar dos veces la misma grabación? ¿Quién la tradujo la primera vez, quién era ese misterioso y relamido inglés?; y, sobre todo, ¿por qué no se habían fiado de su traducción? Y entonces, ¿para qué lo habían llamado a él, acaso estaban probándolo? Buena ráfaga, plomo a discreción. Se notaba que era de ametralladoras.

Sucede que, si las preguntas son para los periodistas, los consejos de guerra sumarísimos suelen ser para quienes desobedecen a un general, así que el teniente Mendoza comprendió que mejor sería que sus muchas dudas quedasen, por el momento, enterradas y sin contestación. Se limitó, pues, a sonreírle cortésmente a Ferrer, devolviéndole el saludo, permanecer en silencio esperando órdenes y concentrarse en su misión. Él estaba allí para traducir. Pues a traducir, ¡no fueran a pensar sus generales que era un cretino!

No obstante, al verlo sobrepasado por los acontecimientos y notar esa evidente inquietud en su mirada —pues los ojos del teniente Mendoza habían pasado de interrogativos a inquisitoriales con cada una de las preguntas que no se atrevía a formular—, su amigo Ferrer casi se vio en la obligación de darle unas mínimas explicaciones a quien, al fin y al cabo, estaba allí porque él, Eduardo Ferrer Llopis, capitán de ingenieros especialista en códigos cifrados y contraespionaje, lo había hecho llamar urgentemente, sabedor de su dominio de la lengua inglesa.

—No te preocupes, Martín, que lo estás haciendo muy bien —le animó y, mirando a su jefe directo, el general Vigón, pareció pedirle permiso para confirmarle que...—: Sí, en efecto, todos los presentes han escuchado ya esta grabación hace una hora, más o menos. La captamos en tiempo real y de inmediato se convocó una reunión urgente de los mandos operativos en el Ebro.

—Así es, teniente —le confirmó el general Vigón—. Nos ha hecho el pequeño favor de traducirla ese periodista inglés que entrevista a Franco de vez en cuando, ¿cómo se llama, Ferrer?

—Philby, mi general. Kim Philby —respondió este.

—Eso. Philby —aseveró Vigón—. ¡No soporto a ese remilgado con sus modales de señoritingo y esos aires de superioridad! ¡Aquí no estamos en Cambridge, coño!

Y como le habían dado pie, respondiéndole dos de tres, y aprovechando la protección que le brindaba la presencia de su amigo, se atrevió con la más personal:

—Y entonces, ¿por qué quieren que se lo traduzca yo? Mejor que un nativo no lo voy a hacer, desde luego —objetó Mendoza.

Estaba visto que el teniente era un buen soldado, un magnífico oficial, pero las sutilezas de los servicios de inteligencia se le escapaban. Lo mismo que la sonrisa a Ferrer ante su pregunta. Pero fue Yagüe, contundente y africano, quien le contestó:

—¡Pero, vamos a ver, teniente Mendoza! ¿Cómo quiere que nos fiemos de un hombre así, que cuando entrevista a mis legionarios se queda mirándoles a los huevos? ¡Si será maricón! —bramó Yagüe—. Además de ser un espía inglés, por si le faltaba algo al muy *jodío*, que aquí todos sabemos que trabaja para el *Foling Dolfis*, o como se diga. ¡Vamos, que si no estuviera tan recomendado el pollo lo iba a poner yo en el sitio que le corresponde! —se dejó ir Yagüe, haciendo referencia a los magníficos contactos de Philby en el entorno más íntimo y cercano del Generalísimo y en los círculos selectos de Londres, donde trabó amistad con el duque de Alba, el diplomático que más estaba trabajando en todos los frentes para que la comunidad internacional reconociera al Gobierno de Burgos.

—¡No digas eso, Juan, que si lo pones frente a un pelotón de fusilamiento se da media vuelta y se pone de culo, el hijoputa, a ver si le meten la bayoneta! —soltó Fernando Barrón, consiguiendo una risotada general.

—Bueno, bueno, señores, dejémoslo ahí —tomó las riendas de nuevo Vigón—. Y usted, siga traduciendo, teniente, que tenemos que comprobar que ese inglés tan cariñoso no nos ha engañado.

—La cadena CBS informa de una cruenta batalla de artillería contra varias máquinas marcianas que ya han aterrizado en la Tierra —tradujo Henderson con creciente nerviosismo—. El 22 cuerpo de artillería blindada del ejército norteamericano alcanzó a las naves marcianas en los alrededores de Morristown y se enfrentó a ellas. Al parecer, alcanzó a una con fuego de obús, pero los invasores lanzaron una nube de humo negro y eliminaron a todas las baterías, cuyos hombres cayeron víctimas del gas oscuro venenoso.

—¡Dios del cielo! —exclamó Modesto—. Fuego y veneno. ¡No me lo puedo creer!

—Al mismo tiempo —prosiguió Mendoza tras la orden de Vigón— una escuadrilla de cazas y ocho bombarderos del Ejército del Aire entablaron dura batalla contra otras máquinas enemigas sobre las llanuras de Nueva Jersey, Pensilvania y el estado de Nueva York. Todos los aviones fueron rápidamente destruidos por una sola máquina mediante un rayo térmico.

—¡Increíble! —bisbiseó Vigón—. ¡Cuanto más lo oigo, más increíble me parece! Una sola máquina es capaz de liquidar una escuadrilla entera sin inmutarse. ¡Que Dios se apiade de nosotros si sucede lo peor! —exclamó, mirando al vacío.

—Mi general —cortó Mendoza la traducción, circunspecto y grave—. No sé si será lo peor, pero la Intercontinental Radio News informa de que, tras esa batalla, todas las máquinas marcianas han comenzado a soltar ese denso humo venenoso que mató a los artilleros en dirección a... en dirección a... ¡joder, otra vez se ha cortado! —protestó Mendoza, golpeando con dureza el aparato reproductor, como si el pobre magnetófono del coronel Altozano, y no el rayo térmico, tuviera la culpa del corte de comunicaciones en los Estados Unidos.

—No se preocupe, teniente; déjelo. Se corta la emisión y es imposible saber hacia dónde se dirige el gas. Lo sabemos de la otra vez. Pero eso no es lo peor, según nos tradujo Philby hace un rato. Siga usted, por favor —le dijo el general Vigón.

—El Ejército informa que las máscaras antigás son inútiles frente al humo venenoso, y que los invasores marcianos lo están utilizando contra la población civil —tradujo Henderson el siguiente párrafo—. En estos momentos, un tercer locutor habla en directo desde lo alto del edificio de la CBS en Nueva York y dice, textualmente, que «en las últimas horas, el ejército norteamericano ha sido aniquilado. La artillería, la fuerza aérea, el cuerpo de marines, todo aniquilado». Tal vez seamos la única emisora que sigue funcionando, añade el pobre hombre antes de sollozar —concluyó un demudado Henderson.

—Por eso es imposible comunicarse con Nueva York; no ya por radio y en una frecuencia normal, sino por cualquier otro medio —razonó Markoff—. Ni ellos pueden hacerlo con nosotros. ¡Precisamente ahora, cuando más lo necesitamos!

Si han aniquilado al Ejército, a los demás los van a despedazar como a corderos —sentenció Líster.

—Las calles de Nueva York están atestadas de gente que huye, informa el locutor de la CBS tras recobrar la compostura —explicó Henderson a sus dos tenientes coroneles y al espía soviético—, y embarcaciones de todo tipo colapsan el puerto. ¡Pero atención, un momento! ¡Dios santo!, exclama el locutor, presa del pánico —apostilló Henderson, también muy asustado por lo que estaba escuchando—. A lo lejos se divisa al enemigo. Son cinco grandes máquinas. La primera cruza el río Hudson con la misma facilidad con que un hombre vadearía un arroyo, explica gráficamente el periodista. Y las últimas informaciones indican que están cayendo cilindros marcianos por todo el país: en Oregón, otro en Chicago, en Minnesota, Alabama, varios más en Saint Louis...

—Es una guerra total, ¿¡no te das cuenta, Markoff!? —exclamó Modesto—. Y nosotros aquí, atrincherados en el Ebro. Algo tenemos que hacer, ya lo he dicho. Y rápido. No sé... llama a Moscú y diles que esperamos instrucciones. Esta vez no me cogen por sorpresa. ¡Esta vez no!

—Varias máquinas han llegado a la orilla. Ya están en la ciudad. Levantan sus enormes manos y se lanzan contra la población, relata el aterrorizado periodista —relata, a su vez, Mendoza a sus generales—. De repente, vomitan un humo negro y denso que se esparce por Manhattan y por toda la bahía de Nueva York. La gente ve la humareda y corre hacia el East River, pero no pueden hacer nada. Están cayendo como ratas, a cientos, a miles, asfixiados.

—¡Cielo santo! Están masacrando a la población indefensa. ¡Que Dios se apiade de sus almas! —musitó Dávila, y Vigón cerró los ojos y asintió.

—Es inútil huir. Caen como moscas —prosigue Henderson el relato de la tragedia—. El humo negro avanza por la Sexta Avenida. Y por la Quinta. Está ya a unos cien metros de mí, nos grita el locutor. ¡A cincuenta, a quince! ¡Dios mío!, gime el periodista y se nos corta de nuevo la emisión —explica Henderson a sus atribulados oyentes—. Sin duda el gas lo ha alcanzado. Por eso se interrumpe la comunicación —sentenció el brigadista.

—Está muriendo todo el mundo, Markoff, ¡¿no te das cuenta!? ¿Vas a llamar a Moscú de una vez, o no? —le preguntó, exasperado, Modesto.

—Cómo he de decirte que no podemos establecer comunicación. ¡Si hubiera podido hacerlo, lo habría hecho ya; no te quepa duda, Modesto! —le respondió, también crispado, el espía.

—¡Me cago en la puta que parió a...! ¡Pues algo tendremos que hacer! ¿No? —formuló Modesto la pregunta retórica a la concurrencia. Ese tipo de preguntas que no requieren una respuesta inmediata. Lo cual en este caso estaba muy bien. Sobre todo, porque Modesto era el jefe de todas las tropas republicanas en el Ebro y, si había que tomar una decisión, la tendría que tomar él.

—La batalla de Nueva York parece haber concluido —informó Mendoza—. Lo digo porque solo se escuchan interferencias y, de repente, como un eco lejano, los micrófonos captan la voz de un superviviente, al parecer un soldado de la guardia nacional. El soldado asegura que las naves marcianas se han hecho fuertes en todos los Estados de la Unión. También confirma, entre sollozos, que los invasores han destruido el país más grande del mundo y que solo han perdido una máquina —prosiguió Mendoza.

—¡Una sola máquina en la campaña de ocupación de todo un país! Pero, ¡¿a qué cojones nos enfrentamos!? ¡Estamos perdidos! —se dejó vencer el coronel Campos por la aplastante superioridad del enemigo, rememorando el 25 de julio en Gandesa.

—Esto no ha sido realmente una guerra, se lamenta el soldado de la guardia nacional —les tradujo Mendoza hasta los amargos sentimientos que traslucía esa voz—; como tampoco puede hablarse de guerra si hay una lucha entre hombres y hormigas. Y nosotros somos las hormigas. Y somos comestibles. Yo los he visto, asegura el soldado. Sé lo que hacen con nosotros —el teniente de ametralladoras guardó un instante de silencio, ante la enormidad de lo que acababa de escuchar—: Les servimos de alimento, nos cuenta el superviviente. Sí, así es: tras apresarnos, nos devoran. La humanidad tal como la conocemos está acabada.

—¡Virgen Santísima! —exclamó el coronel Altozano, incrédulo, persignándose tres veces y ordenando compulsivamente las cuartillas donde había garabateado las palabras de Mendoza.

—No hay nada que hacer, sigue diciéndonos con voz apagada el soldado malherido, porque en realidad es imposible hacer nada —tradujo el último párrafo Mendoza—. El fin del mundo está cerca, susurra el moribundo. El fin del mundo ya está aquí. Y de nuevo se corta la comunicación. Quizás haya muerto víctima del gas —aventuró Mendoza.

—No lo sabemos teniente, porque hasta ahí llega lo que hemos podido interceptar —le explicó el general Vigón—. Es de una calidad aceptable, pero, como usted mismo ha comprobado, existen lagunas en la narración de los hechos, o saltos que no han podido captar nuestras estaciones.

—Permítame la pregunta, mi general —pareció excusarse Mendoza antes de hacerla—, pero si esas máquinas prosiguen con la invasión y llegan hasta aquí, ¿qué vamos a hacer?

—¿¡Que qué vamos a hacer, nos pregunta el señor teniente!? ¡Coño, chaval, para eso estamos aquí: para ver qué demonios hacemos! —le contestó, tenso y sarcástico, Barrón.

—¿Qué vamos a hacer, o qué podemos hacer? —se preguntó a su vez Vigón, obviando a Barrón pero molesto por su interferencia—. No lo sé, teniente; no lo sé. Lo que sí puedo jurarle es que el ejército español nunca dirá que todo está perdido, como acaba de hacer ese pobre soldado norteamericano. Siempre habrá algo que se pueda hacer, ¿no es cierto? —intentó Vigón elevar la moral de sus hombres, que permanecían en silencio, sopesando las pocas posibilidades que tenían en un enfrentamiento directo contra el nuevo y letal enemigo.

Esas cavilaciones se esfumaron por ensalmo con tres nuevos y enérgicos toques en la puerta. Pausa y dos toques más. Era de nuevo el capitán Ferrer. Traía noticias. Y eran tan extraordinarias, increíbles y alucinantes como la mismísima grabación que acababan de escuchar.

—Mi general... —balbuceó Ferrer—, los rojos se han puesto en contacto con nosotros.

—¿Cómo que se han puesto en contacto con nosotros, si usted mismo me ha dicho que no es posible establecer ningún tipo de comunicación? —lo rebatió, con lógica, Vigón.

—Por teléfono sí, mi general. Es que han llamado desde ahí enfrente y han contactado directamente con Términus —le explicó Ferrer.

—¡Con Términus! ¿Con nuestro cuartel general? —se asombró Vigón de la osadía republicana.

Y se dijo que muy grave tendría que ser el asunto para hacer esa llamada, pues obviamente una comunicación a esos niveles solo puede autorizarla el alto Estado Mayor, pero al hacerlo se arriesga a que sea interceptada por el enemigo y, por tanto, a que este descubra su posición exacta, con el consiguiente e inmediato bombardeo. Sin duda, los rojos también debían haber escuchado las alarmantes noticias de la invasión marciana, se dijo el general en jefe de los espías nacionales.

—Así es, señor: con Términus, un poco más y telefonean al mismísimo Caudillo. No se han andado con rodeos, desde luego. Dicen que deberíamos hablar urgentemente —le informó Ferrer.

—Pues hablaremos. No vaya a ser que quieran rendirse esta noche y nosotros estemos aquí mientras, charlando tranquilamente de astronomía —ironizó Vigón—. Pero hablaremos cuando a nosotros nos interese, por supuesto —recapituló, ordenando en su cabeza los pasos a seguir—. En primer lugar, teniente —se dirigió a Mendoza—, muchas gracias por todo. Ha realizado usted su trabajo a entera satisfacción de la superioridad. Obvio decirle que no debe mencionar, a nadie, nada de cuanto esta noche ha sucedido aquí; no hace falta que se lo explique, ¿verdad? Y gracias de nuevo, teniente. Puede usted marcharse —lo despidió el jefe del Estado Mayor de Franco.

Martín de Mendoza se levantó, se cuadró ante sus generales, dio media vuelta y se dispuso a enfilar la salida lo más rápido posible, pero se paró en seco cuando, al pasar junto a su amigo Ferrer, este lo agarró del brazo y, reteniéndolo, le dijo al general Vigón:

—No, mi general, que no se vaya aún.

—¿Y eso? —quiso saber Vigón por qué se atrevía su leal servidor a contradecirlo en público.

—Porque los rojos preguntan por él —le respondió Ferrer, señalando a Mendoza con la vista y encogiéndose de hombros.

—¿Que preguntan por él? —encajó Vigón el nuevo bucle de una historia que ya le parecía demasiado sospechosa—. Vaya, vaya, vaya. Pues, entonces, capitán, además de atender esa llamada tan extraña va usted a hacer dos cosas: la primera es buscar a Kurt Keller. Localícelo y que venga cuanto antes. Y cuando digo «cuanto antes» es que ya debería estar aquí, ¿entendido?

—Entendido, mi general. ¿Y la segunda cosa? —preguntó Ferrer a su superior.

—La segunda es esperar a que llegue. Lleva varios días de permiso, así que ojalá no ande por Zaragoza encandilando señoritas, como suele hacer. Si hace falta, le mandas mi coche para que venga más rápido y no se nos pierda por el camino, en algún burdel de medio pelo. ¡Vamos, Ferrer! ¿Qué haces ahí parado? —le apremió Vigón—. Ya debería estar aquí ese maldito alemán, ¿cómo te lo tengo que decir?

* * *

Kurt Keller

A lo largo de la Historia, la rica e industriosa región de Hannover, en la baja Sajonia, se ha enorgullecido de criar una raza especial de caballos —conocidos expresamente en la edad moderna como «hannoverianos»—, equinos de gran alzada, fuertes extremidades, pecho musculoso, templado ánimo y enorme resistencia física, las mejores monturas para el duro combate de cargas y choques frontales de la caballería pesada medieval; unas auténticas máquinas para la guerra, en definitiva.

Hijo de un modesto tendero, depauperado por la inflación y la eterna crisis que terminarían llevándose por delante la República de Weimar, y de una planchadora sin más recursos frente al mundo que la fuerza de sus brazos y la voluntad de sacar adelante a su prole, Kurt Sebastian Keller —que nació a mediados de 1911 en un pequeño pueblo cercano a la capital sajona— compartía alguna de las cualidades y características de esos portentosos animales que se habían convertido en emblema y orgullo nacional de toda Alemania.

Kurt Keller era, en efecto, un joven alto y grande, no muy musculoso, pero de complexión fuerte. De hecho, era muy alto. Exageradamente alto con sus casi dos metros de estatura. Y para encandilar a las señoritas de buena familia y posición que deambulaban aburridas por las calles de Zaragoza —ciudad donde solían descansar y divertirse los soldados de permiso que combatían en el Ebro— también tenía unos ojos azul celeste que centelleaban sobre el negro mate de su uniforme, el cabello rubio cuidadosamente cortado al cepillo en la base del cráneo y bastante largo en la coronilla, para que cayese lánguido sobre los lados y la frente —al estilo que hacía furor entre los jerarcas nazis de Berlín—, y su don de gentes y amplia sonrisa. A lo cual habría que añadir que siempre manejaba importantes sumas de dinero en cada una de sus estancias en la capital aragonesa, y eso también influye a la hora de decantar voluntades femeninas, sobre todo en tiempos de penuria.

Pero la cualidad de aquellos briosos caballos hannoverianos que mejor se adecuaba a la personalidad de Kurt Keller era la templanza y decisión que demostraba en los cientos de choques frontales, cargas y refriegas que en aquellos años protagonizaron los primeros afiliados al por entonces pequeño y marginal partido nazi; duros enfrentamientos callejeros contra grupúsculos comunistas o socialistas, manifestantes de izquierda o contra la mismísima Policía del Estado.

Porque Kurt Keller siempre fue uno de los miembros más activos del NSDAP en el área industrial de Hannover desde que a los quince años se incorporase a las juventudes hitlerianas, guiado por la mano de su tío —un excombatiente de la Gran Guerra desmovilizado, tullido, sin trabajo ni expectativas de tenerlo, y de fuertes convicciones nacionalistas—, y animado por la simpatía que toda su familia sintió de inmediato por las ideas del resurgir germánico, que pasaba inevitablemente por la revisión del Tratado de Versalles y la eliminación de los impuestos de guerra que Alemania se veía injustamente condenada a pagar a los aliados. Nazi convencido de teoría y práctica, Keller pronto escaló peldaños en la enredada burocracia del partido y sus diversas organizaciones en Sajonia, a todas las cuales sirvió con denuedo y eficacia. Finalmente, sus rasgos físicos y su envergadura fueron determinantes para que sus jefes se fijaran en él y lo promovieran como uno de los oficiales más jóvenes de una nueva y pujante organización creada expresamente por Adolf Hitler para, en un futuro inmediato, acaparar y controlar todos los resortes del Estado, fagocitándolos incluso: las SS, donde se encuadraban los hombres del arquetipo nórdico, los más válidos, los más leales al partido y más feroces combatientes por la ideología de la esvástica.

Desde ese momento —y con el grado de *obersturmführer*, es decir, teniente—, sus servicios a la causa del Reich se centrarían en labores de contrainteligencia y espionaje político. Con la eliminación física del contrincante como premisa fundamental. Y así, Kurt Keller quedó adscrito al SD, el Sicherheitsdienst, el temido «Servicio de Seguridad del Reich», una más de las múltiples ramas de las SS que ejemplificaba cabalmente esa estrategia ideada por el Führer, pues la intención declarada de la cúpula nacionalsocialista era que las SS terminaran vampirizando todas las instituciones alemanas, todos los órdenes de la vida, desde el Ejército o la Policía —donde las Waffen-SS y la Gestapo sustituirían a la Wehrmacht y a los cuerpos regulares de cada región—, hasta la judicatura, el periodismo o las asociaciones lúdicas, deportivas o dedicadas a las artes. Obviamente, los servicios secretos no podían quedar al margen de tan extensa nazificación. De ahí que el SD estuviese llamado a ocupar el espacio de los antiguos cuerpos de inteligencia estatal, la Abwehr, dirigida por el almirante Wilhelm Canaris, organización de reminiscencias prusianas y formada en su mayoría por agentes no especialmente afectos al nuevo orden ario.

Ocurre que, al contrario de lo que sucede en la cruel naturaleza, en la imprevisible sociedad humana los procesos de fagocitación suelen ser más lentos. En especial cuando de seguridad y defensa se trata. De ahí que en esos ámbitos cruciales para los nazis —y en muchísimos otros más— durante un cierto tiempo se produjese una duplicidad de organismos. Por un lado, los que aún pervivían del Estado tradicional. Por otro, los emergentes del nuevo partido en el poder. Unos y otros solían competir entre ellos, lo cual lastraba el funcionamiento de ambos y, sobre todo, convertía a Alemania en un país donde todos se vigilaban entre sí.

Ese estado de cosas explicaba la presencia de Kurt Keller en España. Y también las varias y arduas tareas que el *obersturmführer* tenía encomendadas. La primera, controlar a los integrantes de las fuerzas armadas alemanas destinados en los distintos frentes de guerra, velando por su lealtad y fidelidad al Reich. La segunda, asesorar a los servicios de inteligencia franquistas, de estructura muy débil y permeable incluso a estas alturas de la contienda; pero ni aún así conseguían estar a la altura del organigrama ideado por los soviéticos en el bando contrario. Y la tercera y fundamental para Berlín era dejar patente la fortaleza de la SD frente a la tradicional Abwehr. Y el hecho de que los hombres de Canaris permanecieran acreditados y pudiesen operar únicamente en Burgos, sede del Gobierno nacional, casi inmovilizados en el páramo castellano mientras él tenía acceso ilimitado al frente de operaciones, interlocución directa con el general Vigón —a veces incluso con el mismísimo Franco— y sus informes llegasen en última instancia al Führer, indicaba claramente que, en el ámbito social, un proceso de fagocitosis puede ser lento, sin duda, pero siempre acaba mal para una de las partes.

Afortunadamente para el general Vigón, sus deseos se cumplieron y el teniente Keller no se encontraba esa noche en Zaragoza flirteando con alguna dama, lo cual hubiese supuesto un viaje complicado de un par de horas como mínimo. Fiel a su costumbre, había pasado los últimos tres días en dicha ciudad, eso sí. En muy agradable compañía, ciertamente, pues estaba haciendo progresos con aquella mujer, quizás la única que empezaba a importarle de verdad, se decía Keller. Desde que la conoció, los tiempos de cortejos y coqueteos con las demás, con las muchas otras que siempre hubo, incluso le aburrían. Pero como ella hubo de volver a sus obligaciones y su corto permiso expiraba al día siguiente, el alemán decidió regresar cuanto antes a Gandesa y descansar al menos unas horas. Por eso se encontraba en su habitación cuando Ferrer consiguió localizarlo.

De un sueño entrecortado y convulso, inexplicable, pues se mezclaban pasajes de su infancia con episodios de intensa felicidad, lo sacó la llamada del capitán de Ingenieros. Agradecido por la interrupción, y en apenas unos minutos, se aseó, se vistió mecánicamente y se dirigió al edificio en una de cuyas salas más protegidas se hallaba el Estado Mayor franquista desde hacía varias jornadas. Conforme se acercaba, intuyó la frenética actividad que debía haber en el interior: demasiados movimientos en la semipenumbra, bastantes más coches de lo acostumbrado, incluso un soldado de guardia hizo ademán de solicitarle acreditación.

Ferrer lo esperaba justo en la entrada y lo condujo a su propio despacho, un pequeño gabinete atestado de informes, carpetas amontonadas en el suelo —apiladas en inestable y precario equilibrio—, multitud de estanterías repletas con documentos, y un sin fin de planillas criptográficas depositadas sobre la mesa y encima de un par de sillas de forja, único mobiliario de la estancia. Lo más brevemente que pudo, el capitán le fue desgranando los hechos ocurridos en las últimas horas: cómo habían captado la extraña emisión en inglés, la traducción que hubo de hacerles el corresponsal británico, Kim Philby, los aún más extraños intentos de comunicación por parte del enemigo... En absoluto silencio y extrema concentración, Kurt Keller asentía a cada nuevo dato, a cada inesperado giro de los acontecimientos. «Veo que habéis avanzado bastante en los preparativos», comentó, taimado. No le hizo falta añadir *sin contar para nada conmigo.* «La premura, Kurt. Era propuesta y contrapropuesta. Nos vimos obligados a aceptar algunas cosas que no nos parecieron del todo bien», le respondió Ferrer, que prosiguió con el relato. El alemán maldijo no poder contactar con Berlín de ninguna de las maneras, cosa que intentó un par de veces, pero su rostro se tensó sobremanera cuando supo que había sido el teniente de ametralladoras Martín de Mendoza el encargado de realizar una segunda traducción ante el recelo de los generales sublevados, que no acababan de fiarse del periodista inglés. «¡Mendoza, precisamente Mendoza y no otro! ¿Por qué diablos tenía que meterse el imbécil de Ferrer donde no le llamaban?», rumió el *obersturmführer* para sus adentros. Eso podía complicarle las cosas. Y mucho. Pero la mandíbula se le contrajo aún más cuando Ferrer le confirmó que un cabo llamado Jeffrey Henderson, norteamericano de nacionalidad, «lo cual lo hacía más fiable», remachó, era el traductor de la grabación captada por los republicanos. Keller hubo de tragar saliva para contenerse y no matar allí mismo al capitán español, el cual seguía exponiendo la situación completamente ajeno a todo. Matar a Ferrer, a Vigón y a quien hiciese falta, ¡panda de novatos! Nunca aprenderían. Si Mendoza o su amigo americano llegaban a sospechar cualquier anomalía, si recelaban mínimamente de las facilidades que tenían para volver a encontrarse en cada batalla o se sentían manipulados, él tendría algo más que serios problemas. Todos los tendrían, se dijo Keller, dirigiéndose hacia el hatillo de cartas y los paquetes de papel de fumar que, le resultaba evidente, Martín de Mendoza debía haber traído esa noche con él desde primera línea de combate, no era normal que los distintos envíos producto de los intercambios llegasen a Inteligencia con tanta rapidez, en apenas unos minutos.

Sin dejar de escuchar a su interlocutor, jugueteó con las cartas y comenzó a abrir distraídamente algunos de los paquetes que contenían los librillos de papel para liar el tabaco. Mientras lo hacía, fue preguntándole a Ferrer varias cuestiones que no le quedaban demasiado claras sobre los siguientes e inmediatos pasos que cada bando se había comprometido a dar, en especial todo lo relativo a la logística y a las coordenadas espaciotemporales del inminente encuentro. La excesiva precisión de Ferrer y la gran cantidad de datos numéricos sobre el particular que le iba proporcionando lograron desconcentrarlo de su objetivo. Pudo por fin volver a su verdadera preocupación cuando el capitán, ante las ya evidentes reticencias de Keller por no haber sido informado de un asunto tan grave desde primera hora y, por tanto, quedar excluido de esa crucial reunión con los republicanos, comenzó a excusarse arguyendo como disculpa que todos lo creían aún de permiso, descansando en Zaragoza. «Esa es la única razón, Kurt; no veas cosas raras donde no las hay. Con las prisas no podíamos permitirnos ir a buscarte y volver, eso serían cuatro horas como mínimo», juraba y perjuraba el capitán.

Keller, que en ese momento leía una de las cartas enviadas desde la otra zona, se detuvo un instante, lo miró y sonrió, maléfico. Daba por sentada tal excusa. De hecho, esa era la verdad. Si sobreactuó su malestar era para disponer de unos segundos y poder así confirmar sus sospechas. Cosa que hizo de inmediato, solo con destapar la pequeña cajita que contenía el fino papel de fumar destinado a los oficiales. Ahí tenía la prueba. Algo extraño estaba ocurriendo, desde luego, ese pequeño paquete no dejaba lugar a dudas. Debía ponerse en guardia. Y actuar con prontitud. Tenía que hablar cuanto antes con sus contactos e ingeniárselas de alguna manera para participar personalmente en ese encuentro con el enemigo. En este primero —lo cual se le antojaba complicado— o en alguno posterior. Porque era obvio que, de ser ciertos los increíbles acontecimientos que Ferrer le estaba contando, esa primera cita sería el preámbulo de otras muchas. Ya se le ocurriría una buena excusa para estar presente en alguna de ellas. Pero antes quería verificar sus sospechas. Por eso le preguntó a Ferrer:

—La llamada la ha hecho él en persona, ¿verdad? Nuestro querido e inevitable amigo —ironizó.

—Inevitablemente, Kurt —le confirmó el capitán.

—Pues entonces mucho cuidado, Ferrer, mucho cuidado. Si Markoff anda por medio, no me fiaría de este asunto —mostró su recelo el alemán.

—Una cosa es que haya llamado y otra muy distinta que esté al mando, Kurt. Desde la desaparición de Orlov su posición no es la más idónea para dirigir ninguna operación. Y mucho menos a toda la inteligencia roja.

—No sé que decirte. Especialmente, si lo comparas con lo que tiene alrededor. Es un tipo muy peligroso, bien lo aprendí el primer día que llegué a España. Según las malas lenguas, entre él y Orlov existe una extraña relación de parentesco. Según las peores, en realidad son amantes. A mí eso me da exactamente igual, Ferrer. Lo que a mí me importa es que Alexander Orlov fue su maestro, su mentor en los servicios de espionaje. Así que cuidado, mi querido capitán. Mucho cuidado.

—Soy el primer interesado en tenerlo, Kurt. Por la cuenta que me trae.

—Me hago cargo. No me gustaría estar en tu lugar. No me gustaría en absoluto. Te vas a meter en la boca del lobo, Eduardo. Un lobo cabrón al que le gusta cerrar las mandíbulas y triturar la carne —pronosticó desventuras Keller—. ¿Tú te fías de ese teniente, del tal Mendoza? Ya sabes a lo que me refiero.

—Hasta el momento, sí. Como sabrás, nos conocemos desde hace tiempo, aunque no nos hayamos visto asiduamente en los dos últimos años —Keller asintió—. Es cierto que realiza los intercambios con el enemigo y que congenia con ese cabo americano con quien los hace, pero nunca hemos tenido motivos para dudar de él, ni hemos visto nada extraño en su comportamiento ni en su lealtad a la causa. Al contrario.

—¿Y no te hace sospechar que haya sido ese cabo americano, precisamente ese cabo, la persona encargada de traducirle la grabación a los rojos? —le preguntó Keller, sin saber muy bien él mismo en qué apartado encuadrar sus sospechas sobre el particular. Tal vez en el de precaución; o mejor en el de peligro evidente para su bien construida red de contactos e infiltrados en el bando enemigo, cuyo frágil equilibrio podía tambalearse si Henderson se veía envuelto en esta extraña operación.

—¡Por supuesto que me hace sospechar! Y tener miedo, te lo confieso. Me gustaría saber con absoluta certeza que en esa cita vamos a ser dos contra dos, y no tres contra uno, porque entonces no tengo escapatoria. Por eso, respecto a mi confianza en el teniente Mendoza, mejor te vuelvo a contestar cuando termine de interrogarlo.

—Quiero estar presente —solicitó el alemán.

—Kurt, por favor. Esto es un asunto casi personal —lo esquivó Ferrer.

—Eduardo, no te lo estoy pidiendo. Sabes que debo estar presente en ese interrogatorio. No haré ninguna pregunta. No haré ni diré nada —le mintió con descaro.

A Ferrer, en realidad, no le quedaba otra opción, así que le contestó:

—Como quieras. Pero al menos procura cumplir tu palabra el mayor tiempo posible.

Kurt Keller sonrió. A pesar de todo, le caía bien este Ferrer, se dijo, abriendo la puerta del pequeño despacho y cediéndole el paso a su propietario. Cuando Kurt se lo proponía, era una sonrisa encantadora la suya, amplia y agradable, como las que encandilaban a las lánguidas señoritas de la burguesía zaragozana en sus días de permiso.

Días ya muy lejanos, pues ahora sus sonrisas y todas sus atenciones eran para una sola mujer. Nazi convencido de teoría y práctica, le llamó la atención nada más verla, mientras la muchacha paseaba entre el edificio de la Seo y la basílica del Pilar: de miembros largos y atléticos, bastante más alta que el común de las mujeres españolas, era grácil y delicada de movimientos, elegante, con aquel cabello claro y ojos cenicientos. Las demás eran meros pasatiempos, pues solo una verdadera mujer aria podría cautivar su corazón. «Tiene que ser alemana», se dijo, encaminándose hacia ella para presentarse y entablar conversación.

Se equivocó. Era suiza, aunque de ascendencia germánica por parte de madre, le corrigió la joven, muy molesta por tener que detallar a un descarado desconocido —de evidente acento sajón, además— detalles de su genealogía. Llevaba casi un año en España, trabajando para la Cruz Roja y, si quería saber más datos de ella, al director de la misma debía preguntarle, «adiós, muy buenas, caballero», le cortó de raíz las aspiraciones de donjuán la primera vez que sus destinos se cruzaron.

Pero Kurt Keller no era un hombre que se desanimase fácilmente por un primer rechazo. Es lo natural y esperable en toda mujer de buena crianza y educación, eso debe asumirlo el paciente cazador. Por eso insistió. Y ahora, al cabo de varios meses, podía decir con total seguridad que estaba haciendo progresos con esa mujer. Enormes progresos. Es más, por increíble que a él pudiera parecerle, creía estar empezando a enamorarse de aquella enfermera, de aquella enigmática joven que siempre parecía tener un último recoveco en su azaroso pasado, en su antigua y tormentosa vida, laberintos y penumbras que a él le estaban por completo vedados. Lo cual lo atraía aún más. Sí, quizás se estuviese enamorando, ¿qué otra cosa podía ser?, si no dejaba ni un instante de pensar en ella, en su adorada Claire.

Claire Deverèaux.

* * *

31 DE OCTUBRE DE 1938, FRENTE DEL EBRO.
CINCO MENOS DIEZ DE LA MADRUGADA

ALGO PERSONAL

AUNQUE PERTENECÍA AL ARMA DE INGENIEROS, EL CAPItán del ejército nacional Eduardo Ferrer Llopis terminó prestando sus servicios como especialista en inteligencia y contraespionaje; en concreto como jefe de la sección encargada de desencriptar los mensajes cifrados del enemigo para intoxicarlo después con los más elaborados ardides telegráficos. Cuando se inició la sublevación en Melilla y estalló la guerra, Ferrer se hallaba descansando unos días en su Ampurdán natal, de donde hubo de pasar precipitadamente a Francia al comprobar que toda Cataluña permanecería fiel a la República. Arribó primero a Perpiñán y, tras una breve estancia en esa ciudad y en Toulouse, marchó hasta Marsella, donde entró en contacto con el grupo de escucha y espionaje que allí había organizado el también catalán Josep Bertrán Musitú. Desde Marsella, dicha célula controlaba todo el tráfico marítimo del Mediterráneo, crucial en aquellos inicios de la contienda, ya que avisaban a la Marina italiana para que destruyera los buques mercantes que transportaban armas para la República, cargamentos en su mayoría procedentes de Checoslovaquia y

Ucrania. A mediados de 1937, concluida esa misión y en plena ofensiva de los alzados contra el norte cantábrico, huyendo de los agentes republicanos que lo buscaban vivo o muerto, consiguió llegar a Irún tras un rocambolesco periplo por toda Francia y se integró en los nuevos servicios secretos franquistas —remodelados con la ayuda de la Abwerh alemana del almirante Canaris— en calidad de experto en cifrado y contracifrado de telegramas y comunicaciones radiofónicas. Su labor resultó tan brillante que, poco después, fue destinado a la estación Términus, el centro neurálgico del espionaje nacional durante la batalla del Ebro, nadie mejor que el capitán Ferrer para ese cometido, pues era bilingüe con el catalán y entendía perfectamente el francés.

Como todo buen oficial adscrito a la Segunda Sección, Ferrer era una persona en extremo meticulosa y ordenada, lógica y racional, un planificador nato que tenía prohibidas en el diccionario de su vida dos palabras: albur y azar. Una persona, en definitiva, que ha aprendido que el éxito de su trabajo depende de tenerlo todo bajo control, cualquier tipo de situación, incluso el más absurdo imprevisto. Por eso estaba tan furioso en estos momentos, tan al margen de sí mismo y de su habitual templanza: porque por una vez, y sin que sirviera de precedente, era la situación la que lo controlaba a él.

—Que no conozco a ese tal Markoff de nada, Eduardo. Absolutamente de nada. Es la primera vez que oigo hablar de él en mi vida. Al parecer, tú lo conoces mejor que yo —no midió sus palabras el teniente Mendoza, hastiado de una situación que ya se alargaba en demasía.

—No te pases de listo y no me toques los cojones, ¿eh, Martín? Limítate a contestar lo que te pregunto, ¿entendido? —escupió Ferrer—. Al otro, sí; ¿verdad?

—Sí. Al otro, sí —confirmó Mendoza.

—................. —le inquirió, expectante, con su silencio prolongado.

—Pero, ¿cómo quieres que te lo diga? ¿Cuántas veces tengo que repetirlo? Nos conocemos desde el Jarama. Al inicio de la batalla, cuando no había un frente definido ni líneas estables. Fui a mear, desviándome de mi camino, y probablemente me interné en zona roja. No sé si él estaba de guardia o quería desertar y largarse a su país, el caso es que nos encontramos cara a cara entre unos matorrales, pistola en mano, y en lugar de matarnos el uno al otro decidimos seguir cada cual por nuestro camino y olvidarnos del asunto. Es así de fácil, Eduardo; quiero deciiir... mi capitán. Perdón, es que ya no sé ni lo que me digo —acusó el cansancio y la tensión acumulada Mendoza.

—No, no es así de fácil, mi teniente —Ferrer no se equivocaba en el protocolo, cuando quería darle cierta confianza lo tuteaba y cuando pretendía ponerlo en un aprieto se dirigía a él de usted y por su grado militar—. No es tan fácil porque, curiosamente, ni él ni usted se olvidaron del *asunto*.

—¡Vamos a ver, vamos a ver! —intentó concederse unos segundos Mendoza para argumentar su respuesta ante las nada sutiles insinuaciones de Ferrer. Otra andanada más, pues llevaba ya unas cuantas sobre la habitualidad (bien es cierto que discontinua en el tiempo) de sus encuentros y charlas con Henderson.

—Si yo veo todo lo que usted quiera, teniente; no hay ningún problema. Pero antes me contesta todo lo que quiero saber —aseveró, cáustico, el capitán—. ¿Seguro que no ha tenido ningún trato con el enemigo, ni este se ha puesto en contacto con usted o con alguien de su unidad en los últimos días? —le reiteró la pregunta.

—Pero, ¿¡qué trato voy a tener yo con el enemigo, Eduardo; por Dios!? Pero, ¿qué estás diciendo? —levantó la voz Martín por primera vez, gesticulando exageradamente. Empezaba a estar algo más que ofendido—. Si quieres respuestas, al menos deja que te conteste las preguntas de una en una —intentó calmarse—. Vamos a ver. Te lo he dicho mil veces: si el cabo americano y yo volvimos a vernos es porque, casualmente, durante lo del Jarama, coincidimos dos noches en el intercambio de tabaco y papel en el sector del frente en el que estábamos destinados. Llámalo casualidad, fatalidad, o llámalo como quieras —soslayó Mendoza los verdaderos detalles de sus primeros encuentros y de su verdadera relación con el brigadista, algo que podría comprometerlo irremisiblemente—, pero al menos eso sirvió para crear una cierta confianza entre nosotros. Una cierta confianza en que dichos intercambios iban a salir bien, entiéndeme, sin más contratiempos de los debidos —consideró necesario puntualizar, dadas las circunstancias—. Luego, esos encuentros se fueron repitiendo en Brunete, en el norte y también por Aragón. Varias veces a lo largo de estos dos años, no es que nos veamos todos los días —ironizó Mendoza—. Hasta que nos hemos vuelto a encontrar aquí, en el Ebro. Lo cual no es tan raro si lo piensas bien, Eduardo. Al fin y al cabo, nuestros regimientos suelen enfrentarse en cada campaña.

—Me consta —asintió Ferrer, queriendo creer a su amigo.

—Así que ese es el único trato que puedo tener con el enemigo, mi capitán. Un trato conocido y tolerado por todo el mundo, incluidos nuestros jefes y oficiales. Y los jefes y oficiales rojos —insistió Mendoza en su línea de defensa, en la que llevaba incidiendo un buen rato sin retroceder un ápice; desde que Ferrer lo invitó a acompañarlo a su despacho, necesitaba hablar con él unos instantes, le dijo, para recabar una serie de datos a instancias de Vigón. Aún se estaba preguntando Martín de Mendoza cómo una amable invitación podía convertirse tan rápidamente en un áspero y peligroso interrogatorio. Se conoce que aún tenía mucho que aprender respecto a los códigos de comportamiento de los servicios de inteligencia, tan alejados de los suyos propios—. No sé qué más puedo decirte ya, Eduardo. Ni cómo te voy a convencer. ¡Si quieres te lo juro por la Virgen del Pilar! —exclamó, acordándose de los muchos meses de juergas y francachelas que ambos se habían corrido por las calles de Zaragoza durante su estancia en la Academia.

—¡No me jures por la Virgen del Pilar, Martín, que es la única que nos hace falta esta noche aquí! ¡La única! —intentó Ferrer tamizar su desconcierto con unas gotas de humor.

Porque, además de furioso, así es cómo se sentía el capitán Ferrer en esos momentos: desconcertado. Por dos motivos. Por la espiral de acontecimientos en la que se veía inmerso y por el extraño rumbo que, de forma imprevista, había tomado una misión que, en un principio, le pareció una simple maniobra de distracción republicana bien fácil de contrarrestar.

También se sentía completamente desubicado respecto a su ámbito de trabajo, esto es, el contraespionaje y la detección de infiltrados, pues una de las últimas personas de las que hubiese sospechado cualquier veleidad o simpatía para con el enemigo era, precisamente, el Martín de Mendoza que él conoció años atrás en la Academia; el mismo que ahora se veía obligado a tratar como un potencial sospechoso de connivencia con el bando republicano.

Incómodo, Ferrer no dejaba de darle vueltas a eso mientras, ora con las manos a su espalda, ora con los brazos cruzados, caminaba de un lado a otro de la pequeña estancia, orbitando alrededor del teniente Mendoza, que permanecía sentado en una de las dos sillas de hierro, justo en medio del despacho. Se debatía entre varias sensaciones contradictorias el capitán. Su obligación era dudar, sospechar. Su conciencia le decía que no debía hacerlo. Se reconoció que no sabía muy bien por dónde continuar ni qué más preguntas hacerle a su amigo para que aquella absurda situación no se le viniera definitivamente abajo.

Keller lo intuyó, allá en la semipenumbra del rincón donde Ferrer le obligó a permanecer mientras durase el interrogatorio, en silencio absoluto y aguantándose las ganas de intervenir a cada instante. Para Mendoza, la presencia de ese oficial alemán a su espalda —tras la mesa de trabajo de Ferrer—, el ruido acompasado de su respiración y las largas caladas que deba a un cigarrillo con filtro, acentuaban el ambiente opresivo de una estancia demasiado cargada ya por el humo y la incertidumbre.

El *obersturmführer* estrujó la colilla en un pequeño cenicero de níquel, dio tres pasos y se plantó delante de Mendoza, los tacones de sus botas de caña sonaron como un percutor, la negrura de su uniforme absorbió la escasa y lúgubre luz que destilaba una bombilla cuyo filamento parecía a punto de quebrarse.

—Escuche, *herr* Mendoza, ya sabemos todo lo que usted nos ha contado sobre sus encuentros con ese brigadista americano y los intercambios de tabaco, no hace falta que nos lo explique otra vez. Lo que llama nuestra atención es la duración de esos intercambios. Porque a veces duran demasiado, ¿me explico? —dejó caer Keller, mirando fríamente a Mendoza con sus ojos celestes.

Desde que se encontraron por segunda vez en el Jarama, Martín de Mendoza se había preguntado no pocas veces en qué medida los distintos servicios de espionaje e inteligencia de ambos ejércitos eran conscientes de la verdadera y leal amistad que lo unía con Henderson. Las palabras de Keller demostraban que, con toda probabilidad, lo sabrían todo. O casi todo. La siguiente y muy lógica pregunta, entonces, era saber por qué lo permitían desde hacía tanto tiempo, casi dos años. Había dos repuestas posibles. La respuesta simple conllevaría aceptar que la cuestión del tabaco era fundamental para los contendientes y ellos cumplían esa labor mejor que nadie. Para su desgracia, el teniente Mendoza no estaba en disposición de dar en estos momentos la otra respuesta, la más compleja, concentrado como estaba en repeler el ataque por el flanco contrario que acababa de lanzarle inopinadamente el segundo interrogador.

—¿No has oído a *herr* Keller, Martín? Contéstale —le instó Ferrer a dar una explicación.

Por si aún no tenía claro quién mandaba allí, esas palabras de Ferrer lo certificaban. El español tenía grado militar superior, capitán, pero era el teniente de las SS quien decidía entre aquellas cuatro paredes.

—No es tan fácil como algunos creen, teniente Keller. Hay que tomar determinadas precauciones —no lo engañó Mendoza.

—*Naturlich* —concedió el alemán con displicencia—. Naturalmente que debe ser así. Escúcheme bien, *herr* Mendoza. Le seré franco, no tenemos demasiado tiempo para andarnos con rodeos, ¿no dicen ustedes eso? Verá, si lo estamos interrogando acerca de sus posibles simpatías respecto al enemigo es porque, dadas las circunstancias en las que nos encontramos, tan anómalas, tan extraordinarias, y dado que su participación es fundamental para intentar encauzarlas, entenderá que debamos estar seguros de que la persona que acompañe al capitán Ferrer es de nuestra absoluta confianza. Eso lo entiende usted, ¿verdad? —le recalcó.

—Perfectamente —dijo Mendoza.

—Sobre todo hasta que no sepamos por qué demonios los rojos solicitan que sea usted y no otro quien le acompañe. Eso lo entiende también, ¿me equivoco?

—No, no se equivoca. Ha quedado suficientemente claro —aseveró el teniente de ametralladoras.

—Muy bien. Pues entonces, espero que también entienda que, si esta noche le ocurre algo al capitán Ferrer, cualquier cosa inesperada, el más mínimo contratiempo, me encargaré personalmente de acabar con usted con mis propias manos, ¿ha entendido eso también, *herr* Mendoza? Con mis propias manos. En esta guerra, en la que venga o en el último de los infiernos, pero lo mataré, no le quepa la más mínima duda —concluyó.

Y a Mendoza, por cómo lo miraba el teniente de las SS, no le cupo, en efecto, ninguna duda. Esas palabras no eran una amenaza. A la gente como Keller no le hace falta amenazar: eran una advertencia, un aviso.

—Pierda cuidado, *herr* Keller. Si solamente debe regresar uno de nosotros, ese alguien será el capitán Ferrer. Les juro que no tengo ni idea de por qué los rojos quieren que sea yo quien lo acompañe. No lo sé. Como tampoco sé qué querrán esos cabrones de mí. Deben creerme. Yo solo puedo asegurarles que daré mi vida por esta misión. Cien veces la daría si pudiera —aseguró, levantándose de la silla en la que llevaba sentado los últimos veinte minutos, queriendo dar por terminada aquella situación tan humillante y abrumado por la estatura del alemán.

—¡Ojalá no haga falta llegar a tanto! —resopló Ferrer, intentando expulsar sus temores—. Bueno, ¡basta ya, que el tiempo se nos echa encima! Le diré a su excelencia que no hay ningún problema y que estamos preparados. Vamos a ello, Martín. Vamos a ello y que esa Virgen del Pilar por la que tanto te gusta jurar nos proteja, que falta nos va a hacer —se dio ánimos Ferrer, dirigiéndose hacia la puerta de su despacho.

La abrió y se dispuso a salir, pero antes de que la cerrara y abandonase el gabinete para despachar con Vigón, Keller se fue hacia él con presteza, lo retuvo del brazo, entornó la puerta a su espalda dejando a Mendoza solo en la estancia y, asegurándose de que el joven teniente no los oyese, casi le susurró a Ferrer:

—¿Qué me contestas ahora, Eduardo? ¿Te fías o no te fías de él? —preguntó, señalando hacia el interior de la habitación con la cabeza.

—Debo fiarme, Kurt. ¿Tengo otra opción? —no despejó dudas el capitán.

—La premura, capitán. La premura —lo parafraseó el alemán—. Déjame unos minutos a solas con él, mientras hablas con tu general —solicitó el *obersturmführer.*

—Cuidado, Kurt. No quiero más problemas de los que ya tengo —se lo concedió Ferrer.

—No te preocupes. Sé lo que hago —lo tranquilizó.

Porque Kurt Keller siempre sabía lo que hacer en cada momento, y probablemente no dispondría en toda la noche de otro como este, unos preciosos instantes a solas con el teniente Mendoza, con quien tanto le urgía hablar. Pero no sobre la peligrosa misión que Ferrer debía enfrentar en unos minutos —ese encuentro con los republicanos pasaba a ser secundario en el orden de prioridades del alemán—, sino de otro asunto de especial importancia para él. Para su trabajo. Para su prestigio. Para su glorioso futuro en el Reich de los mil años que se vislumbraba en el horizonte.

Las últimas horas estaban siendo demasiado agitadas. Demasiado. Y en el ajetreo y el caos vertiginoso es donde planes largamente diseñados y rutinas se hacen añicos. Era, por tanto, vital verificar que las suyas no se habían roto. Por eso, una vez comprobó que Ferrer se alejaba en busca del general Vigón para acelerar los preparativos de ese primer encuentro con los republicanos, giró sobre sus talones, cerró la puerta tras de sí con suavidad y, con una sonrisa que Mendoza no supo interpretar, se acercó al joven teniente español, ofreciéndole uno de esos cigarrillos cuyo humo tanta inquietud le había generado durante el interrogatorio.

—Verá, *herr* Mendoza, hay una cosa más que me gustaría saber. Una cosa muy importante —comenzó el teniente SS, mientras le daba fuego.

—Usted dirá —dijo Mendoza, aspirando la primera calada, sintiendo llegar la nicotina al cerebro. Verdaderamente bueno ese tabaco, no como el adulterado que él suministraba a Henderson.

—Cuando hace un rato llegué al Estado Mayor, vi que ya hemos recibido en la Segunda Sección los paquetes producto del intercambio de esta misma noche. Dada la celeridad, debo suponer que los ha traído usted en persona, ¿no es así?

—Supone bien, *herr* Keller —le confirmó Mendoza, extrañado por la pregunta y aliviado porque era una cuestión bien distinta a la inminente cita con el enemigo lo que parecía interesar al espía nazi.

—Lo que quiero preguntarle es si alguien más ha tenido acceso a esos paquetes con el papel de fumar, o al hatillo de cartas, a lo largo de esta noche.

—Que yo sepa no, *herr* Keller.

—Piénselo bien.

—Tras el intercambio con el cabo Henderson las llevé a mi unidad. Como me llamaron urgentemente para traducir la grabación interceptada, estuve aseándome un poco, pero siempre tuve a la vista las cartas y los paquetes con el papel de fumar —hizo memoria Mendoza.

—¿Seguro? —insistió Keller.

—Creo que sí. ¡Bueno, no! —exclamó el teniente, recordando algo—. Con las prisas, me olvidé de ellos y los dejé sobre la mesa de la plana mayor del batallón. Fue mi superior, el comandante Villatoro, quien vino a todo correr a traérmelas al coche, que estaba ya a punto de arrancar. Sí, es cierto; ahora me acuerdo. ¿He hecho algo mal? —se excusó sin saber si había cometido alguna falta.

—No, no. Al contrario. Es simplemente cuestión de rutina. Ya sabe —sonrió, lacónico, el *obersturmführer.*

Esa sonrisa inclasificable que en un hombre como él igual precedía a la muerte —muchos fueron lo último que vieron antes del disparo certero de su Lüger—, que al amor; ¡oh, su adorada Claire!, Claire Deverèaux, sentía tanto tener que involucrarla en toda esta historia. Pero, a la luz de los acontecimientos, quizás resultase inevitable. Anotó mentalmente que debía ponerse en contacto con don Hermógenes Castán, el director de la Cruz Roja en Zaragoza, no creía que hubiese problemas por su parte, era un germanófilo convencido. Lo constató tras llamarlo y verse con él hacía unos meses, cuando Claire, muy airada, se lo recomendó si quería saber más cosas sobre ella, aquel primer día que Kurt la abordó por la calle con requiebros de galán. Pues muy bien, como la señorita se empeñó, eso hizo en cuanto llegó a su oficina en el Estado Mayor. Lo llamó por teléfono y don Hermógenes le dio puntual información sobre ella. Incluso la que no le pidió.

Poco más quedaba por hacer en aquel asfixiante despacho. Así que tras esa *vital* comprobación sobre la quiebra de sus propios protocolos y planes —«¡malditos sean mil veces estos desgraciados de Ferrer y Vigón!», rechinó entre dientes el *obersturmführer* intentando que no se le notara la ira—, Kurt Keller abrió la puerta y, extendiendo el brazo y mostrándole gentil la palma de su mano, instó a Mendoza a salir delante de él.

Cuando ambos salieron del pequeño bufete que había servido como improvisada sala de interrogatorios, su excelencia ya lo tenía todo preparado: el radioteléfono de campaña, el coche, el magnetófono del coronel Altozano, la transcripción manuscrita de la cinta que acababan de escuchar y, por último, una copia de la misma. Eso era lo pactado con los republicanos.

Su excelencia no era otro que el general Vigón, jefe del Estado Mayor del ejército nacional, lugarteniente de Franco, su mano derecha, su mano izquierda y su cerebro, organizador y responsable por tanto de todos sus servicios secretos y redes de espionaje en el Ebro. Siempre bajo su directa supervisión y milimétrico control —de hecho, no dejó de estar presente ni un solo instante durante las primeras y dubitativas conversaciones telefónicas—, el capitán Ferrer contactó con el Estado Mayor republicano, desde donde les solicitaban una entrevista urgente. Quizás para disipar las dudas y recelos que una comunicación tan extraña pudiera haber levantado en las filas del enemigo, su interlocutor al otro lado del hilo telefónico puso las cartas sobre la mesa desde un principio y se identificó como Pavel Markoff, teniente coronel del ejército soviético, en la actualidad agregado al ejército republicano en labores de contrainteligencia. Ferrer miró a su general y, sin pronunciar palabra, asintió varias veces. ¿Quién no conocía al soviético? Si los infiltrados no mentían, se trataba de un buen agente: serio y concienzudo, frío y meticuloso, duro y despiadado cuando había que serlo, un modelo de manual de la Lubianka moscovita; un tipo con el que más valía andarse con cuidado, en definitiva.

Siguiendo las órdenes de Vigón, y ante los gravísimos peligros que se cernían sobre España y aun sobre el mundo entero, Ferrer accedió en nombre del ejército nacional a la entrevista que Markoff proponía. Pero puso condiciones. También Markoff tenía las suyas, obviamente, sería de aficionados caer en una celada a esas alturas, con más de dos años de guerra española a sus espaldas y otros tantos esquivando las terroríficas purgas que el camarada Stalin seguía llevando a cabo en Moscú. Tras unos breves instantes de tira y afloja, de rápidas consultas con sus superiores, Markoff y Ferrer llegaron a un principio de acuerdo.

El encuentro tendría lugar en un punto intermedio entre ambos estados mayores, algo absolutamente impensable en una situación normal de combate, sobre todo porque sería un punto imposible de discernir, toda vez que cada Estado Mayor es la posición más secreta y protegida en cada bando, y su descubrimiento y destrucción por parte del enemigo equivale a la pérdida de la batalla.

Pero la situación distaba mucho de ser normal, y la prueba de que, en efecto, se vivían unos momentos de extrema urgencia y peligro para todo el planeta era que los cuarteles generales de dos enemigos hasta ese momento irreconciliables llevaban un buen rato en permanente y duradero contacto. Gracias a esa larga y fluida comunicación, los servicios de inteligencia de cada ejército tendrían más que localizada y marcada en sus mapas de campaña la posición del Estado Mayor contrario.

Para reforzar la seguridad de los participantes en la entrevista, el punto exacto del encuentro no se fijaría previamente, sino conforme los protagonistas designados para llevarlo a cabo se fueran acercando los unos a los otros. Para eso llevaban un radioteléfono instalado en el coche. Ese era también el motivo por el cual cada delegación debía estar compuesta, como mínimo, por dos personas. Una conduciría un coche negro y sin distintivos militares sin sobrepasar los veinticinco kilómetros por hora, y la otra iría informando del punto concreto del recorrido en el que se encontrasen en cada momento, pues también se acordó que cada dos minutos los coches debían llamar a su respectivo Estado Mayor para confirmar la posición por la que avanzaban, prácticamente de kilómetro en kilómetro, al circular a tan reducida velocidad y por unas carreteras en pésimas condiciones.

A su vez, nada más recibir dicha información, cada Estado Mayor comunicaría urgentemente al enemigo los datos recibidos. De ese modo, cuando dos minutos después se produjese la siguiente llamada de localización, vía radioteléfono, desde cada cuartel general les transmitirían a los ocupantes de su coche las coordenadas correctas por las cuales se acercaba el automóvil contrario. Así no habría pérdida, pues ambos estados mayores irían conociendo al milímetro el itinerario de los dos vehículos y guiarían fácilmente a sus propios hombres hasta el punto exacto.

Por lo demás, los cuarteles generales debían seguir emitiendo su señal telefónica y permanecer en contacto durante toda la operación, siempre localizables el uno para el otro. Una forma como otra cualquiera de cubrirse las espaldas, que no solo Markoff sabía cuán conveniente resulta evitar las trampas y emboscadas con que se emboza el destino: ambos bandos con la aviación ya sobre aviso, en estado de máxima alerta, y con la suficiente artillería preparada y apuntando a ese punto exacto que, en rojo intenso, destacaba en los mapas que empapelaban las respectivas salas de mando.

Así las cosas, si uno era atacado por el otro a traición —o si cualquiera de ellos cortaba la comunicación sin previo aviso—, la respuesta artillera o aérea del contrario sería también inmediata, brutal y terrorífica, sin tiempo siquiera para colgar el teléfono y salir corriendo. Y como a esas alturas de la contienda tanto los artilleros como los aviadores solían tener la puntería muy fina y ajustada, en este caso vendría a suceder algo parecido a lo que Mendoza, con toda la razón del mundo, ya le dijo a Henderson el día que se conocieron en el Jarama, mientras ambos salían de la vegetación ribereña pistola en mano: las dos posiciones resultarían un blanco demasiado fácil, acabarían volándose la cabeza los unos a los otros y, francamente, esa no es forma de empatar una guerra.

Asegurada la retaguardia y comprobados mínimamente los pestillos de seguridad de la delicadísima operación, Markoff y Ferrer acordaron que —antes de establecer un hipotético plan conjunto frente a la invasión en ciernes—, el objeto principal de ese primer encuentro debía ser el intercambio de una transcripción manuscrita del mensaje interceptado por sus respectivas estaciones de radioescucha, así como de una copia de la cinta que cada Estado Mayor había escuchado. El general Vigón y los tenientes coroneles Modesto y Líster asintieron con gesto grave y preocupado. De esta manera, republicanos y nacionales comprobarían qué información tenía en su poder el bando enemigo y, posteriormente, ya de vuelta en cada Estado Mayor propio, con un poco más de calma, la compararían con la que ellos mismos habían captado. De ese modo soslayarían las lagunas, interrupciones o defectos que cada cual pudiera tener en su grabación y ambos obtendrían una visión mucho más global, más completa, de toda la situación.

—¿Y cómo sé yo que las cintas que nos vais a entregar corresponden al mensaje interceptado esta noche y no a cualquier cháchara de la Pasionaria? —espetó el capitán Ferrer, quebrando de un tajo el clima de cooperación y buena voluntad que ambos se esforzaban en mantener. Técnicas de contrainteligencia pura.

—¿Y por qué cree usted que hace un rato le pregunté por su traductor, capitán? —respondió, calmado, el ruso, que tenía prevista la contingencia—. Creo que sería conveniente que acudieran ustedes al encuentro con una persona que hable inglés, al igual que haré yo, y también que cada uno llevásemos un reproductor o magnetófono. Cuando hayamos intercambiado la transcripción y las cintas, les daremos unos minutos a los traductores, los que sean necesarios, para que lean y escuchen los trozos de grabación que ellos elijan, uno o varios, los que les de la gana. Lo harán por separado, cada uno en su coche. Luego, por el radioteléfono que cada uno llevamos, podrán informar directamente desde el punto de encuentro a su respectivo cuartel general. Así todos comprobaremos allí mismo que las cintas que nos entregamos son las que deben ser.

—De acuerdo, teniente coronel —asintió Ferrer al constatar la aquiescencia del general Vigón.

—De acuerdo, entonces —repitió Markoff—. Seré yo mismo quien acuda al encuentro en representación del glorioso ejército popular. Conmigo vendrá solamente el traductor. ¿Puedo conocer el nombre y graduación de la persona con la que me encontraré? —inquirió Markoff.

Ferrer se quedó en silencio, mirando a su general, el cual le ordenaba, sin palabras, la identidad del elegido por medio del elocuente gesto de señalarlo directamente a él con su dedo huesudo y artrítico.

—Seré yo quien acuda, teniente coronel. Mi nombre es Eduardo Ferrer, capitán de ingenieros del glorioso ejército nacional —contestó al soviético—. Y conmigo también vendrá el teniente Martín de Mendoza, ya que tanto empeño tiene usted en conocerlo —añadió Ferrer con retintín—. Contemos cuarenta y cinco minutos a partir del final de esta conversación y salgamos hacia el punto de encuentro. Desde ese mismo instante, cesará toda actividad militar de carácter ofensivo en el frente del Ebro. Cambio y corto. Tal como hemos acordado, mantenemos permanentemente abierta la comunicación. Hagan ustedes lo mismo —concluyó Ferrer.

Ferrer colgó el auricular, el cronómetro se puso inexorablemente en marcha y, a una sola señal del general Vigón, una febril actividad se apoderó del Estado Mayor del ejército de Franco. Había que hacer una copia de la cinta; transcribir el mensaje por entero —ya estaba el coronel Altozano en ello, pasando a máquina sus notas taquigráficas—; preparar el radioteléfono y el magnetofón e instalarlos convenientemente en el coche que, para ahorrar tiempo, sería el que utilizaba el propio Vigón en sus desplazamientos: negro, macizo, blindado hasta en las llantas.

Y mientras se completaban los preparativos, Vigón llevó a un aparte al capitán Ferrer y, muy discretamente, le ordenó que —tras localizar a Keller dondequiera que estuviese—, se encerrara en su despacho con ese amigo suyo tan particular que hablaba inglés y por el que tanto interés parecían mostrar los rojos; que le apretara las tuercas y a ver por dónde patinaba.

Y es de esa manera, de esa manera y no de otra, como la sutil e inofensiva invitación de un viejo amigo pasa a convertirse en un áspero interrogatorio que dura más de veinte minutos.

—Como ya le habrá dicho el capitán, no hay ningún problema, excelencia. Habrá sido un malentendido o una trampa para que dudásemos de él, típico de los bolcheviques, ya sabe usted cómo se las gasta esa gente —se dirigió Keller a Vigón, que en esos momentos supervisaba el funcionamiento del radioteléfono, en un lateral de la enorme estancia que servía como centro de operaciones. Su excelencia sintió un gran alivio al constatar la presencia del agente alemán, por fortuna no estaba en Zaragoza, pensó. Pero también un cierto desasosiego al comprobar que había estado presente en el interrogatorio a Mendoza, parecía querer controlarlo todo el *obersturmführer*. Sensación que se acrecentó cuando el teniente alemán dijo—: Adelante, pues, con todo el operativo —con la naturalidad y el desparpajo que otorga saberse siempre al mando.

Detrás de Keller, Mendoza permanecía inmóvil, sin saber muy bien qué hacer, engullido por un torbellino de actividad, decenas de oficiales y agentes de inteligencia se afanaban en tener todo a punto. Cuando Vigón reparó en su presencia, el abrumado teniente esbozó apenas un gesto, diríase de disculpa por un pecado que no tenía conciencia de haber cometido. El general se quedó mirándolo unos segundos, pero no le dirigió la palabra. Simplemente asintió dando su plácet para que todo comenzara cuanto antes.

Porque ya estaba todo preparado: el coche esperando en la puerta, el radioteléfono, el magnetófono francés del coronel Altozano, la transcripción manuscrita que este había realizado de la cinta que acababan de escuchar y, por último, la copia sonora que debían entregar a los enviados republicanos. El capitán Ferrer se acercó, dispuesto también para encaminarse a la boca del lobo, sin poder ocultar su creciente nerviosismo, el rostro un tanto crispado. Keller le dio una palmada en el hombro, intentó animarlo con un gesto entre amable y condescendiente y se retiró unos pasos; debía pasar cuanto antes a un segundo plano, desaparecer del principal teatro de operaciones. Hasta que Ferrer no regresara de esta primera cita —si es que lograba hacerlo— se produciría un lógico e inevitable impás de espera en ambos estados mayores que él necesitaba aprovechar, pues aún eran muchas las cosas que tenía que resolver a lo largo de esa noche. La vorágine de acontecimientos y la confusión que esta suele llevar aparejada facilitarían sus propósitos y harían que su repentina ausencia pasara lo más desapercibida posible. De ahí que se despidiera precipitadamente arguyendo asuntos inaplazables en su despacho, situado en uno de los laterales del edificio; más parecía estar huyendo de algo por la cautela y el recelo con que miró dos veces por encima de su hombro, mientras se alejaba cada vez con paso más acelerado.

Ajenos al comportamiento del alemán, Ferrer y Mendoza se miraron, poco más tenían que decirse ya. El general ordenó a Mendoza que recogiera las cintas y las carpetas con las transcripciones y las llevara al coche, cosa que este hizo de inmediato. Tenso y envarado, Vigón aguardó en silencio a que el joven teniente saliera. Ferrer no supo a qué atenerse. Conocía a su superior lo suficientemente bien como para saber que tenía algo importante que decirle. Y así era.

Como no terminaba de fiarse del todo de Mendoza, su excelencia había maniobrado por su cuenta. Y quería que su leal capitán lo supiera, por si le resultaba necesario a lo largo de su encuentro con el enemigo. De ahí que, a modo de despedida, le dijese:

—Verá, Ferrer, aunque hemos pactado acudir sin armas, en la parte trasera de la radio tiene usted, convenientemente disimulada en una especie de tapa falsa, una pistola del 22, una pistola de dama, ya sabe, pero más que suficiente para sacarlo de un apuro si se diera el caso.

—¡Mi general! —protestó débilmente Ferrer, agradecido por la preocupación de su superior.

—¡Ni mi general ni hostias, Ferrer! No me puedo permitir perderlo a estas alturas de la guerra —fue la marcial manera de Vigón de decirle lo mucho que lo apreciaba—. Y mucha suerte, capitán. Mucha suerte, que falta nos va a hacer.

—Espero tenerla, mi general, espero tenerla —a punto estuvo de abrazarlo Ferrer, convencido como estaba de que no iba a volver a verlo nunca más.

Conducía Mendoza y Ferrer establecía contacto cada dos minutos con su Estado Mayor para comunicar por dónde circulaban en cada momento, al tiempo que iba dibujando su propio itinerario y el de los enemigos en un mapa colocado sobre sus rodillas, información esta última que le aportaba el mismísimo general Vigón en persona tras cada pertinente llamada al alto mando republicano. De forma mecánica, desde el asiento de atrás, Ferrer le detallaba a su conductor las coordenadas por donde en ese preciso instante debían de estar circulando los republicanos. Salvo esos datos, fríos y precisos, poco más se dijeron entre ellos, y no precisamente por la tensión y ansiedad que suele reinar en las misiones arriesgadas.

Al cabo de unos doce minutos de lenta conducción vieron unas luces a lo lejos, acercándose por la carretera de Camposines, la zona roja. Ferrer hizo una última llamada y desde su cuartel general les llegó la confirmación. Ese era el coche que esperaban, en efecto. Martín de Mendoza frenó suavemente y dirigió el pesado automóvil hacia la cuneta, pues Ferrer y Markoff habían acordado que los últimos metros debían hacerlos a pie para encontrar algún lugar cercano que les pareciera más seguro y a resguardo que la propia carretera, que resultaría un objetivo demasiado expuesto. Justo enfrente de donde Mendoza detuvo el coche había un pequeño claro protegido por unas peñas y una arboleda semicircular, un buen sitio para no ser molestados.

En tanto en cuanto los republicanos se acercaban, Ferrer intentó distender el ambiente tras lo ocurrido en su despacho.

—No te lo tomes como algo personal, Martín.

—En esta guerra todo es «algo personal», Eduardo. Llevamos ya dos años largos pegando tiros para que aún no te hayas dado cuenta —le replicó en tono de evidente reproche—. Si en lugar de tratarme desde el primer momento como a un sospechoso hubieses pensado con un mínimo de lógica, de sencillez, quizás hubieras llegado a una conclusión: Henderson es el traductor de los rojos, ¿no? —preguntó retóricamente—. Pues si sus jefes le preguntan si conoce a alguien en el otro bando que hable su idioma, lo normal es que piense en mí, que es al único que conoce —argumentó Mendoza.

—Es posible que haya sido así, Martín. No tengo pruebas para rebatirte —le dio la razón Ferrer—. Pero, además del teniente Mendoza, otras personas también hablan inglés en nuestra zona. No muchas, pero algunas tenemos. Y tampoco puedo asegurarte si Henderson conoce a alguna de ellas o no. Por eso, si te eligen expresamente a ti, mi trabajo no consiste en pensar con sencillez y alma cándida, sino en pensar mal y dar un rodeo por el camino más difícil. Lo siento mucho, Martín. De veras que lo siento —se disculpó con absoluta sinceridad Ferrer, buscando la conciliación.

—Hubo momentos en los que no sabía si delante de mí estaba mi amigo, mi juez o incluso mi verdugo, con ese alemán siempre a mi espalda, escrutando cada respuesta o movimiento. Me he sentido humillado como nunca en mi vida, créeme; así que esto sí ha sido algo personal, Eduardo. Muy personal —se desahogó Mendoza.

—Sí, *ese* alemán —repitió Ferrer con un deje de fastidio—. Algún día, cuando esto se acabe de una vez, te lo explicaré y lo entenderás todo. La guerra es algo muy complicado, Martín. Muy complicado.

—No. La guerra es algo muy simple, mi capitán. Muy simple. Unos mueren y otros no. Y bastante tengo yo con preocuparme de no ser uno de los muertos de ese día. De hoy, de mañana, o incluso uno de los muertos de ayer. Eso es la guerra, Eduardo. No lo olvides ni un instante cuando salgas ahí afuera y los tengamos enfrente —aseveró, señalando con un golpe de cejas al coche conducido por Henderson, que ya se acercaba—. Ni por un solo instante.

Ferrer bajó la mirada, tragó saliva y asintió en silencio. Él no era un hombre de acción, nunca se había visto cara a cara con el enemigo, únicamente en cablegramas y mapas, en mensajes cifrados y cartapacios secretos. Lo de esta noche era algo muy distinto, por ello se alegraba de tener a Martín a su lado. Intuyendo su inquietud, y dado que el automóvil de Henderson acababa de detenerse a unos doscientos metros, en el estrecho arcén del lado contrario de la carretera, el experto teniente de ametralladoras intentó tranquilizarlo.

—Todo saldrá bien, Eduardo.

—Todo tiene que salir bien —repitió Ferrer como si fuese una jaculatoria, saliendo del vehículo, camino de la incertidumbre.

Martín hizo lo propio. Dejó abierta su puerta, rodeó la parte delantera del automóvil y abrió la del copiloto. Vio que los dos republicanos ya los esperaban en ese pequeño claro que había justo a medio camino entre los coches. En el asiento del copiloto había depositado las cintas y carpetas que debía intercambiar con Henderson. Cuando introdujo medio cuerpo en el coche para cogerlas, Ferrer se le acercó precipitadamente. El capitán no las tenía todas consigo y, al fin y al cabo, iba a ser Mendoza quien regresara al coche y tuviese acceso a la radio. De ahí que, ahogando la voz, le dijera:

—Espera, Martín, espera un momento. Verás, es que quiero que sepas una cosa. ¿Ves la radio? Pues si te fijas bien en esa tapa que parece falsa... —continuó bajando aún más la voz, incluso a Mendoza le resultó difícil escucharlo.

—¡Pero, joder, mi capitán! —protestó enérgicamente Mendoza la contravención de lo acordado.

—¡Ni joder, ni mi capitán ni hostias! —parafraseó Ferrer a su superior—. Tú y tu estúpido sentido del honor. ¿Crees que ellos no habrán hecho lo mismo? Venga, vamos para allá, que nos están esperando y van a sospechar si tardamos demasiado —le conminó Ferrer a seguirlo, dirigiéndose hacia esos dos puntos oscuros e inmóviles que los esperaban en medio de un claro del bosquecillo.

* * *

Dos tipos de fiar

—Capitán Ferrer —dijo Markoff inclinando ligeramente la cabeza, ademán de un cortés saludo.

—Teniente coronel Markoff —le contestó Ferrer con la misma cortesía, forzada sonrisa por delante.

—Bueno, pues si ya está todo listo, podemos empezar —no se anduvo con preámbulos el soviético al ver que los enviados nacionales permanecían inmóviles, cargados con las cintas y carpetas, a unos treinta pasos de donde él y Henderson los aguardaban.

Ferrer miró a Mendoza —situado un par de metros a su espalda— y asintió con un golpe seco de cabeza, indicándole a su subordinado que procediera.

Martín y Henderson se adelantaron para realizar un nuevo intercambio, esta vez de información confidencial. Se encontraron justo en medio del calvero de bosque que, de forma implícita, ambas delegaciones habían decidido que podía servirles como mínimo resguardo y protección. Dado que no tenía muy claro si darle otro apresurado abrazo —como era habitual cada vez que se encontraban—, pedirle explicaciones o, directamente, pegarle un puñetazo en la boca del estómago por haberlo implicado en una operación de este jaez, el teniente Mendoza prefirió guardar silencio y realizar el intercambio de forma mecánica, con gesto severo y sin apenas mirar a su amigo. Henderson comprendió, así que, sumido también en el más absoluto de los mutismos, no hizo comentario ni gesto alguno y se limitó a entregarle a su amigo las cintas y transcripciones que él mismo había copiado hacía un rato con la ayuda de Líster y un par de agentes del servicio secreto republicano.

Cuando ambos tuvieron en su poder todo lo necesario para realizar su cometido, se dieron media vuelta, encaminándose hacia sus respectivos automóviles, encendieron los faros y, bajo el haz de luz de los mismos, se dispusieron a seleccionar al azar algunos párrafos de la transcripción entregada por el enemigo y a leerlos con la mayor calma posible.

Finalizada dicha lectura, debían entrar en el vehículo y comprobar en el magnetofón que portaban que dichos párrafos se correspondiesen palabra por palabra con lo grabado en las cintas. Esto es, con el mensaje captado en lengua inglesa. Para eso estaban ellos dos allí y no para darse conversación, se alegró Mendoza de encontrarse ya junto a su coche, protegido por su negrura y su blindaje, con el radioteléfono a su alcance, aunque fuera un pequeño alcance del 22.

Y mientras Henderson y Mendoza se afanaban en sus quehaceres, verificando con sus conocimientos lingüísticos la sinceridad del adversario, Markoff y Ferrer se quedaron a solas en el pequeño claro del bosque, frente a frente, ambos iluminados a contraluz por los faros de los vehículos que quedaban a sus espaldas. Así debían ser las ejecuciones sumarias de las cuales los falangistas tanto se jactaban y a veces le habían contado entre vinos y cervezas, pensó el capitán Ferrer: una luz apuntándote, una silueta que cae, la oscuridad allá al fondo. A Markoff también lo atrapó un pensamiento fugaz: «el capitán tiene demasiado miedo», se dijo; bien es cierto que se entretenía en esas cavilaciones para ahuyentar el suyo propio. Por lo demás, a él no hacía falta que nadie le contara cómo era una ejecución. Markoff se arrebujó en su largo abrigo de cuero, exhaló una vaharada de aliento y dio un paso hacia el oficial franquista. Luego otro, y otro más. Este carraspeó y, solo fuera para que el ruso no viese confirmadas sus sospechas, hizo lo mismo. Llegados a este punto de la operación, no iba a arredrarse él ahora, se dio ánimos.

—¿Un cigarrillo? —le ofreció Ferrer a su antagonista para romper, literalmente, el hielo escarchado que comenzaba a fraguarse en esa fría madrugada de casi noviembre.

—¿Un trago, mejor? —le correspondió Markoff, sacando de no se sabe dónde una petaca llena de ese vodka que solo Henderson y él aguantaban.

—Las dos cosas vendrán bien —concedió el capitán frotándose las manos.

Ferrer extrajo un cigarrillo de su paquete y se lo dio a Markoff para que se sirviera, conminándolo con un gesto a que no se lo devolviese, detalle que el ruso agradeció. Markoff cogió otro pitillo, se lo llevó también a los labios y lo encendió. Ambos dieron dos largas caladas, parsimoniosas y profundas, la primera sin duda para aventar los nervios, para relajarse mínimamente con la nicotina y el humo, y la segunda quizás para comprobar que, a pesar de lo extraño y peligroso de la misión que se traían entre manos, aún seguían de pie. Luego, Markoff dio un trago de su petaca y se la pasó a Ferrer, que no le fue a la zaga. A pesar del frío, el capitán notó cómo dos espadas cosacas le rajaban el paladar, la garganta y el estómago conforme el brebaje descendía por su organismo en erupción.

Tras el impostado momento de camaradería, un tenso y violento silencio se instaló entre ellos. Fue Markoff quien trató de soslayarlo, acordándose de los miedos de su antagonista, de las luces oscuras de las ejecuciones, del desagradable olor que exhalan aquellos que van a morir en breves instantes y son plenamente conscientes de ello.

—Comprendo sus recelos, capitán, pero pierda cuidado. Yo tengo las mismas dudas que usted. O quizás más —se sinceró Markoff—. Discúlpeme la petulancia, pero no es difícil imaginar que el general Vigón y sus muchachos harían todo lo posible y lo imposible con tal de neutralizar al jefe de la inteligencia enemiga en el Ebro. Yo actuaría de igual modo. Ese es el juego, en definitiva, ¿no es así? Nuestro complejo y particular juego —concluyó, un punto lacónico, el agente soviético.

—Así es. Tampoco yo sería una mala pieza para Líster —se refirió Ferrer a sí mismo; en tanto en cuanto era él en persona quien descifraba los mensajes codificados de los republicanos, amén de ser el jefe de la unidad que diseñaba las claves y cifras más complejas del ejército franquista—. Pero a pesar de sus dudas y sus recelos, al final ha venido —dijo Ferrer, intentando con semejante perogrullada alargar la conversación, tal vez para explicarse realmente por qué demonios había acudido él a tan extraña cita.

—Ya ve. Igual que ha hecho usted. Y supongo que por la misma razón que usted, capitán. Cuando las circunstancias son excepcionales, y esta que vivimos me parece irracionalmente excepcional, hay que arriesgarse. Incluso las personas que pretendemos tenerlo todo bajo control debemos asumir riesgos. Por eso he venido. Porque es una situación que me supera. Que nos supera a ambos, en realidad. Y ya puestos a arriesgarlo todo, capitán Ferrer, que es como usted y yo hemos venido esta noche aquí, prefiero tener las espaldas cubiertas con tipos como Henderson o su teniente, créame. Dos tipos de fiar.

—Mi teniente Mendoza. Mi querido amigo Martín —casi silabeó Ferrer, aún sin sacudirse del todo las muchas dudas que lo asaltaron desde el mismo instante en que los republicanos solicitaron su presencia. Y ya que el agente soviético lo había traído a colación, aprovechó la oportunidad—: ¿Puedo preguntarle una cosa, Markoff? Ya sé que no me va a contestar siquiera, pero compréndame.

—Por supuesto que puede, capitán —respondió el camarada Pablo—. ¿Y por qué no se la voy a contestar? Si está en mi mano.

Tras otro breve silencio y una nueva calada, Ferrer bebió otro pequeño trago de vodka —mientras terminaban de secársele las lágrimas que se le habían saltado con el primero—, y conforme le devolvía la petaca al oficial soviético, continuó:

—Porque lo que me gustaría saber es la razón de su, digamos, inusitado interés en que acuda a este encuentro el teniente Mendoza. Quiero decir, *mi* teniente Mendoza...

—Sí, sí. *Su* teniente Mendoza y no otro. Comprendo perfectamente lo que quiere decir, capitán —le cortó Markoff, concluyendo la frase que su antagonista comenzó—. Nos dedicamos a lo mismo, no lo olvide. Pero no es lo que usted piensa, créame.

—Yo no pienso nada. Yo no pienso nunca nada hasta que no puedo probarlo, teniente coronel. Acaba usted de decirlo: por desgracia, tenemos el mismo oficio —replicó en tono cortante Ferrer.

—Hace muy bien —aprobó el espía soviético con una sonrisa anuente—. Pero si lo que usted quiere es una respuesta, yo se la daré. Verá, en realidad no he sido yo quien ha pedido que viniese Mendoza.

—Está bien, teniente coronel. Capto el mensaje. Entienda que he debido hacerle la pregunta —quiso dejarlo correr el capitán.

—No, no; no se precipite y deje que le explique. Lo cierto es que a mí me daba igual quien viniera con tal de que no fuese uno de esos periodistas americanos que pululan por su Estado Mayor. Yo también pienso como usted: hasta que no comprobemos todos los extremos de la situación que estamos viviendo y podamos constatar su veracidad, no debemos crear alarmismos ni caer en miedos innecesarios. De lo contrario, podríamos dar algún paso en falso. Y coincidirá conmigo, capitán Ferrer, en que si algún norteamericano tiene conocimiento de lo que en estos momentos está ocurriendo en su país no se va a quedar cruzado de brazos. ¡Ya sabe usted cómo son!: los periodistas y los americanos, quiero decir —puntualizó Markoff con maldad—. Por eso pensé que lo más prudente sería mantenerlos al margen. Al menos por el momento.

—No solo hay periodistas americanos, Markoff, no hace falta que se lo diga —adujo, condescendiente, Ferrer.

—Claro, también tienen ustedes infiltrados a los ingleses o a los italianos. Lo cual sería peor. Al menos los yanquis trabajan solamente para sus periódicos, porque los hijos de su graciosa Majestad o del Duce cobran doble sueldo por enterarse de lo que está ocurriendo en España y contarlo después. ¿Quién iba a venir con usted, por ejemplo: ese que es tan amigo de Franco? ¿Cómo se llama? Philby —se respondió Markoff, deslizando subrepticiamente la identidad del agente del MI6—. Sinceramente, capitán Ferrer, lo último que me apetecía esta noche era una cita con un espía británico de por medio. Londres sabría hasta la última palabra de lo que aquí hemos hablado en cuanto nos diésemos la vuelta. Y en esas estábamos en nuestro Estado Mayor, discutiendo el asunto, cuando Henderson encontró la solución perfecta —concluyó Markoff, señalando con la cabeza hacia su coche, donde el brigadista escuchaba un trozo de grabación con los auriculares puestos—. Por eso le digo que no fui yo quien pidió que Mendoza viniera.

—Así que todo esto es cosa del cabo. De un cabo —aunque el relato de Markoff era congruente, no pudo evitar Ferrer un cierto deje de extrañeza en su apreciación.

—Sí, el cabo. Es de los pocos americanos que nos quedan. Nosotros tampoco andamos muy sobrados de *traductores* tras la retirada de los internacionales —bromeó Markoff—. Nos dijo que el oficial del otro bando con el que realiza los intercambios habla perfectamente inglés. Al parecer, confían el uno en el otro para esa peligrosa misión. Tras sopesarlo, a los tenientes coroneles Modesto, Líster y a mí nos pareció bien que fuese dicho oficial quien tradujera nuestras cintas y la transcripción de las mismas; quien comprobase que cuanto decimos es verdad. Si Henderson se fía del teniente Mendoza y yo me fío a ciegas de Henderson, a mí no me queda otra que fiarme de ese teniente —construyó el silogismo con aplastante lógica Markoff.

Lógica y congruencia en el discurso son los mejores ingredientes para certificar certezas y disipar posibles dudas, de ahí que, conforme Markoff le explicaba los últimos flecos del comprometido encuentro que estaba teniendo lugar, el semblante de Ferrer se distendiese y, por un instante, aunque solo fuera un mínimo y fugaz instante, el capitán respirase con cierto alivio. Fijó por primera vez su atención en el rostro de su interlocutor —pálido y blanquecino como la luna que también asistía en silencio a esta primera cita, ojeroso, los pómulos hundidos, la rubia barba incipiente—, y relajó la envarada tensión con que vigilaba tres puntos distintos, los fundamentales para su seguridad desde que empezó su amistosa charla con el soviético; a saber: ese cabo americano que trajinaba en el coche que tenía justo enfrente; las manos de Markoff, que sostenían la petaca y un cigarro a medio consumir; y en tercer lugar, aunque fuera de reojo, los movimientos de Mendoza en el vehículo propio, el que quedaba a su descubierta retaguardia. Porque el discurso de Markoff había sido muy lógico, muy congruente y muy brillante, de acuerdo, pero él solo se fiaba del correlato de los hechos, ya lo había dejado muy claro, y estos únicamente concluían cuando él regresara a su Estado Mayor. Sano y salvo.

Ferrer dio una última calada a su cigarro, tiró la colilla y la pisó, aplastándola contra el suelo húmedo por la escarcha. Miró a los ojos de Markoff para ver qué intuía en ellos y se descubrió pensando: «este ruso tiene más miedo que yo; no sé qué cojones hacemos aquí como dos pasmarotes, en medio de la nada, si los marcianos nos van a matar de todas formas». De su ensimismamiento lo sacó el ruido que, a su espalda, hizo la puerta de su coche al cerrarse súbitamente. Un golpe seco que lo sobresaltó. Parecía un disparo, se dijo Ferrer, acordándose del pequeño calibre 22. También se reprochó haber relajado la vigilancia.

Pero Mendoza no salía del automóvil pistola en mano para consumar una traición. Martín de Mendoza era un tipo de fiar, ya se lo había dicho Markoff. Uno de esos oficiales que siempre intentan cumplir cabalmente la misión encomendada. Como ahora, en estos momentos. De ahí que, alzando la voz, con un pie en el estribo del coche, le hiciera saber:

—Todo en orden, mi capitán. Cuando usted quiera.

Y como si ambos se hubiesen coordinado para concluir su trabajo, del coche de enfrente vio salir a Henderson, quitándose los auriculares y con una libreta de notas aún en la mano.

—Ningún problema, Pablo —confirmó a los presentes.

—Bien, pues entonces cada cual por su camino —se encogió de hombros Markoff.

—Cada cual por su camino y, dentro de cuarenta y cinco minutos, mantendremos nueva comunicación para fijar un posible segundo encuentro si así lo deciden los estados mayores. Yo le llamaré —puntualizó Ferrer los pasos a seguir.

—Perfecto —convino el soviético—. Espero esa llamada. Mantenemos el cese de hostilidades, por tanto.

De nuevo en el coche, Mendoza conducía en silencio, con Ferrer ahora a su lado, en el asiento del copiloto. Las primeras luces del día intentaban despuntar en el horizonte y una neblina tímida y desvaída disipaba su tupido velo sobre el mundo. El capitán Ferrer respiró un par de veces con fuerza, casi con estruendo, y bajó mínimamente el cristal de su ventanilla para que le diera el aire fresco en el rostro. Sin mirar a su amigo, la vista siempre al frente, le dijo:

—Tenías razón, Martín.

—¿En qué? —preguntó este, pendiente del lamentable estado de la carretera.

—Al parecer, fue el americano quien propuso tu nombre. Eso revela que tiene contigo algo más que una simple y superficial relación de intercambio de papel y tabaco. Eso revela que confía en ti.

—Somos amigos, Eduardo —se atrevió a confirmar, allí en la confortable intimidad del coche, Martín.

—¿Cómo es posible?

—Digamos que yo sé que él está equivocado, pero no intento convencerlo de ello. Y él sabe que yo también estoy equivocado, pero lo deja estar. Así que, cuando nos encontramos, hablamos de otras cosas. Empezó siendo algo extraño, lo reconozco, pero ha terminado convirtiéndose en costumbre. ¡Y como esta guerra está durando tanto, pues...! —se encogió de hombros Martín, excusando la solidez de esa amistad en la excesiva duración de la contienda. Ferrer sonrió, siempre le gustó la ingenuidad de Mendoza.

—Bueno, hay otra razón para que estés aquí, pero es menos romántica —continuó Ferrer—. Buena parte de los periodistas americanos o ingleses que ves a tu alrededor pululando por el frente, y que en buena lógica podrían estar sentados donde ahora mismo lo estás tú, son confidentes, infiltrados, o directamente espías que trabajan para los servicios secretos de sus países o de los países de sus simpatías, y no me preguntes más. Al fin y al cabo, esto es una guerra y se está preparando otra en toda Europa que la va a dejar pequeña.

—Me lo imagino. Como también supongo que por eso precisamente los rojos eligieron a Jeffrey como traductor en esta misión —para no ser un experto agente no estuvo mal la réplica de Martín.

—Dejémoslo en que Markoff habrá facilitado las cosas para que Henderson fuera su traductor y pudiera proponerte —caviló Ferrer—. Al fin y al cabo, la España nacional también levanta simpatías en el otro lado y ese ruso no es tonto, desde luego.

—Por eso ha elegido a un simple cabo para una misión de este tipo. A un soldado sin patria y al imbécil de su amigo, pues supuso que tú harías igual y me llevarías contigo —Mendoza avanzaba a pasos agigantados en su nueva identidad de especialista en inteligencia.

—Markoff es muy bueno. Si tu maestro ha sido el general Alexander Orlov, no puedes ser un cualquiera en esto, Martín. Ten eso muy presente por si tenemos que vernos más con él. Además, este Markoff es de los alumnos aventajados. Incluso me ha dado a entender que ya sabe que algún plumilla inglés o americano conoce la cinta y su traducción completa. ¡Ni que nos hubiera leído el pensamiento! —rezongó Ferrer—. Bueno, el pensamiento o algún mensaje secreto que habrá que investigar de dónde haya podido salir —sonrió, distendiendo el ambiente. Luego subió el cristal de la ventanilla y, viendo que se acercaban a su Estado Mayor, donde habría tantísimo trabajo por hacer, se quedó mirando muy fijamente a su amigo y le inquirió en un tono entre solemne y conspirador—: Martín, quiero que me digas una cosa. Y quiero que seas sincero conmigo.

—Siempre lo he sido, Eduardo. Otra cosa es que las circunstancias te hayan hecho creer que no era así —se reivindicó el teniente.

—Lo siento, créeme. Lo siento de veras —recondujo las aguas a su cauce el capitán—. Aunque me reconocerás que no deja de ser un sarcasmo que la mejor prueba de tu lealtad me la haya proporcionado el jefe del contraespionaje enemigo. Al hilo de eso, lo que yo te quería preguntar respecto a ese cabo norteamericano...

—Henderson —le recalcó Mendoza. Era un enemigo, pero podía pronunciar su nombre y apellido sin manchar su impoluto expediente—. Se llama Jeffrey W. Henderson.

—Pues eso, Henderson —se amostazó el capitán—. El americano se fía de ti, de eso no hay duda, pero lo que yo quiero preguntarte, Martín, es si tú te fías al cien por cien de él. Si te fiarías para cualquier cosa.

—Para cualquier cosa, Eduardo. Es mi amigo, te lo he dicho, y ya no me importan las consecuencias que eso pueda acarrearme. Y además es un soldado. Un buen soldado del que te puedes fiar, créeme.

—Te creo, Martín, te creo. Tú también eres un buen soldado, teniente Mendoza —le respondió Ferrer con toda su admiración y respeto—. Por eso me alegro mucho de que estés aquí, a mi lado —le confesó, apretándole el brazo, mientras Martín enfilaba los últimos metros para aparcar frente a la escalinata del Estado Mayor.

—Bueno, ¿y ahora qué, Eduardo? —quiso saber Mendoza, echando el freno de mano.

—Intenta descansar un rato. Para mí la madrugada y el día de hoy van a ser muy largos. Muy, pero que muy largos —lo instó Ferrer mientras se internaban en el edificio del Estado Mayor, en busca del general Vigón.

—No, no, Eduardo. Ni hablar. A mí dame algo que hacer, por favor. Conociéndome como me conozco, dormir, no voy a poder dormir ni cinco minutos. Y cuando me pare a descansar de verdad, ¡pero de verdad!, no te garantizo que me levante de la cama en un par de años —imposible detener la adrenalina y la excitación de una noche como aquella.

—¡Qué exagerado eres! Bueno, seguro que algo podrás hacer para entretenerte. Ven conmigo y ya veremos —aceptó Ferrer.

—Lo que sea. A mí, con tal de que no me dejes otra vez a solas con ese alemán —le dijo Martín bajando la voz, buscando restablecer la complicidad con su amigo.

—¡Ah, sí, ese alemán...! —repitió Ferrer con fastidio—. Ese maldito alemán.

* * *

La sonrisa de Némesis

Nada más despedirse de Ferrer y desearle suerte en su delicada misión, *ese maldito alemán* —como con todo su enojo acababa de referirse a Keller el capitán de ingenieros—, recorrió apresuradamente el dédalo de pasillos que separaban la sala central de operaciones del Estado Mayor de su amplio y bien ordenado despacho, situado en el lado sur del edificio. Abrió la puerta y entró, pero fue un acto de presencia meramente testimonial, para no levantar sospechas si alguien lo había seguido. Acababa de justificar su súbita marcha ante Vigón y varios testigos más arguyendo que debía finiquitar ciertos asuntos urgentes, «inaplazables» fue lo que dijo, así que un hipotético perseguidor debía constatar tal circunstancia. Apenas estuvo allí minuto y medio, pegado a la puerta, intentando escrutar el más mínimo sonido o movimiento tras la misma. Estaba convencido de que no podía haber nadie en el largo y mal iluminado corredor, pero aún así abrió la puerta de forma rápida y contundente, por si podía sorprender al posible fantasma del recelo y la desconfianza.

Dado que salir por la puerta trasera, o por alguna de las dos trampillas habilitadas para evacuación en caso de ataque, podría levantar sospechas, decidió hacerlo por la puerta principal aprovechando algún momento de baja intensidad en el trasiego de jefes y oficiales, ya evitaría él cruzarse con más personas de las necesarias, pero tuvo que desandar sus pasos y modificar el plan cuando descubrió que aún seguía en su puesto de guardia ese soldado imbécil que hizo ademán de solicitarle su acreditación hacía un rato, cuando fue llamado de urgencia mientras luchaba contra sus más íntimas pesadillas. No podía arriesgarse a que, posteriormente, el muchacho recordara que lo vio abandonar el cuartel general y que permaneció fuera del mismo durante un tiempo. Maldiciendo, regresó a su despacho y, desde una ventana que tenía una caída de metro y medio, saltó y salió del edificio como un verdadero furtivo, protegido por la negrura de la noche y de su uniforme.

A las cinco y diez de la madrugada, el silencio y la oscuridad eran totales en Gandesa, pero aun así, el SS *obersturmführer* Keller caminaba pegado a las paredes, intentando diluirse por completo en la penumbra añadida que proporcionaban los voladizos y salientes de los tejados de las casas bajas que se iba encontrando en su recorrido hacia el centro del pueblo. Tras no más de cinco minutos, cuando al fin llegó a su destino, lo cierto es que no le sorprendió encontrar una pequeña y titilante luz en el ventanuco del primer piso de aquella humilde pero confortable fonda, donde solían hospedarse la mayoría de periodistas extranjeros que cubrían la batalla cuando se encontraban informando desde zona nacional. Sin duda, aquella era la habitación de la persona que él iba buscando, se dijo Keller. Siempre solicitaba la misma, el muy cobarde. La más cercana a la puerta de salida. «Por si algún bombardeo inoportuno», le gustaba puntualizar al interfecto con tinte socarrón.

Keller cruzó la calle, descorrió el pesado cortinaje que daba paso a un zaguán y atravesó un patio rectangular, toscamente empedrado y muy húmedo, como atestiguaban la verdina de las paredes y el barro entre las losas. A la derecha del mismo se encontraba la recepción de la fonda. Procuró no despertar al dueño, que dormitaba sobre un jergón en un cubículo situado tras el mostrador, y subió la estrecha escalera que llevaba a la primera planta a tientas, con movimientos de autómata y cautela de bandido. Más que llamar suavemente, rozó con los nudillos la madera agrietada de la puerta, imposible que lo oyesen no ya los demás inquilinos del inmueble, sino incluso la persona que estaba dentro de la habitación. Pero como al agarrar el picaporte comprobó que la llave no estaba echada, la entreabrió e introdujo hábilmente su enorme corpachón por el pequeño espacio que durante un segundo inundó la débil y tamizada luz procedente del interior. Allí estaba Philby, en efecto, lápiz en mano, emborronando una cuartilla con tachones y subrayando algunas ideas o palabras, puliendo una crónica antes de escribirla definitivamente a máquina para enviarla a Londres. Se supone que solo y en exclusiva al *Times*. Se supone, que se maliciaría Markoff.

—Parece que me estuvieses esperando, Kim —le dijo Keller a modo de saludo.

—Yo siempre te estoy esperando, mi teniente —le respondió el inglés, haciendo que las eses serpenteasen, lúbrico y divertido.

—Un día te voy a matar, Philby. Si sigues por ese camino, un día te mato sin pensármelo dos veces. ¿Te ha quedado claro? —Y lo que quedó meridianamente claro es que al alemán no le hacía gracia el divertimento.

—Tú me matas todos los días, querido, bien lo sabes —le volvió a declarar su rendida admiración Philby sin hacerle caso en absoluto, mordisqueando el lápiz que aún sostenía en las manos—. Además, no pagues conmigo tu mal humor si las cosas no salen como quieres que salgan y te has quedado fuera de la partida. Es por eso por lo que has venido a verme, ¿verdad? ¿O me equivoco, Kurt? —le preguntó con una sonrisa ingenua, confirmándole el primer traductor de la grabación captada que, en efecto, llevaba un buen rato esperándolo. Y que era él quien llevaba las riendas en esta conversación.

—Precisamente eso es lo que me hace dudar —le contestó Keller enigmático, obviando el tono melifluo y condescendiente de Philby, el desprecio que conllevaba la observación del sagaz espía británico, y centrándose de inmediato en la cuestión.

—¿El qué, Kurt? ¿Que tus amigos sepan pensar o hagan algo sin llamarte antes? ¿O incluso sin telefonear directamente a Berlín? ¡Qué horror! —se burló Philby.

Esta vez Keller sonrió. Torticeramente, encajando el comentario. Si lo que el retorcido inglés intentaba era provocarlo, debía saber que su punto de ebullición aún estaba muy lejos, demasiado importante todo lo que estaba en juego, demasiado crucial todo lo que él necesitaba saber. Y lo necesitaba cuanto antes. Así que tocaba sonreír. Retorcidamente, emborronando con un nuevo tachón y un doble subrayado su cuaderno mental de cuentas por ajustar.

—No, no es eso, claro. Es lo que has dicho antes respecto a *las cosas* —recondujo la conversación el teniente de las SS—. Me da la impresión de que «esas cosas», como tú las llamas, o sea, los acontecimientos, se suceden tan precipitadamente que parece que haya alguien muy interesado en impulsarlos. Es más, Philby: siempre he creído que, cuando algo ocurre demasiado deprisa, es porque alguien se empeña en que así sea, ¿no lo crees tú también?

—Desde que soy corresponsal de guerra, no —contestó Philby con absoluta sinceridad—. Y estamos en medio de una muy dura y muy cruel, Kurt. En serio, desde que estoy en España me he acostumbrado a que en cualquier instante puede ocurrir lo menos pensado. Aunque debo reconocer que todo este asunto me resulta excesivamente extraño.

—¿Has conseguido hablar con Londres? —quiso saber Keller si Philby había podido contactar con el exterior.

—Lo he intentado, como imaginarás. Varias veces desde que, prácticamente, me invitaron a largarme del Estado Mayor, en cuanto terminé de traducirles la grabación —afirmó el periodista—. Pero he tenido el mismo éxito que has debido tener tú al intentarlo con Berlín. Es imposible establecer conexión desde este agujero, Kurt. Imposible.

—Pues de una u otra manera debo contactar con «Némesis». Cuanto antes. Y como sea, Philby. ¿Me he explicado? Tengo que entrar en contacto con él como sea. —No pudo evitar Keller que la ansiedad acumulada desde que se enteró de que Henderson y Mendoza participaban en este asunto le asomase a la voz.

Porque esa era la razón fundamental de su visita, el verdadero objetivo que guiaba sus pasos desde que el capitán Ferrer le contó los extraños sucesos captados por los radioescuchas de ambos ejércitos. Tenía que hablar cuanto antes con Némesis, con su hombre dentro del ejército republicano, con el infiltrado que tanto trabajo le costó reclutar pero que tan buenos réditos le estaba proporcionando con sus informaciones siempre exactas, siempre veraces, siempre confirmadas por hechos posteriores.

Sí, tenía que comunicarse con Némesis. Urgentemente. Máxime tras examinar la pequeña cajita que contenía el fino papel de fumar destinado a los oficiales franquistas, ese pequeño paquete que Henderson le había entregado hacía unas horas a Mendoza entre las trincheras y los escombros.

—¿Y cómo lo hago, Kurt; cómo lo hago? Yo también estoy fuera —mostró su impotencia el periodista—. Me llamaron. Me dijeron: «Philby, tradúcenos esto, que está en tu idioma». Y cuando concluí: adiós, muy buenas. Desde entonces estoy aquí, esperándote; porque sabía que vendrías. Pero no puedo ayudarte. Por supuesto que querrás contactar con él, es lógico, pero ¿qué excusa puedo utilizar yo a estas horas de la madrugada para forzar un encuentro? Tan repentino, tan fuera de lugar, tan poco creíble. No, Kurt. Olvídalo. Esta vez no puede ser.

—Cuanto antes y como sea, Philby, no pienso repetirlo —reiteró el alemán con dureza—. Es cuestión de vida o muerte.

—¿¡Acaso él se ha puesto en contacto contigo!? —exclamó Philby, en alerta ante la insistencia de Keller y en verdad asombrado porque tal circunstancia pudiera haberse producido. ¿Cómo podía ser posible? Si prácticamente no habría tenido tiempo material para hacerlo, pensó el espía británico con lógica.

—El papel de fumar viene doblado de la forma convenida —le contestó Keller—. No hay duda. Lo he comprobado hace un rato, en el Estado Mayor, mientras Ferrer me contaba los pormenores de la operación en marcha. No me preguntes cómo, pero he aprovechado un momento de distracción mientras él me daba detalles y más detalles y he podido examinar fugazmente el papel y las cartas recién intercambiadas en el frente por el cabo Henderson y el teniente Mendoza. Némesis tiene algo que decirme. Algo de nivel 1. Y, como comprenderás, no es difícil suponer que querrá ponerme en guardia frente a la extraña y muy oportuna invasión marciana —recalcó con retintín las últimas palabras.

—¿Y ya tenían ese paquete en el Estado Mayor cuando tu llegaste? Quiero decir: ¿los paquetes con las cartas y el papel de fumar intercambiados esa misma noche? —mostró su extrañeza Philby por la rapidez con la que Keller había tenido acceso a los mismos—. Has sido tú, Kurt, quien me ha advertido de la excesiva precipitación que parece haber en todo este asunto. ¿En cuánto tiempo han llegado a tus manos esta vez, en un par de horas quizás? Lo normal es que tarde casi un día —expresó sus dudas el inglés—. ¿Y no te hace sospechar eso?

—Pues no. Los trajo el teniente Mendoza en persona. Acababa de regresar del intercambio cuando lo llamaron sus generales para comprobar que tú no los habías engañado con la primera traducción, así que tuvo a bien traérselos hasta el Estado Mayor en el coche que fue a buscarlo y dejárnoslos en la Segunda Sección. Dice que, salvo su comandante, un tal Villatoro, y apenas durante un minuto, nadie más tuvo acceso a los mismos. Pero no he podido comprobar tal extremo —le reconoció Keller.

—Después de todo, tal vez haya sido un golpe de suerte que Yagüe y el capitán Ferrer llamasen a Mendoza para verificar que no soy un embustero —razonó Philby.

—¡Maldita la gracia que me hizo saber que Mendoza y ese rojo americano eran los traductores y que, además, iban a acudir al primer encuentro entre Ferrer y Markoff! Maldita la gracia. Sentí cómo me faltaba el aire para respirar y me dieron ganas de pegarle un tiro allí mismo a Ferrer. Ahora tendré un doble trabajo por delante —se quejó el *obersturmführer*—. Cuando esto termine, tendré que comprobar si esos dos cretinos siguen sin saber nada. O liquidarlos y buscar otro modo de contacto. No podemos arriesgar la seguridad de Némesis. Ni la tuya tampoco —concluyó Keller, deseando que su fluida vía de comunicación con el infiltrado no se viera perjudicada.

¡Con la paciencia y el arduo trabajo que les costó tejer esa red!

Aunque, en realidad, lo que utilizaban era una modalidad muy parecida al correo de toda la vida, solo que los carteros —en este caso los ingenuos y desprevenidos teniente Mendoza y cabo Henderson— permanecían por completo ajenos a su función. Y el texto de los mensajes no se escribía con letra clara y diáfana sobre una blanca cuartilla, sino con el encriptado alfabeto de las hebras de tabaco y el papel de fumar que ambos se intercambiaban.

Los milimétricos pasos para realizar la comunicación —diseñados por el Sicherheitsdienst en Berlín— debían realizarse siempre de la misma forma, sin margen alguno para modificar esos códigos previamente establecidos. Y así, cuando Némesis tenía información valiosa que trasladar a Keller, datos confidenciales de rango 1, se lo hacía saber mediante un pequeño doblez en tres de las cuatro esquinas del último librillo del papel de fumar destinado a los oficiales franquistas. Siempre la pequeña caja destinada a la oficialidad, la que menos riesgo corría de ser sustraída por algún soldado o sargento demasiado proclive al contrabando, la menos susceptible de ser abierta o manipulada por cualquiera. Tres dobleces: máxima prioridad.

Si la información se refería a movimientos de tropas o emplazamiento de unidades, bastaban dos pliegues.

Y cuando se trataba de confirmar hipótesis previamente anticipadas o anteriores comunicaciones, la clave era doblar una sola esquina.

Contaban con una gran ventaja: Némesis era el encargado de racionar los librillos de papel y fabricar las cajitas para el intercambio con el enemigo. Por tanto, una vez que él las cerrara y diese el visto bueno para la entrega, nadie más podría tocarlas. Por su parte, en la zona nacional, el *obersturmführer* Keller —como coordinador de inteligencia entre el ejército español, el Corpo de Truppe Volontarie italiano y el Reich— era la primera persona en inspeccionar dichas cajas y las cartas intercambiadas con los republicanos. Eso les garantizaba absoluta confidencialidad en su diálogo. Cuando Keller abría la cajita destinada a los oficiales y observaba algún doblez en el delgado papel superior, pasaban a la segunda fase.

Esa segunda fase se llamaba Kim Philby, el atildado, políglota y aristocrático periodista inglés que trabajaba al mismo tiempo para *The Times* y para los servicios secretos de su Graciosa Majestad, Jorge VI, lo cual era público y notorio en todo el frente. Philby instrumentalizó su excelente relación con Downing Street y Buckhimgam Palace para acceder a la esfera directa del Generalísimo, y sus crónicas y artículos eran tan laudatorios y escorados a la causa franquista que le valieron una condecoración por parte del Caudillo: la cruz del mérito militar con distintivo rojo.

Ese grado de cercanía y confianza con el alto mando le facilitaba su doble labor. Su peligrosísima y secreta doble labor.

Por un lado, tenía vía libre para moverse por el Ebro —y por todos los frentes por los que sucesivamente se había ido desplazando la contienda— e informar desde primera línea de combate, encontrando menos obstáculos de los usuales para pasar de una zona a otra. De esa libertad de movimientos se aprovechó el SS *obersturmführer* Keller. De hecho, Philby era el hilo que tejía la bien trabada red de contactos entre el alemán y su topo, pues cuando Némesis comunicaba que poseía información sensible, de inmediato el británico debía argüir cualquier razón informativa para trasladarse a la otra zona, verse de una u otra manera con el infiltrado —con quien siempre terminaba encontrándose en el Estado Mayor republicano, por otra parte—, volver a zona nacional en cuanto le fuese posible y trasladar el mensaje a Keller.

El *obersturmführer* era consciente de que esa información también sería conocida en Londres y siempre receló del importante papel que Philby desempeñaba en este tipo de misiones. Pero en Berlín sopesaron los pros y los contras y desde el primer momento asumieron ese riesgo, básicamente porque los británicos habían decidido permanecer neutrales en el conflicto español —cuando no favorecer discretamente a Franco—, y también porque los mensajes de Némesis se referían única y exclusivamente a operaciones en España, lo cual no suponía peligro alguno para las relaciones del Reich con Inglaterra, cada vez más enrarecidas en este otoño de 1938 tras lo ocurrido en Austria, la Conferencia de Múnich y los Sudetes checos.

Ahora bien, lo que ni Kurt Keller ni el Sicherheitsdienst llegaron a sospechar nunca, ni remotamente siquiera, era la más oscura arista del amable y cordial perfil de Kim Philby. No lo hicieron durante la guerra de España y tampoco lo harían a lo largo del conflicto internacional que se concatenó con esta.

Porque, bajo su apariencia de gacetillero leal a los sublevados y servicial agente británico, Harold Russell Philby —conocido familiarmente como Kim— realizaba otra labor. Una delicadísima tarea que no era, ni mucho menos, de público y notorio conocimiento, para desgracia del *obersturmführer*. Antes al contrario, salvo dos o tres personas de muy alto grado en el escalafón de los servicios secretos enemigos, nadie la conocía. Absolutamente nadie. Y hubieron de pasar treinta años para descubrir que, en realidad, ese educado y frágil caballero, de incierto y lejano parentesco con la Corona inglesa, era un ferviente comunista y bolchevique que trabajaba —junto a un grupo de selectos estudiantes de Cambridge— como agente doble al servicio de Moscú, primero en el NKDV y luego en la KGB, a quienes permaneció fiel hasta el final de sus días.

Pero en esos momentos Kurt Keller estaba muy lejos de intuir cualquier filiación prosoviética en su interlocutor, concentrado como andaba en la imposibilidad de que este pudiera verse con Némesis, pues, en efecto, Philby tenía toda la razón: dada la celeridad con que se venían produciendo los hechos, resultaría harto inverosímil inventarse cualquier excusa repentina para adentrarse en zona republicana. Es más, en el caso de que todo resultase ser —como Keller estaba convencido que era— una trampa para dañar los intereses de la causa nacional y, por añadidura, los del glorioso Reich, ese inopinado movimiento de Philby indicaría a los muñidores del engaño que Keller y los nacionales estaban ya sobre aviso, cuando en realidad no era así, pues aún estarían tanteando la situación. No, mejor olvidarlo, tal como le había instado Philby a hacer, asumió el *obersturmführer* en silencio, contrariado.

Y una vez asumidas las circunstancias, ya tardaba en salir de aquella humilde habitación de fonda que olía a cerrado y a sudor de hombre. Se despidió de Philby, que lo acompañó gentil hasta el pasillo y lo siguió con la mirada mientras atravesaba el patio rectangular, y salió a la calle, dispuesto a regresar al Estado Mayor con la esperanza de que Ferrer y el teniente Mendoza hubieran regresado ya de su primer encuentro con los republicanos, lo cual empezaría a clarificar este entramado, se dijo.

Durante el corto trayecto no dejó de rumiar su impotencia. Mejor olvidar la vía Philby, se repetía a cada paso que lo acercaba al cuartel general de Vigón. Pero algo habría que hacer para solucionarlo, resolvió. Y rápido.

—Muy bien —razonó el SS *obersturmführer* Kurt Keller—: si Philby no puede ir a ver a Némesis, entonces tendré que ir yo mismo.

Rodeó el edificio para dirigirse a la parte trasera de su despacho y volver a entrar por la ventana que había dejado entreabierta. Estaba desencajando el postigo cuando supo que acababa de darle forma definitiva a esa idea que, en forma de nebulosa, empezó a prefigurar en el mismo instante en que Philby le hizo ver la imposibilidad de adentrarse en terreno republicano. Sí, ese plan podía tener sentido, no era en absoluto descabellado. De hecho, quizás fuese el único posible.

Y sonrió. Sonrió ante lo fácilmente que puede soslayarse cualquier contratiempo cuando se reúnen la necesaria determinación y una férrea voluntad, tal como le habían enseñado en el partido. «¡Cuánta razón tiene siempre nuestro amado Führer, pero cuánta razón!», se dijo convencido el teniente de las SS Kurt Keller.

* * *

Parecía uno más de los alegres y bulliciosos cafés que se alineaban en la acera izquierda del bulevar de Saint-Germain-des-Prés. Y en realidad lo era. Pero, desde el inicio de la guerra en la vecina España, el Joyeux Galopin se había convertido también en lugar de encuentro para todos aquellos voluntarios que pretendían defender la República, el primer sitio al que acudir en París para entablar los necesarios contactos antes de pasar la frontera y combatir contra Franco.

Lo supo nada más verlo entrar. Ese era su hombre, el hombre que tanto tiempo llevaba buscando: alto y delgado, muy atractivo, le llamaron la atención sus manos finas y elegantes, delicadas, que sostenían un Gauloises recién encendido. «Manos de artista», pensó la joven. Hay hombres que no están hechos para la guerra, se dijo, y este era uno de ellos. Al recién llegado le perdió su mirada inquisitiva, la tensión de la mandíbula y el gesto de fastidio al no ver allí a la persona que esperaba, tal como le habían asegurado que ocurriría. Fue entonces cuando Anne-Marie se le acercó.

—Si ella no ha venido, yo te aceptaría ese café —le dijo en su torpe y contundente español, pues lo supuso de esa nacionalidad o de algún país sudamericano.

Poco precio le pareció para la calidad que se le ofrecía, así que se dejó acompañar a una de las mesitas del fondo y la invitó gustoso. Es más, llevaba tanto tiempo sin mujer —desde que los acontecimientos se precipitaron y todo se fue al traste— que incluso le hubiese regalado la plantación entera de cafetos para disfrutar un rato de su voz cantarina y alegre, de aquel rostro pecoso y simpático que lo invitaba a reír y no pensar demasiado, de aquella silueta entallada en una falda gris de medio tubo, tan a la moda entre las jóvenes francesas.

Al cabo de un par de horas, llegaron adonde ambos querían. Caballero como era, añadió una cena para alargar los prolegómenos y no demostrar demasiadas urgencias.

Fueron al pequeño apartamento de ella, no muy lejos del Sacré-Coeur. De hecho, desde la ventana del dormitorio podía atisbarse una porción bulbosa de la blanca cúpula del templo. Esa noche se fundieron el uno en la otra con exceso y furia, varias veces durante varias horas, como si fuese la primera y única vez que entre ambos pudieran convocar a un amor que, de otro modo, se perdería en el infinito del vacío. Al cabo, exhaustos, se quedaron dormidos; más por extenuación que por sueño. Bien entrada la mañana, fue él quien primero despertó.

Se giró para contemplar el cuerpo dormido de Anne-Marie, la miró largamente e inició un gesto de ternura que no llegó a concretar. Solo entonces fue consciente de que, desde que se encontraron, no había vuelto a pensar en el Joyeux Galopin. Ni en España y su condenada guerra. Ni en el contacto que debía ayudarle a cruzar la frontera para inmiscuirse en ella. Y se dijo que eso estaba bien.

Desnudo sobre su cama, decidió que ese efecto balsámico que Anne-Marie le procuraba debía continuar, prolongarse hasta ese infinito que de inmediato dejaría de ser vacío y árido para convertirse en pleno y dichoso. La besó y ella entreabrió los ojos, desperezándose. Al enfocarlo, ronroneó algo ininteligible, una mezcla de felicidad cotidiana y hembra satisfecha.

—Esta vez seré yo quien te invite a un café —susurró él, entre tímido y burlón, dirigiéndose a la cocina. A Anne-Marie aquellos «buenos días» le hicieron sonreír. Sonrió tontamente, sin pensar en nada. Ni en el futuro ni en sus consecuencias.

El futuro duró tres días. Durante ese tiempo solo existieron ellos dos, un pequeño apartamento bajo la cúpula del Sacré-Coeur y algún aperitivo apresurado en la zona de Montmartre. Al cabo de esas setenta y dos horas, el enlace de la célula que debía ayudarle a entrar en España lo abordó en el portal, justo cuando regresaban de comprar fruta en un cercano mercado callejero. Prudentemente, Anne-Marie le apretó la mano, le hizo un gesto de asentimiento y los dejó solos. Su contacto no pudo acudir a la cita debido a las redadas anticomunistas que el Gobierno de Édouard Daladier estaba realizando en los últimos días —se excusó el enlace—, lo cual aconsejó abortar cualquier operación durante un cierto tiempo, pues la persona que iba a encontrarse con él, a la sazón el responsable de la célula, corría serio riesgo de ser detenida en cualquier momento.

Debía esperar, por tanto; le dijo el muchacho bajando la voz cuanto pudo. Una semana, eso sería tiempo más que suficiente. A la misma hora. En el Joyeux Galopin, por supuesto.

Cuando subió, Anne-Marie lo abrazó sin dejar que pronunciara una palabra. Él estuvo a punto de romper a llorar, casi había llegado a creerse su propia mentira, esa que le llevaba a fantasear con que todo se había olvidado y ya nunca tendría que marcharse de París.

Tenían solo una semana, le hizo saber.

—Al cabo de ese tiempo debo marchar —fue la única y críptica explicación que pudo ofrecerle.

Pero, conforme fueron pasando los días y se acercaba el final, con sus gestos y sus silencios, con sus caricias y sus risas le fue diciendo muchas cosas más.

Y así, entre jadeos y frases entrecortadas, le fue contando el motivo de su llegada a Francia, sus razones para alistarse y defender a la República española, todo lo que podía contar sin comprometerse demasiado con aquella mujer que, en realidad, hasta hacía una semana, era una completa desconocida. Aunque, a veces —es lo normal cuando el sexo se desboca—, algún arrebato demasiado pasional le hizo bajar la guardia en ese relato trufado de intenciones veladas y sobreentendidos en el que se mezclaban muy poco de lo realmente ocurrido en México con lo que Alberto Salinas —aunque ahora se llamase Silvestre Casares— hubiese deseado que ocurriera. Lo que fue con lo que debió haber sido; ese mundo ideal en el que él decidía su propio destino y el de quienes estaban a su alrededor. Un mundo en el que él nunca era un guiñapo manejado por los demás.

Y lo verdaderamente mágico es que Anne-Marie lo comprendía todo: las verdades y sus mentiras, los argumentos trucados y las excusas, esos circunloquios tan evidentemente escapistas. Y lo reconfortaba con sus dulces y suaves palabras, con sus siempre acertadas razones.

—Tú no estás hecho para combatir, corazón mío —solía decirle acariciándole el cabello, tras el ardoroso cuerpo a cuerpo del amor.

—No —le reconocía él.

—Tú no estás hecho para combatir, vida —le volvía a susurrar ella con su extraño acento francés, ensortijándole el cabello sudoroso y brillante.

—No. Tienes razón. Pero no puedo hacer nada para evitarlo —languidecía cada noche un poco más él.

El siguiente paso lo dio la última noche, cuando Silvestre le abrió una pequeña rendija de su pasado, confesándole sin ambages sus muchas dudas, los mil temores y recelos que lo acechaban cada minuto que no pasaba entre sus brazos; grieta que ella supo aprovechar.

—Una guerra no tiene por qué ser tan terrible, Silvestre. Para un hombre como tú, una guerra incluso puede ser provechosa. Es cuestión de proponérselo —le mostró sus primeras cartas Anne-Marie, prefigurándole su verdadera identidad.

—Una guerra siempre es terrible, Anne-Marie. Siempre. Incluso si crees en ella —le replicó Silvestre con una dureza que no fue capaz de suavizar.

—Depende. También puedes ganar mucho dinero. Especialmente, si no crees en nada —fue la propuesta que le hizo, exhalando unas juguetonas volutas de humo del Gauloises que compartían. Pero ya no hablaba la tierna y comprensiva Anne-Marie, sino Helga Nacker, la agente del Abwehr alemán encargada de captar posibles informantes en el bando enemigo.

Lo supo nada más verlo entrar en aquel alegre y bullicioso café de París. Estaba entrenada para ello. Y Alberto Salinas, ahora conocido como Silvestre Casares, aceptó.

Desde ese momento poco más tenían que decirse. Esa conversación debía continuar, evidentemente, pero ya con otro interlocutor. Esa misma mañana, a última hora, poco antes de dirigirse al Joyeux Galopin, se vería con el supervisor de Helga —un oficial de carrera fulgurante en los servicios secretos alemanes que pronto sería destinado a España—, para ultimar los detalles de su colaboración. Se encontrarían en el exterior de Notre Dame, paseando alrededor de la nave lateral que da al río Sena. Debía estar tranquilo y actuar con naturalidad, reconocería de inmediato al hombre que se le acercaría para pedirle fuego simulando tener roto su mechero: un joven alto, muy alto de hecho, rubio de ojos azules.

Su nombre: Kurt Keller.

* * *

—Todos tenemos un pasado. Esa es la verdadera razón, *main obersturmführer* —contestó Helga a la pregunta que su jefe acababa de hacerle: ¿qué mueve realmente a un hombre a comportarse así?—. Lo que ocurre es que algunas personas se empeñan en repetir en el futuro los errores ya cometidos en ese pasado que los tortura. De forma contumaz —sentenció Helga.

—Todos tenemos un pasado que nos persigue —repitió Kurt Keller, intentando comprender algo que para él resultaba inadmisible. Él, hombre de certezas y principios inconmovibles, de rocosa fidelidad.

—Eso y el rencor, *herr* Keller. No lo olvide: el rencor —aseveró ella.

Helga Nacker era una agente cartesiana y eficaz en su proceder, y muy certera en sus conclusiones. Como a lo largo de esa intensa y pasional semana no había podido tener convenientemente al tanto a su jefe de sus progresos y contrariedades para captar al posible infiltrado, a primera hora de esa mañana este la citó en su despacho. Allí, la joven evacuó pormenorizado informe sobre la persona con la que Keller iba a encontrarse en apenas unas horas, desde los más absurdos detalles de su comportamiento hasta los rasgos más básicos y evidentes de su compleja psicología, ya fuesen datos contrastados, le pidió a Helga, o sus más peregrinas impresiones, de las cuales solía fiarse el *obersturmführer*, por otra parte.

El resumen de Helga Nacker fue, en efecto, tan certero como demoledor, tan descarnado como profético, pues incluía en sí mismo el germen de la duda: «es un hombre que no cree en nada, salvo en sí mismo. Aunque de esto último no estoy muy segura», concluyó, anunciando con sus palabras la temida advertencia que siempre acompaña a todo agente doble. O triple, en este caso: que por una módica cantidad podría trabajar para cualquiera. Por una módica cantidad o para prolongar su miserable existencia cinco minutos más, lo daba por sentado Kurt Keller, pero ese era el riesgo que había que correr en este tipo de situaciones. Especialmente en esta operación, tras los varios fracasos consecutivos para penetrar el servicio secreto republicano, errores que ya empezaban a computar en su inmaculada hoja de servicios en el SD. Pero esta vez era diferente, se atrevió a aventurar Helga. Estaba segura de que Silvestre Casares —dieron por buena dicha identidad, sin duda suministrada por el Gobierno mexicano—, era el hombre que tanto tiempo llevaban buscando. El *obersturmführer* se limitó a asentir, esperanzado. «Ojalá no nos equivoquemos esta vez», se dijo, tamborileando con sus largos dedos sobre la mesa. Luego, con un rápido movimiento, se levantó, cogió su americana beis y su sombrero y salió del despacho, camino de Notre Dame.

Estuvo un buen rato siguiéndolo, a una más que prudente distancia. Creyó ver al hombre de la fotografía mientras caminaba bajo los soportales de la Rue de la Paix. Miraba distraído algunos escaparates, quizás haciendo tiempo. Iguales precauciones tomaba él cada vez que acudía a una cita importante, dando vueltas y más vueltas por una amplia zona cercana al punto acordado para comprobar que nadie lo seguía. Volvió a sacarla discretamente del bolsillo de su americana y observó la pequeña foto una vez más. Sí, era él, en efecto, Silvestre Casares. Protegido por el bullicio de un día de comercio, Keller lo siguió por Place Vendôme y Castiglione hasta llegar a la Rue Rivoli, que cruzaron para atravesar después, en oblicuo, los Jardines de Tullerías. Luego, Casares estuvo brujuleando entre los puestos callejeros del Quai del Louvre, ya junto a la ribera del Sena, dirigiéndose desde ahí, muy calmosamente, hacia el lugar indicado.

Como aún tenía tiempo, Keller le dio distancia, rodeó por completo la catedral y llegó frente a la pequeña Île de Saint-Louis, en la parte trasera del templo, junto al enorme ábside que hacía las veces de caparazón del presbiterio interior. Se sentó en un banco, protegido por unos setos y por el claroscuro que le procuraba la sombra de los contrafuertes góticos, y estuvo varios minutos estudiando a ese hombre que no creía en nada ni en nadie. Parecía bastante tranquilo, dedujo Keller viéndolo acodarse en el pretil del río, contemplando la lenta y pesada corriente, mientras encendía el cigarrillo convenido, ese con el que debía darle lumbre a un desconocido que vendría a su encuentro con un mechero roto.

El mismo que ahora se levanta del banco que ocupa y, sin dejar de observarlo, comienza a recorrer los apenas trescientos metros que los separan, caminando bajo el amparo protector de la nave lateral de Notre Dame. Caminando con cierta prevención, nunca se puede estar del todo seguro en estas ocasiones. Sin dejar de observarlo ni un solo instante.

Lo cierto es que no le sorprendió la verdadera identidad de Anne-Marie. Ni la oferta que le hizo. Podía ser un ingenuo, pero no era un tonto. Ese acento rudo y áspero no procedía del norte del país, de la zona flamenca entre Lille y Roubaix, como ella quiso hacerle creer. No. Procedía de una zona más oriental, más allá del Rhin. Y ese tipo de mujeres no se ofrecen por el humilde precio de un café. Siempre cuestan algo más, aunque en este caso fuese un negocio en el que ambos obtendrían beneficio. Lo que sí le sorprendió, se dijo, fue la rapidez con que aceptó. Una rapidez casi automática que diluyó de inmediato la posible humillación por haber sido tratado, una vez más, como un mero juguete al albur de las circunstancias.

Ajeno por completo a la vigilancia a que estaba siendo sometido, Silvestre Casares fumaba reconcentrado en sus pensamientos, contemplando el parsimonioso fluir del Sena, aunque en realidad no viese el río ni la fachada de los edificios de la orilla izquierda, porque él no estaba en esos momentos en París, ni en Francia siquiera, sino en el DF, unos meses atrás, tirado en una acera polvorienta tras salir del edificio de la Procuraduría General del Estado, astroso y desaseado, con sus lindos pantalones manchados de orín y mugre. Atrás quedaba la risa lobuna de don Silverio Quesada. Y por delante tenía un solo objetivo. Helga, simplemente, le había dado el instrumento. Eso era todo. Por eso aceptó de forma automática. Porque ya estaba harto de que todo el mundo le dijese siempre lo que tenía que hacer, algo que había ocurrido desde que nació, no otra cosa que un títere dicharachero y despreocupado, enzarzado en los frívolos vaivenes de la vida, es lo que él había sido desde la maldita cuna. Pero ya estaba harto de todo eso. ¡Muy harto! Solo cuando acuchilló a Meredith las tornas cambiaron y las cosas empezaron a hacerse como él quiso, no como los demás le imponían que había que hacerlas.

Pues bien, en España, las cosas debían seguir funcionando igual. Él impondría su voluntad. Pero la única manera que un hombre tiene de imponer su voluntad cuando no la ha entrenado nunca en su vida es teniendo dinero. Mucho dinero. Y Helga Nacker y su maldito Tercer Reich habían aparecido en el momento exacto para proporcionárselo, poco le importaba a él lo que hicieran con la, sin duda, valiosa información que pudiera suministrarles. Poco o nada.

Así pues, las dos veces que Silvestre Casares modificó su forma de estar en la vida se convirtió, la primera en un asesino, y la segunda en un traidor. Pero, mientras daba otra larga calada a su cigarrillo, incorporándose del pretil y estirando los brazos para desentumecer músculos, Alberto/Silvestre no pensaba en eso. En absoluto. Él solo pensaba en que, al igual que le ocurrió mientras mataba a Meredith, mientras la acuchillaba una y otra vez, cuando aceptó la propuesta de Helga se sintió muy bien; extrañamente pletórico, a pesar del evidente peligro que entrañaba su nueva condición.

Aunque el adjetivo «pletórico» no era la palabra que podría definirlo en estos momentos, precisamente. Estaba cansado, incluso un tanto abotargado, e intentaba que no trasluciera la tensión e inquietud que le producía encontrarse con uno de los altos responsables del servicio secreto alemán. Esa noche no había dormido. Ni un solo minuto. Y no precisamente como consecuencia de los agotadores embates del amor. Al contrario. Tras concretar con Helga los pormenores del encuentro con su superior, se vistió y se marchó de su apartamento. Ya no debían verse más. Regresó a la fonda donde se hospedaba desde que llegó de México, a su abandonada habitación, y allí estuvo, tumbado en la cama sin hacer absolutamente nada hasta el amanecer.

Desayunó medio café con leche remoloneado —estaba seguro de que no podría tragarse el *brioche* sin vomitarlo—, y salió a la calle, a pasear aquella agradable mañana de finales de junio con el firme propósito de despejarse la mente y los temores. Al cabo de varias horas, sin haberlo logrado y físicamente fundido por la caminata y la falta de alimento y de descanso, llegó junto a la nave lateral de Notre Dame y encendió el cigarrillo que ya se le estaba consumiendo, a la espera de un hombre alto y rubio que parecía no tener ninguna prisa, masculló, dándose la vuelta y echando a caminar en dirección a la Île de Saint-Louis.

Al poco lo vio acercarse. No podía ser otro.

—¿Le importaría darme fuego, por favor? Ya no fabrican mecheros como los de antes —se le presentó Kurt Keller, golpeando insistentemente un pequeño rectángulo cuadrado con la palma de su mano. Si no estaba roto de verdad, iba a romperlo él de todas formas.

Silvestre le acercó la lumbre y juntos buscaron la salida de la Île de la Cité, rumbo al cercano Hotel de la Ville, el edificio del ayuntamiento. Tal como hizo la noche anterior con Helga para justificar la soldada, Silvestre le comentó sus credenciales para ocupar cargos de cierto nivel en el organigrama de las Brigadas Internacionales, algo de lo que ya se habían ocupado convenientemente los buenos servicios de don Silverio desde el DF y la embajada de los Estados Unidos en México, donde Casares estuvo dos meses prácticamente encerrado, aprendiendo lo poco que sabía sobre su nuevo trabajo. Keller asintió en silencio, era evidente que se encontraban ante un hombre que podía acceder a puestos de responsabilidad política o militar importantes. Ahora solo faltaba que tuviese el coraje, la sangre fría o la inconsciencia para realizar su labor de forma discreta y eficaz. Por fin se vio fuera de París, donde cada vez se sentía más inútil, preso en un laberinto, pues deseaba pasar cuanto antes a España para demostrar en una guerra de verdad, con hechos sobre el campo de batalla, cuán valioso podía resultarle al Reich.

Cerraron el trato con relativa facilidad, hay veces que se debe pagar el precio exigido cuando la contrapartida se vislumbra tan sugerente. Y Kurt Keller no era persona dada al regateo.

Durante los primeros meses de su estrecha colaboración —que comenzó en el crudo invierno de 1937 a 1938, cuando los combates eran más encarnizados en Teruel—, los encargados del intercambio de información entre ambos siempre fueron periodistas suizos o checos germanófilos que solían acompañar al ejército popular y escribían para agencias internacionales. Ese sistema no podía durar mucho por una simple razón: siempre habría un intermediario que conocería el mensaje completo, un intermediario que a veces, por la premura de tiempo en realizar el contacto, quizás no fuera de total confianza. Además, en varias ocasiones, Keller se encontró con que los mandos republicanos denegaron a última hora el permiso para que el periodista en cuestión pasase a la otra zona. Demasiados contratiempos.

Había que solucionar ese problema. Y había que hacerlo con rapidez. De ahí que, en los primeros meses de 1938, con el frente de operaciones ya concentrado en la zona de Aragón, hicieron dos cosas: por un lado, perfeccionaron el sistema de mensajes cifrados, estableciendo como clave secreta para citarse el tabaco y el papel de fumar intercambiado entre Henderson y Mendoza. Y por otro, modificaron el mecanismo para contactar entre ellos, prescindiendo de los varios periodistas y utilizando a partir de ese momento a un solo enlace, uno solo pero más fiable y relativamente más seguro: Kim Philby.

Tras no más de cuarenta minutos desandando el camino que antes habían hecho uno detrás del otro, llegaron de nuevo a la altura de Place Vendôme. Antes de despedirse, Keller miró muy fijamente a los ojos a Silvestre Casares y le preguntó:

—Usted no hace todo esto solo por dinero, ¿verdad?

—No —respondió Casares con parquedad. Y esbozó una sonrisa terciada, entrecerrando los ojos para no ver determinadas imágenes de su pasado. «Eso y el rencor», le había dicho Helga Nacker esta mañana en su despacho. El rencor.

—Me lo imaginaba —dijo Keller—. Su nombre en clave será Némesis, ¿le parece?

No se le ocurrió mejor manera de concluir el encuentro al SS *obersturmführer* Keller.

Némesis. Que la diosa de la venganza los acogiese en su seno y les procurara su protección.

* * *

31 DE OCTUBRE DE 1938, FRENTE DEL EBRO.
CINCO Y VEINTITRÉS DE LA MADRUGADA

EL TERCER HOMBRE

A PESAR DE QUE EL TIEMPO CORRÍA EN CONTRA DE TODOS y dentro de poco tendría que telefonear de nuevo al alto mando enemigo para concertar una segunda cita, el capitán Ferrer les resumió cronológicamente el encuentro con los republicanos, minuto a minuto, sin ahorrarles el más mínimo detalle, como era propio de él —el estado de la carretera, los planos y cartografía intercambiada, la marca del espantoso vodka que le ofreció Markoff, que fue el cabo Henderson quien propuso que su amigo Mendoza participase...—, incluso imitó alguno de los gestos que el soviético quizás esbozase a lo largo de su corta conversación bajo la niebla para darle más énfasis a su relato, para hacer más verosímiles las impresiones personales con que concluyó su intervención, a la cual siguió el más absoluto mutismo por parte de sus dos oyentes, el general Vigón y el *obersturmführer* Keller. Este último aún seguía dando cortos paseos por la amplia estancia, reconcentrado, caminando calmosamente, con los brazos cruzados y llevándose de vez en cuando el dedo índice de su mano derecha a los labios, como si quisiera imponerse un silencio aún más profundo que el que ya los embargaba para mejor procesar el caudal de información suministrado en pocos minutos por Ferrer. A veces, sin darse cuenta, asentía para sí mismo o enarcaba las cejas, como dándose la razón en su propio análisis mental.

Por su parte, el general Vigón, sentado a la mesa de su despacho, no había dejado de tomar notas de cuanto Ferrer detallaba y ahora parecía cotejarlas con los datos, fechas y croquis que tenía apuntados en una pequeña y ajada libreta, especie de dosier personal donde había ido recopilando todos los pormenores de esta extraña operación desde el mismo momento en que, hacía unas horas, lo despertaron para informarle de ciertos e inexplicables sucesos acaecidos en Nueva York.

Se encontraban, en efecto, en el espacioso despacho del general. Allí fue convocado el capitán Ferrer en cuanto puso pie en el Estado Mayor, apenas le dio tiempo a despedirse en el pasillo del teniente Mendoza, a quien encargó, eso sí —dado que no quería retirarse a descansar un rato—, que ayudase al coronel Altozano y a varios agentes de inteligencia que trabajaban con él a verificar que la documentación entregada por el enemigo era fiable y veraz en su totalidad, y no solamente en algunos párrafos elegidos con demasiada premura en medio de la noche; y a compararla luego con la transcripción de las cintas grabadas por ellos mismos, todo fuera para completar los varios saltos y lagunas que Mendoza ya había detectado en la grabación mientras la traducía para Yagüe y el resto de generales.

El capitán Ferrer bebió un sorbo de agua para atenuar la sequedad de garganta tras un cuarto de hora sin parar de hablar y Kurt Keller giró sobre sus talones y se quedó mirando la pared cubierta de libros y mapas, consciente de la importancia de medir muy mucho sus palabras, de hilar bien sus argumentos para conseguir el único objetivo que realmente le interesaba desde que se despidió de Kim Philby en su hotel y regresó precipitadamente al edificio del Estado Mayor, protegido por la negrura de la noche, de su uniforme SS y por la sombra de los tejados de Gandesa: verse con Némesis para convertir sus sospechas en evidencias.

Porque cada vez tenía más claro que toda esta historia de la invasión extraterrestre era una gran mentira, un ardid tramado por agentes republicanos —con Orlov y Markoff a la cabeza pensante, sin duda— para dañar al ejército nacional y, por ende, al eterno Reich; esto es, a sus propios y muy personales intereses. Y ello por dos razones. La primera ya se la había prefigurado a Philby en su apresurada visita: la inusitada rapidez con que se desarrollaban los hechos. Y la segunda era que Markoff se empeñaba en que muy pocas personas participaran en un operativo de semejante envergadura. Y, además, que todas ellas fuesen más o menos conocidas entre sí.

Resultaba evidente, por tanto, la estrategia a seguir. Por un lado, debía dilatar cuanto pudiera la cadena de acontecimientos que otros se empeñaban en precipitar, ralentizarlos todo lo posible y un poco más. Y, por otro, debía inmiscuir a cuantas más personas mejor. Empezando por él mismo, claro.

Y, cuando las circunstancias lo permitieran, involucrar también a Philby y a Némesis. Solo así podría controlar y conocer desde dentro muchos aspectos y pormenores que, de otro modo, se le escaparían y que no estaba teniendo muy en cuenta ante el torbellino de hechos de las últimas horas: por ejemplo, el grado de conocimiento que los republicanos pudieran tener —o sospechar, o intuir siquiera— de su juego de topos al más alto nivel dentro del cuartel general de Líster y Modesto. Sí, esa era una variable que no estaba contemplando y que debería tener muy en cuenta: quizás toda esta historia solo escondía una treta de los rojos para quemar su red y eliminar a sus hombres. Eso acrecentó, aún más si cabe, la urgencia que tenía en ver a Némesis.

Así planteadas las cosas, se volvió hacia sus interlocutores e, intentando que el tono de voz resultara lo más displicente posible, dijo, sin dejar de observar al general Vigón:

—Quizás sea conveniente que en esa llamada que el capitán tiene que hacer dentro de un rato a Markoff le diga que en el próximo encuentro no deben ir dos personas, sino tres.

—¿Le parece que Ferrer y el teniente Mendoza no lo están haciendo bien? —se parapetó Vigón; quien, no se diga por qué, esperaba una andanada semejante.

—Me parece que no se puede hacer mejor, *main* general; pero no es esa la cuestión. Lo sabe perfectamente. Como también sabe que, si no voy yo a este segundo encuentro, entonces quizás deba ir usted mismo en persona —fue un paso más allá el *obersturmführer*—. Si se confirman las peores noticias habrá que mantener el alto el fuego en el Ebro por tiempo indefinido y extenderlo a todos los frentes secundarios abiertos a día de hoy en España. Esa decisión no pueden tomarla de forma apresurada un capitán o un teniente coronel, por mucho que se llame Pavel Markoff —remató su argumento el alemán, aunque no se creyese ni una palabra del mismo—. Esa decisión debe tomarla usted. Previo conocimiento del Caudillo.

—Al Caudillo es mejor dejarlo donde ha estado hasta ahora, ¿no cree? Al margen de todo esto.

—Por supuesto. Y, con todos mis respetos, general, hasta que no verifiquemos la absoluta veracidad de la información sesgada que obra en nuestro poder, usted también debería permanecer en un segundo plano. Sería una locura acudir a campo abierto sin que podamos garantizar su seguridad. O su vida. Una auténtica locura.

Vigón dio dos caladas rápidas y lo midió con la mirada unos instantes, inmerso en la nube formada por el humo de su cigarrillo, el décimo en apenas una hora. Keller tenía razón, no hacía falta discutirlo. De hecho, esa era una de las posibilidades que él mismo contemplaba desde el principio: que todo se tratase de una celada para atraerlo a él, a Juan Vigón, y capturar limpiamente al jefe de los servicios secretos de Franco. Y de paso a su lugarteniente, el pobre Ferrer. Sería un durísimo golpe para los sublevados, pues eso volvería a equilibrar un tanto esta batalla, ya casi perdida para la República. Sí, Kurt Keller tenía razón en todo. Como casi siempre, se tragó la bilis mientras contemplaba la blanca y triunfal sonrisa del teutón.

—¿Y qué propone usted, *herr* Keller? Ya que lo tiene todo tan bien pensado... —le dio pie.

—El capitán Ferrer le expondrá la situación a Markoff y las razones de mi presencia en calidad de coordinador militar entre la Wehrmacht, las tropas italianas y el ejército nacional. Él las entenderá, obviamente, pero será interesante ver, o mejor dicho, escuchar, cómo reacciona ante el imprevisto. Sin duda alguna, el enemigo tampoco enviará a ninguno de sus altos mandos. Supongo que en estos inicios, al fin y al cabo protocolarios, preparatorios de lo que pudiera venir, y también para tantearnos, vendrá algún comisario político de rango superior —deseó fervientemente Keller que así fuera, pues desde que llegó de México, vía París, Némesis desempeñó ese cometido en el Estado Mayor de las Brigadas Internacionales, primero, y ahora en el de Líster, tras la disolución de aquellas.

—¿Y si se niega? —preguntó con lógica el capitán Ferrer.

—Pues entonces le dices que daremos vía libre en todo este asunto a los periodistas e informadores que necesitemos, y que nos da igual que sean espías o no. A ver qué contesta —le replicó Keller, molesto por la interrupción.

—No se negará, Eduardo —intervino Vigón—. No puede hacerlo sin levantar más sospechas de las que ya albergamos. Aunque nuestra petición también lo pondrá en alerta a él, no me cabe duda.

—Le dirás que mientras su representante político y yo nos ocupamos de acercar posturas en ese escalón superior de toma de decisiones —prosiguió Keller dictándole la inminente llamada a Ferrer—, vosotros dos continuaréis solventando cuestiones de operatividad y coordinación entre los dos ejércitos.

—Muy bien —asintió Ferrer, apuntando las palabras clave de cada idea para no olvidarlas durante la conversación.

—También para sondear su disponibilidad, le dices que ya se ha acabado el tiempo de intercambiar mapas y planos prácticamente inservibles o de escasa utilidad, como habéis hecho hasta ahora, y que estamos dispuestos a unificar unidades de similares características, por ejemplo, ¡yo qué sé!... batallones de choque y asalto —en este punto, Vigón dio un imperceptible respingo—; a distribuir estratégicamente las mejores armas de cada cual con independencia del terreno que en estos momentos ocupemos, aunque ello suponga cedérselas al contrario mientras fuese necesario —aquí empezó a faltarle el aire al curtido general—; o a repartir entre nacionales y republicanos las distintas zonas de defensa y posibles contraataques, mezcladas las tropas si hiciera falta, ante la eventual invasión del territorio español por parte de fuerzas armadas hostiles procedentes del espacio exterior —más le valía a ese engreído alemán que todo esto fuera una absurda pesadilla, musitó Vigón, ya al borde de un infarto cerebral. De lo contrario, iría tras él hasta el fin del mundo para vaciarle su cargador sin pestañear.

Por eso su puntualización resultó tan desabrida:

—Teniente, no ofrezca aquello que no puede conceder.

—General, en el teatro siempre hay exageración. No se preocupe. Sé perfectamente lo que hago —contestó Keller con naturalidad.

—No me cabe la menor duda —ahora el tono de Vigón no fue tan hosco, pero sí igual de cortante—. Aunque antes de empezar la función debemos comprobar si las cintas y grabaciones coinciden y son creíbles. Ferrer, vaya a buscar al coronel Altozano y dígale que venga —ordenó Vigón a su subordinado, el cual se levantó impulsado por ese resorte que tenía en las nalgas cada vez que su jefe deseaba algo y salió del despacho, camino de la pequeña salita donde se ubicaba la Segunda Sección.

Allí se encontraba también el teniente Mendoza, pues mientras Ferrer contaba con su habitual premiosidad el encuentro con el enemigo y la anterior conversación tenía lugar, él se afanó en cumplir cabalmente la orden dada por su capitán: ayudar en todo lo que pudiera a los agentes de inteligencia para comprobar que no les engañaban.

En efecto, esos quince o veinte minutos fueron frenéticos, nunca hubiese dicho Martín de Mendoza que las conexiones neuronales de su cerebro pudieran funcionar a semejante velocidad. Pero gracias a eso, a la eficaz labor del ordenado y pragmático Altozano, y al grupo de seis o siete suboficiales de contraespionaje que revisaron cada párrafo y lo cotejaron íntegramente con las transcripciones entregadas por Henderson y Markoff, lo cierto es que cuando el coronel Altozano —acompañado de Mendoza— se presentó ante Vigón, pudo asegurarle dos cosas:

—La primera es que los republicanos no nos mienten, mi general —aseguró Altozano—, pues trascripciones y cintas se corresponden al cien por cien. La segunda es que, por desgracia, todos hemos grabado prácticamente lo mismo. Por tanto, resulta imposible completar los trozos que nos faltan a unos y a otros.

—Muy curioso, ¿no le parece? —interpeló Keller a Vigón, una vez Altozano y Mendoza abandonaron el despacho, a instancias del general.

—Quizás. Pero no saque conclusiones precipitadas, teniente Keller —contemporizó este—. Aquí en el Ebro ambos ejércitos nos encontramos en el mismo radio de acción y de emisión de señales. O de interferencias, si usted lo prefiere. Y eso es lo que hemos comprobado esta noche. Como bien sabemos, aunque sea de forma indirecta porque el duque de Alba y Londres también conocen los hechos, la grabación ha podido ser captada por nuestras estaciones de radioescucha en el Cantábrico y, seguramente, por las enemigas en los Pirineos. Pero no podemos asegurar que alguna de ellas haya grabado todo lo ocurrido. No lo sabemos. No disponemos de dichas cintas o de la transcripción escrita de las mismas. Y, por supuesto, de lo que no disponemos es de tiempo para que nos las traigan desde Inglaterra, Galicia o San Sebastián, como usted comprenderá.

Keller asintió. El general estaba en lo cierto. Pero él también. La rapidez en los acontecimientos, la inusitada precipitación en todo el operativo, sin tiempo para nada que no fuera atender urgencias, aplacar imprevistos. Sin tiempo. Literalmente sin tiempo, pues ya habían transcurrido los cuarenta y cinco minutos acordados. Así lo hacía ver el capitán Ferrer, que miraba compulsivamente su muñeca.

—Es la hora convenida, señores —afirmó—. Debo hacer esa llamada.

Sin tanta parafernalia y con bastante menos ayuda —seleccionando al azar varios párrafos del principio y algunos del final—, en las precarias instalaciones de su Estado Mayor, Henderson había llegado más o menos a las mismas conclusiones que el equipo del coronel Altozano. Así que, cuando a la hora estipulada sonó el teléfono, Markoff y Ferrer se dejaron de preámbulos y protocolos y, tras confirmarle a la otra parte que todo estaba en orden, decidieron celebrar cuanto antes un nuevo encuentro para establecer los primeros contactos oficiales entre ambos ejércitos de cara a una hipotética colaboración entre los hasta ahora encarnizados enemigos; colaboración que, a cada minuto que pasaba y ante la alarmante ausencia de nuevas noticias, devenía en imprescindible si no querían perecer a las primeras de cambio, arrasados por el fulminante rayo térmico o el letal gas venenoso, apostilló Ferrer. Y Keller a punto estuvo de ahogarse con una carcajada reprimida.

Como ya no eran necesarias tantas prevenciones, en esta segunda cita no harían falta mapas ciegos ni llamadas apresuradas de radioteléfono que fijasen el itinerario. Tendría lugar en el mismo punto en el que se encontraron la primera vez, a medio camino entre las dos primeras líneas del frente, y si en plena reunión necesitaban contactar con sus estados mayores para concretar cualquier aspecto o solventar alguna duda surgida sobre la marcha, en ese caso bastaba con la radio que cada vehículo solía llevar incorporada para casos de emergencia.

Y ahora venía la parte más difícil. Ferrer carraspeó un par de veces, bajo la escrutadora mirada del *obersturmführer* Keller, que permanecía de pie, inmóvil, justo a su derecha, dispuesto a no dejar que el capitán olvidase ni una coma de cuanto le había dictado hacía unos minutos.

—Verá, teniente coronel Markoff... —comenzó Ferrer—. Hay una cosa que quiero decirle. Una cosa que me parece interesante.

—Usted dirá, capitán —se escuchó al otro lado de la línea telefónica.

Y Ferrer fue y dijo. Lo dijo y propuso todo. Tal como Keller le había indicado. El alemán asentía, un profesor satisfecho ante la probidad de su alumno recordaba la escena, y Vigón permanecía a la expectativa.

Cuando Ferrer concluyó, lo único que se constató al otro lado de la línea telefónica fue un prolongado silencio. Muy prolongado.

Keller miró fijamente a Vigón. Aunque, en realidad, lo que estaba viendo era su futuro. Su esplendoroso futuro dentro de las más altas instancias del Reich. Su sonrisa era franca. No por ello menos taimada. El mágico momento de disfrute se lo interrumpió un desagradable y metálico chirrido procedente de la otra zona, diríase que el cilindro extraterrestre volvía a activarse de nuevo. Pero no era eso. Era que Markoff se disponía a responder a la improvisada petición. Aunque a lo mejor el chirrido provenía de sus tripas.

—Si usted así lo quiere, así lo haremos, mi capitán —concedió el soviético—. Iremos tres.

No había tiempo que perder, pues. El capitán Ferrer fue a buscar a Martín de Mendoza mientras los agentes de inteligencia y el coronel Altozano cargaban en el coche la mucha documentación que, llegado el caso y si fuese estrictamente necesario —le puntualizó varias veces Vigón—, debía enseñar o entregar al enemigo. «Y en pequeñas dosis, no me sea generoso. ¿Entendido, Eduardo?», remarcó.

El teniente Mendoza había ido a los lavabos a orinar, lavarse manos y brazos y a aclararse la cara y las ideas con agua fría. Allí lo encontró Ferrer, que aprovechó para hacer lo mismo; estaba tan inmerso en el tráfago de acontecimientos que incluso había olvidado las más básicas necesidades fisiológicas. En el pasillo que los llevó hasta la salida, le resumió brevemente el estado actual de cosas y los próximos movimientos a realizar —todo lo que pudo y quizás algo más, se lo debía a la fidelidad de su viejo amigo—, pero la sorpresa final no se la contó. Podía verla él mismo. Ahí estaba. Ahí afuera, justo ahí, esperando ansioso con la puerta trasera del coche ya abierta.

Martín miró a su capitán con ojos interrogativos.

—El teniente Keller también viene esta vez —le confirmó Ferrer.

Si no puedes evitarlo, asúmelo. Y si es de buen grado y cuanto antes, tanto mejor, parecía indicar el gesto de Mendoza ante la confirmación de que, esta noche, en efecto, y por mucho que quisiera, no iba a librarse de la presencia constante de ese maldito alemán.

Eran las seis menos cuarto de la madrugada. Mendoza arrancó el coche y se dirigió hacia la zona controlada por el enemigo. Henderson hizo lo propio, unos kilómetros más allá. Dos coches negros. Sin distintivos. A treinta o cuarenta kilómetros por hora esta vez. Todo lo rápido que la maltrecha y bombardeada carretera les permitiera.

El teniente Mendoza se internó por la carretera, dejando atrás las tenues luces que delimitaban las afueras de Gandesa y los últimos puestos de guardia que protegían la ciudad. Concentrado en el asfalto y en las despintadas líneas del arcén, comidas por la hierba y el barro, observaba de vez en cuando a sus acompañantes a través del retrovisor. En este segundo trayecto hacia zona enemiga también reinaba un tenso y pesado silencio en el interior del automóvil; un silencio que nada tenía que ver con la desconfianza o la sospecha, con el resquemor de la duda hacia su persona y sus lealtades a la causa, como ocurrió hace un par de horas.

Era normal que su amigo Eduardo y el *obersturmführer* Keller permanecieran meditabundos y reconcentrados en sus preocupaciones, se dijo Martín, esquivando un bache. Ambos muy preocupados, aunque bien es cierto que cada uno por sus muy divergentes intereses.

Al capitán Ferrer, por ejemplo, le angustiaba cada vez más pensar dos cosas que no dejaban de rondarle la cabeza desde el inicio del operativo: por un lado, la trascendencia de esta misión y la necesidad de no cometer errores durante la misma, y por otro, ese íntimo e insidioso convencimiento de no dar la talla para llevarla a cabo, de no ser él la persona adecuada para gestionar esta situación. Inseguridad que lo atenazaba por primera vez en su vida. Y entonces se imaginaba las terroríficas consecuencias de un fracaso por su falta de aptitud: la aniquilación de España y de todos los españoles, como ya había sucedido con los Estados Unidos y quién sabe en cuántos países más de los que aún no se tenían noticias debido al apagón radioeléctrico.

Pero había una tercera cuestión igualmente importante que también lo inquietaba sobremanera. De hecho, era eso lo que en estos momentos analizaba la adiestrada y fría mente del capitán Ferrer.

Y es que le resultaba muy llamativo el distinto enfoque que su general en jefe, por una parte; el *obersturmführer* que viajaba a su lado, por otra; y él mismo, tenían de la hipotética invasión extraterrestre. Y así, era obvio que Kurt Keller nunca se había creído del todo dicha posibilidad, según sus propias palabras y modo de actuar. El caso es que Ferrer percibía en su superior directo una visión de los hechos muy similar, aunque con matices, pues, aunque predominase en el general Vigón la desconfianza, este se guardaba muy mucho de negar o apoyar abiertamente cualquier hipótesis. Y luego estaba él, que siempre había dudado. De todo. Tal como le habían enseñado que debía hacerse y es la única manera que tiene de sobrevivir el último peón de la partida. Y se decía una y otra vez para sí mismo que, en verdad, pensándolo fríamente, hasta ese mismo instante no podían asegurar que la invasión fuese cierta. No. En eso tenía razón Keller. Pero tampoco podían afirmar que fuese falsa, como sugería a veces Vigón. Por increíble y absurdo que pudiera parecer. La conclusión y única pregunta subsiguiente eran aterradoras: y entonces, ¿quién tenía la razón?

Y en esas diatribas brujuleaba el pensamiento del capitán, de las dudas a las preguntas sin respuesta, de la incertidumbre al laberinto de su soledad.

Por su parte, el *obersturmführer* apretaba las mandíbulas y a veces, conforme se acercaban al objetivo, notaba que le faltaba la respiración. Al fin y al cabo, se maliciaba, todo su plan dependía de un elemento que él no dominaba, de una incógnita dejada al azar: que ese tercer participante fuera Némesis y no cualquier otro patán elegido de forma apresurada por Dios sabe quién.

Al mismo tiempo, dando por descontado que esa persona fuese Némesis— tenía que ser Némesis, imploraba— su mente iba prefigurando los siguientes pasos a dar.

También, de forma fugaz, un pensamiento se cruzó en sus cavilaciones sin pedirle permiso: le gustaría tanto ver a Claire, ¡tanto!, se reconoció evocando a la mujer que, justo en esos momentos, no muy lejos de allí, en Zaragoza, se dejaba caer en su camastro, exhausta tras una jornada de trece horas seguidas en el hospital de la Cruz Roja, sin dejar de pensar ni un instante en el hombre que Keller tenía delante de él, conduciendo el automóvil con extrema precaución.

Ese hombre joven escuchó un par de carraspeos intencionados, un resoplido a destiempo y el tamborileo nervioso de unos dedos sobre el cuero del asiento. Volvió a mirar por el retrovisor y vio el rostro demacrado de su amigo, que permanecía absorto, la mirada perdida, perfilado su contorno espectral en el reflejo de la luna trasera del vehículo. De Keller solo podía contemplar el perfil, vuelto como estaba para que le diera el fresco de la madrugada por la ventanilla que acababa de bajar, pero la ansiedad remarcaba sus pómulos y la línea recta de la mandíbula. Quiso aliviar un tanto la presión a la que parecían estar sometidos. Por eso preguntó, sin dirigirse a ninguno en particular:

—¿Creen que tenemos alguna posibilidad?

—Juntos, quizás —contestó Eduardo Ferrer—. Por separado, y a la vista de los partes militares de lo ocurrido en Nueva York, no creo que tengamos ninguna opción —retrasó aún más la alborada el capitán de ingenieros con su muy oscuro pesimismo.

—Pues entonces no hay nada que hacer —terció Keller—. Los españoles no tenéis arreglo. Sois capaces de no poneros de acuerdo ni para luchar contra los marcianos.

Y, aunque no pretendía dárselo, no pudo evitar un cierto tono cómico a su último comentario.

Ferrer intentó sonreír, pero no pudo o no supo. Sí que asintió débilmente. Al fin y al cabo, estaba bastante de acuerdo con Keller, pues una de las peores trabas que él barruntaba para que la misión saliera adelante era el inmenso esfuerzo de logística y de comprensión humana —sobre todo de comprensión humana—, que habría de llevarse a cabo entre enemigos para asegurar el éxito del operativo. Y no estaba él muy seguro de la reacción de ciertos sectores en ambos bandos cuando la noticia de la cooperación militar y la subsiguiente tregua se hiciera pública.

—De todas formas, dime una cosa, Kurt —le preguntó Ferrer —: ¿tú lucharías junto a los enemigos de tu Reich para salvar a Alemania?

Sorprendido, el teniente de las SS se volvió de nuevo a contemplar la oscuridad a través del cristal bajado de su ventanilla.

—No sabría decírtelo, Eduardo —le contestó, imaginando por un segundo la hipótesis—. Los enemigos del Reich son los enemigos de Alemania. Vengan de Marte o de Hannover —se ciñó a la doctrina, Keller—. Pero, ya que lo preguntas, supongo que sí.

—Quiero creer que los españoles haríamos igual, aunque nos costase el doble de esfuerzo —expresó su desiderata el capitán.

—En ese caso, confiemos en que esos rojos sigan empecinados en mantener sus posiciones, aunque no seamos nosotros quienes les ataquemos —bromeó Martín sobre la tenaz y ordenada resistencia republicana en el Ebro—. Pero eso será mejor preguntárselo a ellos, ¿no creen? Por cierto, ¡ahí están! —exclamó sin percatarse del súbito estremecimiento que por un instante acongojó a Ferrer, que solo se recompuso cuando constató que quienes, en efecto, ya estaban ahí enfrente, haciéndoles señales con las luces de los faros, doble clic de reconocimiento, eran los rojos Henderson y Markoff, y no los marcianos, como por un terrorífico momento temió.

Henderson, Markoff y un tercer hombre. Keller contuvo la respiración durante los últimos metros y estiró el cuello cuanto pudo. Tenía que ser él. Sí, tenía que ser Silvestre Casares. Eso le pareció al intuirlo de lejos. Solo el contorno de la figura, imposible distinguir los rasgos desde la distancia y en la oscuridad. Alto, delgado, de suaves movimientos.

Unos cuarenta metros antes de que Mendoza detuviese el coche, lo vio. El suspiro de alivio que reprimió debió implosionarle en el corazón porque Kurt Keller creyó morir por la tensión acumulada. Era Némesis. Tenía que ser Némesis, volvió a repetirse para recuperar el ritmo cardíaco, ensayando las frías y calculadas palabras que debía emplear a partir de ese momento. Sí, era Némesis, era él; se ufanó de su bien trazado plan.

Al fin.

Mendoza aparcó de nuevo en el pequeño arcén de la derecha, prácticamente en el mismo sitio que la otra vez, guiándose por las marcas que sus neumáticos dejaron en la tierra húmeda una hora atrás. Siguiendo las órdenes de Ferrer, no apagó las luces. El coche republicano se encontraba a unos cien metros, los neumáticos prácticamente dentro de la otra cuneta, la izquierda desde el ángulo de visión de los recién llegados. Mendoza, Ferrer y Kurt Keller bajaron del automóvil y, resolutivos, enfilaron hacia los tres hombres que los esperaban. Fue Markoff quien primero habló. Traía las ganas contenidas.

—Silvestre Casares, alto comisario político del ejército popular en el Ebro, adscrito al Estado Mayor del teniente coronel Líster. ¿Les parece a ustedes bien? —presentó el ruso a su tercer acompañante, haciendo todo lo posible para que se notase su malestar.

—Nos parece la decisión más acertada. *Ich bind Kurt Keller, SS und Sicherheitsdienst obersturmführer* —se presentó a sí mismo el teniente alemán.

—Pues, como ya nos conocemos todos, será mejor que cada cual haga su trabajo, ¿no creen, señores? —propuso Markoff secamente.

—Será lo mejor —concedió Ferrer—. Verá, el general Vigón guarda una pequeña mesa de campaña y un par de sillas de tela en el maletero —se dirigió Ferrer a Markoff—. Si no le importa, teniente coronel, usted y yo podríamos despachar aquí mismo, justo donde más iluminan los faros de los coches, ya que necesitamos buena luz. Traiga sus documentos y mapas mientras yo voy sacando todo lo necesario. Estaremos más cómodos en una oficina —intentó relajar el ambiente el capitán.

—Me parece bien —aceptó Markoff—. Y ustedes dos, señores, pueden hablar con más tranquilidad allá, junto a nuestro automóvil —instó Markoff a Casares y a Kurt Keller, que de inmediato se dirigieron hacia el coche republicano.

Mendoza y Henderson permanecieron inmóviles uno frente al otro, sin saber muy bien qué hacer o adónde ir. Markoff mantuvo su silencio, aguardando. Cuando comprobó que el teniente alemán y su comisario político se habían alejado lo suficiente, carraspeó y, dirigiéndose a ambos, les dijo con toda la amabilidad que pudo:

—Señores, si nos disculpan. El capitán Ferrer y yo vamos a tratar asuntos muy delicados, de alto secreto, que ustedes no deben conocer y que, por su propia seguridad, quizás sea mejor que nunca conozcan. Exactamente igual ocurre con el teniente Keller y el camarada Casares. Disponen, pues, de unos minutos libres. No se alejen mucho, pero no se acerquen demasiado —los invitó el soviético a desaparecer.

—No se preocupe, teniente coronel, nosotros también tenemos cosas de qué hablar —acató la orden Mendoza, alejándose junto a Henderson hacia su propio vehículo.

Por lo que a ellos respectaba, que empezaran cuanto antes a planificar las mejores y más rápidas estrategias para contener el ataque de unas fuerzas invasoras superiores en tropas, armas y tecnología. Eso no era asunto suyo. Ni tampoco lo que acordasen aquellas dos sombras difuminadas que, allá al fondo, en estos momentos se estrechaban la mano antes de empezar a hablar. En absoluto eran de su incumbencia las inmediatas reuniones que debiesen celebrar las más altas instancias políticas y militares de cada bando.

Tenían mucho de qué hablar, en efecto, como había apuntado Mendoza. Pero ellos habían hecho un pacto. «De política, nada de nada», acordaron hace dos años, en el Jarama. «Y de la guerra, lo justo, lo inevitable. Lo poco que nos toque a nosotros». Por eso llevaban tanto tiempo aguantándose.

«¿O no era solo por eso?», se burlaban el uno del otro cada vez que se encontraban para intercambiar tabaco por papel, para intercambiar un trozo del áspero presente que los rodeaba por un mejor futuro que los volviera a reunir, para intercambiar un abrazo, una confidencia, los muchos miedos que los atenazaban... Trozos de vida, en fin.

* * *

Alexander Orlov. El general, el fantasma, el traidor

Un año, más o menos. La maldita pesadilla había vuelto a ser recurrente desde hacía un año más o menos, un tormento que martilleaba su conciencia no solo por las noches o en las agitadas duermevelas que lo vencían en el sitio más insospechado tras alguna jornada de extenuante trabajo —ojalá el dolor fuese tan limitado, tan concreto—, pues lo verdaderamente terrible del mismo es que prolongaba sus devastadores efectos durante sus muchas horas de insomnio y vigilia; de vigilia y continua alerta.

Un año aproximadamente. Desde que despellejaron a aquel pobre hombre que tenían secuestrado en Alcalá, cerca de Madrid. Una de las más horribles muertes que él recuerda, probablemente la peor. Y eran muchas, demasiadas, las ejecuciones que ya cargaba en su hoja de servicio, siempre a las órdenes de Moscú. Un pobre hombre que además era inocente, pues en ningún código está escrito que oponerse a Stalin fuese delito. Y si en alguno lo estaba, él, Alexander Orlov, general en jefe y máximo representante del NKDV en España, llevaba ya un buen tiempo cometiéndolo también.

No había vuelto a sufrir esa pesadilla desde los años de la Revolución, cuando recorría los páramos y los devastados pueblos limítrofes con Lituania, Bielorrusia y Ucrania, como agente de fronteras, eliminando cualquier oposición zarista al nuevo régimen que estaba por llegar. Años terribles, de exterminio, la muerte por hambre de familias enteras también deja huella y cicatrices en la memoria. Quizás fuese demasiado joven para salir indemne de todo aquello, a pesar de su fervor ideológico.

Soñaba que la nieve de las llanuras que él contemplaba extasiado durante sus largos viajes se convertía en sangre. Lo hacía poco a poco, en absoluto de repente, para que él sufriera en su carne y su conciencia dicha transformación. Una sangre líquida al principio y muy espesa después, hedionda, con grumos. Luego, esa sangre se transfiguraba en el vodka apestoso que acababa de beberse para medio conciliar el sueño. Al final, el vodka inundaba la habitación en la que esa noche dormitaba —que solía ser muy parecida a la que compartió con sus hermanos durante la niñez y nunca el barracón, pajar o campo abierto en donde esa jornada le tocase pernoctar— y su desmadejado cuerpo quedaba por completo sumergido en el alcohol, ahogándose irremisiblemente mientras manoteaba como un guiñapo, consciente de que la única salvación posible era despertarse cuanto antes para volver a soñar exactamente lo mismo la próxima madrugada; eterna resurrección que lo conducía al infierno del día siguiente. El infierno.

El infierno para él se llama Nikolai.

Porque todo esto, el tormento de cada noche, la persecución, la purga, la Gran Purga que ya lo ha atrapado también a él, al otrora intocable héroe nacional, es consecuencia de Nikolai. No le cabe ninguna duda. Paradójicamente, Nikolai también será su salvación, su salvoconducto principal hacia una nueva vida. Lo mucho que sabe, las pruebas y documentos que atesora. Stalin comprenderá. El líder supremo tiene todos los defectos del mundo, pero comprende de inmediato la situación. Por eso está donde está. Y Nikolai es demasiado peligroso para él, para el todopoderoso.

Empezó siendo una pesadilla puntual e insidiosa. Después pasó a ser algo repetitivo. Demasiado repetitivo. Y ahora está convencido de que, en realidad, se trata de un presagio.

Por eso, esta tarde-noche de insufrible verano español, cuando el vodka lo ahoga y su olor no lo deja respirar —el onírico brebaje mezclándose con su sudor pastoso, que humedece las sábanas del camastro donde se despierta violentamente—, sabe que es el momento de marcharse, de dejarlo todo y huir, ese momento definitivo al que lleva tanto tiempo dándole vueltas, planificando hasta el último detalle, engrasando la compleja maquinaria que debe salvar su vida —esa quizás sea la parte más fácil—, la de su esposa e hija, que se encuentran en Francia esperándolo, y también, por supuesto, la de su *segunda familia*, como él siempre ha llamado a Irina y a la historia de amor que con ella mantiene desde que se conocieron, casi veinte años atrás, cuando él se internó en Bielorrusia como emisario de los nuevos tiempos. Irina Nadenkovna, la mujer que le descubrió que incluso el horror más extremo puede atenuarse si uno tiene un lugar al que volver cuando el sol se pone y la nieve empieza a enrojecer.

«Ha recibido un telegrama, camarada general. Es urgente», le comunicó la encargada de recepción al verlo entrar en el hotel. Pretendía ducharse y comer algo tras la reunión que habitualmente mantenía cada tarde con altos mandos militares para perfilar la ofensiva que la República iba a lanzar dentro de pocos días en la zona del río Ebro. La tarde de hoy ha llegado finalmente esa señal que llevaba varios meses esperando. La tarde del 9 de julio de 1938, un año aproximadamente después de la muerte de aquel pobre hombre inocente, despellejado en una cheka de Alcalá de Henares por no confesar en falso testimonio que era un agente fascioso infiltrado en la República, él y todos sus camaradas del POUM. Andreu Nin se llamaba. «Operación Nikolai» se denominó al plan diseñado por el NKDV para su secuestro, tortura y desaparición. Todos los participantes en el operativo habían sido ejecutados. Algunos en España, el resto en Moscú o en Leningrado. Evidentemente, se dijo Orlov, nadie sospecharía nada ni relacionaría las ejecuciones de varios altos oficiales y agentes de primer nivel en distintos y tan lejanos lugares; al fin y al cabo, el paraguas de la Gran Purga que se estaba llevando a cabo en todo el territorio soviético desde el año pasado lo explicaría todo.

Pero Nikolai era algo especial; bajo ningún concepto debía saberse, sospecharse siquiera, que el camarada Stalin ordenaba asesinar a verdaderos marxistas de países hermanos que luchaban contra el fascismo en una guerra sin cuartel, especialmente en tiempos tan convulsos como estos, en los que la unidad de la Internacional proletaria iba a resultar tan necesaria en los próximos años. Necesaria y muy beneficiosa para Moscú.

Todos ejecutados. Nikolai no existe ni en los archivos más secretos. Todos muertos o desparecidos. Menos él, de ahí que llevase tiempo esperando el telegrama que le entrega la muchacha encargada de recepción. Procede de Lubianka, el edificio central del NKDV en la capital moscovita, ¿para qué andarse con disimulos?, piensa Orlov. Él ha escrito cientos de notas como esa y sabe lo que significan. Y lo firma el mismísimo camarada jefe Ivanovich Yezhov, el nuevo director general del servicio secreto.

Ya en su habitación lo lee con más calma, varias veces. Se le ordena viajar a París y presentarse en la embajada. Un coche oficial lo trasladará a Amberes, de cuyo puerto zarpará el carguero ruso Svir. A bordo del mismo deberá encontrarse con un enviado y mantener una reunión con él.

Orlov sonríe, lo cierto es que podían haber sido un poco más sutiles: un enviado, una reunión. Un asesino, un silenciador. Un hombre que cae a las frías aguas del mar del Norte o del Báltico. Él ha escrito cientos de notas como esta que ahora tiene entre las manos. Nikolai no existió nunca jamás, esa es la consigna. Es la primera gran matanza de camaradas disidentes a nivel internacional, pero está convencido de que habrá muchas más en los próximos años. Tan terribles o peores como la que desde inicios de 1937 está acabando con todos los oficiales y generales del ejército —en su paranoia, Stalin teme un golpe de estado y los ejecuta en masa— y con los viejos revolucionarios que junto a Lenin tomaron el Palacio de Invierno y fundaron los soviets, héroes de la URSS de cuya popularidad el camarada supremo también recela y a quienes elimina sin piedad.

Pero eso a él ha dejado de importarle. Desde este mismo instante ya no es el varias veces laureado general Alexander Orlov, héroe de la Revolución del 17 y prohombre del régimen soviético, títulos y honores que no pueden esconder la única realidad sobre la que ha girado su vida en los últimos diez años: la de ser un asesino a sueldo del tirano y sus cada vez más desquiciados deseos. Ahora debe convertirse en un fantasma, un ente sin alma ni aspecto al que sin duda perseguirá todo el NKDV por traidor a su pueblo, al camarada Stalin, a la madre Rusia.

Así que debe actuar cuanto antes. Afortunadamente, aún controla y guarda en una caja fuerte parte del dinero para sufragar los gastos y operaciones del NKDV en España. Son los 60 000 dólares que engrasarán esa maquinaria que hay que poner en marcha de inmediato. Irá a París, en efecto, pero no a la embajada soviética ni utilizando vehículos oficiales o trayectos ordinarios. Desde Barcelona, donde en esos momentos se encuentra, pasará los Pirineos a través de cañadas y vados de contrabandistas. Llegará a algún punto del sur de Francia, donde se reunirá con su esposa y su hija, enferma de los pulmones. Su red de contactos los llevará clandestinamente hasta la capital francesa, y allí se alojarán con nombres falsos en un hotel de las afueras durante varios días, hasta que puedan solicitar asilo en la embajada norteamericana o en la del Canadá. Una vez que les concedan los visados, se trasladarán a Cherburgo, y desde ese puerto zarparán rumbo a América.

Todo eso cuesta dinero. Mucho dinero. 60 000 dólares.

Pero hay cosas que no se pueden pagar en metálico, aunque también tengan su precio. Su simple deserción —un golpe ya de por sí duro para el estalinismo— no bastará para garantizar la completa seguridad de su nueva vida. Siempre hay alguna otra condición. Orlov lo da por sentado. Él actuaría de igual modo. Canadienses y norteamericanos exigen que identifique a todos los agentes comunistas encubiertos que operan en su territorio nacional. Él también puede esgrimir alguna condición, débil, pero puede hacerlo: solo les suministrará la información cuando él y su familia se sientan a salvo. Solo entonces. El pacto quedó sellado de esa manera.

Poco más le queda por hacer en esa asfixiante habitación de hotel barcelonés. Un par de cosas. Debe escribir dos cartas. Una dirigida al director general Yezhov, para que este se la haga llegar a su verdadero destinatario: el camarada Stalin. Metódicamente, le detalla todos los crímenes cometidos en su nombre en los últimos años, centrándose en Nikolai y sus consecuencias en la opinión pública internacional. Le adjunta una lista con todos los agentes que intervinieron en cada operación y sus nombres en clave, así como los actuales destinos de aquellos pocos que aún siguen con vida. Finalmente, le advierte que si alguien de su familia —o de sus familias, puntualiza, evocando a Irina, a quien está seguro de que ya no verá nunca más— sufre algún contratiempo en los próximos años, todos esos documentos y pruebas verán la luz en los medios de comunicación norteamericanos.

El camarada supremo entenderá. Siempre lo hace.

Luego escribe una segunda carta. No tan extensa, pero tan importante o más que la anterior, porque es la única vida de un ser querido que no puede garantizar por completo, a pesar de ser la persona que se encuentra más cerca de él. En España. En la guerra, planificando también la apertura de ese nuevo frente en la zona del Ebro que dará oxígeno a la República. En concreto, coordinando las muchas operaciones de sabotaje que deberán llevar a cabo las partidas guerrilleras de la retaguardia en los inicios de la ofensiva. Se trata, por tanto, de un objetivo demasiado fácil de eliminar aprovechando cualquier refriega con el enemigo o un tiroteo aislado, por ejemplo.

Una carta para Pavel. Su amado Pavel, el hijo de Irina Nadenkovna. Debe contarle todo lo ocurrido y ciertas cosas de las muchas que van a ocurrir. Y también advertirle. Irán a por él. Cuando descubran que el general en jefe se ha fugado, pasándose al enemigo, irán a por él en jauría. Orlov está seguro de que Pavel sabrá ingeniárselas para sobrevivir, al menos unos meses, pero toda ayuda será poca pasado ese tiempo, cuando en Lubianka comprendan que no van a sonsacarle ninguna información sobre su paradero. Y él le ayudará. Le ayudará cuanto pueda desde su nueva vida y con sus nuevos contactos. Se lo promete en la carta. Porque esta carta es una despedida, pero también una promesa.

Con aplicación de colegial, Alexander Orlov alisa una cuartilla y comienza a escribir. Lo hace en *ingush*, el idioma que le enseñó al pequeño Pavel cuando jugaba con él. Así, si la nota fuese interceptada por el NKDV, lo más normal sería que necesitasen un traductor, y eso podía proporcionarle a Pavel un tiempo precioso para ponerse a salvo. «Más tarde o más temprano, querido Pavel, habrás de seguir mis pasos, aunque por otro camino», le dice en el primer párrafo, tras anunciarle su decisión. Deberá permanecer en estado de alerta continuo, le advierte, pues, dada la vigilancia a la que será sometido, habrá que aprovechar lo más rápidamente posible la más mínima oportunidad que el destino y la guerra les ofrezcan. Esa es la razón por la que Orlov le insta a mantener contacto diario con todas las partidas guerrilleras dedicadas al sabotaje en la retaguardia, ya que el desconcierto de sus acciones podría facilitar grandemente la fuga. Como Markoff es el coordinador de las mismas, eso no resultará demasiado sospechoso, le apunta Orlov.

Dado que, desde el mismo instante de la deserción, todas sus acciones y movimientos quedaban supeditadas a lo que establecieran los servicios de inteligencia norteamericanos o canadienses, el general le explica que aún no estaba en condiciones de asegurarle cómo y con qué medios podría ayudarle, ni qué tipo de operación llevarían a cabo, pero lo tranquiliza asegurándole que sabrá sin lugar a dudas que el momento ha llegado cuando un enlace le entregue un periódico editado en zona fascista con la cabecera y la fecha de ese día recortada. Aunque no puede prometerlo, intentará que ese enlace sea un agente de la «máxima confianza», y subraya dos veces la frase. Máxima confianza. Pavel entenderá. Pavel también lo entiende todo. Por eso aún está vivo.

Cuando termina de escribir, dobla la cuartilla con pulcritud y la introduce en un sobre color anaranjado. Se asea mínimamente, recoge las pocas cosas que le serán de utilidad en el paso de las montañas y llama por teléfono, solicitando a la operadora que contacte urgentemente con el cuartel general del ejército popular, donde supone que debe encontrarse Pavel.

La conversación es muy corta. Debe ser así. Orlov cuelga el teléfono y sale de la habitación. Baja las escaleras con parsimonia, con alivio porque todo ha comenzado ya de una maldita vez. Cuando llega al pequeño *hall* se detiene, deja la maleta en el suelo y se palpa el bolsillo interior de la guerrera. Saca una de las cartas y se dirige a recepción. La muchacha que atiende le sonríe.

—Esta carta es para el teniente coronel Markoff —le dice Orlov mirándola fijamente—. Vendrá a recogerla dentro de un rato.

—Muy bien —asiente la recepcionista—. ¿Algo más, camarada general?

Orlov ya estaba dando media vuelta para encarar la puerta y diluir todo su terrible pasado en la más absoluta incertidumbre. Pero se volvió un instante y se quedó pensativo.

—Sí, una cosa más. Dígale que se cuide. Y dígale también que me hubiera gustado darle un abrazo —casi susurra Orlov, abandonando definitivamente el hotel.

* * *

31 de octubre de 1938, frente del Ebro.
Seis y diez de la mañana

Mala pinta

Con paso cansino y arrastrado, Henderson y Mendoza llegaron junto al coche del general Vigón, a una distancia más que prudente para poder escuchar cualquier inconveniencia, tal como les había instado a hacer Markoff. Se encontraban a unos setenta metros en diagonal de la *oficina* instalada por el capitán Ferrer en el centro del claro del bosque. Mucho menos podrían oír lo que, allá al fondo, a unos ciento cincuenta metros justo enfrente de ellos, en el arcén contrario, parecían andar secreteando el comisario político Casares y el teniente alemán.

Al disponer de unos minutos para ellos mismos, sin nada que hacer, sin prisas ni frenesí, Henderson y Mendoza empezaron a notar por primera vez en toda la noche el mucho cansancio acumulado. Martín apoyó la espalda sobre la puerta del conductor, echó la cabeza hacia atrás y se dejó caer mansamente hasta terminar sentado en el ancho estribo del Hispano-Suiza, desmadejado. Henderson hizo lo propio en el enorme guardabarros curvo, estiró las piernas cuanto pudo y apoyó la espalda en el capó, cuya tibieza mitigaba el rigor del frío amanecer.

—¡En buen lío has estado a punto de meterme, Jeff! —le dijo Mendoza, dándole un par de palmadas en el muslo que le quedaba más cerca.

—¿Perdón? —se sorprendió el brigadista—. Te recuerdo, *Martin*, que hace tres o cuatro horas, yo, el humilde cabo Henderson, estaba intercambiando tabaco contigo a varios kilómetros de aquí. Así que en el caso de que haya lío, estaremos metidos los dos. Si mencioné tu nombre era porque estaban buscando a alguien que hablara inglés y no se fiaban de ninguno de los periodistas ni diplomáticos que están con vosotros. No sé, a mí me pareció buena idea. Eso es todo.

—¡¿Que eso es todo?! ¡Joder, Jeffrey, en mi Estado Mayor se han creído que era un espía rojo y les ha faltado el canto de una perra gorda para fusilarme! —le resumió Martín parte de sus desventuras.

—Pues entonces será verdad eso que dice Markoff —le contestó, enigmático, Jeffrey.

—¿Y qué dice ese ruso de los cojones? Si puede saberse, ¡vamos!, porque a lo mejor también es materia reservada —se picó Mendoza.

—Pues dice que en asuntos de espionaje los fascistas no sabéis ni dónde tenéis la nariz. Y si encima me cuentas que han sido capaces de dudar incluso de alguien como tú, pues entonces la cosa tiene que estar realmente mal —aseveró Henderson.

—Yo ya no sé ni cómo están las cosas, Jeff, para qué te voy a engañar —le confesó Mendoza, atemperando el ánimo—. Y menos después de lo que ha pasado esta noche. ¿A ti qué te parece todo esto?

—¿Qué quieres que me parezca? Tú has traducido el mensaje interceptado igual que yo —contestó Henderson—. La verdad es que la cosa pinta muy mal.

—¿La cosa pinta mal, o tiene mala pinta? Es que no es lo mismo, Jeff.

—No es el momento para juegos de palabras, *Martin* —replicó el americano—. La mejor prueba la tienes ahí, delante de nosotros —señaló Henderson con la vista hacia la luz de los faros, hacia la mesita de campo sobre la cual apoyaba los antebrazos el capitán Ferrer, mientras atendía, muy serio y concentrado, al discurso de Markoff, fuera lo que fuese lo que el ruso le estuviera contando en esos momentos—. ¿Cuándo has visto tú algo parecido a esto que estamos viendo, *Martin*? Nunca, ¿verdad? ¡Pues imagínate cómo estarán las cosas!

—Ya. Muy bien. Pero al final todo «depende de...». Todo es «quizás y según». Y me da la impresión de que tú siempre has dado por supuesto que la invasión es real —mostró su recelo Martín, el que habían ido mostrando a lo largo de la noche algunos de sus superiores, por otra parte—. El teniente alemán que ha venido con nosotros no se cree ni una palabra de la grabación, por ejemplo. Y no sabría yo qué decirte del capitán Ferrer. A veces parece que sí, a veces parece que no.

—Bueno, mientras conducía hacía aquí, hace un rato, Markoff ha comentado varias veces que parecen existir demasiadas casualidades en todo este asunto. Todos tenemos nuestras dudas, no creas —concedió Henderson.

—Keller, no. Ese tipo de gente no tiene dudas. Está convencido de que todo este embrollo es una trampa que nos vais a tender —afirmó Mendoza.

—Sospecho que Markoff también lo cree. No lo dice, pero lo cree. Por eso está aquí, para saber la verdad. Por eso están aquí los dos, intuyo. Él y ese alemán tan simpático que os habéis traído —diseccionó la situación Henderson.

—A mí todo eso me parece fenomenal. Como si quieren venir con banderitas y fanfarrias. Y también puedo llegar a entender que mi capitán y tu comisario político deban estar presentes en esta reunión. No lo discuto. Lo que ya no tengo tan claro es qué coño hacemos tú y yo aquí.

—Dejarnos llevar, *Martin*; dejarnos llevar. Es la regla número uno de la supervivencia, ¿no lo sabes? —echó mano del sarcasmo el brigadista—. ¡Joder, teniente, que llevas la misma guerra que yo!

—Oye, Jeff, ¿tú te imaginas que, después de todo y por muy extraño que pueda parecernos, al final esto es verdad y se confirma esa supuesta invasión de fuerzas extraterrestres? —cambió de tercio Martín.

—Pues, mira, ahora que lo dices, quizás para eso estemos aquí tú y yo, *Martin*. ¡No lo había pensado! Para que les hagamos frente entre los dos a los marcianos mientras todos estos siguen hablando y hablando de sus asuntos —bromeó Henderson, señalando hacia los cuatro conferenciantes.

—¿Te imaginas, Jeff? Tú y yo combatiendo juntos —fantaseó Martín.

—¡A sus órdenes, mi teniente! —se incorporó como un resorte Henderson, cuadrándose marcial, en posición de firmes, sacando desmesuradamente pecho.

—¡Esa barbilla más alta, hombre; la frente al cielo, cabo! Me cago en la... Que estamos en guerra contra el invasor —le siguió el hilo Mendoza, divertido.

—¿Así? —le preguntó Henderson elevando la barbilla casi hasta descoyuntarse—. ¿Está bien así, mi teniente?

—Muy bien, Jeff, muy bien. Ante todo, marcialidad. Vamos, que te falta la camisa azul y pareces un tío de Falange —le faltó carcajearse al teniente.

—Tampoco te pases, *Martin*, tampoco te pases que todo tiene su límite, ¡ya pueden invadirnos los marcianos o los pigmeos del Congo! —volvió a la realidad el brigadista, relajando la posición; esto es, volviendo a desmoronarse sobre el guardabarros y reclinando la espalda en el lateral del capó, rendido tras más de treinta horas sin dormir.

—Oye, Jeff, no quiero que te hagas una idea equivocada de lo que te voy a decir, porque además te lo digo con todas las reservas del mundo, pero, si eso que hemos traducido se confirma, quizás debieras marcharte a tu país, ¿no crees? Al fin y al cabo, aquella es tu casa, tu tierra... No sé, tal vez alguien de tu familia te necesite en estos momentos. Y sabes que no lo digo por salvarte el pellejo, porque probablemente el peligro es ahora mucho mayor en América que en el Ebro.

—¿Irme a América? ¿Cómo, nadando? —razonó Henderson—. Además, ¿qué demonios crees que voy a hacer yo allí: salvar a los Estados Unidos? Si se confirma la invasión y una simple avanzadilla de cuatro o cinco naves ha acabado con todo el ejército americano, eso es una guerra perdida, *Martin*.

—Esta también es una guerra perdida y aquí sigues, Jeffrey, así que no me busques excusas de niño de teta —le buscó las cosquillas el teniente.

—¡Vaya, veo que hemos descendido de nuevo a la Tierra! ¡Mucho mejor, me encantan los asuntos más mundanos! —requebró Henderson.

—Te refieres a la teta, claro. —Esas gansadas de Mendoza que tanto hacían reír al americano.

—Claro, ¿a qué me voy a referir, hombre? —entró al trapo este—. Pero respecto a lo que dices de perder la guerra, eso está por ver, mi teniente —le retrocó Jeffrey, aun a sabiendas de que su amigo empezaba a tener toda la razón, pues el ejército republicano estaba prácticamente descompuesto tras la séptima contraofensiva—. Además, ya te lo he dicho mil veces, *Martin*: mi tierra es esta. En cuanto os ganemos en el Ebro voy a comprarme una casa en la Gran Vía y me voy a ir a vivir a Madrid, a ver pasar a las cupletistas, ¿qué te parece?

—Que eres un bohemio, ¡qué me va a parecer! —sentenció el teniente—. Y un golfo de cuidado.

—¡Pues eso! ¡Que le vayan dando a los Estados Unidos!

Para desentumecer músculos, Martín estiró los brazos con los dedos entrelazados y movió varias veces la cabeza a derecha e izquierda, parecía estar negando algo con vehemencia. Bostezó como si quisiera tragarse el mundo entero y se quedó un rato en silencio, observando a Ferrer y a Markoff. Era el soviético quien seguía hablando, Ferrer se limitaba a seguir concentrado y pensativo, preguntándole algo de vez en cuando, mínima puntualización de algún aspecto concreto que quizás no hubiera entendido bien del todo. Mientras miraba a los dos hombres, Mendoza notó cómo los párpados empezaron a cerrársele sin que su voluntad pudiera hacer nada para impedirlo. En su mullida estribera, se quedó dormido en apenas unos segundos.

Como suele ocurrir, el bostezo de Martín contagió a Henderson. El americano también se desperezó y se ovilló cuanto pudo junto al neumático del vehículo durante un rato, la cabeza apoyada en la pierna de su amigo, sumiéndose en el sueño de inmediato, favorecida la modorra por el calor que aún desprendía el motor.

Ninguno de los dos tenía fuerzas ni para roncar.

* * *

Pero, ¿qué carajo es esa pendejada de los marcianos, *herr* Keller? —exclamó Silvestre Casares ante la insistencia del *obersturmführer*—. No tengo ni idea de lo que me está preguntando. Yo lo que quería hablarle es del atentado. Para eso quería verle lo antes posible, ya se lo he dicho.

—Del atentado, sí —musitó Keller, mirando fijamente el trozo de tierra áspera que se enmarcaba entre sus botas, sentado en el tocón irregular de un árbol, su figura semioculta por la sombra del coche republicano. Frente a él, apoyada la espalda en una pequeña roca, Silvestre Casares no salía de la perplejidad que lo embargaba desde hacía una hora aproximadamente, cuando se vio inmerso en una espiral de sinsentidos que no comprendió hasta que pudo hablar a solas con el *obersturmführer*.

Caminaron en silencio hacia el coche aparcado en el arcén izquierdo. Némesis tenso, envarado, sin poder asegurar aún que no fueran a ejecutarlo de un momento a otro; al fin y al cabo, era un agente doble y el tiro podía venir desde cualquier sitio. Keller, consumido por la ansiedad, deseando concluir cuanto antes este absurdo asunto —a ser posible liquidando a los otros dos republicanos presentes— y reestablecer su red de información de alto rango dentro del cuartel general de Líster. Como si nada hubiera pasado. Ese sería el mejor resumen de esta noche. El mejor telegrama que podría enviar a Berlín.

Con toda la precaución posible, Casares se acuclilló en el suelo y se recostó en un montículo de rocas —solo fuera para tener la retaguardia cubierta si finalmente se cumplían sus temores—, y el *obersturmführer* se dejó caer en un viejo tronco quebrado. Hablaron todo el tiempo en voz muy baja, al principio manteniendo una forzada formalidad para que los otros cuatro participantes en el encuentro no sospechasen que se conocían, y dirigiendo vigilantes miradas de vez en cuando tanto al centro del claro de bosque como al coche que tenían enfrente, donde Henderson y Mendoza intercambiaban impresiones, bromas y dudas sobre su presencia en esta extraña cita.

Lo primero que hizo el SS *obersturmführer* fue preguntarle qué sabía acerca de la supuesta invasión. Sin salir de su asombro, Némesis le contestó la descarnada verdad: nada, ¿qué iba a saber él sobre eso? Él quería verlo por otro asunto de gran calado, de ahí que el doblez en el papel de fumar fuese de nivel 1, aunque tampoco era imprescindible que se vieran esa misma noche, le recalcó al principio, en su total ingenuidad. Entonces Keller se vio en la obligación de ponerlo en antecedentes, resumiéndole lo más sucintamente que pudo los hechos acaecidos en las últimas horas. Al menos, eso consiguió que Silvestre Casares se tranquilizase un tanto, que consiguiera dominar el compás de su corazón. Ahora lo comprendía. Ahora le quedaba meridianamente clara la concatenación de extraños sucesos en la que acababa de verse inmerso. «Todo obedecía a una razón», se dijo el infiltrado. Como siempre. Como todo en la vida.

—Por eso no ha venido Philby, ¿verdad? Por eso no hemos seguido el procedimiento habitual, quiero decir —razonó el azteca.

—Fue lo primero que se me ocurrió. Incluso fui a verlo a su hotel. Pero no podía ser. Ese invertido inglés tiene razón. Así que este es el plan alternativo para vernos —le confirmó Keller.

—Mire, yo ya estaba durmiendo cuando, de repente, me llamaron desde el cuartel general de Líster: que tenían una misión urgente para mí. Tanta prisa me escamó, *herr* Keller. Y al ver allí al teniente coronel Markoff creí que nos habían descubierto y me iban a matar sin más preguntas. Me metieron en un coche sin darme explicaciones y, por el camino, Markoff me dijo que debía mantener una reunión sobre un posible alto el fuego permanente con un oficial alemán llamado Kurt Keller, una especie de coordinador de los ejércitos fascistas. Como usted comprenderá, me pareció todo tan raro que de nuevo pensé que nos habían descubierto y me estaban engañando para fusilarme esta misma noche. Pero cuando llegamos y vi que, en efecto, usted se bajaba del otro coche, lo cierto es que ya no sabía qué pensar. De hecho, estaba tan asustado, tan confundido, que no podía ni pensar —le confesó.

—Pues ya lo sabes. Cuando vi el doblez en el papel de fumar y la urgencia que tenías en verme, supuse que era para contarme algo relacionado con este asunto —dijo Keller, aún sin encajar del todo el revés.

—Le repito que hasta hace un rato no había oído hablar de la dichosa invasión extraterrestre, cuando Markoff le hizo algunos comentarios sobre la misma al conductor, ese cabo americano amigo suyo, mientras veníamos hacia acá. Yo los escuchaba atónito, claro. Ni me atreví a abrir la boca, no fuera a ser que me estuvieran tomando el pelo.

—Una gran tomadura de pelo. Eso es lo que es todo esto —Keller hizo suyas las palabras de su topo—. Pero no sé cómo explicármelo ni demostrárselo a los demás. ¡Maldita sea! —le dio un puñetazo al rugoso tronco del tocón, raspándose la parte superior de los nudillos.

—¿Ha contemplado usted la posibilidad de que la invasión sea real? —le preguntó Silvestre.

—No —sincero y parco el alemán—. Ni remotamente.

—Quizás debiera hacerlo, *herr* Keller, aunque solo fuese por un momento —le aconsejó Casares—. Siempre es bueno dudar de nosotros mismos. De nuestras certezas. Incluso de nuestras mentiras más profundas y asumidas.

—Eso lo puedes hacer tú porque eres un traidor —le escupió el *obersturmführer* toda su contrariedad.

—Yo no soy un traidor, *herr* Keller. Yo no estoy traicionando a nadie porque he decidido servirme única y exclusivamente a mí mismo, aunque a usted y a su Reich eso les resulte muy difícil de entender. Pero, créame, puedo asegurarle que en ese sentido siempre he mantenido una absoluta lealtad a mis principios e intereses —le respondió el mexicano con el mismo desprecio.

—No me cabe la menor duda, Némesis. Pero eso no le importa a nadie ahora mismo. Bueno, al menos de algo habrá servido que nos veamos esta noche —afirmó Keller sin dejar de mirar al suelo, masajeándose los párpados y volviendo a la cuestión que verdaderamente lo preocupaba—: el hecho de que no tengas la más mínima idea de una cuestión de tanta envergadura refuerza aún más mi teoría. Porque no has oído comentar ni has visto nada al respecto, ¿verdad, Silvestre? Ni esta noche ni en días anteriores —insistió.

Y entonces Casares, un tanto molesto por la reiteración, le respondió que él no estaba para esas pendejadas de los marcianos ni carajadas del estilo. Que él quería verlo para contarle lo del atentado, ¿cuántas veces se lo tenía que repetir?

—Lo del atentado, sí —susurró Keller, empezando a preocuparse por el doble frente que se le abría en pocas horas: aún no había conseguido desmontar esta absurda mentira y, de ser cierto lo que contaba Némesis, tenía ante sí un arduo y muy delicado trabajo.

—Esa información vale mucho dinero, *herr* Keller —sonrió Casares, retomando la cuestión que a él verdaderamente le preocupaba.

—Si pretendías hacerte rico con esta guerra, quizás deberías haber puesto una fábrica de acero en Bilbao. En Berlín ya no queda papel para firmarte más cheques, Silvestre —le reprochó Keller.

—Esa información vale mucho dinero, *herr* Keller —insistió este—. Todo lo que pague por ella y un poco más. De hecho, para usted no tiene precio. Piénselo. Si se confirma que hay un atentado en marcha y es usted quien lo evita... —le dibujó Casares las puertas abiertas de su esplendoroso futuro en el Reich con esos puntos suspensivos.

—¿Jaroslav Kouba, dices? —preguntó Keller, repasando los apuntes que había ido tomando mientras el mexicano le detallaba cuanto sabía sobre el atentado en marcha. Tenía ese nombre enmarcado en un recuadro.

—Jaroslav Kouba, correcto. También conocido como Jiri. Ese es su hombre —le confirmó—. Es uno de los internacionales que aún permanecen en el frente, junto a ese americano que conduce el coche y varios compatriotas de usted que no se atreven a regresar a su país. Yo no digo que él vaya a ser quien cometa personalmente el atentado, *herr* Keller, eso no puedo asegurárselo; pero por los comentarios que he podido escucharle cuando habla con esos alemanes, estoy convencido de que Kouba está al tanto del plan en marcha. Los checoslovacos están deseando devolverles la moneda tras lo ocurrido con los Sudetes el mes pasado, *herr* Keller.

Porque ese era el trasfondo del atentado. Tras la anexión de los Sudetes por parte de Alemania con la aquiescencia de todas las potencias occidentales —que así esperaban apaciguar a los nazis y evitar la guerra—, Checoslovaquia quedó desmembrada, en proceso de liquidación, disueltas sus mejores tropas y desmanteladas sus líneas defensivas. El resentimiento y la rabia del pequeño país se dirigieron contra los invasores, obviamente, pero también contra quienes hicieron posible la ocupación. Eso ocurrió tras los acuerdos de Múnich del 28 y 29 de septiembre de 1938. A partir del 1 de octubre los checos no podrían ni moverse por las calles de sus ciudades sin que lo supieran la Gestapo o los agentes de las SS. Para sortear la vigilancia, el plan previsto era reclutar a alguien muy curtido que ejecutase la operación, a ser posible alguien que estuviese fuera del territorio nacional checo. ¿Y qué mejor sitio para encontrar a ese hombre que en la guerra de España?

—¿Y no tienes ni idea de la posible fecha del ataque? Aunque sea aproximada —quiso saber el teniente alemán.

—No. De eso no habla. De hecho, salvo cuando bebe más de la cuenta y charla con sus amigos comunistas alemanes, Kouba no habla mucho de la cuestión. Por eso creo que la posibilidad de atentado es verosímil. Y que lo tienen bastante avanzado. Pero la posible fecha es fácil de averiguar: en cuanto algún alto dirigente del Reich se desplace al país para darse un baño de masas tienen intención de matarlo.

—Algún alto dirigente —subrayó Keller en sus anotaciones, pensando en su directo superior, Heinrich Himmler; en la nueva figura emergente en las SS, Reinhard Heydrich; o incluso en el Führer, cualquiera de los tres podría ir en breves fechas (se hablaba de pocas semanas) a alguna de las principales ciudades del territorio recién anexionado. En efecto, tal como se maliciaba Casares para elevar sus honorarios, la información no tendría precio para él, para su meteórico ascenso en el escalafón—. ¿Algo más que puedas decirme? —le inquirió.

—No sé si será importante, pero he creído escuchar algo de un castillo y unas callejuelas estrechas que conducen a la parte vieja de la ciudad —recordó Casares—. Al parecer, según Kouba, hay varias curvas complicadas y un coche debe reducir la velocidad.

—Praga, entonces —supo Keller con absoluta certeza. Y no porque la hubiese visitado varias veces, sino por dos razones bastante más lógicas. En primer lugar, porque los nacionalistas checos intuían que la desmembración parcial de su país era una maniobra que escondía el verdadero objetivo del Gobierno alemán: la anexión total del industrioso país. Así pues, ese baño de multitudes tendría lugar en la capital, y no en Pilsen u Ostrava. Y en segundo, porque el atentado no estaría tan avanzado como creía Casares, sino en fase embrionaria. Necesitarían tiempo. Algunos meses o tal vez un año. El tiempo, en definitiva, que los checos pensaban que transcurriría hasta la invasión de la Wehrmacht—. ¿Conoces la ciudad, Silvestre?

—No. Ni tengo intención, créame —contestó Casares, dispuesto a no alargar mucho más el encuentro.

Pero antes de despedirse tendrían que ensayar la mascarada oficial —esto es, el motivo por el que ambos habían acudido a esta cita—, esa coordinación diplomática para un posible encuentro de alto nivel entre dirigentes políticos de las dos Españas, pues lo cierto es que, entre lo que uno creía que iban a hablar y lo que el otro realmente tenía que contarle, nada se había tratado al respecto.

Rápidamente acordaron banalidades y frases huecas de buena voluntad que a nada comprometen, aunque dejen todas las puertas abiertas, a la espera del desarrollo inmediato de los acontecimientos.

—Tenemos que dejar que transcurra el tiempo, Silvestre. Cuanto más, mejor. Necesito tiempo para descubrir esta farsa y ya no sé qué inventarme para frenar todo esto —se sinceró Keller.

—Ya se le ocurrirá algo. Usted es hombre de recursos —se puso de perfil el azteca—. Por ejemplo, podríamos llevar a cabo un intercambio de prisioneros y heridos mientras dura el alto el fuego. O que se pudieran recoger cadáveres propios en terreno controlado por el enemigo. Como prueba de buena voluntad entre ambos ejércitos. ¿Qué le parece?

—¡Pues me parece muy bien! —exclamó Keller, empezando a vislumbrar una solución—. Y no sería descabellado pedir, y estoy pensando en voz alta, que algún organismo no beligerante mediase entre ambos. La Cruz Roja sería perfecta: opera en las dos zonas. Yo podría proponer esa idea en mi Estado Mayor y tú ayudarme haciendo lo mismo en el tuyo —lo instó Keller.

—Haré lo que pueda —rezongó Casares—. Desde luego, si tenemos que esperar a que vengan nuestros responsables de Cruz Roja desde Barcelona va a tener usted todo el tiempo del mundo. Incluso para que se le termine esta guerra.

—Lo cual no estaría nada mal —se congratuló Keller—. Algunos responsables de la zona nacional podrían desplazarse desde Zaragoza, que está bastante más cerca y mejor comunicada. Y el encuentro se organizaría en algún punto intermedio. Tú, eso, déjalo de mi cuenta —planificó sobre la marcha el *obersturmführer*, acordándose de don Hermógenes Castán, tan germanófilo que podría perfectamente estar afiliado al partido nazi. Si había que involucrar a alguien, nadie mejor que él, por descontado. También se acordó de Claire, de la dulce e inaccesible Claire.

—No sé cómo se lo van a tomar Modesto y Líster, pero, en fin, haré lo que me pide —se resignó el mexicano, levantándose al ver que Markoff y el capitán Ferrer también lo hacían, tras dar por concluida su reunión—. Ve usted, *herr* Keller, un tipo como yo sirve para todo. No, si al final voy a salirle muy barato.

* * *

Pero los acontecimientos ya no podían frenarse. Ni mantenerse bajo un cierto control, como pretendía Kurt Keller. Antes al contrario, todo se desbocaría en torrente tras la reunión que acababan de mantener el capitán Ferrer y Pavel Markoff a pocos metros de donde él y Casares concluían sus conspiraciones. Todo.

Por desgracia para el SS *obersturmführer*, él no pudo escuchar ni una palabra de lo mucho que ambos hablaron, aunque sería más exacto decir que Markoff habló y Ferrer se limitó a escuchar, asentir como muñeco de guiñol y puntualizar de vez en cuando, atónito ante lo que el soviético le estaba contando y proponía, que no era otra cosa que la verdadera razón de cuanto estaba ocurriendo, la más lógica explicación a los extraños sucesos ocurridos a lo largo de la madrugada. Unos hechos que nada tenían que ver con una supuesta y absurda invasión marciana. En absoluto. Era todo mucho más simple. Más fácil. Más humano.

Ya constató Ferrer su disgustó al anunciarle por teléfono que vendrían tres personas a esta segunda reunión. También comprobó el capitán de ingenieros nada más bajarse del coche que Markoff estaba demasiado nervioso, incluso diríase teatralmente crispado, dispuesto a molestarse por cualquier nimiedad. Cuando se quedaron a solas en medio del claro del bosque, con los haces de luz enfocándolos y los mapas sobre la mesa, el gesto petrificado del soviético lo decía todo. Por eso se atrevió a preguntarle, sin más preámbulos ni rodeos:

—¿Es todo mentira, verdad teniente coronel?

—Sí, capitán. Una gran mentira. Y espero que esta vez me crea usted.

—Pues convénzame con buenos argumentos, Markoff, porque yo aún no he matado a nadie en esta guerra y ya llevamos más de dos años de pelea, pero esta noche me están dando ganas de acabar con alguien y tiene usted todas las papeletas —frío y cortante el capitán Ferrer.

Markoff suspiró hondo. Estaba seguro de que no sería la primera amenaza de muerte que recibiría a lo largo de las próximas horas. De lo que ya no estaba tan convencido es de poder sortearlas todas. Carraspeó levemente, asintió para convencerse de que ya no había vuelta atrás y comprobó con un rápido vistazo que los otros cuatro participantes en el encuentro no podrían escuchar lo que a continuación iba a contarle a Ferrer.

—Hace unos días me entregaron un periódico con la cabecera y el titular de portada recortado —inició su relato Markoff—. El *ABC* publicado en su zona, capitán. Esa era la señal.

Ferrer se inclinó hacia delante para escuchar mejor el casi bisbiseo de Markoff y apoyó los antebrazos en la mesa.

—¿La señal, para qué? ¿Y de quién? Aunque esto último me lo imagino —susurró también Ferrer.

Y entonces Markoff le contó todo lo ocurrido desde que el general Orlov decidió escribir dos cartas en una mugrienta habitación de hotel en Barcelona. Todo lo que en estos momentos podía contarle. Que era mucho, ciertamente: su relación parental con el huido, las advertencias de este, los peligros anunciados por Orlov que ya se cernían sobre él, una vez que el NKDV había constatado que, transcurridos cuatro meses desde la fuga, no poseía pista alguna sobre su paradero ni iba a delatar a su mentor, ya a salvo en los Estados Unidos. Y, sobre todo, le contó lo que significaba esa señal, ese diario con la cabecera recortada.

—Una semana antes de su emisión, los servicios secretos norteamericanos supieron que la cadena radiofónica CBS preparaba un programa especial para la noche de Halloween, una fiesta estúpida que celebran allí, algo parecido a su noche de difuntos, ya sabe. El caso es que decidieron utilizarlo para sacarme de aquí, tal como pactaron con Orlov. En estrecha colaboración con los británicos, sin cuyo concurso nada habría sido posible. Para ello, grabaron varios ensayos de la compañía que iba a representar la comedia, la Mercury Teatro, de un tal Orson Welles, que no pudo negarse porque la CIA o el FBI tienen datos muy comprometedores acerca de él y de sus amistades. El caso es que los americanos editaron trozos de esos ensayos y, desde las islas británicas, los emitieron a través de onda corta a la misma hora en que debía estar emitiéndose en los Estados Unidos el programa entero; ¿me sigue? —preguntó Markoff, básicamente para asegurarse de que Ferrer no se había quedado petrificado tras escuchar sus palabras.

—Le sigo, Markoff, le sigo —asintió un aturdido Ferrer—. Trocean el programa para crear más confusión en ambos bandos; está claro. Y lo emiten por onda corta para asegurarse de que aquí lo íbamos a escuchar incluso en las condiciones climáticas más adversas —confirmó Ferrer que, en efecto, sabía de qué estaban hablando. De repente sintió admiración por el soviético. O por la retorcida y brillante inteligencia que hubiese diseñado una operación de semejante magnitud para protegerlo. También notó un prurito de envidia subiéndole desde el estómago, hubo de reconocerse el capitán de ingenieros.

—Correcto. A mí me correspondía montar el operativo sobre el terreno y sembrar la duda razonable en los dos ejércitos sobre una posible invasión desde el espacio exterior. Todo eso en poco más de cinco días. Todo eso para pasarme de bando, capitán Ferrer. Para marcharme con usted —le confesó.

Aunque era la consecuencia lógica del relato de Markoff, a Ferrer le costó encajar esas palabras. Cuando consiguió asumirlas mínimamente supo de inmediato que se encontraba ante el momento crucial de la guerra. Al menos de *su* guerra, pues si obraba con la necesaria e imprescindible cautela y con un mínimo de firmeza, nadie le discutiría jamás el mérito de ser el principal artífice del descabezamiento de los servicios de inteligencia enemigos. Con todo lo que eso conllevaba aparejado. De ahí que dijese:

—Yo puedo facilitar ese, digamos, proceso y garantizar su seguridad. Creo que puedo hacerlo —matizó—. Pero también necesito mis garantías, Markoff. Como usted supondrá.

—Información confidencial sobre agentes dobles, espías, saboteadores e infiltrados en las dos zonas. La red completa del servicio secreto republicano. ¿Le parece suficiente aval? Puedo añadir, además, los planos de localización y situación de las tropas y armas del ejército popular actualmente operativas en el Ebro, Valencia y Cataluña. Las fundamentales, no las que usted y yo nos hemos estado trucando hasta ahora.

—No es negociable. Quiero las dos cosas —aseveró Ferrer.

—Tendrá que darme tiempo para organizarlo todo. No dispongo de los planos en este momento. Conseguirlos me llevará cuatro o cinco horas, como mínimo. Modesto y Líster apenas salen del Estado Mayor.

—Cuatro o cinco horas es demasiado tiempo para mantener vivo semejante engaño —razonó con lógica Ferrer—. Alguien lo descubrirá de un momento a otro. De hecho, el teniente Keller tal vez lo haya hecho ya. Siempre ha mantenido que esto era una farsa —admitió Ferrer, amostazado por tener que darle la razón al alemán.

—Por eso he tenido que precipitar los acontecimientos, capitán. Desde que usted me anunció que vendría un tercer hombre supe que esto no daba más de sí. Pero mi idea era prolongar la operación hasta que usted y yo pudiéramos hablar con más tranquilidad, no sé si me entiende —dijo Markoff—. De todas formas, si no es el teniente Keller, en cuanto se restablezcan mínimamente las conexiones radioeléctricas se descubrirá la verdad. Aproveché que ustedes desembalsaron los pantanos de Tremp y Camarasa para machacarnos con su séptima contraofensiva y ordené a varias partidas de mis guerrilleros que, al mismo tiempo, sabotearan todas las subestaciones eléctricas en ambas zonas. Por eso apenas hay fluido y las comunicaciones son tan complicadas. Entre sus generales y yo hemos creado un estupendo agujero en este lugar perdido del mundo —casi se ufanó Markoff.

—Pero los ingenieros saben hacer bien su trabajo y pronto habrán resuelto ese problema —repuso Ferrer.

—Supongo que lo habrán hecho ya —convino el soviético.

—Entonces, en cuanto regrese a su Estado Mayor es usted hombre muerto, Markoff. Porque a mí no se me ocurre nada para mantener el alto el fuego. Lo siento —se lamentó Ferrer, sin sospechar que en la reunión que Keller y su espía doble estaban manteniendo justo al lado, les estaban ofreciendo la solución a tan complejo problema: la Cruz Roja, la mediación internacional.

—Dígale a su Estado Mayor que, en efecto, toda la operación es una trampa. Dígaselo. Sin ambages —lo conminó Markoff—. Pero que ustedes no son la presa. Y explíqueles también cuál es la posible recompensa. De ahí que las tropas nacionales no deban reanudar la ofensiva durante unas horas. Las horas que yo necesito. Porque los republicanos deben creer que ustedes siguen engañados, no pueden sospechar que ya saben la verdad —concluyó.

—¿Y cómo va usted a convencer a los suyos de que mantengan el alto el fuego si descubren la mentira? —preguntó

Ferrer—. Que será lo más normal. Porque si desde nuestras líneas observamos que el enemigo dispara, habrá respuesta.

—Deje eso de mi cuenta, capitán Ferrer. El ejército popular no iniciará las hostilidades —aseguró Markoff.

—Veo que lo tiene usted todo muy bien planeado.

—No lo jure. De ahí que yo también tenga que ponerle algunas condiciones. O, como usted dice, deba procurarme un buen aval. Por si acaso, que nunca se sabe —receloso Markoff. Por eso estaba donde estaba. Por eso aún no le habían pegado un tiro en la nuca, que diría el exgeneral Orlov.

—Si están en mi mano... —le dio pie Ferrer.

—Solo les daré la información cuando se pueda garantizar por completo mi seguridad. Es decir, cuando quede bajo custodia de algún cónsul o representante diplomático extranjero. Solo entonces.

—¿Algo más? —preguntó Ferrer, anotando las palabras del ruso. Porque esa premisa la daba por descontado.

—Debe ser inglés —prosiguió Markoff—. Sus servicios secretos han hecho posible esta operación y a suelo británico pretendo llegar. Hasta una sede diplomática de ese país debe llevarme la persona que me entregó ese periódico con la cabecera recortada. Solo él.

—¿Puedo conocer su identidad en este momento? —quiso saber el capitán.

—Kim Philby. El periodista y agente del MI6 —remachó Markoff algo que era de todos conocido.

Ferrer asintió. En efecto, todo el frente lo sabía. De eso se trataba, por otra parte; ese era el juego del doble agente británico cuyo nombre ya deslizó subrepticiamente Markoff en la primera cita con los nacionales para ir preparándose el terreno: que todo el mundo supiera y lo tuviese muy claro. Lo que, evidentemente, Ferrer ya no conocía es que Philby era también «ese hombre de confianza» del general Orlov que debía entregarle a Markoff la señal que lo pusiese sobre aviso. Ni por qué debía hacerlo él, única y solamente él. Su «hombre de extrema confianza».

Ocurrió en el Estado Mayor republicano, en presencia de Líster y Modesto, el lugar más insospechado, bien es cierto. Cuando Markoff vio quién era la persona encargada de entregarle el periódico se quedó paralizado por un instante —alabando la sangre fría del mensajero— y lo atrapó una sensación ambivalente: por un lado, siempre había escuchado rumores en el NKDV sobre un alto grado de infiltración soviética en los elitistas círculos de poder británico. Nunca lo creyó del todo, meras fanfarronadas de oficiales con pretensiones, se decía, pero la presencia de Philby en un operativo de tal envergadura lo confirmaba. «Un hombre de mi absoluta confianza», le escribió Orlov. Y subrayó las dos últimas palabras. Un hombre captado por el exgeneral para Stalin, reclutado directamente por él junto a sus amigos del círculo de Cambridge, selecta intelectualidad inglesa al servicio de Moscú.

Al ser aún mando intermedio en el NKDV, Markoff desconocía por completo la existencia de esa célula aristocrática que estaría trabajando para la URSS hasta los años sesenta sin ser descubierta por nadie, pero eso era un detalle secundario en este momento: lo que el camarada Pablo supo en ese instante es que Philby era un hombre al servicio directo de Orlov. Lo demás sobraba. El hombre que debía comunicarle también las últimas instrucciones del exgeneral o de los servicios británicos, esas directrices que soslayan contratiempos e imprevistos durante el azaroso desarrollo de la misión. Un hombre en definitiva que —aunque Markoff ni siquiera sea capaz de imaginarlo mientras se sincera con Ferrer en un frío y húmedo claro de bosque— le suministrará una valiosa información gracias a la cual podrá salvar la vida *in extremis*, en el instante más peligroso de todo el operativo.

Ese hombre era Harold Russell Philby.

La otra sensación que lo invadió cuando el inglés le entregó la contraseña fue una cierta sorpresa: nunca hubiera sospechado de él como agente soviético, se reconoció. Nunca. De eso se trataba, evidentemente. Pero no le gustó. Él debía sospechar siempre. De todo. Y de todos.

—Intentaremos hacerlo como usted dice, teniente coronel. Pero no puedo prometerle nada —advirtió el capitán Ferrer, levantándose de su pequeña silla de lona, pues poco más había ya que añadir, si acaso desearse suerte para que en la próxima llamada (que, acordaron, habría de ser dentro de una hora) ambos pudieran comunicarse que, en efecto, habría una tercera reunión, la definitiva ya, una cita que supondría un viaje sin retorno para Pavel Markoff.

Ferrer empezó a plegar las sillas y la mesa, y Markoff se dirigió hacia el coche del ejército nacional para decirles a Henderson y a Mendoza que la reunión había concluido. Cuando lo vieron, Keller y Casares comenzaron a caminar hacia el centro del pequeño claro de bosque.

El ruso llamó un par de veces a su conductor conforme se acercaba al vehículo, sin obtener respuesta. Debía de estar adormilado, supuso, y alzó la voz por primera vez en toda la noche. Henderson bostezó, se masajeó las sienes y los párpados y le dio un manotazo a Mendoza, que se incorporó con los ojos vidriosos y muy abiertos, en estado de desconcertada alerta, como si ya le estuvieran atacando los marcianos y no supiera cómo defenderse. Probablemente estuviera soñando algo parecido.

—Tenemos que irnos. Esto se ha terminado ya —les dijo Markoff, aunque los dos soldados no entendieron cabalmente el significado de esas palabras—. Ayuden al capitán Ferrer a guardar los documentos y las sillas en el maletero, por favor. Y cuando acaben, dispónganse para conducir, que tenemos prisa.

Y eso fue lo que hicieron: recoger bártulos y sentarse a esperar con el volante en las manos; mientras los otros cuatro hombres se despedían brevemente.

—Salvo novedades en contra —anunció Ferrer—, el teniente coronel Markoff y yo hemos acordado ponernos en contacto de nuevo dentro de una hora. Ya en la próxima reunión que mantengamos podríamos empezar a ejecutar el plan para hacer frente a la posible invasión. Todo está en marcha —mintió el capitán.

—Me parece bien. Por nuestra parte también hemos dado pasos importantes que debo comentar en el Estado Mayor. E imagino que el comisario Casares hará lo mismo —dijo Keller ante la anuencia del mexicano.

—Pues, entonces, señores, poco más nos queda por hacer aquí —puso el punto final Markoff, deseoso de concluir cuanto antes un encuentro a tantas bandas para comenzar su trabajo en solitario. Su arduo y muy complejo trabajo en solitario.

Ambas delegaciones se dirigieron a sus respectivos coches, Henderson y Mendoza ya los habían arrancado y los mantenían en punto muerto, acelerando suavemente de vez en cuando para que no se congelasen los motores.

—¿Cómo ha ido todo? —le preguntó Ferrer al teniente Keller, más por cortesía que por otra cosa.

Keller esbozó una mueca y sopesó pros y contras en apenas un segundo: no había conseguido su principal objetivo, eso era cierto, pero contaba con ganar mucho más tiempo para hacerlo.

—Es para estar satisfechos —respondió—. Ahora le cuento. A ver qué le parece a usted una idea que se me ha ocurrido —le anticipó, robándole descaradamente la propuesta a su topo sin reparo ni consideración.

—¿Para estar satisfechos, dices? ¡No lo sabes tú bien! —masculló entre dientes Ferrer montándose en el coche, aprovechando el golpe seco del portazo que dio al cerrar para que Keller no escuchase su último comentario.

* * *

31 DE OCTUBRE DE 1938, FRENTE DEL EBRO.
SEIS Y MEDIA DE LA MAÑANA

CUESTIÓN DE HORAS

LASTRADO POR LA PESADA MODORRA DE LA DISCONTINUA duermevela, con los ojos líquidos, la boca aún pastosa y las vértebras destrozadas por la mala postura con que había despachado la cabezada, Martín de Mendoza comenzó a conducir casi por inercia. Los primeros minutos del viaje de regreso al Estado Mayor franquista transcurrieron en absoluto silencio, los tres hombres reconcentrados en sus cavilaciones y asuntos pendientes, analizando lo que acababa de pasar y planificando lo que debía ocurrir a partir de ese momento; básicamente los dos que iban sentados en la parte trasera, pues Mendoza bastante tenía con no bostezar más de la cuenta, mantener recta la dirección del vehículo en medio de aquel pedregal bombardeado y no claudicar sin remedio ante el sueño.

El capitán Ferrer se arrebujó un poco más en su abrigo y se frotó las manos con firmeza para empezar a sentírselas de nuevo, parecía haber dejado de correr la sangre por la punta de sus dedos mientras estaba escuchando a Markoff, allá a la intemperie. Por más vueltas que le daba, no era capaz de encontrar una excusa, artimaña o subterfugio convincente para prolongar el engaño y concederle al soviético esas horas que necesitaba. Y tenía que hacerlo rápido, antes de llegar al cuartel general y despachar con Vigón. Porque esa era la clave de todo este asunto, se dijo, esbozando una mueca de contrariedad: estirar el tiempo. La clave fundamental una vez todo se hubiera descubierto, como estaba convencido que ocurriría más pronto que tarde. Como quizás hubiese ocurrido ya. Una maldita clave para la que él no tenía solución, volvieron a cercarlo las dudas sobre su competencia.

También le preocupaba la otra variable que escapaba a su control. Y es que, aunque él consiguiera convencer a sus mandos para no reiniciar las hostilidades —lo cual se le antojaba harto difícil—, Ferrer estaba seguro de que Markoff no podría engañar a los suyos; no solo para mantener el alto el fuego sino, sobre todo, para hacerse con los documentos y la información más sensible que debía entregarle a cambio de su seguridad.

El atribulado capitán no podía ni imaginarlo, pero al menos una de esas dos preocupaciones se la iba a mitigar, si no a resolver de inmediato, su compañero de asiento. En esos momentos, el teniente Mendoza circulaba por una zona muy bacheada y el excesivo traqueteo del coche tuvo la virtud de devolverlo a la inmediata realidad en la que se veía inmerso. Así que, para no volver a caer en la espiral de sus muchas dudas y aligerar un tanto el pesado trayecto de vuelta, le preguntó a Keller:

—Oye, Kurt, ¿y cuál es esa idea que dices que se te ha ocurrido?

—Pues, verás: el comisario Casares y yo hemos estado pensando —comenzó el *obersturmführer* mintiendo con descaro— que, como la situación es ya tan anómala en todos los sentidos, quizás sería interesante que algún organismo internacional interviniese en el proceso de negociación que pudiera abrirse a partir de ahora.

—Un organismo internacional —repitió Ferrer las palabras de Keller en un tono inequívocamente incrédulo. Le faltó enarcar las cejas, burlón.

—Sí, por ejemplo, la Cruz Roja, que opera en ambas zonas y conoce bien el frente. Tampoco estoy diciendo que debamos ir a Ginebra a la Sociedad de Naciones —replicó, molesto, Keller.

—¿E intervenir, en qué sentido? —preguntó el capitán aún con cierta displicencia.

—Pues verificando el intercambio de presos, heridos o los posibles acuerdos para mezclar unidades. Aspectos todos ellos que ya han sido contemplados por ti y por el teniente coronel Markoff en las dos primeras reuniones —le contestó Keller.

—¡Ajá! —exclamó Ferrer, toda su atención centrada ya en las palabras del *obersturmführer*, intuyendo de inmediato que en lo que empezaba a contarle el alemán podría encontrarse la solución a su problema.

—Eso daría mayor legitimidad a un posible acuerdo entre ambos bandos. Digamos un acuerdo de paz mucho más amplio —explicó Keller, empezando a tallar una sólida argumentación a su plan para dilatar los hechos.

—¿Y, además? Porque, conociéndote como te conozco, algo habrás pensado al respecto. ¿O me equivoco? —lo animó Ferrer a proseguir con el boceto del mismo y a vislumbrar los inicios del suyo propio para conseguir su propósito. El suyo y el de Markoff, se corrigió mentalmente, intentando reprimir una sonrisa de satisfacción.

—Pues te confieso que no tengo una idea concreta o determinada sobre el particular —fabricó una verdad a medias el *obersturmführer*, pues telefonear a don Hermógenes Castán a Zaragoza era lo primero que pensaba hacer en cuanto se restablecieran las comunicaciones. También debería informar a Berlín sobre el posible atentado, apuntó mentalmente—. Por eso quería hablarlo contigo: por si se te ocurría algo antes de proponerle la idea a Vigón. ¿Qué me dices?

—Parece interesante. Pero también muy complicado de llevar a cabo, dada la premura de tiempo —jugó a dos barajas Ferrer, aunque le costaba embridar su entusiasmo con la perspectiva que Keller acababa de abrirle.

—Depende, Eduardo, eso depende.

—Muchos condicionales son esos, Kurt. Ni tú mismo lo ves claro. Y a Vigón hay que llevarle los deberes hechos —enfrió el ambiente Ferrer con un deje de suficiencia, lo cual irritó aún más a Keller—. Aunque estoy seguro de que el general, que en el fondo piensa como tú respecto a todo este asunto, también querrá ganar tiempo antes de tomar una decisión u otra. O de contarle toda esta historia al Caudillo —concedió el capitán.

—Un poco de tiempo es lo que todos necesitamos —templó el SS *obersturmführer*.

Ferrer volvió a pensar «¡no lo sabes tú bien!», pero no fue eso lo que dijo, sino:

—Unos más que otros —enigmático e irónico esta vez el capitán, pero en absoluto se refería a su interlocutor, claro; cada vez más desconcertado Keller, por cierto.

—Quizás los contactos necesarios para conformar las delegaciones de cada bando puedan llevarnos unas horas, eso es verdad; sobre todo si los rojos se empeñan en mandar gente desde Barcelona. Pero más tiempo perderíamos si, una vez firmado un hipotético alto el fuego, tuviésemos que contactar y convencer uno a uno a todos los países con intereses en esta guerra. Intereses militares o políticos. Eso nos llevaría días, Eduardo. O semanas.

—No lo discuto. Además, por mí no te preocupes, Kurt; no tienes que convencerme de nada —le aseguró Ferrer simulando indiferencia y hastío en la voz, pero a punto de dar saltos de alegría dentro del automóvil—. En cuanto lleguemos al Estado Mayor se lo decimos a Vigón. Así que, acelera Martín, que se nos acumula el trabajo y tenemos que espabilar —le ordenó a su amigo y se retrepó en el mullido asiento, a saborear por anticipado los acontecimientos que estaban por venir.

En apenas unos minutos, a la salida de una suave curva, el edificio del cuartel general se dibujó ante ellos velado por la neblina. Mendoza dirigió el coche hacia la entrada principal y redujo la velocidad, aparcando en paralelo a la escalinata de acceso. Allí los esperaba el general Vigón desde hacía varios minutos. Tenso y firme se le veía, flanqueado por varios colaboradores y un oficial de la Legión, que impartía órdenes a varios soldados y a un cabo que pertrechaban rápidamente una tanqueta semiblindada. Vigón era de por sí un hombre adusto, sobrio y poco dado a la emotividad, pero el rictus en exceso pétreo del general, impenetrable máscara de seriedad, puso sobre aviso a Ferrer. Algo no iba bien. ¿O quizás sí?

O, tal vez, las cosas empezaban a ir como realmente tenían que ir. Solo eso.

Sin apenas darles tiempo a que se apearan del vehículo, Vigón descendió un par de peldaños y los encaró:

—¡Es una trampa, Ferrer, una maldita trampa! Como sospechábamos.

—Lo sé, mi general —fue la respuesta de Ferrer. Seco y cortante, como el vodka de los Urales. Vigón se quedó estupefacto, demudado, por completo perdida la capacidad de reacción. Keller fue más rápido; es lo que tiene vivir en permanente estado de sospecha contra todo el mundo.

—¿¡Lo sabes!? ¿¡Cómo que «lo sabes»!? ¿Y cuándo pensabas decírmelo, Eduardo, ¡a ver, cuándo pensabas contármelo!? —se encolerizó el teniente de las SS.

—Pues, como todo en esta vida, Kurt: a su debido tiempo. Por ejemplo, *ahora* —contestó con absoluta calma Ferrer, deleitándose en cada sílaba de la palabra. Ahora. En efecto, ahora era él quien dirigía la orquesta. El *obersturmführer* lo fulminó con una mirada cargada de odio. Así que esa era la razón de tanta displicencia durante la conversación en el coche; si algo lo sacaba de sus casillas era que se rieran de él, que lo tomaran por imbécil.

Justo en medio de los dos, cargado con varias carpetas y legajos, Mendoza miró a su amigo sin saber muy bien qué pensar. Pero ya había aprendido que, en estos casos, lo mejor es no pensar, guardar silencio y dejar que el río siga fluyendo según su curso.

¿¡Cómo que lo sabe, capitán!? —verbalizó finalmente Vigón su perplejidad—. ¡Si nosotros acabamos de tener noticia! Hace veinte minutos recibimos un cablegrama urgente de Londres en el que Alba nos confirma que, al parecer, el pánico en los Estados Unidos lo ha generado un simple programa de radio, un teatrillo radiofónico basado en una novela fantástica, *La guerra de los mundos*, una broma de un completo gilipollas, un tal Orson Welles —leyó Vigón el título de la obra y el nombre del director en la nota que aún sostenía en su mano—. Hemos intentado comunicárselo a través de la radio del coche, pero al no obtener contestación por su parte creímos que los habían apresado a los tres. O algo peor. Por eso estos legionarios estaban a punto de salir a buscarlos —les explicó Vigón, señalando con la vista la tanqueta del tercio.

Pero era lógico que no hubiesen obtenido respuesta alguna a esas llamadas de aviso, pues mientras Vigón intentaba contactar con sus hombres, estos se encontraban fueran del vehículo, los tres, cada cual celebrando su particular encuentro con su interlocutor republicano o profundamente dormido junto al coche, en el caso de Mendoza. Posteriormente, durante el camino de regreso, no se produjeron más llamadas; en parte porque Vigón intuía que todos estaban ya muertos o camino de una cheka, en parte porque comenzaron los frenéticos preparativos para ir a buscarlos.

—Pues ya ve que no ha ocurrido nada, mi general. Y así tendrán que continuar las cosas: como si no hubiera ocurrido nada y España, en efecto, estuviese a punto de ser invadida por fuerzas armadas de origen extraterrestre, ¿me entiende? —aseveró, rotundo, el capitán Ferrer siguiendo las instrucciones de Markoff.

Mendoza lo miró de hito en hito, sin saber a qué atenerse, pero le dieron ganas de zarandearlo y pedirle explicaciones. Por ejemplo, sobre el papel de su amigo Henderson en todo este juego, de quien ya empezaba a dudar. O sobre el suyo propio; vil marioneta manejada por demasiados hilos trucados. En realidad, el pobre Martín no sabía nada de nada, por eso tenía ganas de matar a tanta gente. A Keller le pasaba lo mismo. De hecho, poco le faltaba para desenfundar la Luger y apiolar allí mismo al capitán. Allí, a la vista de todos, para que supieran quién mandaba de verdad.

—Pues lo cierto es que no. No lo entiendo en absoluto —respondió, agrio, el jefe de los espías franquistas—. Será mejor que entremos en mi despacho. Allí estaremos más tranquilos y me explicará todo lo que tenga que explicarme, capitán. Usted, *herr* Keller, venga con nosotros. Y usted, teniente Mendoza, acompañe al coronel Altozano a la Segunda Sección y ayúdele en lo que él necesite —resolvió Vigón, dando media vuelta y enfilando el interior del edificio.

Martín le entregó al coronel las carpetas que portaba y volvió al coche para recoger varios cartapacios y mapas que aún quedaban en el asiento del copiloto. Instalados en un embarazoso silencio, los dos se dirigieron hacia la pequeña sala que ocupaban los servicios de inteligencia.

—¡*Cosas veredes*!, nos dijo el clásico —quiso Altozano mitigar la inquietud del joven teniente y la opresión que le causaban aquellos pasillos largos y mal iluminados.

—¡*Cosas veredes*, mi coronel; *cosas veredes* que harán temblar las paredes! —contemporizó Mendoza con cara de circunstancias; aunque él daría la misma vida en estos momentos no por ver, sino por oír lo que Ferrer empezaba a contarle a su superior en el despacho por cuya puerta pasaban en ese instante.

—Así que, como usted bien dice, mi general, se trata de una trampa, en efecto. Pero nosotros no somos la presa, según palabras textuales de Markoff. De ahí que todo deba continuar como si nada hubiera ocurrido, el frente en calma, como si aún nos creyéramos la hipotética invasión; pues si reiniciamos los ataques, los rojos sospecharán que sabemos la verdad —concluyó Ferrer el minucioso relato de los hechos que acababa de desgranar ante su superior—. Y dado que necesitamos prolongar el engaño durante varias horas, no se me ocurre mejor manera de hacerlo que con el plan del teniente Keller —quiso Ferrer darle toda la importancia y el protagonismo al *obersturmführer* en la resolución final del operativo.

Intentaba así suavizar la tensión que se respiró en ciertos compases del encuentro, pues en varias ocasiones Keller lanzó reproches nada velados a Ferrer y a Vigón sobre lo ocurrido en las últimas horas, insinuando que ambos pretendían mantenerlo al margen, y que por eso nunca le informaban con el tiempo necesario de los pormenores de la misión. Estaba demasiado contrariado y se le notaba pendenciero y retador. Tanta insolencia pudo con Vigón, quien hubo de levantar la voz para repetirle al teniente de las SS que Berlín también le envió un cable urgente a su despacho en cuanto supieron lo ocurrido; pero que desde el Estado Mayor no pudieron comunicárselo porque en esos momentos se encontraba en medio del campo planeando gilipolleces con el enemigo, por expreso deseo suyo en acudir a esa cita, por si no lo recordaba. Keller hubo de atemperar ánimos, tragar bilis y calmarse. «Sería lo mejor», se dijo, lo mejor para todos, dado que empezaba a quedar claro que el engaño diseñado por Markoff no atentaba contra los intereses del Reich. Al menos aparentemente. Al menos mientras él pudiese evitarlo poniéndose en contacto con el alto mando del SD Berlín, se dijo también mientras aguardaba expectante la respuesta de Vigón.

Tras escuchar a Ferrer, el general en jefe asintió y emitió un leve sonido gutural, rompiendo así el hieratismo de altorrelieve egipcio en que se había sumido tras amonestar a Keller. Levantó una pequeña copa de coñac que tenía delante y le dio un sorbito, paladeando calmosamente el licor, como si se estuviera enjuagando los dientes, antes de decir:

—A mí todo eso me parece muy bien, capitán. Pero Markoff es de la escuela de Orlov, pura Lubianka, no lo olvidemos. Así que, manténgase en guardia y oblíguele a ir suministrándonos, al menos, una parte de esa información tan valiosa que dice poseer. Siempre es bueno comprobar la calidad del producto antes de comprarlo, ¿no dicen eso? Si quiere protección y posterior inmunidad, que demuestre que la merece —recalcó Vigón—. Porque, a ver, ¿qué garantías tenemos, en realidad, de que ese ruso quiera cambiar de bando o de que esa información que dice poseer sea cierta y no se trate de otro ardid para retrasar nuestros ataques a sus líneas?

—¿Le parece poca garantía la operación que ha puesto en marcha? En cualquier caso, responde con su vida —respondió Ferrer.

—¿Y qué clase de aval es ese en medio de una guerra, dígame, capitán? —lo interpeló, escéptico, el general en jefe.

—Quizás la vida propia ya no tenga ningún valor aquí, tiene usted razón. Pero, aunque Markoff no me lo haya dicho directamente, sospecho que las vidas que están en juego son otras, mi general. Las de una familia entera, que podrían ser ejecutados de inmediato en Moscú o allá donde se encuentren escondidos en este momento, si uno no los protege y actúa. Desde ese punto de vista, tal vez debamos darle un cierto crédito a esta nueva fase de la operación. Merece la pena intentarlo, señor. Merece la pena porque es mucho lo que podemos conseguir.

—Toda la información sobre agentes, saboteadores e infiltrados rojos en las dos zonas. La red completa del servicio secreto republicano —se relamió el general al mando de la inteligencia nacional—. Además de los planos de localización y situación de tropas y armas del ejército popular actualmente operativas —repitió, o más bien musitó, saboreando por anticipado el triunfo que un éxito de tamaño calibre podría proporcionarle. Caza mayor, una auténtica pieza de caza mayor se le había puesto a tiro. De ahí que, mirando alternativamente a Keller y a Ferrer dijese para finiquitar la reunión—: Está bien, capitán. Como si nada hubiera ocurrido. Usted haga esa llamada cuanto antes. Supongo que el ruso estará ya algo más que nervioso y, la verdad, no me gustaría que los rojos descubrieran el pastel por nuestra indecisión. Y usted, *herr* Keller, llame a Zaragoza y dígale al máximo responsable de Cruz Roja en la región que estén preparados y dispuestos para salir de inmediato hacia el frente. Solo eso. Si todo marcha como hemos previsto podrían ustedes encontrarse con ellos a la altura de Caspe, aproximadamente.

Si todo sale según lo previsto, se quedó pensando Vigón en la soledad de su despacho cuando Keller y Ferrer se encaminaron a cumplir sus cometidos, imposible desembarazarse de tantos *tal vez*, tantos *quizás*, demasiados *ojalás*.

Todo el pastel quizás no, pero el teniente coronel Enrique Líster era buen *gourmet* y tenía fino olfato para la cocina. Por eso empezó a olerse algo extraño en todo este asunto, aunque aún no pudiera identificar si el tufo a podrido emanaba del relleno venenoso de la tarta que tenían encima de la mesa o del merengue ornamental del dulce, que también estaba en mal estado. De ahí que, en el mismo instante en que se estaba desarrollando la conversación anterior, pero en el túnel de tren abandonado que hacía las veces de Estado Mayor republicano, nada más ver aparecer a Markoff tras su segundo encuentro con los nacionales, se le quedase mirando, desafiante y con los brazos en jarra, adelantándose un paso a Modesto, que asistía a la escena con su habitual gesto desabrido, y le espetara:

—A ver, camarada Pablo, explícame bien clarito por qué los muchachos de mi Segunda Sección se han puesto tan nerviosos al contarme que, en estos momentos, tras haber interceptado algunas conversaciones cifradas con origen en la embajada norteamericana en París, nuestros radioescuchas no puedan asegurarnos que la amenaza de invasión extraterrestre sea completamente cierta. ¿Qué cojones significa todo esto? Pero piensa bien lo que vas a contarnos, ¿eh, ruso? Dale vueltas al cerebro, porque si no me convences a lo mejor te lo vuelo antes de que abras la boca —y desenfundó sin dejar de apuntarle con sus ojos de cólera.

—Significa que los radioescuchas tienen razón —le respondió Markoff con naturalidad, casi sonriendo.

—¡Ay, ruso, yo no creí que esto fuese a terminar así! —se condolió de él por anticipado Líster, amartillando el arma y apuntándole a la cabeza. El primer disparo sería por el ridículo que les había hecho pasar, se dijo el teniente coronel, y los demás por la traición.

—Significa que todo es mentira, es cierto —volvió a reconocer con tranquilidad—, pero tenemos que seguir actuando como si fuera verdad, pues los fascistas deben seguir creyendo que nada sabemos y que los planes siguen adelante —casi calcaba Markoff las palabras de Ferrer en el Estado Mayor enemigo.

—Pero ¿qué estás diciendo, por Dios? ¡Que les has enseñado planos y coordenadas con nuestras posiciones, coño, que nos van a fundir a cañonazos! —se encolerizó Líster, a punto de apretar el gatillo.

—¡Un momento, Líster, un momento, hazme el favor! Vamos a calmarnos —refrenó la situación Modesto. Él conocía de primera mano la valía profesional de Markoff. Era un tipo que siempre hacía las cosas con una finalidad concreta, muy meditada. Le resultaba imposible creer que ahora, de buenas a primeras, hubiera cambiado su forma de proceder. Y mucho menos que lo reconociera sin ambages ante ambos, sonriendo con absoluto desparpajo. No. Alguna buena razón debería tener para obrar con semejante temeridad. De ahí que, intentando no parecer demasiado brusco, instase de nuevo a Líster—: A ver, Enrique, deja que Markoff se explique.

Procuró aparentar cierto dominio de la situación, pero le dieron ganas incluso de orinarse encima. Estaba ante el primer momento verdaderamente crucial de su bien trazado plan, fue consciente Markoff. Se quedó mirando unos instantes a los dos mandos supremos del ejército del Ebro, sin decir nada. Con aquellos dos hombres tan poco dotados para la sutileza, supo que de la claridad de sus argumentos y de la convicción con que los expusiera dependía no ya su vida —variable que empezaba a dar por perdida— sino, sobre todo, el éxito de la trabajosa operación que se traía entre manos. Una brillante partida que se jugaba en un tablero muy lejano y de la que, en el fondo, él no era sino una pieza más del engranaje. Por ello, y por las altas implicaciones políticas que dicha operación conllevaba, quiso dejar las cosas claras desde el principio, así que comenzó diciendo:

—Sí, es cierto que se los he enseñado. Y ellos a mí los suyos. Pero, créeme, Líster, todos sabíamos qué planos nos estábamos enseñando y cuáles otros no podíamos mostrarle aún al enemigo. Tranquilízate, hombre; que yo también llevo mucha guerra —puntualizó el ruso—. Por lo demás, esta operación es una gran mentira con la que los servicios secretos soviéticos pretendemos ganar tiempo, todo el tiempo que podamos conseguir, para salvar de una vez por todas a la República española. Por ello debemos hacerles creer a los fascistas que todo sigue igual, no romper las hostilidades en el frente bajo ningún concepto y que el alto el fuego se prolongue cuanto más, mejor.

—No cuela, Markoff. Y desde donde está Líster no hace falta puntería. Ni buena ni mala —le amenazó Modesto. Imperceptiblemente, el soviético intentó tragar saliva. No la encontró. No tenía. Por eso se le rasgó la voz y carraspeó antes de proseguir:

—Si descubrimos nuestras cartas, los fascistas volverán al ataque y, francamente, ya no tenemos ninguna posibilidad.

Una nueva contraofensiva como la de ayer y podemos despedirnos, eso lo saben ustedes dos mejor que yo. Cuestión de horas. Cada vez nos queda menos tiempo y la maldita guerra en Europa no acaba de estallar. Y eso es lo único que, a día de hoy, puede salvarnos; así que habrá que hacer todo lo posible, y lo imposible, para que estalle de una vez —prosiguió Markoff y Modesto asintió. Dolido, pero asintió.

—Llevamos año y medio intentando que estalle y no hay manera, ¿por qué va a ser precisamente esta madrugada? —terció Líster, que seguía pistola en mano.

—Esta madrugada quizás no, de acuerdo. Pero a lo largo del día que acaba de comenzar tal vez sí. A media tarde o primeras horas de la noche, fiándolo muy largo —estiró plazos cuanto pudo Markoff—. Ese es el tiempo que debemos mantener el engaño. Unas cuantas horas más. Luego todo será mucho más fácil y los fascistas no podrán hacer nada cuando descubran la verdad —les aseguró el soviético y se quedó callado.

—Y por qué va a ser precisamente esta tarde o esta noche, camarada Pablo. ¿Por qué? —terco Líster, le quemaba el gatillo.

—Por mi propia seguridad personal y por desconocimiento de los detalles concretos de la operación, tal vez no deba decir más —se la jugó Markoff.

—¡Ah, sí; pues tú verás! —repuso Líster.

Y como un cañón apuntándote entre ceja y ceja y un tipo irascible empuñando el arma animan a la locuacidad, Markoff comprendió que sería mucho mejor seguir hablando y desvelar sin más dilación el objetivo último del plan en el que se encontraba inmerso. El objetivo último que sus dilectos tenientes coroneles debían conocer, por supuesto. Esta vez sí que, por su propia seguridad personal, no hacía falta insistir.

—El NKDV ha tenido conocimiento de que entre hoy y mañana, 1 de noviembre, se producirá una visita relámpago de un alto dirigente alemán a la zona de los Sudetes checos para celebrar la anexión de esos territorios al III Reich que tuvo lugar el pasado día 10 de octubre. Posiblemente será a Karlovy Vary o a Teplice. Dicha visita concluirá en Praga, donde se firmará un tratado de no agresión que garantice la estabilidad de la nueva frontera. Aunque aún no hemos podido confirmar su identidad, todo hace indicar que ese mandatario será uno de los jefes supremos de las SS, Reinhard Heydrich o Heinrich Himmler, sin descartar que pudiera tratarse incluso del mismísimo Adolf Hitler para darse un baño de multitudes. Comparando esta visita con la de anteriores jefes de estado a la capital checa, nuestros hombres en Praga han elaborado un más que probable itinerario por los principales lugares de la ciudad. Con ayuda de varios miembros del partido comunista checo, y durante el intervalo de tiempo que les he descrito, se producirá un atentado con bomba contra ese miembro del Gobierno alemán. No sé nada más al respecto, como ustedes comprenderán. En cualquier caso, esperamos que la reacción de Berlín haga el resto. Es la vieja táctica de Sarajevo en 1914. Vieja, pero efectiva. Eso es lo que no podía contarles, señores —se justificó Markoff—. Y no les hubiera contado jamás si Líster no me hubiera mirado como lo ha hecho al apuntarme. Y ahora, ¿quieren ustedes saber algo más? —los conminó Markoff tras esbozar a grandes rasgos una operación de la que, en efecto, parecía depender la supervivencia de la República.

Resistir. Resistir cuanto fuera posible era la consigna que les repetía el doctor Negrín en cada alocución. Pues bien, de eso se trataba, de resistir por todos los medios. Solo unas horas más, aunque fueran las horas más largas e inciertas de toda la guerra, pendiendo la victoria final de una gran mentira a varias bandas.

—Estás jugando con fuego, Markoff, no sé si eres consciente —receló Modesto, que tampoco olvidaba la escuela donde el camarada Pablo aprendió sus primeras letras. Máxime teniendo en cuenta que, en realidad, los mandos militares del ejército popular nunca habían tenido bajo su control a los servicios secretos soviéticos. Por no decir que, la mayoría de las veces, ni siquiera estaban al tanto de sus operaciones. Eso enervaba a Modesto. De ahí que, para empezar a revertir mínimamente la situación, y antes de adoptar cualquier medida de la que después pudiera arrepentirse, dispusiera—: Habrá que ver si es verdad eso que dices.

—Qué mejor sitio que este —señaló Markoff con la vista la amalgama de cables y conexiones que unían el Estado Mayor con los diferentes puntos de combate. Ninguno emitía señal.

—Prefiero comprobarlo en persona —repuso Modesto—. No me fío de los cables con tanto problema radioeléctrico como dices que hay, o con tanta bajada de tensión. Igual no pueden ni conectar con nosotros desde muchos sitios. Salgamos de este agujero. A ver qué nos cuentan los muchachos de la Segunda Sección. ¡Venga, Markoff! Y no hagas movimientos raros, que Enrique todavía no ha enfundado la pistola —lo amenazó abiertamente, al tiempo que indicaba a Líster con la mirada que caminase detrás del soviético, lo más juntos posible, sin dejar de apuntarle discretamente con el arma a los riñones.

—Como tú quieras, Modesto. Pero todo estará en orden. Los fascistas no atacarán mientras nosotros no hagamos movimientos en falso —le adelantó Markoff con la soltura y seguridad que otorga ser el dominador del tempo de los acontecimientos. Aunque en su fuero interno sabía que muchos flecos de esta operación pendían aún del capricho del destino, quizás el único parámetro que no le enseñaron a controlar en aquel oscuro y hermético edificio de la Lubianka en Moscú.

—Ojalá sea como dices —deseó Modesto abriendo la puerta y disponiéndose a salir.

—Más te vale que la cosa esté en calma —le dio un empellón Líster en la cintura con el cañón de la pistola, conminándolo a seguir los pasos de Modesto, que ya se dirigía presuroso hacia las faldas de una ladera cercana, en la cual, aprovechando una pequeña cueva, habían instalado las precarias dependencias de su servicio de inteligencia y escuchas.

La primera pequeña victoria la obtuvo Markoff nada más abandonar el túnel que guarecía el Estado Mayor y encarar las primeras luces del alba, pues, al salir al exterior, no se oyeron explosiones ni ataques lejanos de artillería. En silencio y en ordenada y colegial fila los tres se dirigieron hacia la gruta donde se cobijaba la Segunda Sección, unos trescientos metros les quedaban. Atravesaron los barracones portátiles destinados a soldados y suboficiales y, al llegar, Modesto hizo una señal con la mano a Markoff para que aguardase; no le gustó en absoluto al ruso quedarse a solas con Líster y con la punzada que sentía en su espalda. Modesto se internó en el corredor de la covacha y llegó a un habitáculo horadado en la piedra que hacía las veces de despacho central. Asomó la cabeza ante el asombro de un alférez y tres agentes que se afanaban en controlar varias posiciones en riesgo de caer en la zona de Cavalls y la sierra de Pàndols. Los miró muy fijamente durante unos segundos sin decirles absolutamente nada y luego, para mayor sorpresa de estos, tal como apareció se dio media vuelta y volvió a salir. Líster y Markoff permanecían tensos y expectantes, el rictus del soviético tan contraído que a Modesto le pareció una figura irreal, de cartón. Aún se quedó otro buen rato en silencio, antes de anunciarles:

—Calma absoluta en el frente. Los fascistas están a verlas venir.

—Te lo he dicho, Modesto —reafirmó su seguridad Markoff, pero el casi indetectable suspiro de alivio que estalló en el interior de su corazón era la evidente prueba de su nerviosismo.

Eso y que volvía a tener la boca seca y la garganta áspera; no sabía Markoff, hasta este preciso instante, si Ferrer había mordido el anzuelo y estaba haciendo lo que él esperaba que hiciera. Cabía la posibilidad de que el capitán no se hubiera creído ni una palabra de cuanto le contó y los franquistas estuvieran iniciando ya un nuevo y brutal ataque. Entonces él habría muerto en su cuartel general, a manos de sus propios superiores y unas horas antes de contemplar el éxito de la operación secreta más ambiciosa de toda la guerra. ¡Qué absurdo sería! Pero ahora se tranquilizó. Modesto le acababa de confirmar que todo marchaba conforme a lo esperado. El ejército nacional permanecía inactivo, luego había conseguido convencer por completo a Ferrer, quien, ante la oportunidad que ese veleidoso y zascandil destino le ponía delante, se comportaba según lo previsto. «¡Ah, el juguetón destino!», se dijo Markoff con delectación. Qué pena que aún no hubiera un manual para manipularlo, apuntó una sonrisa el soviético, quizás empezando a redactar las primeras líneas en su mente.

—Deja de colgarte medallas que esta vez el que ha estado a punto de ser colgado eres tú —le espetó, hosco, Modesto—. Venga, vamos a la *oficina*, que ya nos has hecho perder demasiado tiempo, Markoff —les instó a regresar cuanto antes al Estado Mayor, desandando el camino.

—¡Joder, Pablo, yo no me quiero meter en tus historias, pero podías tener un poco más de confianza en nosotros, coño! ¡Al fin y al cabo, somos tus jefes! —le reprochó airadamente Líster enfundando el arma, no le perdonaba que le hubiera hecho quedar como el hazmerreír de Modesto con los muy crédulos comentarios que vertió sobre los extraterrestres mientras escuchaban la grabación.

—En absoluto desconfiaba de ustedes dos, mis tenientes coroneles, sino de Jeffrey Henderson, el cabo traductor —replicó Markoff.

—¡¡Pero si fuiste tú quien lo llamó!! —remarcó la contradicción Modesto, alzando la voz.

—Sí, porque además de hablar inglés, el cabo era el enlace más creíble para los franquistas. Sobre todo si, como esperábamos en el NKDV, el mando nacional enviaba como traductor al teniente Mendoza. En realidad, tampoco tenían mucho donde elegir —se burló Markoff—. Por ello, y en tanto en cuanto la operación aún está en marcha, es conveniente que Henderson no sospeche nada del objetivo real de esta misión, que lo desconozca por completo.

—Vamos, que nosotros no tenemos otra cosa que hacer que ir corriendo a contárselo —se burló esta vez Líster, consiguiendo que Modesto sonriera.

—Es más importante de lo que pudiera parecerles, señores, pues me temo que la lealtad que guarda a su amigo Mendoza le haga irse de la lengua si llega a darse cuenta de que, en cuanto los fascistas descubran la verdad, tanto el capitán Ferrer como el teniente Mendoza serán fusilados de inmediato —casi se ufanó de su bien trenzado argumento Markoff.

—¡Por mí como si revientan dentro de un rato! —tronó el vozarrón de Líster.

—Y si crees que el yanqui puede causar problemas, déjalo de nuestra cuenta —terció Modesto en una conversación cada vez más distendida.

Tanto que ninguno de sus protagonistas se dio cuenta de que, mientras volvían a atravesar los barracones de suboficiales camino del Estado Mayor, una puerta se abrió mínimamente, pero volvió a cerrarse de inmediato, no de golpe sino con suavidad, como si quisieran encajarla con milimétrica exactitud en el marco desvencijado y precario. Solo cuando las tres voces se alejaron, la puerta volvió a entreabrirse. Despacio. Muy, muy despacio.

Y solo cuando los tres hombres se internaron de nuevo en el túnel guarida del Estado Mayor, aquella sombra se atrevió a salir. Lo hizo con extrema precaución, con miedo, pues de inmediato supo que era demasiado lo que se jugaba en este envite que a él sobrepasaba de largo. Sabía que arriesgaba la vida porque había identificado perfectamente esas tres voces y había intuido la importancia del asunto.

Pero tenía que hacerlo.

Él también debía lealtad a un buen amigo, un buen y fiel amigo que parecía correr serio peligro de muerte. Incluso un tipo como Markoff comprendería lo que estaba a punto de hacer.

Así que respiró todo lo profundamente que pudo y se dispuso a buscarlo.

* * *

31 DE OCTUBRE DE 1938, FRENTE DEL EBRO.
SIETE MENOS CINCO DE LA MAÑANA

UN PASEO AL AMANECER

MIENTRAS LÍSTER, MODESTO Y MARKOFF SALÍAN Y regresaban al túnel que les servía como cuartel general durante la batalla, el cabo Henderson aparcó el automóvil bajo unas lonetas de camuflaje y se dirigió a la furrielería del cuerpo de guardia adscrito al Estado Mayor. Allí recogió su fusil, la bayoneta y un par de granadas de mano que trajo consigo desde primera línea, toda vez que —en el trayecto de regreso— el camarada Pablo le dijo que él y Ferrer habían decidido que en las sucesivas reuniones que pudieran producirse ya no era necesario mantener la prevención de ir desarmados, pues ambas partes habían acreditado obrar de buena fe y ser dignos de confianza. Así pues, lo primero que haría en cuanto llegasen, se dijo frenando suavemente para atemperar el peralte de una curva, sería recuperar las *herramientas de trabajo*, como las llamaba el sargento Román.

Aunque muchos decían que en medio de una guerra un soldado sin armas es lo más parecido a un hombre desnudo, él no se sentía así cuando no las portaba. No, para Henderson era algo distinto. Y probablemente mucho peor, pues ese dios cruel de la guerra que ya lo había vampirizado sin remedio elevaba su incomodidad y desasosiego en los escasos momentos en que no las tenía en su poder. Él había llegado ya a un punto, se reconoció, en el que cuando no tenía su fusil en la mano no se sentía ridículamente desnudo o desprotegido. No: él se sentía un hombre incompleto.

Conforme guardaba las granadas y comprobaba la munición, esquivó con generalidades y un par de sonrisas de compromiso los comentarios del entrometido furriel sobre la inusual calma que se respiraba en el frente en las últimas horas.

Tras despedirse atropelladamente y dejar amostazado al muchacho —otro pobre diablo de la quinta del biberón, recién llegado desde Reus—, Henderson regresó al coche y se dispuso a sacar los documentos y planos que Markoff había llevado al encuentro con Ferrer y también las muchas carpetas y mapas que este le había suministrado al soviético. Iba a necesitar un par de cajas como mínimo para cargar con aquello, refunfuñó. Estaba acuclillado, ordenando por tamaño los papeles para mejor portarlos sin que se le derramaran de continuo por el camino cuando, intentando protegerse tras la carrocería del vehículo y las sombras de las lonas, una voz le chistó.

Henderson interrumpió la tarea y escrutó la semioscuridad sin identificar del todo al bulto que ahora le hacía repetidas señas para que se acercara a la vez que lo llamaba casi en un susurro:

—Eh, *Guachinnay*, ven p'acá.

—¿¡Mi sargento!? —dudó el americano.

—Sí, soy yo. ¿Quién va a ser, si no? —le confirmó Román, como si no hubiera otro hombre en el universo.

—¿Ya se marcha? ¿Dónde está el húngaro, le ha ocurrido algo? —se interesó Henderson por el fotógrafo que los acompañó hacía unas horas, ahogando también la voz.

—¿¡Qué!? —exclamó Román, perplejo—. ¡Y yo qué sé lo que le ocurre al puto húngaro! Cuando lo dejé hace diez minutos seguía durmiendo como un bebé. Olvídate de él y escúchame bien.

—¿Qué pasa? —se inquietó Henderson.

—Pues pasa que no sé lo que te traes entre manos desde que fui a llamarte a esa mierda del intercambio de tabaco y nos vinimos para acá, pero ándate con ojo, cabo. Ándate con mucho ojo y ten cuidado con el camarada Pablo. No te fíes de ese ruso.

—Pero, mi sargento —intentó intervenir Jeffrey sin saber muy bien en realidad qué iba a argumentar. Ni sobre qué.

—Ese Markoff quiere liquidaros a tu teniente fascista y a ti. No sé lo que le habrás hecho, Henderson, pero va a por ti. Que lo sepas. Lo he oído hace un rato, a punto estaba de salir yo de los barracones —y señaló Román hacia las dependencias de los suboficiales— mientras él se lo iba contando a los tenientes coroneles Líster y Modesto.

—¿¡Qué!? Pero ¿¡Cómo...!? Es que no entiendo nada —no daba crédito Henderson a la advertencia de su sargento y amigo.

—Yo te he dicho lo que he oído, cabo. Ahora, tú, obra en consecuencia. Pero no digas que he sido yo quien te ha puesto sobre aviso, ¿de acuerdo? Eso sí te lo pido por lo que más quieras.

—Ahora precisamente iba a devolverle todo esto a Markoff y a los tenientes coroneles —le explicó a Román sin que este se lo pidiera, mostrándole los documentos.

—Pues te vas a meter en la boca del lobo tú solito, *Guachinnay*. No sé qué decirte, cabo; esto no es un asalto cuerpo a cuerpo a las trincheras. Esto es una historia muy fea y tú sabrás cómo te has metido en ella. Solo te deseo que tengas mucha suerte y seas tú quien acabe con ese mal bicho —se despidió Román de él apretándole con fuerza el brazo.

Luego se encaminó hacia el sidecar, lo arrancó y entre petardeos y estertores del motor se dispuso a volver cuanto antes hacia la primera línea del frente, su hábitat natural en esta guerra que cada vez le costaba más entender. Ni siquiera el estruendo que hizo al meter gas y acelerar junto a los barracones de suboficiales inmutó lo más mínimo al fotógrafo húngaro.

El tío llevaba cuatro o cinco horas durmiendo y seguía roncando como un bendito.

El semblante de Henderson reflejaba como un espejo el estado en que estaba sumido: un total desconcierto. Sobrepasado por la situación y por las palabras del sargento Román, se quedó paralizado unos instantes, casi sin pestañear, sin capacidad de análisis o de prefigurar un plan de actuación inmediata.

Al cabo, resolvió que lo mejor sería aparentar normalidad, que nadie sospechase que ya sabía, y por supuesto, actuar con extrema prudencia. Decidió, pues, que debía encontrarse con Markoff, tal como tenía previsto. Pero con cautela. Con extrema cautela. Por ello, volvió a dejar en el vehículo la mayor parte de las carpetas —no debía tener las dos manos ocupadas en ningún momento—, seleccionó algunas de las más livianas —para justificar su presencia en la oficina de mando—, comprobó de nuevo, manía de combatiente, la munición y le quitó el seguro al fusil.

Se internó en el túnel tan pegado a la pared como sus huesos le permitían, intentando diluirse en la oscuridad reinante. A diez o quince metros de la oficina central de mando pudo observar una rendija de luz procedente del interior. Al parecer, Líster, Modesto y Markoff no habían cerrado por completo la puerta tras regresar de la Segunda Sección. Debido a la buena acústica del lugar, Henderson podía escuchar sus voces con relativa claridad, pero en modo alguno el contenido concreto de la conversación.

Se acercó con sigilo hasta prácticamente el umbral de la puerta y aguzó el oído cuanto pudo, con una concentración de médium paranormal. Ahora sí, ahora podía discernir los sonidos y entonaciones, las complicidades y sobreentendidos con total nitidez. Y se dio cuenta, claro. Se dio perfecta cuenta de que el sargento Román tenía razón.

—¡Joder, Pablo, si lo que más me irrita es el teatro que nos hiciste pasar! —exclamó Líster.

—Y les pido perdón cuantas veces haga falta, mis tenientes coroneles —se disculpó Markoff—. Pero el hecho de escenificar la traducción delante de los dos jefes superiores del ejército del Ebro reforzaba la credibilidad del operativo, y que ustedes dos ignorasen cuanto ocurría resultaba fundamental para el éxito del mismo. Y para que Henderson no sospechase, obviamente —remachó Markoff y el americano contuvo la respiración un poco más si cabe.

—¿Y, respecto a ese operativo, debemos saber algo más? Te pregunto yo ahora, Markoff —lo interpeló Modesto.

—Básicamente les he contado lo fundamental. Ahora debemos esperar a la próxima reunión que he concertado con el capitán Ferrer. Estoy a la espera de su llamada, como les he dicho. Si todo va bien, conseguiré otras dos o tres horas de prórroga. De eso se trata, de dilatar el tiempo. Y antes de reunirnos una cuarta vez, lo cual resultará casi imposible puesto que a esas alturas quizás ya sospechen algo, espero recibir otra llamada, pero desde Praga o desde Moscú. Y entonces todo habrá acabado, señores. Habrá acabado muy bien para nosotros y francamente mal para el capitán Ferrer, el teniente Mendoza y ese estirado alemán que se han traído a la segunda reunión. Pero así es la vida —se encogió de hombros Markoff, dando a entender que no fue él quien estableció las reglas de la jungla.

Inmóvil y en completo estado de alerta, Henderson no supo si le sobrevino un mareo por la tensión mental que soportaba o si de repente comenzó a caer por la sima pegajosa que las palabras de Markoff acababan de abrir bajo sus pies y su cerebro. Tuvo náuseas y hubo de reprimir un par de arcadas vencido por la impotencia y la rabia de saber que a su amigo lo acababan de condenar a muerte y que él, pobre iluso, no podía hacer gran cosa por salvarlo del paredón. Ni siquiera tendría oportunidad de darle explicaciones a *Martin*, como efectivamente se maliciaba Markoff que Henderson hubiera hecho de saber la verdad; de suplicarle que lo perdonara, de hacerle ver que él también había sido un triste y desmadejado guiñol en esta ridícula farsa. Maldijo mil veces los mil demonios de la guerra, y por primera vez desde que pisara suelo español quiso estar muy lejos de este país. Muy lejos. En París, en Central Park, o en otro mundo si le dieran a elegir. Incluso en el ficticio e inexistente mundo de esos marcianos que, de repente, ya no suponían ninguna amenaza ni pretendían invadir la Tierra.

Rápidamente hubo de abandonar ese limbo interestelar de confusión y aturdimiento pues, a tenor de las últimas palabras que pudo escucharle a Markoff, parecía obvio que los tres hombres empezaban a dar por finalizada la conversación y se disponían a proseguir con sus tareas. Henderson se rehízo y se apresuró a salir del túnel, apretando el paso camino del coche. Allí se dispuso a aguardar, difuminado esta vez por el ajetreo que a esas horas ya latía en el Estado Mayor republicano. No tuvo que esperar mucho, en efecto. Al poco, Markoff salió de la bocana del túnel, pero en lugar de dirigirse al barracón de jefes y oficiales, solo fuera para asearse mínimamente, comer un bocado o descansar, lo hizo al de suboficiales. Henderson dudó. Sería mejor a solas, se dijo, acordándose del húngaro que allí dormitaba, pero uno no decide las circunstancias. Y si se veía obligado a hacerlo sin demasiado ruido, para eso llevaba siempre afilada la bayoneta que también acababa de recoger.

Desde donde estaba —parapetado tras la carrocería y vigilando a través de los cristales de las ventanillas— observó cómo Markoff cerró la puerta del barracón tras haberse asegurado varias veces de que nadie había reparado en él, mirando ostensiblemente a un lado y a otro mientras caminaba. Henderson dejó transcurrir unos segundos, los suficientes para que, dentro, el ruso empezara a sentirse seguro; escondió su fusil bajo el asiento trasero del automóvil; enfiló a grandes zancadas el barracón y abrió la puerta con sigilo, muy despacio, pulseando el chirriante picaporte como si fuera el seguro de una granada a punto de estallar.

Cuando Markoff quiso darse cuenta, Henderson se encontraba ya a una distancia, en efecto, de cuchillo, de ágil y afilado movimiento mortal. Imposible la más mínima reacción. En realidad, ninguno de los dos pudo reaccionar, porque si a Pavel Markoff le sorprendió la rapidez inusitada con que Henderson lo encaró y empujó contra la pared, dándole un golpe contra la misma que le abrió una brecha en la parte trasera del cráneo, el brigadista también fue presa del estupor cuando comprobó qué demonios se le había perdido al jefe de los servicios secretos soviéticos en aquel mugriento barracón de suboficiales en medio de la batalla del Ebro.

Aunque había una diferencia.

A Henderson quizás le costase trabajo reaccionar, atar cabos, recomponer todas las piezas que bullían en su mente tras las últimas horas vividas, es cierto. Pero al fin y al cabo comprendió. Lo comprendió todo perfectamente. ¡Qué mal bicho el camarada Pablo, en efecto; qué gran mentiroso!

Así que quien estaba contra las cuerdas era Markoff. Atrapado entre sutiles cuerdas y una bayoneta afilada. Poética manera de decir que, en realidad, en donde el agente soviético se encontraba en esos momentos era entre la espada y la pared.

Transcurrieron unos segundos densos, pesados, eternos, parecía que los dos años y pico de guerra transcurridos cabían en ese corto lapso de tiempo. Bayoneta en mano, Henderson le había cortado la salida y lo miraba desafiante, en guardia, con la punta del arma a unos centímetros de la garganta. Markoff se recompuso de la embestida y le aguantó esa mirada, pero supo que tenía que decir algo al ver en los ojos de Henderson la ira infinita y la furia que lo embargaba. Y más le valía decirlo pronto.

—¿Qué esperabas, Jeff? —se justificó, comprobando con la punta de los dedos la herida que tenía en la cabeza, más aparatosa que profunda en realidad; un hilo de sangre fluyendo obstinado y oscuro hasta su nuca, como un pensamiento hiriente imposible de domeñar.

—Otra cosa —fue lo único que se le ocurrió responder a Henderson. Pero no era una respuesta apresurada y convencional para salir del paso y ganar tiempo antes de lanzar el primer golpe o esquivarlo. Era la pura verdad—. No sé lo que me esperaba, Pablo. En realidad, no sabía muy bien cómo iba a acabar todo esto, pero lo cierto es que me esperaba otra cosa.

—Es la guerra, Jeff —sota, caballo y rey, Markoff—. Los manuales están para eso, para aplicarlos. ¿Qué esperabas acaso, ingenuo Jeff?

—No, *esto* no es la guerra, Pablo. Esto es otra cosa —repitió Henderson el pensamiento de Román—. Tú no tienes ni puta idea de lo que es la guerra, créeme —le escupió su desprecio—. Si lo supieras, quizás entenderías cómo me siento en este momento. ¿Quieres saber cómo me siento, Markoff? ¿Eh? ¿Quieres saberlo? —se le acercó un poco más, amenazante, blandiendo la bayoneta—. Pues me siento peor que muerto, ¿sabes?, porque por mi culpa va a morir la única persona a quien puedo llamar amigo. Y se va a morir creyendo que lo he vendido y que soy un maldito espía.

—No me vengas ahora con las historias del soldado leal, Jeff. ¿Por qué crees, acaso, que he hecho todo esto, si no por lealtad? Por lealtad a nuestras ideas —se defendió el soviético, sin perder de vista la bayoneta. Luego, con su tono más conciliador, dijo—: Al fin y al cabo, Jeffrey, el teniente Mendoza es solo un enemigo. Solo eso.

—¿Y qué soy yo, entonces? —lo retó Henderson—. He escuchado casi toda tu conversación con Líster y Modesto, así que no me vengas con cuentos, Markoff —le mintió el brigadista para proteger a Román—. Si me has tenido todo el tiempo engañado es porque no te fías ni un pelo de mí. Así que, una vez cumplida mi función como estúpido cebo con Mendoza, ¿qué me espera ahora? ¿Cómo pensabas matarme? Me has utilizado. Y has hecho que yo utilice a un inocente que va a morir sin saber por qué —lo acribilló Henderson.

Solo a preguntas por ahora.

—Yo no pensaba matarte, Jeff. Nunca lo pensé, debes creerme. Te aprecio y te considero mi amigo —intentó Markoff resultar lo más convincente posible, al tiempo que extendía los brazos mostrando a Henderson las palmas de las manos, un gesto con el que bien podía estar buscando una mínima protección ante la cuchillada, o indicarle al brigadista que se calmara un poco.

—¿Desde cuándo lo sabías, Markoff? —le preguntó, hosco y cortante. Poco parecía importarle a Henderson que el ruso fuese ahora en son de paz y completa humildad.

—¡Vamos, Jeff, que no tienes cinco años, por Dios! No pretenderías que esos extraños paseos nocturnos, inexplicables, larguísimos y sin razón aparente, pasasen desapercibidos en medio de una guerra, donde siempre hay mil ojos y mil oídos que todo lo ven y todo lo escuchan —argumentó Markoff—. ¿Desde cuándo quieres que lo sepamos? Pues desde el Jarama, por supuesto. Al principio, la idea fue organizar una acción de comando y acabar con el alférez franquista y contigo, pero cuando el NKDV comprobó que vuestros encuentros no entrañaban un peligro real para las tropas, decidimos dejar las cosas como estaban. Nunca se sabe cuándo vas a necesitar un contacto en la otra zona, y siempre conviene dejar puertas abiertas por si surge un imprevisto.

—Como toda esta mentira, sin ir más lejos —aseveró Henderson, comprendiendo cabalmente la estafa.

—Pues sí, como esta operación sin ir más lejos —reconoció Markoff más técnicamente—. Quizás sea un sarcasmo, Jeffrey, y no pretendo decir con ello que estés en deuda conmigo, pero debes saber que desde aquellos días del Jarama me debes la vida, pues fui yo quien ordenó abortar aquella operación contra ti y contra Mendoza. Al fin y al cabo, en una guerra como esta, de ese tipo de paseos nocturnos no se suele regresar. Bien porque te pases al enemigo, bien porque no te dé tiempo a pasarte. Ya me comprendes —concluyó Markoff.

—Hace ya bastante tiempo que no comprendo nada de esta jodida guerra, Markoff. Nada de nada, así que no pierdas el tiempo conmigo —cortó el americano de raíz el intento de acercamiento del soviético—. Y todo esto me huele tan mal y estoy tan harto de dobles juegos que, además, no tengo ningún interés en comprenderlo. En estos momentos solo me importa una cosa: lo que pueda ocurrirle a un teniente llamado *Martin de Mendousa*, y lo que ese hombre pueda pensar de mí si mañana acaban fusilándolo —le confesó Henderson, empezando a asumir el final de su amigo.

—¡Lealtad, amistad, honor, muy nobles palabras, Jeff, no te lo discuto! —exclamó Markoff en un tono que a Henderson le pareció burlesco, pero que no lo era en absoluto: es que empezaba a estar convencido de que no saldría vivo de ese barracón y engoló la voz para disimular que le temblaba—. Pero piensa en esta otra: ¡victoria! Tampoco suena mal, ¿verdad? Por eso he hecho lo que he hecho, Jeffrey. Y lo volvería a hacer una y cien veces. Cada uno juega su papel en esta guerra, no lo olvides, y no me lo vuelvas a echar en cara —recuperó terreno Markoff.

—No te me pongas gallo, camarada; a ver si voy a tener que cortarte la cresta antes de tiempo —le advirtió Henderson, molesto por el tono.

—Disculpa, estoy un poco nervioso —se avino con ironía el ruso—. Pero es que da la impresión de que no comprendes lo mucho que está en juego, Jeff.

—Después de estar casi dos años y medio pegando tiros en este país, eso que me dices es, como mínimo, injusto —replicó el americano con razón.

—Más a mi favor. Mira, Jeff, no hace falta que te diga que la suerte de la República ya no depende de lo que ocurra en España, sino de las decisiones que tomen las potencias europeas. Nosotros aquí lo único que podemos hacer es mantener el tipo. Así que debemos jugar con esas cartas, como me habrás escuchado decirles a Líster y Modesto. Por un lado, la batalla del Ebro no está todavía perdida, aunque cada minuto que pasa la situación es peor; y por otro, la guerra en Europa parece inminente, así que aún tenemos una pequeña esperanza de cambiar nuestra situación. Solo una. Como Alemania no parece dispuesta a empezar una guerra hasta que no concluya esta batalla en el Ebro, pues habrá que provocarla como sea. Porque, de lo contrario, y con la séptima contraofensiva ya en marcha, la República durará lo que Franco quiera que dure —concluyó su didáctica y profesoral exposición Markoff.

—Que sí, Markoff, que ya lo sé. Me lo has explicado varias veces. Lo sé yo, lo sabes tú, lo sabe Mendoza y lo sabe cualquiera —cáustico Henderson, que sonrió ligeramente al ver el desconcierto de su oponente. El soviético no supo a qué atenerse—. Déjame que le avise. No puedes negarte.

—No digas locuras, Jeff. La operación se vendría abajo. La vida de cientos de camaradas correría gravísimo peligro. La República se hundiría y nosotros seríamos hombres muertos —disparó contundentes argumentos el soviético.

—Tú eres hombre muerto, Markoff. Tú. No hables en plural. Si el teniente *Mendousa* no se salva, considérate cadáver. Será un enemigo, como tú dices, pero recuerda que si aún sigues vivo es porque yo haré todo lo posible para que él no muera.

—No sabes lo que estás diciendo, Jeff. Hay cosas que no están en mi mano. Será mejor que acabemos con todo esto —se resignó Markoff, esperando el tajo que lo liquidara.

—Hagamos un trato —propuso Henderson—. En el próximo encuentro, mientras tú entretienes al capitán Ferrer durante las horas que haga falta, yo avisaré a *Martin* del peligro que corre si sospechan de él y lo acusan de habernos ayudado en esta operación.

—¿Y qué gano yo con ese trato? —preguntó Markoff.

—Te lo acabo de decir: llegar vivo a la reunión —le contestó Henderson—. ¿Te parece poco?

—Nadie me garantiza que Mendoza no haga saltar la alarma en ese mismo momento. Es muy arriesgado, Jeff. Lo siento. A veces hay que sacrificar algunas piezas si quieres ganar la partida. Lo siento mucho.

—Conste que lo he intentado, Markoff. Solo fuera por el mucho aprecio que te he tenido a lo largo de la guerra, lo he intentado —dijo Henderson súbitamente serio, poniéndole la punta de la bayoneta bajo la barbilla y apretando con fuerza en esa parte blanda del cuello, sotabarba que le llaman, poco le faltaba para rajarle la tráquea y sacar la hoja por la boca.

—Un momento, Jeff, por favor te lo pido, no cometas una estupidez —fue el intento desesperado de Markoff de conservar la vida, sintiendo una enorme presión en la base de la lengua.

—Una estupidez sería no matarte, maldito embustero. Eso sí que sería una verdadera estupidez. Y, luego, no ir corriendo a Líster y a Modesto a contarles la verdad para que me ascendieran por librarles de un agente doble. Me pides que deje morir a mi mejor amigo, acusado de traición a su país, cuando ni siquiera eres capaz de contarme la verdad justo antes de cortarte el pescuezo. ¿Qué está pasando, Pablo, qué demonios está pasando aquí? ¿Qué andabas buscando en esa caja fuerte requisada? ¿El dinero fascista con el que juegan a las cartas algunos hombres en el frente?

—Una buena pregunta —se defendió Markoff, constatando que, cuando Henderson lo sorprendió en el barracón, le había dado tiempo a ver cómo rebuscaba en la caja fuerte del regimiento franquista que se rindió a los republicanos en los primeros y victoriosos días de la batalla.

Líster y Modesto ordenaron que esa caja fuerte estuviera siempre cerca de ellos, del Estado Mayor. Cuando tenían espacio, solía quedar bajo vigilancia de la Segunda Sección, pero en esta fase de la batalla —tras lo sucesivos traslados del cuartel general ante las ofensivas franquistas—, no era así, pues los servicios de inteligencia disponían de un habitáculo de apenas ocho metros cuadrados horadado en una gruta infame. Por ello, la caja se guardaba esos días en el más espacioso barracón de suboficiales y tropa. Y de ahí detraían algunos soldados esos billetes que luego usaban, jacarandosos y divertidos, para perder miles de pesetas en partidas de cartas y timbas organizadas entre combates y asaltos a trincheras.

—Que habrás de contestarme si quieres seguir respirando un segundo más. Esto no me gusta, camarada Pablo. No me gusta nada. Al principio era una invasión extraterrestre que todos nos creímos como imbéciles. Luego una operación de altos vuelos para iniciar una guerra en Europa. Y ahora qué, Pablo, ¿ahora qué es todo esto?

—Está bien, Jeff, está bien; ¡cálmate y escúchame un segundo, por lo qué más quieras! —lo instó Markoff, que nunca había visto tan alterado al americano—. La verdad es que no sé por dónde empezar. Todo esto es tan... no sé, tan complicado e inexplicable. Quizás deberíamos dar un paseo, Jeffrey. Hay cosas que es mejor que nadie escuche.

—¡Vaya, un paseo al amanecer! Volvemos al Jarama, entonces. Y dime, ¿interesa que regrese de ese paseo, o me quedaré por el camino charlando con alguno de tus comandos? —preguntó con sorna Henderson, dudando si relajar la presión del acero.

—Tú verás si te interesa regresar o no, Jeffrey —contestó enigmático Markoff; atisbando una mínima salida a la complicadísima situación en la que se veía inmerso—. Porque esta vez serás tú quien decida lo que va a suceder, no yo. Pero venga, ¡vamos!, no hay tiempo que perder. Quiero que veas una cosa —le apremió Markoff a salir subrepticiamente del barracón y adentrarse en la primera claridad del día que ya despuntaba, al tiempo que introducía su mano derecha en el bolsillo interior de su abrigo de cuero, allí donde solía llevar esa pequeña pistola que tan útil puede resultarle a veces a un oficial del NKVD.

* * *

31 DE OCTUBRE DE 1938, FRENTE DEL EBRO.
SIETE Y DIEZ DE LA MAÑANA

PLAN DE FUGA

SALIERON DEL BARRACÓN Y SE ALEJARON DE LAS INMEDIACIONES del Estado Mayor sin que nadie reparase en la excesiva cautela que observaban en cada uno de sus movimientos. Markoff intentando aparentar una naturalidad a todas luces forzada, Henderson estratégicamente situado tras él, procurando tenerlo siempre a distancia de un certero machetazo si el ruso intentaba escapar. Como hacía unos minutos, cuando era Líster quien lo vigilaba de cerca, la espalda de Markoff convertida de nuevo en diana móvil sobre la que el rostro de la muerte ensayaba su grotesca burla, a veces de desafío, a veces de estúpida provocación.

A unos quinientos metros de la boca del túnel, tras descender una pequeña vaguada que los mantendría por debajo del horizonte y de la visión de cualquiera que pasase por allí, Markoff se creyó a salvo de cualquier presencia indiscreta. Nadie escucharía ni vería nada. Estaba seguro. De repente, sin que Henderson tuviera apenas tiempo para reaccionar, su mano derecha buscó de nuevo el bolsillo superior de su abrigo. Hábiles y entrenados, sus dedos rozaron el cañón y la desgastada culata de la pistola. Ya estaba en disposición de empuñarla, pensó. Los dos moriríamos aquí, sin que nadie supiera la verdadera razón, se dijo también. Por un instante, sopesó la posibilidad de sacar el arma. Y sonrió. Pero ¿¡qué estaba diciendo!? Él era un profesional, no un tonto que se deja matar por sus ideales. De esos ya había bastantes por los alrededores.

Así que lo que extrajo del bolsillo interior del abrigo fue una hoja de papel cuidadosamente doblada en cuatro, cualquiera diría que se trataba de una de esas fichas de clasificación y control con las que Markoff trabajaba. Se quedó mirándola en absoluto silencio, reflexionando sobre no se sabe muy bien qué, porque si había un momento para contar la verdad —o al menos para no mentir demasiado—, desde luego ese momento era este. Basta de preámbulos, se reconvino Markoff, no quedaba otra que comenzar.

—Esta es la respuesta a todas tus preguntas, Jeff —le dijo, mostrándole la cuartilla plegada, que sujetaba entre sus dedos índice y pulgar, parecía estar enseñándole una amonestación deportiva.

—¿Y eso qué es? —preguntó, escéptico, el americano.

—Una carta. Y una advertencia. Y un salvoconducto, también. Las tres cosas. Toma, si quieres puedes leerla tú mismo —lo animó Markoff, extendiéndosela.

Y jugando con ventaja, pues sabía que Henderson no podría hacerlo, ya que...

—¿En ruso quieres que la lea? ¿Para eso me has hecho venir hasta aquí? ¡Qué truco más malo, Markoff! —le advirtió, acortando la distancia entre ellos un peligroso paso—. ¿Y qué demonios me quieres contar ahora con este papelito? —se burló Henderson—. ¿Otra historia de marcianos?

—Yo ya tengo pocas cosas que contarte, Jeff —se le notó la voz desvencijada a Markoff—. En cualquier caso, esta historia te la contaría el general Orlov, que es quien ha escrito esa carta. O ese papelito, como tú lo llamas.

—Entonces esta vez el cuento no es de marcianos, sino de fantasmas —le replicó, irónico, Henderson, el cual estaba convencido de que la súbita desaparición del jefe de los servicios de inteligencia soviéticos obedecía a lo que siempre obedecen estas misteriosas ausencias: la Gran Purga que tenía lugar en Moscú desde hacía dos años. Infalible procedimiento habitual para convertir a los hombres en espectros en la Rusia del camarada Stalin.

—El general Orlov no es un fantasma, créeme. Aunque ahora que lo dices, si te he de contestar desde un punto de vista estrictamente personal, tal vez tengas parte de razón. Porque para mí siempre ha sido algo parecido a un fantasma, apareciendo y desapareciendo continuamente de mi vida. Desde que era un niño —confesó Markoff lo que nunca le hubiera contado de no verse inmerso en tan delicada vicisitud.

—O sea que es tu padre, como muchos dicen —empezó a intuir Henderson.

—La gente no sabe lo que dice, ni lo que piensa. Orlov no es mi padre. Es mi padrastro. O quizás no sea mi padrastro exactamente, aunque es lo más parecido a un padre que yo he conocido —al parecer, todo era difuso y muy complejo en la vida de Markoff. Incluso su filiación—. Por eso me ha escrito esa carta —la señaló con la vista Markoff. Y al ver que Henderson no reaccionaba, se la quitó de las manos, recuperándola—. Y además, no está escrita en ruso, sino en *ingúsh*.

—En *ingúsh,* dices —repitió teatralmente Henderson, desconocía por completo la existencia de dicha lengua—. Pues más a mi favor, entonces. Para mí todos vuestros idiomas son el mismo e igual de incomprensibles —bromeó.

—Y con giros y claves que solo él y yo entendemos desde mi infancia —atisbó una mueca nostálgica el oficial soviético—. Las hemos conservado como una especie de sistema encriptado de comunicación. Te la leeré yo.

—No hace falta que me la leas, Pablo. Total, puedes inventártela entera y a mí no me interesan tus juegos infantiles. Lo que quiero que hagas es exactamente lo mismo que hiciste en el barracón: que me convenzas de por qué no debo matarte ahora mismo y acabar con todo esto de una vez. No me la leas. Explícame qué significa, que con eso ya me conformo —lo instó.

Como buen norteamericano —pensó un instante Pavel Markoff antes de articular palabra, en tanto decidía por dónde comenzar con una cierta lógica—, Jeffrey Walter Henderson no era especialmente amigo de los detalles, esas pinceladas diluidas de realidad que suelen terminar explicándolo todo. Mejor soslayar, pues, los lazos afectivos que le unían al general Orlov, unos lazos que se remontaban a la durísima época de la Revolución, cuando, a sus veinte años y siendo solo un joven bolchevique que recorría Rusia conspirando contra el zar, Alexander Orlov conoció a Irina Nadenkovna en un pequeño pueblo a las afueras de Minsk. Aunque estaba recién casado y esperaba pronta descendencia, durante tres años y medio mantuvo una relación intermitente con Irina, una relación pasional que luego se estabilizó y prolongó a lo largo del tiempo y que incluso continuaba hasta poco antes de su traslado a España.

En aquellos años, Irina trabajaba como funcionaria del servicio postal y era madre soltera de un niño con el que Orlov se encariñó a tal punto que, aunque regresó con los suyos y —sobre todo tras la llegada de Lenin al poder—, hubo de viajar constantemente cambiando de destino, nunca dejó de interesarse por él, y a quien protegió y acogió en su propia casa de Moscú hasta conseguir que ingresase con honores en el NKVD que el ya héroe nacional había diseñado y por entonces controlaba.

Siempre tuvo el niño aquel la ilusión de que el todopoderoso general era su verdadero padre, esa figura ausente de quien Irina siempre se negó a hablar. Con el paso de los años, el pequeño Pavel comprobó que, si no lo era en realidad, al menos se había comportado como si lo fuese. Y esa enigmática carta que tenía entre sus manos era una prueba más de dicha protección paternal. Así que, por lo que a él respectaba, se sentía para con Orlov como un hijo adoptivo. Un hijo agradecido a su mentor.

Pero nada de eso dijo el pequeño Pavel. Esta fría mañana no interesaban los detalles de su infancia o de su triste, disciplinada y marcial adolescencia. No interesaban los recuerdos ni las justificaciones. Interesaban los hechos. Y a los hechos se remitió Markoff.

—Pues te podría contar que toda esta *historia de marcianos* comenzó con esta carta, y luego con un recorte del diario *ABC* que Orlov me hizo llegar, pero entonces no serías capaz de comprender cabalmente lo ocurrido, Jeff, porque en realidad el detonante de todo fue Nikolai —susurró Markoff y se sumió en un profundo silencio, como si de repente lo hubiese entendido todo—. Sí, Jeffrey, Nikolai fue la gota que colmó el vaso de la decepción del general y puso en marcha toda esta operación. Tantos y tantos *nikolais* cargamos a nuestras espaldas que algunos ya no soportamos el peso.

Lo más sucintamente que pudo, Markoff relató la operación de secuestro y asesinato de Andreu Nin y los dirigentes del POUM, así como las consecuencias que podrían derivarse de esos hechos si llegaban a ser conocidos por la opinión pública en el marco de una situación política internacional tan convulsa. Henderson asintió con pena, no eran pocos los compañeros brigadistas que fueron purgados en aquellos días. También le refirió el plan de fuga del general Orlov a los Estados Unidos a través de Francia, con la ayuda de Gran Bretaña, una parte del cual era esa carta en la que su padrastro le advertía del peligro y lo conminaba a escapar también llegado el momento. Ese momento llegó con un diario *ABC* mutilado y un programa radiofónico que se emitiría en el plazo de una semana en una cadena radiofónica de Nueva York. Y, a partir de ahí...

—A partir de ahí, la gran mentira sobre los marcianos y la invasión de la Tierra —abrevió Henderson. Hasta ese punto llegaba él solito, no hacía falta que nadie se lo explicara.

—Más tarde o más temprano vendrán a por mí y me fusilarán pretextando cualquier excusa. En cuanto comprueben que no voy a traicionarle ni a delatarlo —aseveró Markoff.

—O sea, que has organizado toda esta historia simplemente para huir; para pasarte al otro bando como ha hecho tu padrastro, o tu padre, o lo que quiera que sea Orlov para ti —redujo solemnidad y literatura Henderson. Genuino americano, ya se ha dicho.

—No es tan simple, Jeff. Ni muchísimo menos. El general contó con el factor sorpresa y aún así, para salvar su vida, se ha visto obligado a, digamos, invertir todo el dinero que tenía bajo su custodia para financiar las operaciones del NKDV en España. Una *inversión* muy costosa en la que ha ido delatando su trayectoria y quemando las redes de protección y de agentes dobles que le han ayudado. Por eso debo utilizar un camino completamente distinto al que él recorrió. Distinto y, a ser posible, insospechado.

—Y en lugar de irte a Washington o a París, te vas a Gandesa; justo por el frente —coligió Henderson.

—Es mi única posibilidad —le reconoció. Por eso le gustaba tanto tener a Henderson a su lado: perspicaz, listo y de fiar. «No me merezco una persona así», pensó Markoff—. Debo pasar por el mismísimo frente donde se desarrollan los combates más encarnizados. Por eso me resultaba indispensable que la lucha cesara durante unas horas: para establecer un contacto fiable con alguien en el otro bando y llegar a Zaragoza, o a Gandesa, como tú dices. Y para conseguirlo he tenido que fabricar una cortina de humo tan denso que cegara y aturdiera a todo el mundo.

—Como el humo de los marcianos que nos iban a invadir, ¡no te jode! —exclamó el americano—. Y ahí es donde entramos en escena *Martin* y yo —pareció lamentarse de estar en el sitio equivocado en el momento menos oportuno.

—Lo siento, Jeff. Siento de veras que te veas envuelto en todo esto, pero solo me fiaba de ti. El alto mando republicano está trufado de estalinistas ortodoxos que no dejan de controlar cada uno de mis movimientos, y de oficiales derrotistas captados por el enemigo o directamente infiltrados por Falange. Si hablamos de los fascistas, ¿qué voy a contarte? Las perspectivas tampoco eran las mejores, pues nunca he tenido bajo control a los agregados ingleses o norteamericanos, y con los periodistas más vale no arriesgarse: si no se venden por las ideas, se venden por dinero o por un buen titular. O por las tres cosas a la vez. No tenía otra opción que tú, Jeff.

—Menudo halago, Pablo. Menudo halago que casi me lleva al cementerio —renegó Henderson, en el fondo agradecido por la alta estima que le profesaba alguien tan laberíntico y turbio como Markoff.

—Tú y Mendoza erais mi única oportunidad para hacer creíble el plan, Jeff. Por eso me gustaría pedirte un último favor.

—Mientras no sea que cave mi propia tumba —seguía con la vena lúgubre Henderson.

—Me gustaría que me acompañases a la próxima reunión con Ferrer y los nacionales, como si nada hubiera ocurrido. Dentro de una hora todo habrá terminado. No sé cómo lo haremos, pero me iré con ellos y quedaré bajo custodia de los franquistas hasta que un agente británico que trabaja para ellos se haga cargo de mí y me entregue, bajo protección diplomática, al cónsul inglés.

—Pero ¿¡qué estás diciendo, Markoff!? —exclamó el brigadista; su único deseo era que todo concluyese de una vez. Al menos para él y para Martín.

—Tienes que ayudarme, Jeffrey. Esto ya no se puede prolongar más y debo darme prisa. Ya basta de mentiras y de operaciones encubiertas. Ahora te estoy hablando de mi propio plan de fuga. De escaparme de aquí. Solo eso. Hace un rato, en el barracón, te dije que esta vez no me tocaba decidir a mí, que serías tú quien lo haría. Pues bien, hazlo. Ayúdame, Jeff, te lo suplico. Te prometo que ni a ti ni al teniente Mendoza os sucederá nada. Lo he pensado todo, debes creerme —le rogó Markoff ahogado por la angustia, el tiempo empezando a correr en su contra.

—Que lo has pensado todo, dices —Henderson parecía sopesar a un tiempo esas palabras y la situación en que podía verse envuelto si ayudaba a Markoff—. Lo que deberías decirme es otra cosa: a Líster y a Modesto los has engañado con el cuento de los nazis en Praga, pero supongo que a los fascistas, para que no te fusilen en el mismo momento en que te entregues, tendrás que ofrecerles algo a cambio, ¿o me equivoco?

—No, no te equivocas. Los franquistas no reanudan los combates porque he prometido darles cierta información sensible para la República —contestó Markoff.

—¡Vaya! Que no le pase nada a *Martin* lo comprendo. Puede que incluso lo asciendan a capitán. Pero lo mío ya lo veo más complicado —razonó el brigadista.

—Déjalo en mis manos, Jeff. Yo seré el único traidor. Tú volverás con una brecha en la cabeza, como mucho. En cuanto quede bajo custodia británica todo habrá acabado para ti y para tu amigo. Todo habrá acabado en realidad.

—No solo tú serías un traidor, Pablo. Me dices que te deje marchar con información secreta que puede costarle la vida a miles de camaradas que están luchando en el frente, lo cual, al menos para mí, es la peor de las traiciones. Al mismo tiempo, y como contrapartida, si no sale bien toda esta operación que has diseñado, la vida de *Martin* queda al albur de que sus jefes no se sientan estafados por ti, de que esta nueva historia no sea otro ardid, otro de tus sucios trucos. ¿Qué debo hacer, Markoff? —preguntó sin esperar respuesta Henderson; quizás porque no la hubiera.

—Venir conmigo y entregarme, Jeff. Y al igual que te he prometido que a ti y a Mendoza no os ocurrirá nada, te prometo que no entregaré a los franquistas ninguna información que comprometa la seguridad y defensa de la República —aseveró Markoff.

—Muchas promesas son esas, Pablo —repuso Henderson con acritud.

—Regresarás al Estado Mayor herido y con los documentos secretos que Líster y Modesto me verán coger delante de sus narices dentro de un rato, cuando regresemos al Estado Mayor. Serás el héroe que salvó a la República de un sucio y asqueroso traidor —le informó Markoff.

—¿Y los fascistas se quedarán de brazos cruzados? Eres hombre muerto, Pablo.

—No. No soy hombre muerto, créeme. El agente británico me protegerá. Él también sabe lo que está en juego —contestó el ruso.

—¿Un inglés que te haga de guía y dinero franquista para poder vivir durante un mes? Tú no te vas a pasar ahí enfrente, ¿verdad? Tu particular Gandesa se llama Nueva York o Quebec. O el DF en México. E imagino que, como tu padrastro, tendrás que invertir mucho dinero en tu seguridad —resumió Henderson.

—Deberías venirte conmigo, Jeff. Formaríamos un equipo imbatible —lo alabó el soviético.

—Desembucha, anda —no se dio coba el brigadista.

—¿Qué te voy a decir que no hayas dicho tú ya, Jeffrey? Los americanos saben que la guerra europea es inminente y temen a los alemanes. Como jefe superior del espionaje soviético, Orlov tuvo acceso a la identidad de un gran número de agentes nazis que operan en territorio estadounidense, la mayoría de ellos de nacionalidad norteamericana, fundamentalmente supremacistas de los estados sureños. Yo no llego a ese nivel de mando, pero por mis manos han pasado los archivos de control de buena parte de los agentes alemanes infiltrados en Inglaterra, Francia y España, un laborioso trabajo de identificación que nos ha llevado varios años al NKDV. Por eso le insistí al capitán Ferrer en que fuera un agente inglés quien me acompañase y garantizase mi protección —le dijo Markoff una media verdad, pues fue la ideología bolchevique de ese agente la verdadera razón de peso—. Además, a los ingleses quizás también pueda interesarles alguna otra lista que yo conozco, por ejemplo, la de simpatizantes comunistas y espías soviéticos en todo el reino de la Gran Bretaña. Es un buen pago a cambio de nuestra seguridad. De ese modo, cuando llegue a los Estados Unidos y desaparezca discretamente del mapa, lo más sensato que puede hacer la madre Rusia es olvidarse de mí y de mi familia. Nikolai es el mejor silenciador que conozco —concluyó Markoff.

—Todo eso está muy bien, delatas a todo el mundo allá donde se encuentre —repuso Henderson, lacónico—. Pero, cuando los fascistas vean que no hay documentos ni claves secretas, no tienes escapatoria, Markoff. ¡Ya puede ser tu espía británico el primer ministro Chamberlain, que de esta no sales! Me alegro de no estar en tu pellejo.

—Agradezco tu preocupación, Jeff, pero deja que sea yo quien se encargue de enhebrar los hilos. Todo saldrá según lo previsto —quiso ser optimista Markoff.

—Eso no te lo crees del todo ni tú —le espetó Henderson—. ¿Por qué voy a creerte yo?

—Pues, por los dos años de guerra que hemos pasado juntos; por las borracheras que hemos cogido para ir soportándolos. Porque en el fondo somos amigos. Yo qué se... ¡Por los buenos momentos!

—¡Me cago en tu puta estampa, Pablo! De verdad te lo digo, ¡eh! ¡Me cago en toda tu puta estampa, joder! —renegó Henderson del oscuro futuro que le aguardaba, absolutamente seguro de haber cometido el mayor error de su vida cuando no le cortó el cuello a Markoff en el barracón. Pero también convencido, en el fondo, de que este precipicio por el que ambos empezaban a despeñarse era otro más de esos «buenos y duros momentos» que nunca olvidan dos buenos camaradas.

—Muchas gracias, Jeffrey. Muchas gracias —no supo qué más decir Markoff, sinceramente conmovido. Cuando la saliva desató el nudo que le oprimía la garganta, suspiró hondo, se recompuso y le dijo—: Ahora debemos regresar al Estado Mayor y esperar que el capitán Ferrer me llame. No sé cómo hacerle entender que todo se ha precipitado y que ya no habrá más reuniones, la verdad —pensó en voz alta Markoff, sin sospechar que al fin y al cabo sería el estirado *obersturmführer* Kurt Keller, con su idea de implicar a la Cruz Roja, quien facilitaría grandemente su huida—. También debo recoger esos documentos y claves secretas que tú luego «rescatarás».

—Ya que lo tienes todo tan bien pensado, lo haremos como tú dices —asintió Henderson.

—Gracias de nuevo, Jeff. Ojalá pueda recompensarte alguna vez por esto, amigo. Ojalá. Y porque eres mi amigo y el hombre más honesto y leal que he conocido, Jeffrey —prosiguió Markoff súbitamente serio y circunspecto—, hay una cosa que no puedo ocultarte por más tiempo.

Henderson supo al instante que no le iba a gustar demasiado lo que quiera que el ruso tuviera que contarle.

—Tú dirás.

—Prométeme que no harás nada y guarda antes la bayoneta si no te importa, por favor —confirmó con esa precauciones Markoff la importancia de lo que a continuación iba a decirle.

—Pablo, no me la juegues —se previno Henderson, empezando a recelar cualquier treta.

—Tranquilo, Jeff, no tiene nada que ver con lo que hemos hablado respecto a mi fuga, pero creo que te afecta personalmente.

—¿Personalmente? —se extrañó Henderson. A veces se descubría pensando que llevaba tanto tiempo al margen de todo, salvo de la guerra, que él ya no tenía asuntos personales. O sí, un momento. Un asunto personal sí que tenía. De hecho, el *asunto* que lo trajo hasta aquí. De repente, el recelo se convirtió en miedo, en absoluta congoja.

—Sí, personalmente, Jeffrey —le confirmó Markoff—. Verás, hace unos minutos, en el barracón, me acusaste de ser un sucio agente doble. No lo soy, como te he contado. Puedo ser muchas cosas, pero no un traidor. Pero sí te diré quién lo es. Uno de los peores. Permíteme —le dijo mirándolo fijamente a los ojos y abriéndose el abrigo con lentitud, para que Henderson no dudara de sus movimientos. De un bolsillo casi inapreciable que tenía en el forro interior, extrajo un pequeño sobre—. Lo cierto, Jeff, es que dudé de él desde el primer instante. Alguien que procura no hablar de su pasado y nunca hace referencia a su futuro es una persona que no está segura en su presente —sentenció Markoff—. Te lo digo por propia experiencia.

—¿De quién hablamos? —lo urgió Henderson.

—Del comisario Casares. De Silvestre Casares, el mexicano —lo identificó Markoff.

—¿Y por qué me cuentas eso a mí? ¿Qué tengo que ver yo con todo esto? —preguntó con voz temblorosa, deseando que en nada le concerniera este nuevo doblez de la historia, sabiendo perfectamente que no sería así.

México. ¡Ay, México! Demasiadas implicaciones personales.

—Puede que mucho. Verás... —exhaló con fuerza una vaharada de aliento Markoff y dudó unos instantes cómo continuar, cómo contárselo—. Verás, Jeffrey... —y lo hizo abriendo el pequeño sobre—: como te he comentado, en el alto mando republicano hay no pocos infiltrados y derrotistas. A algunos ya los teníamos controlados en el NKDV, y a otros hemos podido detectarlos en los últimos meses, desde que mi padrastro colabora con los servicios norteamericanos e ingleses. Una vez que el operativo para fugarme se puso en marcha, me hizo llegar, a través de nuestro enlace, una misiva secreta con una relación de nombres, alias o iniciales de agentes dobles al servicio de esos dos países que operan o informan en diverso grado desde las líneas republicanas; básicamente por si tenía que utilizar esa información para reforzar mi seguridad o para salvar mi vida en casos extremos —proseguía Markoff, mostrando dicha lista a Henderson.

—Pablo, lo que tengas que decirme, dímelo ya —franco y directo Henderson, a punto de estallarle el corazón ante las dilaciones y rodeos que intuía. La parte del corazón que aún le funcionaba, claro está.

—Junto a cada agente hay un sucinto historial del mismo —continuó Markoff como si no lo hubiera escuchado—. En esa lista, como ya te he comentado, hay un nombre que no me sorprendió en absoluto. Pero cuando leí el motivo por el cual fue reclutado en México, pensé en ti.

—¿En mí? —musitó Henderson, ni la sangre le bombeaba ya con regularidad.

—Mira esto, Jeff. —Le acercó la lista Markoff para que pudiera leerla él mismo—. Lo dice ahí. Alberto S., alias «Silvestre Casares»: comisionado por el jefe de la Policía Metropolitana, don Silverio Quesada, para ocultar el asesinato de la súbdita norteamericana Meredith K. J., por aquél entonces su prometida —leyó Markoff—. Es ella, ¿verdad? Meredith Kay Jericoh. No puede ser otra.

Henderson notó un vértigo repentino que le hizo tambalearse, incluso Markoff hizo el ademán de sujetarlo. Se le desencajó levemente la mandíbula, los ojos se le aguaron y contrajo el rictus de tal forma que pareció envejecer varios años en un segundo. Se le hundieron los hombros por el peso del dolor y emitió una especie de suspiro cargado de tristeza, de eterno cansancio. Sin dejar de mirar fijamente a Markoff, sintió en lo más profundo de su ser cómo se le desencuadernaban los resortes más íntimos sobre los que había basado toda su existencia en los últimos años, cómo se le desgarraban en un instante partes de su anatomía que él desconocía como propias, extrañas evidencias que vienen a demostrar que todas nuestras esperanzas acaban de ser asesinadas, aunque el crimen ocurriera un par de años atrás, en las calles del DF mexicano.

Markoff supo que Henderson se disponía a dar media vuelta para buscar a Casares y liquidarlo de inmediato. Pero él no le había dado esa información tras sopesarlo grandemente para eso. No. Esa información debería servir para reforzar la seguridad e incluso la propia vida del americano cuando este regresara al Estado Mayor. Por eso lo atajó:

—Ahora no, Jeffrey. ¿Qué vas a conseguir con eso? ¿Que nos maten a los dos? Ahora no es el momento.

—Siempre será el momento para «eso» —replicó Henderson, una sola obsesión en su mente. —Piensa un poco, Jeff; por favor. Intenta pensar un instante con un mínimo de cordura —suplicó Markoff—. Te he dicho que yo pensaba utilizar esa información solo como último recurso, si la cosa se ponía lo bastante fea como para salvar mi vida entregando a cambio la de un traidor.

—Es lo que acabas de hacer —aseveró Henderson.

—No, Jeff, no te equivoques y no me juzgues tan cruelmente. Solo intento salvar mi vida y la de mi familia. Y hago todo lo necesario para ello. Te he mentido, es cierto. Le he mentido a todos, pero ya ha pasado el tiempo de los engaños, Jeffrey; especialmente contigo, mi buen amigo —susurró Markoff, y no para que no lo oyese nadie, sino porque por primera vez en toda la noche se le había quebrado la voz: por la tensión arrastrada desde hace días, por la emoción, por la lealtad del hombre que le escuchaba—. No pensaba decirte nada, porque nada bueno podía traerte saberlo, pero si te he dado esa información no es para evitar que me mates como a un perro aquí mismo, o no solo por eso —le reconoció Markoff—, sino para salvarte.

—Me das una pistola, pones en la diana a un comisario político del Estado Mayor para que le dé el tiro de gracia y dices que lo haces para salvarme.

—Sí, para salvarte. Hace un rato, conforme te estaba contando el plan para que toda la culpa recaiga en mí, lo pensé. ¿Qué pasaría si a Modesto y Líster no les bastara con que recuperases los documentos y claves secretas que les he robado? Es una posibilidad que debemos valorar, Jeff.

—Y entonces seré yo quien salve mi vida entregando la del traidor —completó el razonamiento el americano.

—Exacto. Les dices que tienen un topo viviendo en su propia madriguera. Habrás descubierto al infiltrado de mayor nivel dentro del ejército popular. Únele a eso que solo pondré a disposición del capitán Ferrer los datos confidenciales sobre espías dobles y contrainteligencia cuando me encuentre en el consulado británico; esto es, ocho o nueve horas después de que todo haya terminado. Nunca antes. Y, créeme Jeffrey, ese tiempo es más que suficiente para alertar a todos los agentes y redes operativas en zona enemiga o trasladarlos de un sitio a otro. No hace falta ser muy diligente para eso. Y algo espero haberles enseñado en estos dos años a los servicios secretos de la República.

—Y Casares, ¿qué pasa con él? —insistió Henderson. Es lo que tienen las obsesiones.

—Luego ajustas tu venganza con él. Eso ya no es asunto mío. Y no lo será de nadie.

—Antes querrán ajustarlas Líster y Modesto. Y todo el Estado Mayor.

—Pues pon condiciones, Jeff. Obliga a tus jefes a prometer que te lo entregarán. Diles que tienes más motivos que ellos para matarlo, explícales tus razones. ¿Y sabes lo que te digo? Conociéndolos como los conozco, estoy convencido de que no se negarán. Son muy extraños los designios de la diosa Némesis —concluyó Markoff.

Aún rezongaba Henderson —no se le iba de la cabeza acabar con el mexicano en cuanto lo viera —cuando llegaron a la bocana del túnel. No sabía Markoff cuánto tiempo se habían demorado al cobijo de aquella vaguada, pero imploró al cielo divino en el que nunca creyó que los nacionales no hubiesen telefoneado mientras tanto. Por otra parte, como cabía la posibilidad de que Silvestre Casares se encontrara en el Estado Mayor, Markoff convenció a Henderson de que sería mejor que no lo acompañara y le instó a que lo esperase sentado en el coche, con el motor encendido, el pie presto en el acelerador.

El soviético se internó en el túnel y llegó a la oficina central de mando pocos minutos antes de recibir la llamada del capitán Ferrer. En nombre del glorioso ejército nacional, este le daba el visto bueno a la siguiente fase de la operación. Líster y Modesto sonrieron con malicia, correspondiendo a la mirada, cómplice y triunfante, que les dirigía Markoff. El plan marchaba según lo previsto, pensaron los tres.

Pero había una novedad.

Markoff se inquietó, ese sutil temblor de las aletas de la nariz lo delataba. Sin embargo, no tenía de qué preocuparse. Al contrario. Un oficial de las SS venía en su ayuda. Así se lo hizo saber Ferrer desde el otro lado de la línea telefónica: mediación internacional, la Cruz Roja como garante del proceso, como árbitro en las complejas negociaciones que ya les urgía iniciar si no querían verse sobrepasados por los acontecimientos.

Al escuchar la propuesta, Markoff, Líster y Modesto se miraron, temerosos, cada giro suponía para ellos un peligro, una sospecha. Pero Markoff los tranquilizó pidiéndoles calma con la mano, pues rápidamente comprendió que esa era la coartada que Ferrer le ofrecía para prolongar la operación y rematarla sin tanta prisa ni incertidumbres; un nuevo ardid como garante de ese proceso embustero que, en efecto, ya les urgía iniciar a ambos si no querían verse desbordados. Bastaba con leer entre líneas las verdaderas intenciones del astuto capitán, se dijo Markoff.

—No tenemos nada que objetar a la intervención de instituciones internacionales, capitán Ferrer. La República española nunca lo ha tenido. Al contrario —respondió Markoff con la aquiescencia de sus dos superiores—. Pero, como usted mismo reconoce, nos demorará unas horas convocar y reunir una delegación oficial de Cruz Roja con cierto rango internacional. Para nosotros eso no resulta fácil, ¿sabe usted? Imagino que habrá de ser la de Barcelona, claro. Y luego añada otras dos o tres horas más hasta que dicha delegación llegue al frente. Por ello, debo decirle, capitán, que no me parece correcto que se hayan permitido la licencia de movilizar ustedes la suya en Zaragoza. Y mucho menos que dicha delegación esté prácticamente de viaje hacia Gandesa —fingió enfado Markoff, a punto de saltar de entusiasmo realmente, tan eufórico se sentía.

Ferrer pidió varias veces disculpas por la excesiva precipitación y pretextó otras tantas la necesidad de acortar plazos y adelantar trámites, a lo cual se avinieron en el Estado Mayor republicano; eso era algo indiscutible, parecían indicar los gestos de Líster a Markoff.

—Pues entonces nos vemos dentro de veinte minutos. ¿Qué le parece, teniente coronel? —supuso Ferrer que el soviético ya se había hecho con los documentos y claves más importantes y que bastaría con menos de media hora para volver a verse en el claro de bosque habitual.

—Allí estaremos —se despidió Markoff y cortó la comunicación.

Pero lo cierto es que, entre amenazas de muerte y conversaciones sobre su niñez, no había tenido tiempo para hacerse con el material secreto y reservado que luego Henderson debía recuperar *in extremis* de manera heroica. Así que, con cierto desparpajo y despreocupación, delante de las narices de sus superiores, hizo acopio de varios documentos con claves sobre agentes e infiltrados, de bastantes mapas que indicaban la posición actual de unidades y armamento pesado a lo largo del río, y de no pocos mensajes cifrados del mismísimo Gobierno de la República con las órdenes y estrategias secretas a seguir durante la batalla del Ebro y en otros frentes del país, aún activos.

Ante el evidente recelo de Modesto y Líster se justificó diciéndoles que, en esta nueva cita, sin duda, Ferrer le exigiría como prueba de que la República iba en serio algo más contundente que los tristes mapas de posición que le enseñó en el anterior encuentro. Y les aseguró que no mostraría ningún documento en tanto en cuanto no comprobase que el enemigo había traído información de igual nivel y calidad.

Se despidió de Líster y Modesto de forma apresurada, arguyendo que debía encontrar cuanto antes al comisario Casares para marcharse lo más rápidamente posible. Pero lo que hizo al salir de la bocana del túnel, con movimientos de emboscado, fue encaminarse de nuevo al barracón de suboficiales. Al cabo de unos minutos salió, cerró la puerta y se dirigió a buen paso hacia el coche, donde Henderson parecía estar cubriéndole la retaguardia, pero en realidad estaba ensimismado en sus pensamientos, abrumado por los recuerdos de Meredith. El bolsillo interior del abrigo de Markoff abultaba como si hubiese sufrido una súbita infección, pero en modo alguno se trataba esta vez de esa pequeña pistola que todo buen oficial de inteligencia oculta en el mismo para situaciones de emergencia. No, no era la pistola. De hecho, si alguno de los soldados de guardia que deambulaban aburridos por el Estado Mayor se hubiese fijado en él con detenimiento, además de la evidente crispación de su rostro y la tensión extrema que le afloraba en un sudor frío, habría visto que Markoff la llevaba en ese momento en la mano, empuñándola decidido por si alguien se interponía en su camino en el último momento.

Subió al coche de un salto, resopló y, sin decir palabra, apenas con un gesto, ordenó arrancar a Henderson. Pero Henderson no arrancó. Aceleró violentamente con ruido y con chirrido de neumáticos, de tal modo que por poco le disloca el cuello a Markoff, que no se esperaba el latigazo.

El desenlace había comenzado. Así que esta historia debía terminar de una vez. Cuanto antes.

Condujo en silencio, los cinco sentidos puestos en la carretera y la oscuridad, y ese sexto que todos tenemos, el de alerta, al frente de todos ellos. Por su parte, Markoff necesitó varios minutos para que el alma se le volviese a acomodar en el cuerpo y el pulso arterial descendiera a niveles tolerables. Aún tenía la adrenalina en efervescencia, pero empezaba a notar los estragos del cansancio y de la extrema tensión a que estaba sometido. Suspiró un par de veces, sabe Dios qué estaría pensando en ese momento el ruso. Henderson lo miró de soslayo y sintió hacia él una incomprensible compasión.

Sin que viniera muy a cuento ni saber muy bien por qué —o tal vez porque ya había puesto en orden su memoria y su conciencia tras el brutal impacto de la noticia del asesinato de Meredith—, le dijo:

—¿Sabes qué, Pablo? Si me hubieras pedido algo parecido a esto en el Jarama te habría denunciado al comisario político sin pensármelo dos veces. O te habría matado yo mismo para ahorrar trámites. Y ahora, fíjate. Es curioso, pero tengo la impresión de que el Jeffrey Henderson que llegó a España es alguien muy distinto al que está sentado junto a ti en estos momentos. Y me pregunto dónde estará aquél imbécil, tan estúpido y tan ególatra, que creía en tantas cosas.

—A veces esas cosas cambian. Incluso es imprescindible hacerlas cambiar. Mírame a mí, Jeff —se puso como ejemplo Markoff, obviando por completo la segunda intención del comentario de Henderson, pues él, como integrante del NKDV, era responsable directo de esos cambios que habían atemperado los ímpetus guerreros e ideológicos del brigadista. Aún resultaba inexplicable para muchos la represión y asesinato de anarquistas que se negaron a disolver las milicias populares en 1937 para formar un ejército regular bajo control del PCE, o de disidentes marxistas que discrepaban con la Unión Soviética, leales compañeros de armas que tornaron en repentinos enemigos del pueblo únicamente por la arbitraria voluntad de Moscú—. Además, por si te sirve de algo, te diré que no has cambiado tanto, Jeff.

—Eso es verdad. Sigo siendo un estúpido y un imbécil. De lo contrario no estaría aquí, dándote cháchara mientras lo arruino todo —bromeó Henderson.

—Ja, ja, ja —rio quedamente Markoff—. Sí que lo eres. Eres un tonto. Pero por no venirte conmigo, Jeff.

—¡No me jodas! Puede que no me convenza esto, de acuerdo; pero menos me convence lo de enfrente. Cuando tienes que elegir entre lo malo y lo peor siempre terminas enfangado en la mierda. Yo, al menos, sé cuál es mi lugar. En ese lugar también está *Martin de Mendousa*, y estás tú, o estabas; y algo parecido a la lealtad o a la amistad, que es lo único que me va quedando de aquellos grandes ideales con los que vine. No, Pablo, no iré contigo. Quizás me equivoque, pero me quedo, así que ten cuidado cuando me abras la cabeza dentro de un rato —respondió el estúpido, ingenuo y ególatra brigadista.

—Como quieras. Es mi último intento, te lo prometo —claudicó Markoff distendido, alzando las manos como si se rindiera.

—Mientras te esperaba en el coche lo he estado pensando, y ¿sabes por qué creo que hago esto, Pablo? —pareció retarlo Henderson—. Tal vez te cueste mucho trabajo entenderlo, pero ¿puedes pensar por un momento, solo por un momento, que muchos de los que vinimos a España lo hicimos para luchar por la libertad? Ya sé que suena muy lírico y muy utópico y que tú eres un espía, pero piénsalo un segundo: únicamente por la libertad. Sin matices. Así de simple —Markoff permanecía en silencio, meditando las palabras del norteamericano, aunque lo cierto es que no tenía nada que decir—. Pues por eso lo hago. Para que al menos una persona tenga la oportunidad de ser libre. Aunque no se lo merezca —sentenció Henderson.

Y Markoff siguió en absoluto silencio, cabizbajo y empequeñecido en su asiento, mordisqueándose el labio inferior.

Porque ante ese razonamiento no tenía nada que decir.

Porque ante ese brutal razonamiento, en realidad, no hay nada que decir.

Por eso agradeció que estuvieran llegando al punto de encuentro, ya al fondo se intuía la presencia de cuatro hombres junto a dos automóviles en esta ocasión: el capitán Ferrer, el teniente Martín de Mendoza, el *obersturmführer* Keller y ese espía inglés cuya identidad, realmente, le traía sin cuidado a Henderson, pero que, desde luego, no era un detalle menor en el desenlace de toda la operación: Philby, Kim Philby, el atildado y cosmopolita agente que se hacía pasar por periodista para estar cerca del Caudillo, el *gentleman* de Cambridge que servía como enlace entre el duque de Alba y los círculos más selectos de Londres, lores y nobles favorables a Franco con acceso directo al Palacio de Buckingham; el bolchevique encubierto que estaría suministrando información confidencial a Moscú durante treinta años.

Aunque también había otras formas de describir a Kim Philby que no tenían nada que ver, precisamente, con la caballerosidad, el *glamour,* los servicios secretos y la alta sociedad descritas.

Que le pregunten, si no, a los curtidos generales Fernando Barrón y Juan Yagüe qué opinaban ellos de ese asqueroso maricón que no dejaba de mirarles a los huevos a sus legionarios mientras los entrevistaba para el *Times* o el *Daily Telegraph.*

* * *

31 de octubre de 1938, frente del Ebro.
Ocho menos dos minutos de la mañana

Claire y Martín

Cuatro hombres en silencio y dos automóviles con el motor en marcha esperaban a Jeffrey Walter Henderson y Pavel Markoff desde hacía unos minutos, eternos para quienes allí aguardaban a que el voluble azar lanzase cuanto antes unos dados marcados con truco, muescas y fullería en todas sus caras. Cuatro hombres a bordo de dos automóviles oscuros —tanto como el porvenir de alguno de los presentes— intentarían que todo saliese según lo previsto; eliminar o al menos soslayar esos demasiados *ojalás*, esos tantos *tal vez*, los muchos *quizás* que atenazaban al general Vigón desde que los vio partir camino de la incertidumbre.

Cuatro hombres en absoluto y cortante silencio, con gesto serio y compostura de funeral, reconcentrados en sus preocupaciones inmediatas y en las hipotéticas consecuencias que podrían derivarse para sus distintos intereses y objetivos si sus más profundos temores se cumplían; los pensamientos y miedos de cada uno de ellos superponiéndose y entrecruzándose con las cavilaciones de los demás.

Y así, el capitán Ferrer no veía el modo de conseguir que Markoff le anticipara —antes de subirse al coche que lo situaría bajo protección consular británica— una parte de la información que se había comprometido a entregarle. Al menos una pequeña parte, ínfima, algo con lo que contentar a sus superiores y rebajar las reticencias del general Vigón, en modo alguno se le escapaba a Ferrer que si la fuga del jefe de los servicios secretos enemigos no se desarrollaba como el alto mando franquista esperaba, el último y gran responsable de dicho fracaso sería él y solo él, el triste capitán con ínfulas que apuntó demasiado alto sin calibrar bien la munición que tenía entre manos y sin saber siquiera dónde estaba la diana.

Por su parte, Kurt Keller solo atenuó mínimamente la crispación de su rostro cuando constató que en el coche republicano solo viajaban dos pasajeros y que Némesis no estaría presente en el desenlace final del operativo. No alcanzaba a comprender las razones de su ausencia —y nunca llegaría a comprenderlas en su totalidad, pues estas se hallaban en un oscuro cajón de la Procuraduría General de México—, aunque tampoco era esa su principal preocupación en este momento. El SS *obersturmführer* solo pensaba que ahora únicamente tendrían que liquidar al cabo americano, pues le resultaba evidente que la huida de Markoff conllevaba la necesaria eliminación de cualquier tipo de testigos o colaboradores. Respiró aliviado y se dijo que, con Silvestre Casares al otro lado de las líneas, protegido de cualquier contingencia, en cuanto su otro topo, Philby, regresara de entregar al ruso en el consulado de Zaragoza o de San Sebastián todo volvería a la normalidad, a esa rutina bien engrasada y muy productiva que él comunicaría vía telégrafo a Berlín. «Sin novedad en los frentes de España, *main* Führer. Sin novedad».

Un texto escueto. Seco. Marcial. Como un taconazo. Como un disparo. Como el ruido metálico de la tecla de su máquina de escribir, esa que él pulsará con saña y fuerza para rubricar el punto final de toda esta historia.

Solo una duda enturbiaba su optimismo, una pequeña arista enquistada en su mente a la que no encontraba explicación por más vueltas que le daba: ¿por qué Markoff había solicitado de forma expresa que fuese Philby quien lo condujera hasta el consulado inglés? ¿Por qué Philby y no cualquier otro periodista o agente inglés?

Para su desgracia, el *obersturmführer* tampoco llegaría a responderse esa pregunta a lo largo de esa noche ni de la guerra europea que estalló poco después; guardadas como estaban las respuestas en un cajón del oscuro y muy turbio edificio central del NKDV, el conocido «complejo Lubianka», en Moscú.

Muy cerca de esas disquisiciones se encontraba el principal protagonista de las mismas, pues precisamente los desvelos de Kim Philby también orbitaban alrededor de la capital rusa, bien es cierto que sus temores se enmarcaban dentro de esa segunda pregunta cuya explicación nunca podría siquiera imaginarse Kurt Keller: ¿por qué Philby y no otro? Enunciado que para él se traducía de forma mucho más personal. Esto es, y por lo que a su integridad física respectaba: ¿cómo podría afectarle la traición de Markoff a su delicadísima posición como infiltrado soviético en el MI6?; pues Philby era consciente de que el camarada Pablo dedujo su vinculación con el NKDV desde el mismo instante en que le entregó el *ABC* mutilado. Su situación era angustiosa, le costaba lo indecible mantener una cierta compostura, pues en los momentos más lúgubres le dada por pensar que, en cuanto se quedasen a solas en el coche, Markoff lo liquidaría sin darle opción a defensa; y en los más optimistas estaba convencido de que el ruso lo denunciaría públicamente nada más llegar al consulado británico. Bonito panorama, se le aflojaban las piernas a Philby: que te apiolen de un tiro en medio del campo o pasar varios años en prisión antes de ser ahorcado como la peor escoria del Reino Unido.

Justo a su lado se hallaba un no menos compungido y tenso Martín de Mendoza, ojeroso y macilento, completamente hierático, superado por los acontecimientos. Incluso le costaba respirar con cierta regularidad. Pero si sus tres acompañantes parecían guardar ese gesto grave y la compostura tenebrosa como si estuvieran en su propio velatorio, lo del joven teniente de ametralladoras era mucho peor, porque no se trataba solo de su entierro —que también—, sino del de su amigo, la única persona a la que en estos momentos intentaba mantenerse fiel. Y además se sentía responsable, por no decir culpable, de la inminente ejecución de Henderson: «qué haremos con los otros dos», preguntó distraídamente el capitán Ferrer desde el asiento de atrás mientras se dirigían a esta tercera cita. «Lo normal en estos casos», le respondió Keller apesadumbrado, dando por perdido a Némesis demasiado pronto.

«Lo normal en estos casos», se repetía mentalmente Martín, mientras Henderson y Markoff aparcaban su automóvil y se dirigían hacia donde ellos cuatro esperaban, sin saber aún muy bien cómo ponerlo sobre aviso, cómo alertarlo para que huyese e intentara salvar la vida. Al menos para que pudiera defenderse dignamente y no muriera como un perro.

Pero no fue necesario que Martín hiciese nada. Porque ya estaba todo hecho.

O casi todo.

De modo que cuando Henderson y Markoff llegaron a su altura, con un movimiento brusco e inopinado, el *obersturmführer* Keller sacó su Lüger y, mirando con frialdad profesional al soviético mientras encañonaba a un estupefacto Henderson en la sien, le escupió:

—¿Usted o yo, teniente coronel?

Mendoza cerró los ojos y deseó con todas sus fuerzas que esa bala también le destrozara el cráneo a él. Por eso no vio cómo el soviético pidió calma al alemán con un gesto displicente y media sonrisa, antes de contestarle:

—El cabo lo sabe todo, teniente Keller. Y está de acuerdo. Así que no harán falta medidas tan drásticas, créame.

—¿Todo? —preguntó con malicia Keller, aún sin bajar alarma.

—Todo —le respondió Henderson, mirada retadora.

Todo, maldito SS. Todo, se solaza Henderson en su interior, poco le falta para echarse a reír.

Todo. Incluso lo que tú nunca sabrás. Ni tú ni ese capitán franquista que asiste demudado a la escena, rogando que Keller no dispare y le ahorre el mal trago y las salpicaduras.

«El cabo lo sabe todo», retumbaron esas palabras en el cerebro de un perplejo Martín. Una y otra vez. O sea, Jeffrey estaba al tanto del verdadero objetivo de todo este engaño. Cuando procesó la información y fue consciente de lo que acababa de escuchar, Martín de Mendoza reaccionó de manera equivocada. Por eso le preguntó, sin poder evitar que el alborozo asomase a su voz:

—¿¡Tú también te pasas, Jeffrey, tú también te vienes con nosotros!?

—No, *Martin*. Yo no te deshonraría así —le contestó Henderson.

—Su amigo no se viene conmigo, señor Mendoza —puntualizó Markoff—. Regresará a su Estado Mayor para hacer más creíble mi huida —mintió el soviético—. Más o menos herido, más o menos entero, pero debe regresar.

—Y nosotros también deberíamos empezar a hacer cosas, ¿no creen, señores? —urgió Ferrer con razón, pues el tiempo apremiaba en efecto.

Mientras Ferrer y Kurt Keller explicaban a Markoff los últimos detalles del itinerario que lo llevaría a través de la zona nacional hasta Caspe, localidad donde esperaban cruzarse con la delegación enviada por Cruz Roja desde Zaragoza, Henderson y Mendoza se apartaron unos metros, quizás ya no tuvieran muchas más oportunidades de hablar a lo largo de la guerra. Tal vez ni de encontrarse de nuevo; estaba completamente seguro Martín de que su amigo no saldría bien parado de su regreso al Estado Mayor republicano. Por eso insistió:

—¿Más o menos herido, Jeffrey; eso qué quiere decir? ¿Más o menos entero? ¿No será «más o menos muerto», y ese ruso cabrón te está engañando?

—No te preocupes por mí, *Martin* —le tranquilizó el brigadista—. Quizás sería mejor que fuésemos pensando en ti, créeme —le advirtió.

—¿En mí? No entiendo, Jeff —mostró Mendoza su desconcierto.

—Debo advertirte una cosa, y ya me importan bien poco las consecuencias —soltó Henderson sus últimos demonios interiores—. El engaño no acaba aquí. Esto no es lo que parece, *Martin*. Markoff me ha confesado que no os dará nada: ni planos secretos, ni redes de agentes, ni identificará infiltrados; ¡nada! Lo que en realidad busca ese *cabrounazo* no es pasarse de bando, sino largarse de aquí. Huir a los Estados Unidos. Así que obra en consecuencia y ándate prevenido, *Martin*, porque yo no sé cómo puede acabar todo esto —le contó hasta el último pliegue del plan de Markoff.

—Huir a los Estados Unidos —musitó Mendoza, de nuevo completamente descolocado. Y su amigo le pedía que obrase en consecuencia. ¿Y qué era obrar en consecuencia en una situación como ésta? ¿Liarse a tiros con Markoff, con el teniente Keller, y aún con Ferrer?

—Sí, a Estados Unidos o al Canadá, donde ya debe estar escondido su padrastro, el general Orlov. Allí los protegerán si identifican a los agentes nazis y soviéticos que operan en mi país y en Inglaterra, cuyos servicios secretos son quienes están detrás de todo esto. ¿Por qué te crees que está ahí Philby? —preguntó señalando con la vista al grupo de tres, tragándose la media verdad fabricada por Markoff respecto al inglés.

—¿Y qué quieres que haga, Jeffrey? Y, sobre todo, antes de hacer ninguna locura: ¿tú estás seguro de que todo eso sea verdad?

—Estaba a punto de rebanarle el pescuezo con la bayoneta cuando me lo dijo. Y parecía sincero. —Pero, aun así y todo, Henderson volvió a dudar del laberíntico Markoff.

—Mira Jeff —dijo Mendoza con un tono tan cansado que parecía fuera a desmoronarse definitivamente—, yo ya no voy a hacer nada y me da igual que todo esto sea verdad o mentira, ¿para qué nos vamos a engañar? Yo me he limitado a cumplir una misión. No sé exactamente cuál haya podido ser esa misión, te lo reconozco, pero seguro que la he cumplido con creces. Y a partir de ahí, Jeffrey, qué quieres que te diga que tú no sepas: esta no es la guerra que yo conozco.

—Yo también me he sentido utilizado, *Martin*. Y estafado. Y humillado.

Porque esta no era la guerra que ellos conocían, desde luego. ¿O sí lo era y, en realidad, ellos dos, no más que simples soldados, tontos idealistas que diría Markoff, no conocían verdaderamente la esencia última de la guerra; todas las finas aristas y dobleces que semejante monstruo es capaz de enseñar?: brutal como un disparo en la nuca y taimada como la estrategia de un tahúr; sangrienta y retorcida. Directa y sucia como el asalto a una trinchera, y diplomática y elegante como el juego del ajedrez. Sí, en efecto, demasiadas aristas para quien se limita a cumplir órdenes intentando no desairar nunca a ese severo oficial que es la propia conciencia. De repente, a Henderson lo inundó todo el cansancio que arrastraba desde que el sargento Román lo llamase para traducir una grabación manipulada sobre la invasión de nuestro planeta por parte de fuerzas invasoras procedentes de Marte. «¡Qué tontería!», se dijo. Sonrió sin ganas ni fuerzas, palmeó el hombro de Mendoza y solo acertó a decir:

—¿Sabes, *Martin*? Todo esto debería haber sido verdad. Y algún día deberíamos combatir juntos tú y yo. Porque me da la impresión de que yo estoy peleando por unos ideales que ya no son los míos y tú por unos intereses que pronto dejarán de ser los tuyos. Formaríamos un equipo invencible.

Mendoza asintió en silencio. Al fin y al cabo, un peón nunca decide el signo de la partida. Solo en lo más profundo e íntimo de su fuero interno, ese vacío insondable al que un hombre raras veces se atreve a asomarse, Martín de Mendoza fue capaz de bisbisear, un susurro muy leve en todo caso:

—Algún día, Jeff. Algún día combatiremos juntos, no te quepa duda. Pero tendremos que esperar a que termine esta guerra; eso lo sabes. Esta y todas las guerras.

Los gestos del capitán Ferrer, Keller y Markoff parecían indicar que este tercer y definitivo encuentro estaba a punto de concluir. De hecho, Kim Philby ya se había acomodado en el asiento del conductor del segundo coche, fumando parsimoniosamente mientras esperaba al soviético. Así pues, en el breve espacio de tiempo transcurrido hasta que el soviético los volvió a llamar, Henderson le contó a su amigo cómo terminaría para ellos esta última cita. Y le pidió que fuera él, como soldado experto, quien lo dejara inconsciente con un culatazo certero. Mendoza se lo prometió. Si tuviera que hacerlo cualquiera de los otros tres iban a hacerle una escabechina en el cráneo.

Pero antes de dirigirse hacia donde Markoff y Ferrer ya casi se despedían, el cabo Henderson retuvo a Mendoza por el brazo y lo atrajo ligeramente hacia sí, bajando la voz todo lo que pudo.

—*Martin*, me gustaría preguntarte una cosa.

—Claro, Jeff.

—¿Dónde tenéis situados a los francotiradores moros y los nidos de ametralladoras que vigilan vuestra línea del frente? —sin rodeos el americano, que ya dio bastantes la noche que se conocieron, allá en el Jarama. «Misión de escucha, Jeff; lo siento de veras, chaval», le dijo el áspero y aguardentoso sargento Colinsworth, que en paz descanse desde hacía mucho tiempo.

Martín lo miró muy fijamente. Por el tono de la pregunta y la reserva en formularla no sabía a qué atenerse: si desconfiar de su amigo porque este le hubiera ocultado algún importante pormenor hasta este momento, o si, por el contrario, dar de nuevo pábulo a la esperanza. De ahí que tantease:

—Acabas de decirme que no te ibas a pasar. ¿Ocurre algo, Jeffrey? Algo que yo deba saber y que no me hayas contado.

—No. Esto no tiene nada que ver contigo. Esto es algo personal.

—En esta guerra ya no hay nada personal —le replicó Mendoza, calcando las palabras con que le reprochó al capitán

Ferrer su desconfianza, mientras regresaban a su Estado Mayor tras la primera reunión con Markoff.

—Sí lo hay, Martin, sí que lo hay. Créeme. Pero será mejor que esta noche no lo sepas. Algún día te lo contaré todo. Te lo prometo.

—Algún día —repitió Martín de Mendoza.

—Sí, algún día, *Martin*; no me lo pongas más difícil. Algún día. Cuando acabe esta guerra. Esta y todas las guerras. Cuando estemos combatiendo juntos —lo abrazó Henderson con las lágrimas a punto de saltársele, despidiéndose por anticipado y quizás para siempre de su amigo.

Cuando los vio acercarse, malencarados y hoscos, midiéndolo el teniente de ametralladoras con una mirada retadora y pendenciera, Pavel Markoff pensó por un momento que todo su plan se venía abajo de repente y en el último recodo del camino por la maldita y tozuda lealtad de Henderson. Pero no fue así. El brigadista era un hombre de palabra, ya se lo había demostrado en varias ocasiones a lo largo de la guerra. Y si le había contado algo a Mendoza —lo cual Markoff daba por hecho—, el joven teniente también le estaba confirmando que todo cuanto Henderson le había referido sobre él era verdad. Dos tipos de fiar, en definitiva, por si aún no lo tenía claro. Él, que de todo el mundo dudaba.

Markoff dudaba de todos, solo fuera por la rutinaria obligación de mantenerse vivo, pero al mismo tiempo la sola mención de su nombre inducía a la desconfianza de cuantos le rodeaban. Máxime en una noche como esta, en unos momentos tan críticos como estos.

Por todos los medios había intentado Ferrer que el soviético le entregase a modo de aval algunas de las claves, códigos o documentos que seguramente guardaba en unas fichas encriptadas en algún lugar de su anatomía, junto a los comprometedores planos de situación y localización de tropas y armas republicanas que contenía el cartapacio al cual se aferraba Markoff como si le fuera la vida en ello. Y no se trataba de una frase convencional. No hubo manera. Mucha guerra a sus espaldas llevaba Markoff para no saber cuáles eran sus escasas opciones y oportunidades.

Embridando la furia, el capitán Ferrer impuso entonces la condición innegociable de que él y el *obersturmführer* Keller le acompañarían hasta entregarlo a la Cruz Roja. Así lo mantendría más tiempo bajo un cierto control, se dijo Ferrer, toda vez que el teniente Keller le aseguraba la lealtad sin fisuras de Hermógenes Castán, uno de los integrantes de mayor rango de la falsa delegación «internacional» que partió de Zaragoza para mantener la falacia. De ahí que, en cuanto Mendoza llegó a su altura, le dijese sin fijarse demasiado en la mirada tabernaria con que este seguía retando al ruso:

—Martín, ha habido un pequeño cambio de planes de última hora: el cabo Henderson se quedará aquí y regresará después a sus líneas, pero nosotros tres acompañaremos a los señores Philby y Markoff hasta que nos encontremos con la delegación de Cruz Roja.

—Muy bien —asintió Martín sin darle más vueltas a la cuestión.

Él estaba allí para cumplir una misión. Cuál fuese esta hacía tiempo que ya no era de su incumbencia.

—Pues si todo ha quedado claro, entonces es su turno, teniente Mendoza —intentó dar la orden con el tono más amable Markoff. El joven teniente de ametralladoras miró a Ferrer esperando su aquiescencia y cuando su capitán cabeceó afirmativamente él volvió a asentir, al parecer su principal y única obligación desde que el general Yagüe lo llamó apresuradamente.

Mendoza dio media vuelta y se dirigió a su vehículo en busca del fusil.

En ese instante, Markoff se disculpó ante sus interlocutores y, aprovechando que el americano se había quedado momentáneamente solo, separado unos metros de Ferrer y Keller, quiso despedirse de él. Lo miró a los ojos y le agradeció en silencio. ¡Tantas y tantas cosas le agradeció! Henderson sonrió sin saber por qué y ambos se fundieron en un largo abrazo. Larguísimo.

Le estaba palmeando la espalda, cuando el soviético le dijo al oído:

—Jeffrey, tu salvoconducto está bajo el asiento del conductor. Modesto y Líster lo comprenderán.

Henderson salió casi despedido del fraternal abrazo que se estaban dando. ¿Pero cuándo diablos iba a dejar de dar puntadas el maldito cabrón? Markoff volvió con Ferrer y Keller sin dejar de mirarlo ni de apuntarle con el índice, conminándolo a no olvidar esas últimas palabras por muy fuerte que fuera la conmoción.

Fusil en mano, Mendoza se acercó a Henderson. Esbozó una mueca de complicidad, se encogió de hombros con aire de excusa y esperó a que este se diese la vuelta. El americano apretó las mandíbulas y los puños, era una sensación muy desagradable la que iba a sentir al despertar. Mendoza volvió a pedir permiso a Ferrer y, al recibir el visto bueno de su capitán, le dio tal golpe a su amigo con la culata del arma que este cayó fulminado en medio del claro del bosque.

Allí quedó, cuerpo inerte, un fardo de lealtad completamente indefenso y sometido al más puro albur de unos acontecimientos que se precipitaban ya sin freno hacia su muy lógica conclusión.

Porque, nada más ver cómo Henderson caía desplomado, Philby puso en marcha ese segundo vehículo que él mismo había venido conduciendo desde el Estado Mayor franquista. Tumbado en el asiento trasero y cubierto con un par de mantas de campaña, Markoff iba contando cada kilómetro que pasaba, cada minuto que lo separaba de su objetivo final. Supo que atravesaban Gandesa por la luz tamizada que le llegó a través del sudario de arpillera que se había procurado. Transitaron la fortificada localidad sin contratiempos, los puestos de guardia y vigía al tanto de lo que debían hacer, tal como estaba pactado. Luego de nuevo la oscuridad absoluta, circulando a campo abierto hasta el próximo pueblo, Batea —tan sumido en la quietud que apenas se dio cuenta que lo bordeaban— y posteriormente Maella, ya en Aragón.

Al salir de este pueblo, Philby levantó un tanto el pie del acelerador para que el coche conducido por el teniente Mendoza —mucho más pesado debido al blindaje y cuyas luces se le perdían por momentos en el retrovisor—, se les acercara; a veces no era consciente el británico de la velocidad que desde que salieron de Gandesa imprimía a su vehículo, un Ford mucho más rápido que la mayor parte del desvencijado parque móvil de ambos bandos.

Y bien que intentaba el teniente Mendoza no perder la estela del inglés, pero parecía que al condenado lo azuzara el demonio, en cuanto veía carretera recta y camino expedito era imposible seguir su rebufo.

Pero al menos la persecución le abstraía de la monotemática perorata con que Ferrer se empeñaba en hacer más largos y tortuosos los escasos cincuenta y un kilómetros que los separaban de Caspe: «¡Solo tendremos esos documentos cuando los microfilmen y los manden a Londres! ¡Solo entonces, y aún así! ¡Me cago en su Graciosa Majestad!», no dejaba de repetir con diferentes variaciones respecto al receptor de los excrementos y el tono lastimero de voz.

Harto ya de la letanía, tras resoplar un par de veces por la pesadez del capitán con la cantinela, un Keller que a esas alturas pensaba ya más en la persona con quien esperaba encontrarse dentro de pocos minutos en Caspe que en el devenir de la misión, le espetó:

—Que sí, Eduardo, que tienes razón. Pero no te quejes más, hombre. Si lo piensas fríamente tampoco es tan grave. Los ingleses no harán nada contra Franco con esa información. Nada. ¡Si les falta poco para ser vuestros aliados, por favor! En todo caso, a ellos puede interesarles otra cosa de Markoff. Pero se van a encontrar con las manos vacías. Por lo menos por lo que al Reich respecta —concluyó el *obersturmführer*, enigmático, sin informar abiertamente a sus acompañantes de que en cuanto supo que Philby estaba involucrado en la resolución del operativo (y que incluso se quedaría unos minutos a solas con Markoff), puso de inmediato en antecedentes a Berlín para que el Sicherheitsdienst maniobrase con suficiente tiempo y alertase a los agentes nazis en Reino Unido e Irlanda. Lo hizo antes de llamar a don Hermógenes Castán para urgirle a que pusiera en marcha la falsa delegación internacional con la que deberían encontrarse en breve. «Primero el deber y luego el placer», se ufanó el alemán al darle las gracias a don Hermógenes y colgar el auricular con una tonta sonrisa de satisfacción.

—¡Y a mí qué me importa tu Reich ahora, Kurt! —se revolvió Ferrer, muy molesto por la interrupción—. A mí lo que me importa es que no tendré esos documentos hasta que los lea el ujier de Downing Street. ¡La madre que los parió!

—Que sí, Eduardo, que sí. Lo que tú digas —claudicó Keller, volviendo a pensar en Claire Deverèaux—. No vamos a discutir ahora por eso.

Tenía más ganas de verla incluso de lo que él mismo se reconocía.

* * *

Discretamente al principio y sin ambages ni caretas veladas por el pudor o la decencia después, Claire indagó sobre el paradero de un oficial llamado Martín de Mendoza, sin saber aún su grado ni unidad, preguntando en todas las instancias y a todos los mandos con los que tuvo el más mínimo contacto desde que empezó a trabajar en los hospitales de retaguardia de Cruz Roja. Poco a poco fue reuniendo datos y detalles hasta llegar a la certeza de que Martín estaba destinado en la División Navarra nº 2, a punto de ascender a teniente, y que estuvo todo el verano combatiendo por el Cantábrico, tras su período de instrucción en la Academia zaragozana y su bautismo de fuego en los distintos frentes que intentaron estrangular Madrid a finales del 36 y principios del 37. Esa información supuso algo más que una contrariedad para Claire. Ella difícilmente se movería de Zaragoza —salvo que las circunstancias de la guerra lo aconsejasen y la ciudad se viese en peligro—, en especial tras constatar don Hermógenes el grado de eficacia y eficiencia que la suiza era capaz de imprimir en aquellos destartalados hospitales en los que, a duras penas y con escasos medios, intentaban mitigar las heridas del cuerpo y los pesares del alma de tantos y tantos muchachos destrozados en el nuevo y cruento teatro de operaciones que, a esas alturas de finales de 1937, se acababa de abrir en la región, a las alturas de Teruel.

Ese desplazamiento de los combates hacia el Bajo Aragón los acercó de nuevo, pues lo último que había sabido Claire es que la división en la que se encuadraba Martín fue trasladada a las sierras del Maestrazgo para participar en toda la campaña, siendo posteriormente destinada al Ebro, como una de las unidades fundamentales para taponar el boquete que el

25 de julio las tropas republicanas le habían ocasionado a Franco, pasando el río en tromba de forma sorpresiva y amenazando la capital aragonesa si conseguían alcanzar todos los objetivos previstos en el plan inicial de ataque.

Martín estaba de nuevo muy cerca, sí, se decía Claire en las escasas ocasiones en las que salía a pasear por la ciudad, anhelando verlo en cualquiera de los grupos que animosamente caminaban por el centro, o en los corrillos que soldados y oficiales de permiso formaban en las tabernas o cafeterías, mientras disfrutaban de sus últimas horas de asueto y tranquilidad. Pero nunca lo vio. Nunca, pues Martín aprovechó los pocos días que tuvo libres para bajar al sur, hasta su Cádiz natal, donde su padre, don Ulises, no acababa de encontrarse del todo bien por mor de unos achaques respiratorios que lo obligaban a internarse durante semanas en un balneario de la sierra gaditana, y su querida madre, doña Catalina Cervantes, no conseguía deshacerse del todo de los embates de la melancolía en la que se vio sumida tras el escándalo familiar con la institutriz.

«Sí, peligrosamente cerca de mí», se decía Claire cada vez que recibían una remesa de heridos, buscando el nombre de Martín en los documentos de traslado y partes médicos, sin saber si deseaba verlo en la lista o no, presa del pánico por encontrárselo a las puertas de la muerte o gravemente mutilado, desfigurado aquel rostro que ella tanto amó bajo el sol del Atlántico. Lo tenía más cerca que nunca, era cierto, pero deseaba tenerlo tan lejos como siempre. En sus peores momentos de temeridad y sinrazón, Claire se decía que si Martín no pasaba a retaguardia ni siquiera para descansar, ya encontraría ella el modo de ser destinada a la primera línea del frente, algo a lo que don Hermógenes Castán se negaba de plano, por otra parte; ¿qué iba a hacer él sin una enfermera que valía por tres o cuatro y que, además, lo sustituía sin que se notase demasiado cuando el director debía ausentarse por cualquier causa?

Y por ese sendero de diatribas y desesperanza transcurría el día a día de Claire Deverèaux cuando una noche, tras una jornada demoledora en la sala de curas y en quirófanos que la dejó literalmente clavada en su camastro, don Hermógenes Castán la hizo llamar. Estaba aún despierta —de hecho en este periodo de su vida apenas conseguía dormir dos o tres horas seguidas—, pero se levantó del jergón pesadamente, con las preocupaciones del día aún sin despejar y sonoro crujir de huesos y ligamentos. Se lavó la cara en una palangana y se humedeció y recogió el cabello rubio bajo la cofia. Supuso que la necesitarían para alguna operación urgente o para amputar brazos o piernas a algún pobre desgraciado. Pero no era eso, le dijo de forma sucinta don Hermógenes. Era que tenía que acompañarlo a la primera línea del frente, a una misión un tanto peculiar que a él tampoco le quedaba muy clara del todo, le confesó mientras se acomodaban en la destartalada camioneta-ambulancia en la que debían partir hacia Gandesa, con parada en Caspe, encabezando una delegación en la que también se incluía el jefe del servicio médico, de nacionalidad polaca; un inspector sanitario francés; dos enfermeras irlandesas y el subdirector del hospital, un burócrata sin ideología clara que se había dedicado básicamente a sobrevivir durante los últimos y convulsos quince años de la descabalada historia de España.

«A primera línea del frente», no cesaba de repetirse Claire en los casi noventa kilómetros de movimiento y traqueteo que llevaban recorridos desde Zaragoza, absorta por completo en sus pensamientos y deseos; apenas hiló mínima conversación con una de las compañeras irlandesas. Las dos toscas camionetas acababan de atravesar Caspe y desde hacía unos minutos estaban detenidas, a las afueras del pueblo, esperando no sabía ella muy bien qué, o a quién. A primerísima línea del frente, se repetía Claire pensando en Martín, en el mucho tiempo vivido sin Martín; sin ser consciente la joven de lo cerca que estaba de poder ver —y tocar, y besar y respirar— a esa única persona que junto a ella combatía en su tormentosa guerra personal y particular.

* * *

Philby creyó atisbarlos en el fragmentario horizonte de subibaja que producen dos inesperados cambios de rasante casi consecutivos. Dado que, tras Batea y Maella, la población que se intuía allá al fondo no podía ser otra que Caspe, aminoró la velocidad y dejó que el teniente Mendoza lo alcanzara de nuevo para entrar juntos en la localidad. Así se lo hizo saber al bulto cubierto de mantas que se arrebujaba en el asiento de atrás. De puro obvio, a Markoff le pareció una fruslería el comentario, pero le respondió a Philby entre dientes que era una gran idea.

Philby y Mendoza detuvieron finalmente los coches y los cinco hombres descendieron de sus respectivos vehículos. Don Hermógenes y su subdirector se vieron en la obligación de ir a su encuentro, en realidad eran los únicos de la delegación de Cruz Roja que no permanecían dentro de las camionetas-ambulancia, dormitando o completamente aburridos, sin saber cómo matar el tiempo.

Kurt Keller saludó a don Hermógenes con un apretón de manos y, en nombre de todos —se irrogó esa facultad sin que nadie se la hubiera concedido— le agradeció la presteza en movilizar los recursos de Cruz Roja bajo su mando y le explicó sin entrar en detalles que su presencia en el frente ya no era necesaria a la luz de los últimos acontecimientos, pues, por desgracia, ya no habría intercambio de prisioneros ni cadáveres entre ambos bandos. También se excusó por no poder ofrecerle más información y le solicitó amablemente un último servicio para la causa, cual es que escoltara de vuelta hasta Zaragoza al vehículo que lo había acompañado desde Gandesa.

Don Hermógenes se quedó estupefacto —sin comprender que únicamente lo habían hecho venir para mantener la falacia ante posibles informantes republicanos infiltrados en Zaragoza, que así constatarían sin lugar a duda los preparativos del viaje y la atropellada salida de la comitiva—, pero no puso reparo ni objeción. Si esas eran las nuevas órdenes, eso es lo que él debía hacer.

Luego, mientras el capitán Ferrer intentaba una última pirueta dialéctica para que Markoff le entregase alguna de las fichas o microfilms que llevaba encima —le faltó ponerse de rodillas y suplicárselo—, el SS *obersturmführer* cogió del brazo a don Hermógenes y, amistosamente, lo dirigió hacia donde se encontraban aparcadas las ambulancias.

—¿Ha venido Claire? —le preguntó en voz muy baja, voz de amante que espera y anhela.

—Tal como usted pidió, *herr* Keller. Está ahí, ¿no la ve usted? —le indicó don Hermógenes una de las ambulancias, donde un par de bultos dormían contra las ventanillas y un tercero, el de en medio, parecía mirarlos fijamente.

Muy fijamente miraba.

Pero no a ellos, sino al grupo de hombres que permanecía detrás de los dos que tan ufanos se le acercaban.

No estaba segura, dudó de su cansada vista, pero podría ser. Sí, claro que podría ser, se convenció.

Y entonces...

Claire abrió la portezuela de la ambulancia y prácticamente saltó por encima de Maureen, la enfermera irlandesa que viajó junto a ella, que ni se inmutó y siguió soñando con su casa familiar en Cork. Al verla caminar hacia él, Kurt amplió la sonrisa e hizo un tímido ademán de abrir los brazos, tantas eran las ganas que tenía de estrecharla contra su pecho, de acariciar su rostro, de contarle cosas sin importancia con tal de permanecer juntos un minuto más.

Pero Claire ni siquiera lo vio, daba igual que pasase literalmente junto a él, con la cara desencajada de las adolescentes heridas de amor, la respiración agitada de quien ve llegado lo que un día creyó imposible y la determinación y esperanza que solo poseen los niños obstinados, los dementes y los mártires aventureros.

Porque ahora sí estaba segura.

—¿Martín? —preguntó casi en voz baja mientras se dirigía hacía el grupo formado por el joven teniente, Markoff, Philby y el capitán Ferrer. El primero sin reconocerla aún, los otros tres por completo ajenos a la muchacha, despidiéndose como estaban ya.

—Mucha suerte, Markoff —le deseó Ferrer con un deje contrito, asumiendo que todo se haría como el soviético había establecido—. Y usted, Philby, queda bajo jurisdicción de Cruz Roja hasta la misma puerta de su consulado, no lo olvide. Y recuerde también otra cosa: cuando llegue, cumpla su promesa —lo instó a entregar los documentos secretos cuanto antes.

—Martín, Martín, Martín —lo llamaba ahora Claire, conforme se acercaba más y más.

—Pierda cuidado, que así se hará —mintió Philby con educación exquisita.

—¡¡Martín!! ¡¡¡Martíííinnn!! —gritó Claire cuando prácticamente lo podía tocar. Y besar. Y respirar a través de su cuerpo y de su piel.

Markoff, el capitán Ferrer y Philby se quedaron inmóviles, mirándose entre ellos y a la joven enfermera, sin saber qué hacer ni pensar. Exactamente igual que Martín. Porque allí, delante de él, en pleno frente del Ebro, estaba Claire, su amor, su único amor en esta vida, que venía de no se sabe dónde para darle la razón a ese maldito americano sabihondo que yacía inconsciente en medio del bosque, para darle una segunda oportunidad a su maltrecho, roto y cobarde corazón. Y en un instante de extrema lucidez, Martín fue consciente de que amaba tanto a esa mujer que, durante los varios años que llevaban separados, se había dedicado a amar incluso la ausencia forzada de ese amor, para así tenerla presente cada minuto de su existencia.

Martín de Mendoza fue incapaz de reaccionar, de articular palabra, de tocarla siquiera. Claire tampoco hizo nada, solo intentaba no romper a llorar. De felicidad, de alegría, de agradecimiento a la vida. Se quedaron los dos frente a frente, en silencio, el tiempo no existía, sintiendo ambos como se paralizaban incluso los inmutables mecanismos con que se mueve y articula el universo.

—Claire, Claire, Claire —repetía Martín cuando por fin la abrazó, sin saber si gritaba su nombre o, por el contrario, apenas se trataba de un onírico y leve susurro, pues aún no tenía muy claro si la situación que estaban viviendo era real, o un sueño que trocaría en cruel pesadilla en apenas unos segundos.

Pero su carne y su calor de mujer, sus muchos besos y sus lágrimas mientras se abrazaban le confirmaron que su vida había cambiado para siempre. Y Martín supo sin ambages ni dudas, mientras intentaba que los ojos no se le anegasen también, que nunca más la dejaría marchar, nunca, bajo ninguna circunstancia, incluida una guerra que para él acababa de concluir.

—Pero ¿qué haces tú aquí? —le preguntó finalmente, casi riendo, sin creerse aún del todo que un hombre pudiera ser tan feliz.

Y entonces, Claire lo cogió de la mano, se apartaron un tanto del grupo y le contó. Le contó apresuradamente y a grandes rasgos todo lo ocurrido desde que un triste barco marsellés la arrancase de Cádiz, el lugar donde ella prometió esperarlo. Le contó cómo en su país se le hizo la vida inaguantable de tan pautada y perfecta, y decidió volver a España convertida en enfermera. Y cómo lo había buscado por cuarteles y campos de batalla, sin querer encontrárselo en realidad. Le contó, en definitiva, que todos sus caminos desde el mismo día en que lo conoció la habían conducido hasta donde en estos dichosos momentos se encontraba: entre sus brazos. Y, por lo que a ella respectaba, eso era lo importante y no quería saber nada más.

Philby, Markoff y Ferrer habían presenciado la escena en silencio absoluto, al principio atónitos, perplejos, y luego con curiosidad creciente. Solo cuando vieron a los dos jóvenes buscar un lugar más reservado reaccionaron con la presteza que la situación exigía. Ferrer urgió a Philby y a Markoff a que se marcharan cuanto antes, pues estaba convencido de que en cuanto Henderson llegara a su Estado Mayor con la cabeza medio rota y la verdad por delante los republicanos reanudarían los ataques artilleros. «¡Menos mal que casi no les queda aviación operativa!», se consoló el capitán, así al menos le daría tiempo a Vigón a trasladar el cuartel general sin más problemas, tras tantísimos contactos telefónicos con el enemigo.

Por otra parte, si para Martín y Claire el tiempo parecía haber quedado suspendido cuando se reencontraron, al SS *obersturmführer* Keller lo que se le quedaron exangües y caídos fueron los brazos con los que pretendía abrazar a Claire unos minutos antes. Al verla pasar como una exhalación, se giró para seguirla con la mirada y resolvió de golpe todos los enigmas y rechazos sutiles, todos los recovecos y pliegues del pasado de aquella esquiva muchacha de la que un día creyó estar enamorado. Inicialmente notó un acceso de ira, pero enseguida lo aplacó. Cuando el corazón de una mujer hace una apuesta, el perdedor ya no tiene nada que hacer. Nada, por muy buenas cartas que lleve. Si acaso mostrar elegancia, se impuso Keller.

Pero al menos quiso hablar con ella. Decirle algo. Por eso, aprovechando que don Hermógenes la había llamado ya varias veces para que dejara a Martín y volviera a montarse en la ambulancia, «¡no iban a dejarla allí, en medio de un páramo!», la apremiaba el director, se acercó a ella e, intentando no parecer brusco, le dijo:

—Claire, yo creí que nosotros... —más que decir, balbuceó el *obersturmführer*.

—Kurt, tú no estás enamorado de mí. Tú ni siquiera me conoces. Tú te has enamorado de lo que tu Führer te ha dicho que debes enamorarte —le replicó Claire sin acritud—. Si yo no tuviera los ojos claros, el cabello más o menos rubio y la piel pálida ni siquiera te habrías fijado en mí.

—No seas cruel conmigo, Claire. Creía que pensábamos igual.

Claire Deverèaux se quedó un instante en silencio, y no porque no supiera qué responder. Al contrario. Lo sabía perfectamente.

«Qué pensaban igual», musitaba Kurt.

«Eso nunca había sucedido y nunca sucederá», se dijo Claire para sus adentros. «Básicamente, porque desde hace unos años yo solo pienso en una cosa, en una persona. Y esa persona nunca has sido tú».

—¿Ves como no me conoces, Kurt? —fue lo que, sin embargo, le dijo—. ¿Ves como no me conoces, y nunca me conocerás?

* * *

31 de octubre de 1938, frente del Ebro. Ocho y media de la mañana

Claire volvió a montarse en la ambulancia y la delegación inició el camino de regreso a Zaragoza —así como Mendoza, el capitán Ferrer y Kurt Keller giraron en sentido contrario, rumbo a Gandesa— justo en el mismo instante en que la artillería republicana vaciaba su precario potencial sobre las posiciones que los cercaban en la sierra de Pàndols. La mascarada, pues, había terminado.

Líster y Modesto lo comprendieron al ver llegar a su Estado Mayor a un demudado y macilento Henderson, envuelta la cabeza en una venda con la que intentaba el brigadista que cada hueso del cráneo no se le moviera más de lo necesario. Cuando despertó tras el golpe que le propinó Mendoza —«¡menudo bruto estaba hecho!», maldijo Henderson—, lo primero que hizo fue vomitar. Luego cobró conciencia de que aún seguía vivo y en el mismo lugar en el que lo abandonaron. Al menos, algo marchaba según lo previsto, se dijo. Se acordó del último abrazo de Markoff y se dirigió como un resorte hacia su vehículo. Se sentó al volante, al cual tuvo que agarrarse fuertemente presa de un nuevo mareo, y palpó debajo del asiento. Allí encontró, en efecto, los comprometedores códigos y claves que el exagente soviético se había llevado del Estado Mayor republicano, su salvoconducto. En realidad, todo marchaba según lo previsto, se corrigió Henderson acariciando los documentos.

Se fabricó una venda con el faldón de la camisa, bajó la ventanilla para escupir lo que parecía un acceso de bilis y arrancó. Arrancó el motor rumbo a lo desconocido, a la más pura incertidumbre. El viento gélido le hizo mucho bien durante el trayecto; no podía pensar, pero al menos se sentía vivo. No sabría decirse cuánto tardó en llegar a la boca de túnel que guarecía el Estado Mayor republicano; quizás también para él —al igual que en ese justo momento les estaba ocurriendo a Claire y Martín mientras se abrazaban—, habían quedado en suspenso los complejos engranajes que rigen el tiempo y nuestros destinos.

O simplemente es que no tenía ningunas ganas de llegar y enfrentarse a sus superiores.

De hecho, la primera reacción del Líster fue ejecutar a Henderson allí mismo, pero las confusas y apresuradas explicaciones del brigadista acerca de los hechos —en los que él salvaba los documentos más comprometedores, aun a riesgo de su vida y, malherido, regresaba a su zona para ponerlos a salvo—, contuvieron al fogoso teniente coronel.

Eso y las sensatas palabras de Modesto, intentando reconducir la situación, pues estaba seguro de que Henderson no era cómplice del traidor; en todo caso un engañado más.

—Igual que nosotros dos, Enrique. Exactamente igual que nosotros dos —le dijo a Líster para que se calmase y aceptara los hechos.

—Nos ha utilizado a todos para escapar, mis tenientes coroneles. Tal como ustedes sospechan. Pero el asunto es aún más grave —comenzó a argumentar Henderson, al verse mínimamente a salvo—. Tenemos que hablar. Tienen que escucharme. Es algo de capital importancia, créanme —empezó a poner en práctica las indicaciones de Markoff para salvar su vida, para canjearla por la del verdadero traidor.

Y luego se desplomó de nuevo, insoportable el dolor de cabeza, acentuado por la extrema tensión. Inexplicable el organismo humano, no sabría decirse Henderson cómo le aguantó las últimas horas sin reventar.

La venganza.

La venganza era la única medicina que lo mantenía en pie y lo podría curar.

La venganza. Que la diosa Némesis acoja en su seno a ese hombre torturado y le procure su magnánima protección.

* * *

Cuando escuchó la primera andanada artillera contra sus líneas, el general Vigón sonrió taimado. La función de teatro había salido bastante bien, dedujo con alivio, y la muestra evidente de ello eran esos disparos en la lejanía. Por pura precaución —ya que los republicanos no podrían bombardearlos por aire—, había ordenado trasladar las oficinas principales del Estado Mayor a las afueras de Gandesa, a la sede de una antigua cooperativa vinícola. Allí había convocado de urgencia a los principales mandos del ejército nacional en la batalla y, cuando tuvo reunidos frente a él a Fidel Dávila, Yagüe, García-Valiño y al resto de jefes y oficiales, sin apenas mirarles a la cara ni darles más explicaciones de las necesarias, se dirigió a ellos y les dijo:

—Señores, tenemos novedades. La séptima contraofensiva debe continuar. Saquen a los rojos de sus madrigueras de una maldita vez y hagan que regresen a Barcelona cargados de plomo. La única orden es esa: fuego a discreción.

Esa sería la resolución final de la batalla del Ebro que luego recogerían los libros de Historia, se solazó Vigón tras partir los convocados a sus respectivos despachos o puestos en el frente. Ya se encargaría él de borrar los rastros de las últimas horas, en especial las más peliagudas pruebas que pudieran demostrar los contactos mantenidos con el enemigo y el subsiguiente parón en los combates.

Aún sonreía Vigón mientras se llevaba a los labios su copita de coñac, paladeando al mismo tiempo el éxito y el licor.

Una sonrisa que se le iba a congelar dentro de poco, en cuanto recibiese una llamada urgente desde Caspe. Un licor que tornaría amargo y venenoso nada más cortar esa comunicación. Un éxito liviano y volandero que se le escurriría entre los dedos básicamente porque, desde el principio de este complejo operativo, no estuvo destinado a él.

* * *

Don Hermógenes Castán era persona acostumbrada a obedecer las órdenes sin cuestionárselas demasiado y a hablar solo cuando le preguntaban, virtudes ambas muy valoradas en la cadena de mando de cualquier organización que le llevaron a ocupar el despacho de director general de Cruz Roja en una plaza tan sensible como Zaragoza y luego, con la contienda ya finalizada, le procurarían acomodo en una alta subsecretaría del raquítico sistema sanitario de posguerra. Es lo que tienen los hombres avisados y discretos: que siempre encuentran asidero aun en las más difíciles circunstancias.

Sin duda por las comentadas peculiaridades de su forma de ser y estar en la vida —y por más perplejidad que le causase un viaje tan repentino, inopinado e ilógico en plena madrugada— don Hermógenes nunca se cuestionaría ni llegaría a concluir que, en realidad, él y toda su comitiva de médicos y enfermeras extranjeros no habían sido sino un vulgar cebo para despistar a posibles agentes gubernamentales encubiertos en zona nacional, una pieza más del falso engranaje con que mantener vivo el fabuloso engaño.

Nunca llegaría don Hermógenes a semejante conclusión. En realidad, tampoco le importaba mucho llegar a ningún lado ni concluir nada. Ni lo más mínimo le importaba. Las órdenes hay que cumplirlas sin rechistar y a él le habían encomendado que diese escolta al coche que circulaba justo delante de ellos hasta Zaragoza. Eso era lo importante. Eso y nada más.

Por eso le costó reaccionar cuando, de forma incomprensible y repentina, el vehículo de Philby aceleró bruscamente, imposible seguirlo con sus traqueteantes camionetas-ambulancia, imposible seguir siquiera el chirrido de neumáticos, polvo y grava que les dejó como despedida postrera el rapidísimo Ford. Presa del nerviosismo, don Hermógenes Castán miró alternativamente al médico francés que conducía —el hombre se encogió de hombros, imposible forzar más el viejo motor—, a Maureen, la irlandesa pelirroja, y a Claire Deverèaux, que en esos momentos no es que no estuviese pendiente de lo que ocurría en la carretera, no; es que transitaba la muy feliz por el futuro que acababan de prometerse ella y Martín, y todo lo demás le importaba lo justo y necesario.

Le costó reaccionar a don Hermógenes. Y, sobre todo, le costó explicárselo.

Pero la explicación no era tan difícil. Siempre y cuando conocieras a Pavel Markoff.

Y a Kim Philby.

Miró su reloj. Llevaban quince minutos de trayecto. Más que suficiente, dedujo. Además, Philby no dejaba de removerse en su asiento y miraba demasiadas veces hacia atrás, esperando cualquier cosa en cualquier momento. La inquietud nunca es buena consejera, bien lo sabía Markoff. Y menos para los cobardes. Así pues, se liberó de su embozo, se incorporó y, con voz firme y clara, al tiempo que le ponía el cañón de su pequeña pistola en la nuca, conminó al inglés:

—Acelere en cuanto vea una recta y mantenga la velocidad hasta que los perdamos de vista, ¿me ha oído? Luego coja el primer desvío que encuentre. Y cuando yo le diga, apague el motor.

Eso hizo Philby. Eso y esperar el tiro de gracia, allí parados, en medio del silencio de un camino angosto que parecía llevar a un trigal ahora en barbecho, camuflado el coche tras unos cañaverales y una hilera de árboles.

Estuvieron así unos minutos, hasta que vieron pasar a lo lejos, por la carretera principal, las dos desvencijadas camionetas-ambulancia y el viejo coche del subdirector persiguiendo la nada. Markoff aguardó a que se perdieran en la lejanía antes de decir nada.

Pero los nervios de Philby no aguantaron más:

—Aunque me obliguen a ayudarle a huir, si participo en esta misión es por nuestra causa, señor Markoff. Única y exclusivamente por la causa. No lo olvide —tanteó la situación el británico.

—Me parece estupendo, señor Philby. Siempre por la causa. Sobre todo, por la suya —jugó con los posesivos el soviético.

—Los sarcasmos se los puedes ahorrar, Markoff —le espetó desabrido y rebajándole el tratamiento.

—No es un sarcasmo. En todo caso, me estoy divirtiendo un poco. Le confieso que no sé exactamente cuál es su grado de implicación en el NKDV, aunque si gozaba de la máxima confianza del general Orlov, sospecho que es muy alta —prosiguió

Markoff—. Siempre se ha rumoreado en Lubianka que teníamos infiltrados ingleses de muy alto nivel, bien relacionados. Pero nunca hubiera dicho que Kim Philby podía ser uno de ellos, francamente. Pero, mire, yo de usted no me preocuparía: entre los que Stalin ha purgado en Moscú y los que hemos desertado al enemigo, piense que ya no queda casi nadie que sepa que es usted uno de nuestros mejores agentes en Londres.

—¿Encima se burla? A partir de esta noche, qué más da quién pueda identificarme en Moscú o dejar de hacerlo. La partida ha terminado y usted gana. Punto y final. Lo único que le pido es que, al menos, tenga la delicadeza de dejarme bajar del coche antes de volarme la tapa de los sesos.

—¿Volarle la tapa de los sesos? —enarcó las cejas exageradamente Markoff para teatralizar su gesto de sorpresa, sin duda le divertía mucho la situación—. ¡Sería tan fácil! ¡Y tan dramático! ¿Verdad? —dijo, apretando dos veces el gatillo, que hizo «clic, clic».

A Philby, que se agarró con toda su fuerza al volante al escuchar el sonido metálico, se le erizó el vello de todo el cuerpo. Incluso creyó que se le soltó un poco el vientre.

—Absolutamente dramático. Sobre todo, para mí —tiró de flema el periodista cuando constató que el arma estaba descargada y que aún seguía vivo.

—Por eso no voy a matarle, señor Philby. Ni tampoco voy a denunciarlo en cuanto llegue a los Estados Unidos.

—¿A condición de...? —siguió el hilo el avezado espía británico.

—No sea malpensado, Philby. Digamos que espero que mis antiguos camaradas de Moscú lo interpreten como una prueba de buena voluntad. Estoy convencido de que, más tarde o más temprano, usted les hará falta. Usted y sus buenos contactos en el Foreign Office y en la Casa Real británica les serán de mucha utilidad. Se lo aseguro. Se avecinan tiempos convulsos; todos lo sabemos.

—¿De verdad cree que porque usted me deje marchar esta noche, ellos le dejarán marchar a usted el resto de su vida? ¿Qué se me escapa, Markoff? ¿Que en realidad es un tipo ingenuo y angelical? —afiló el tono el inglés.

—Si fuesen inteligentes, así lo harían. Pero en nuestro peculiar trabajo es mejor no confiar en nada ni en nadie, ¿no es así, Philby? —se preguntó retóricamente el soviético, y vio como el conductor cabeceaba, asintiendo—. Por eso, ya que no le voy a pegar un tiro aquí mismo, tengo que pedirle un favor. Un pequeño gran favor. O una condición, como usted la llama. Siempre hay condiciones en esta vida, ya sabe.

—Usted dirá. —Y tragó saliva el atildado periodista, sin importar que se le notase demasiado.

—Es una condición muy simple, muy fácil de cumplir, pero de ella depende mi silencio y su vida, no olvide usted eso ahora. Verá: hay una mujer en Bielorrusia, una buena mujer que ya es mayor para viajar a ningún lado y además no quiere hacerlo, una mujer que está enferma y solo desea morir en la tierra en la que murieron sus padres y uno de sus hijos, Oleg, mi querido hermano menor. Esa mujer se llama Olga Nadenkovna, ¿entendido?

—Perfectamente —afirmó Philby.

—Debe procurar usted por todos los medios que esa mujer muera de vieja, confortablemente en su cama. Y que, mientras le llega su hora, no le ocurra nada. Absolutamente nada.

—¿Me puede garantizar que Orlov tampoco hará ni dirá nada?

—Alexander Orlov no hará nada. Cuando yo le explique, no hará ni dirá nada. Se lo garantizo aquí mismo. El general aún sigue enamorado de mi madre. Y aún llora y le tiembla el corazón cuando se acuerda de Oleg, de su pequeño hijo que no llegó a ver crecer —concluyó Markoff, intentando que Philby no viese que tenía los ojos arrasados en lágrimas.

—Así que Orlov es su padre, camarada Pablo —asintió, un tanto sorprendido, Philby.

—Ojalá lo hubiera sido —se sinceró Markoff—. Oleg, mi hermanastro, sí era hijo de Orlov y de mi madre, pero cuando ellos se conocieron yo ya había nacido. Al morir el pequeño Oleg, el general me adoptó y me quiso como si fuese el hijo que le faltaba, el hijo que nunca ha tenido. Esa es la relación que me une al general Alexander Orlov, Philby. Ya lo sabe usted. Para que no haga caso de habladurías ni chismes de cuartel —finalizó Markoff ante el silencio del inglés—. Esa es mi relación con Orlov y ese es nuestro salvoconducto compartido.

—De acuerdo, Markoff. Así lo haremos. Le doy mi palabra —concedió Philby—. Pero, ¿y ahora? ¿Cómo lo haremos ahora? —preguntó aún con un punto de congoja en la voz.

—Ahora utilizaremos el método Henderson, no se preocupe —dijo Markoff, desenvuelto—. Como comprenderá, no le entregaré nada, ni siquiera los códigos o claves de las unidades republicanas que Líster y Modesto ya habrán modificado y cambiado de emplazamiento, sin duda alguna. Entienda usted que toda esa información podría hacerme falta en otro momento y en otro lugar —ironizó Markoff—. Así que, si no le importa, señor Philby, salgamos del coche —lo instó Markoff a resolver la situación.

—Por supuesto —accedió el inglés.

—Espero que no le duela demasiado, al fin y al cabo, yo no tengo tanta práctica como el teniente Mendoza —se disculpó por anticipado el soviético—. Luego, usted lo adorna como mejor le convenga cuando se lo cuente a Vigón, ¿le parece?

Fue lo último que escuchó Philby antes de sentir un tremendo golpe en la sien que lo dejó inconsciente durante al menos una hora, la que transcurrió hasta que los labriegos que se dirigían al campo de labranza por cuyo sendero se habían desviado lo encontraron, lo espabilaron con agua y lo condujeron al cuartel de la Guardia Civil de Caspe, desde donde Philby pudo telefonear al capitán Ferrer —que ya había llegado a Gandesa— para, entre balbuceos, dudas y lagunas, ir adelantándole los terribles imprevistos surgidos en la misión y que este informase convenientemente a su Estado Mayor.

Y que fuera él, el fiel y cumplidor capitán Eduardo Ferrer Llopis, quien sufriese y parase las primeras iras del general Vigón, se dijo Kim Philby tras colgar el auricular, mientras se aplicaba una cataplasma de hielo en el hematoma que le había dejado como recuerdo Markoff. De quien, por cierto, a partir de ese momento, nada más se volvió a saber.

Porque, en efecto, airada y muy violenta fue la reacción de Vigón al conocer el desenlace de los hechos; al constatar el estúpido rictus que se le queda a uno cuando se le amarga el dulce licor del éxito que ya paladeaba gustoso. El capitán Ferrer pudo dar fe de ello, ya se veía pegando tiros en primera línea del frente o degradado a cabo furriel. Pasó unas horas angustiosas, incomunicado y a la espera de cualquier contingencia, pero finalmente prevaleció el sentido común. Vigón no podía deshacerse de un oficial tan valioso como él, y menos en este crucial momento de la batalla y de la guerra. No llegó a tanto el castigo, pues, pero nadie lo iba a librar de una tarea hercúlea, asfixiante. No sería Vigón quien finalmente se encargase de borrar los comprometedores rastros y pruebas de las últimas horas, eso desde luego.

«Se trata de un trabajo muy engorroso», le advirtió Vigón con una indisimulable mueca de burla en el rostro; una pesadísima filigrana de bolillos que debería realizar cuando terminase convenientemente sus horas de servicio. Tendría Ferrer que revisar los mapas, las llamadas, los planos intercambiados, justificar la urgente modificación de claves y posiciones, o la falsificación de los partes de guerra del día... Tendría Ferrer que revisar y modificarlo todo.

—Siempre es bueno que ustedes los jóvenes mediten sobre las consecuencias de sus actos, ¿sabe, capitán? —le dijo a modo de despedida.

Y tiempo iba a tener el pobre capitán de hacerlo mientras llevaba a cabo su nueva misión.

Hasta el final de la guerra, por lo menos.

* * *

—¿Que el asunto es todavía más grave, dices, cabo? Como no sea que el presidente Negrín se ha rendido en la última media hora y nosotros no nos hayamos enterado, aquí metidos como andamos, en este puto agujero, pues no sé qué decirte —comentó Líster, socarrón, en cuanto vio que Henderson medio se espabilaba de nuevo.

Tenía los ojos entrecerrados, una venda de agua fría que le goteaba por la frente y en su cabeza aún resonaban briosos redobles de tambor, pero comprobó que ya no se encontraban en la boca de túnel protegida, objetivo evidente de algún caza tras la «ruptura de negociaciones». De hecho, en el intervalo de tiempo que Henderson estuvo inconsciente, el Estado Mayor del ejército del Ebro empezó a ser trasladado con urgencia hacia las posiciones más seguras de retaguardia. Por eso se encontraban en esos momentos en la cueva donde tenía sede la Segunda Sección, algunos de cuyos agentes de inteligencia lo flanqueaban. Henderson pidió agua, tenía la boca pastosa, pegajosa, carraspeó para aclararse la voz y, haciendo caso omiso al comentario de Líster, les dijo a los presentes:

—Tienen al topo en su madriguera —no se le ocurrió mejor metáfora que la utilizada por el soviético—. Déjenme los documentos que Markoff pretendía llevarse, por favor. La carpeta de piel marrón oscuro —pidió en concreto—. Tengo que enseñarles una cosa.

Los dos agentes de inteligencia miraron a Modesto y este asintió.

—Tenga. Hemos comprobado que no falta nada. Y que hay un sobre que antes no estaba, con nombres e historiales en clave —le informó el agente de mayor rango, un brigada bastante corpulento, de descuidado bigote, patillas espesas de bandolero y andar cansado.

—Déjemelo, por favor. No son nombres en clave. Son simples iniciales y las razones por las que esos espías dobles que trabajan para los Estados Unidos e Inglaterra fueron captados. Fue el primer documento que vi al abrir la carpeta —les mintió Henderson para ocultarles la verdad; esto es, que fue el propio Markoff quien se la entregó cuando le pidió que le acompañase en su fuga.

—¡Ajá! —asintió el brigada con una mirada de aprobación.

—Como les he contado, esa es una parte del trato que Markoff hizo con los americanos para garantizar su seguridad: denunciar a los agentes comunistas y nazis que operan en mi país e Inglaterra y, supongo, también proteger a los infiltrados de esos países en España o en Rusia —prosiguió Henderson construyendo la tramoya de su mentira, o de su media verdad; que de todo había en esa explicación.

—¿Y bien? —lo instó Modesto a ser más breve.

—Por circunstancias de mi vida anterior, he identificado a uno de esos agentes infiltrados.

—¡Ah, sí! ¿Y de qué agente hablamos y qué circunstancias son esas, cabo? —quiso saber Modesto, demasiadas dudas y reticencias le rondaban al teniente coronel.

Pero entonces Jeffrey Walter Henderson, nacido en Lowell, Massachusetts, muy cerca de Boston, que vino a España con veintiocho años recién cumplidos para combatir —«por la libertad y solo por la libertad», aunque esto último Markoff no pudiese entenderlo— en la ya disuelta Brigada Lincoln, le contestó:

—Circunstancias de la vida, de las mujeres, de la guerra y de la muerte, mi teniente coronel. Extrañas circunstancias que te arrastran desde México a Nueva York detrás de los pasos de tu gran amor, en concreto ese nombre que pone ahí: Mary Kay Jericoh, asesinada por el hombre por el cual ella me abandonó y me rompió el corazón y la vida entera. Ahí lo indica también. Mire: Alberto S., que se corresponde con Alberto Salinas, alias Silvestre Casares. El topo en su misma madriguera, ya se lo he dicho, mi teniente coronel.

Líster y Modesto se quedaron mirándose el uno al otro, los dos agentes de la Segunda Sección a la expectativa.

—Cabo, reúna un pelotón de hombres de confianza. Y que todos tengan buena puntería —sintetizó Modesto el negro porvenir que esperaba al traidor.

—No, mi teniente coronel —se negó Henderson por primera vez a cumplir una orden—. Tengo que pedirle un favor. Solo uno. Esto es un asunto personal. Muy personal, como han visto ustedes. Dejen que hagamos las cosas a mi manera. Déjenme —casi les suplicó.

—Cabo, como esto sea otra mentira os mato yo mismo a los dos con mis manos —lo amenazó Líster—. Tenlo muy clarito, ¡eh!

—Pierda cuidado, mi teniente coronel. Esto es una vieja cuenta que debo ajustar yo solo. De hombre a hombre. Haré lo que tenga que hacer y, cuando acabe, si usted sigue queriéndolo, pues me mata a mí como mejor le plazca —se despidió Henderson y salió de la cueva, dispuesto a encontrar cuanto antes al mexicano, pero sin saber muy bien dónde buscar a alguien tan esquivo como él.

Lo encontró en la parte trasera de los barracones de suboficiales. Esperó a que terminara de hablar con el fotógrafo húngaro, que solicitaba al comisario político algún vehículo hábil para regresar al frente, y lo asaltó sin darle posibilidad de reacción.

Silvestre Casares se supo al fin descubierto. Era este un momento que siempre había temido desde que comprobó que el anterior amante de Meredith se había alistado en las brigadas y combatía en la Lincoln. «¡Qué pendejo don Silverio!», masculló; qué enormes pendejos don Silverio Quesada y su propio padre, el gran patrón, que le pedían que espiase y controlara a sus compatriotas y a los gringos, y al tiempo le colocaban bien cerca el gringo más peligroso para él.

Henderson no le dijo nada. Bastaba con la mirada. Esa mirada.

Pistola en mano lo conminó a subir al automóvil que Casares acababa de negarle al fotógrafo húngaro y lo obligó a conducir hasta las inmediaciones del frente. Sin dirigirse la palabra más allá de alguna breve indicación sobre el camino a seguir, allí llegaron ya mediada la tarde. Henderson le indicó que descendiera del automóvil. Pronto anochecería, tampoco habrían de aguardar tanto tiempo.

Antes de que la oscuridad se apoderase por completo del mundo, Henderson miró al asesino de Meredith con toda la dureza y crueldad que su quebrada alma pudo atesorar y le dijo, señalándole con la mirada las cercanas líneas franquistas.

—Echa a andar.

—Pero... —balbuceó Casares—. Será mejor que acabemos con esto cuanto antes.

—Echa a andar y calla. Te voy a dar la oportunidad que tú no le diste a Meredith, maldito cobarde —le mintió Henderson, no en vano se encontraban en el punto intermedio más vigilado de las líneas franquistas, allá donde Mendoza le había indicado, justo antes de propinarle el culatazo, que se apostaban sus mejores tiradores.

Casares comenzó a adentrarse en zona enemiga. Un primer y titubeante paso. Luego otro, y otro más, ya semiagachado, casi en cuclillas era capaz de correr, agazapándose por momentos entre piedras y oquedades que dejaron los proyectiles de noches anteriores. Dilatando, en definitiva, el golpe mortal que esperaba en cualquier instante.

No tardó en llegar, en efecto.

Cuando el primer proyectil impactó en su hombro, destrozándoselo, preludio de los siete siguientes que acabarían con su vida de forma instantánea, Silvestre Casares constató que no iba a cumplir el único objetivo que se había marcado en esta guerra: sobrevivir al precio que fuese para hacerles pagar a tantos y tantos el hecho de haberlo obligado a venir. Pero antes de exhalar el último aliento, triturado por el fuego a discreción de los moros regulares de Melilla, también fue consciente de que, en realidad, se había autoimpuesto un objetivo falso e ilusorio, porque quien estaba muriéndose en esos momentos en medio de la más absoluta oscuridad y silencio era, en efecto, Silvestre Casares, sí; pero no era él.

Él se llamaba Alberto Salinas, y ese hombre llevaba ya mucho tiempo muerto. Mucho. Desde que una tarde, llevado por un ataque de celos e ira, apuñaló a Meredith Kay Jericoh, a la única mujer que de verdad amó en esta vida; la única mujer que ocupa su pensamiento en este justo instante en que una última bala disparada por un francotirador rifeño le atraviesa de parte a parte el pecho y él, extenuado por todo, cansado incluso de respirar, exhala su último aliento y deja de existir.

* * *

PRIMAVERA DE 1949. JARDINES DE LUXEMBURGO, PARÍS

EPÍLOGO

LO ESPERABA FUMANDO UN CIGARRILLO, DE PIE JUNTO AL estanque, entretenido en el tranquilo vaivén de las olas provocadas por los niños con sus barquitos de madera; de cara al antiguo palacio —ahora reutilizado como sede del Senado— que mandó construir María de Médici, la reina intrigante y calculadora. Mendoza lo vio desde lejos. Vestía un traje ancho de *sport* color crema tostada, camisa blanca sin corbata y zapatos de dos tonos, muy a la moda: *beige,* acharolados, con punteras y ribetes marrones para hacer juego con el conjunto de su indumentaria. Doblado sobre el brazo, un abrigo *camel* de buen paño. Diez años y dos guerras parecían haberlo respetado, no era mala la planta que presentaba. Mendoza bajó las escaleras que conducían al estanque y, conforme se fue acercando, el corazón comenzó a palpitarle con fuerza. «¡Ni que fuera al asalto de una posición enemiga!», se dijo. Diez años y una contienda mundial llevaban separados, teniendo apenas noticias el uno del otro de forma demasiado esporádica, y ahora, en los albores de esta primavera de 1949, iban a reencontrarse de nuevo. En París, por supuesto, la ciudad que ambos visitaban cada noche allá en los duros campos de batalla de España; esa ciudad cuyas calles conocía al dedillo el por entonces joven alférez Martín de Mendoza, a pesar de no haberlas pisado nunca.

Ahora acababa de obtener la plaza de agregado comercial en la embajada española en Bélgica. Desde que se lo comunicaron oficialmente intuyó que no tardaría mucho en reencontrarse con su amigo, pues lo último que pudo saber de él —corría diciembre de 1945 y Mendoza era en aquellos momentos secretario del embajador en Lisboa— fue que, tras combatir en la II Guerra Mundial en la Legión Extranjera Francesa, no tenía pensado regresar a su país, «donde definitivamente ya nadie lo estaría esperando, en el supuesto caso de que alguien sospechara que aún pudiese seguir vivo», le volvía a reiterar Henderson en un apresurado *telex*, sino quedarse a trabajar para algún medio anglosajón como corresponsal o periodista *freelance* en Europa. Aquí estaban quienes de verdad lo querían. Y quienes lo odiaban, también. Vivos o muertos. Así que aquí se quedaba él, el muy tozudo Jeffrey Walter Henderson. Con ellos. Con sus muertos y sus recuerdos.

Eso iba pensando Martín de Mendoza, a apenas unos pasos de su amigo estaba ya, y los ojos se le empañaron al recordar aquellas palabras, al constatar que eran el epitafio de los mejores años de sus vidas. Sin embargo, no era este un día para la tristeza y el horror. Además, una de las cosas que desde siempre más había apreciado Henderson de él era su sentido del humor, esa oportuna chispa que, mezclada con un cierto fatalismo andaluz, siempre le ayudaba a salir airoso y a endulzar cualquier tipo de situación. Tiró de recursos, pues, y, acercándose furtivo por su espalda, como si quisiera darle una sorpresa infantil, le dijo con toda la alegría de su alma:

—Sabía yo que te quedarías a vivir en París, ¡so golfo! Ya puestos, podíamos habernos visto en Pigalle y no en estos jardincitos tan bucólicos, ¿no?

Henderson se volvió hacia aquella voz amiga y sonrió. Los ojos se le humedecieron al tiempo que, sin decir nada, se fundía en un abrazo con Mendoza. Un largo rato estuvieron así, quizás compartiendo en ese abrazo eterno el pasado que no les fue dado vivir juntos.

Luego, tras los parabienes y chanzas de rigor sobre los escasos estragos que el tiempo había causado en el aspecto físico de cada uno —tampoco presentaba mal aspecto Mendoza, un apuesto diplomático que aún llamaba la atención de las damas en las cancillerías—, y mientras paseaban pausadamente por los cuidados Jardines de Luxemburgo, degustando cada segundo que transcurría en compañía del otro, Mendoza le fue contando que decidió no seguir la carrera militar —algo que no sorprendió en absoluto a su buen amigo—, sino retomar la diplomática, prudente y muy sabia elección que lo llevó a ocupar distintos empleos en las legaciones españolas en Portugal, Argentina y el Vaticano, lo cual le permitió, al menos, airearse de un ambiente de posguerra que empezaba a ser para él, le confesó, demasiado angustioso y opresivo. Y así, de un lado para otro, hasta hace unos días, cuando tomó posesión de su cargo en Bruselas, adonde debía regresar esa misma noche en tren. Allí, en la casa recién alquilada en la capital belga, estaba esperándolo Claire, embarazada del que sería segundo hijo de ambos y en cuyo nombre le insistió varias veces en que no debía pasar más de un mes sin que los visitara —el tiempo que ella necesitaba para poner a punto el nuevo hogar—; tantas eran las ganas que tenía de conocerlo.

Como era de esperar, la vida fue mucho más dura y cruel con el antiguo brigadista. Tras la caída de Cataluña y la derrota final, le iba contando a Mendoza, pasó a Francia otra vez...

—Pero olvídate de Pigalle, del champán y del «oh, la, la», ¿eh, *Martin*?; ¡que nos metieron en campos de concentración los hijos de puta! En campos de concentración donde nos moríamos como perros. De hambre, de sarna y de derrota.

Pero aún así se quedó en ese país que ya consideraba suyo. Se estableció en París, pero no le dio tiempo a reconstruir su vida, pues poco tiempo después los nazis reventaron la línea Maginot y se presentaron bajo el Arco del Triunfo con sus *panzers*, sus esvásticas y sus himnos imperiales. No le quedó otra que volver a coger las armas, cosa que hizo en la Legión Extranjera —en los primeros meses de la guerra—, y luego en la famosa división comandada por el general Leclerc: el norte de África, Italia, y luego la liberación de París.

—Parecía como si la ciudad me llamase una y otra vez, *Martin*. Así que aquí me quedé. Pero yo no me he casado. En realidad, en París no hace falta, ¿sabes?

—Lo dicho: ¡pero qué golfo eres! —exclamó falsamente escandalizado Mendoza—. Sospecho que me he equivocado de profesión: debería haber sido freelance. ¡Si te da para mantener un harén!

—Tampoco te pases, *Martin*. Aunque lo cierto es que no me puedo quejar de como me empieza a tratar la vida —reconoció Henderson.

—Ya te tocaba, ¡joder!

—Es verdad. Con lo que hemos vivido, tampoco es que yo le pida mucho: un poco de tranquilidad, saber que cada día va a ser muy parecido al anterior, una mujer a mi lado cuando a ella le apetezca. En fin...

—¿Y has pensado en volver a escribir, Jeff? Te lo digo porque ahora al menos tendrás tiempo para hacerlo. Tú eres escritor. Me lo dijiste el día que nos conocimos, ¿recuerdas?

—¡No me voy a acordar! —exclamó Henderson—. De hecho, todavía me tiembla la mano cada vez que me acuerdo, créeme.

—Y a mí las rodillas. Creí que me ibas a volar la tapa de los sesos.

—Yo me di por muerto varias veces por minuto. Cada vez que hacías una pausa, ¡*cabroun*!; con esa sangre fría que no sé de dónde sacas —rio de buena gana el americano, que no conseguía pulir según qué ángulos de su acento—. Y por lo demás, ya escribo. Crónicas, artículos, reportajes... Hasta me pagan por ello —zascandileó Henderson.

—¡Ah, claro! Y yo trabajo en una embajada y sé que muchas de esas crónicas se redactan a la medida de los gobiernos si quieres cobrar la factura. Me refiero a escribir de verdad. ¡Con todo lo que habrás pasado!

—Me daría vergüenza escribir sobre mí mismo. Y al resto del mundo le daría vergüenza leer las cosas que hemos sido capaces de hacer en los últimos años los seres humanos; créeme, *Martin*. O sea que pasaré a la historia como un escritor frustrado desde su juventud —bromeó Henderson, dejándose llevar por la conversación.

—¡¿Tú te acuerdas de un tal Markoff?! —le preguntó Martín, divertido.

—No, para nada. Lo he olvidado. Lo he borrado de mi mente —negó con teatralidad Henderson—. Tres meses de calabozo me costó el malnacido, ¡me cago en la leche que mamó!

—Pues para cómo se pusieron las cosas después, lo mismo te salvó la vida sin saberlo.

—No te lo voy a discutir, aunque en el penal militar uno se moría tres veces todos los días, ¿sabes?: en el desayuno, en el almuerzo y en la cena. ¿Tú te acuerdas cómo estábamos en el Ebro? —le preguntó Henderson, chupándose los carrillos hacia adentro hasta hacerlos desaparecer y encogiendo la barriga.

—Puro hueso —contestó Mendoza.

—Pues ocho kilos perdí en esos tres meses, así que imagínate el panorama.

—Bueno, pues no escribas sobre Markoff —lo devolvió al presente Mendoza, que afinó sus dotes de persuasión y no cejó en el empeño—. Pero no habrás olvidado la extraña historia de dos amigos que lucharon juntos, aunque en el bando equivocado, en la batalla del Ebro. Eso sí lo puedes escribir. Es una historia buenísima. ¿Recuerdas cómo empezó todo aquello, Jeff; aquella absurda grabación de los marcianos que casi nos cuesta el pellejo? Tú y yo estábamos intercambiando tabaco. Nos dimos la contraseña y nos disparamos. «Bueno, para ti la perra gorda esta vez. Has ganado el Ebro tú solo con esa bala», te dije —rememoró Mendoza.

—Hijoputa —cortó secamente Henderson la disquisición de su amigo.

Éste se quedó callado, midiéndolo con la vista terciada.

—¿Perdón? —descolocado por un momento Mendoza.

—Que me dijiste: «con esa bala has ganado el Ebro tú solito, hijoputa» —dijo riéndose el americano—. La cosa ya empezó mal, ahora que lo pienso. Muy mal.

—¡Joder, porque casi me vuelas la cabeza sin querer! Digo yo que fue sin querer, ¿no, *guachinnay?* —a punto de carcajearse también Mendoza—. ¡Fíjate, Jeffrey, si hasta nos ha salido el primer diálogo de tu libro!

—La verdad es que no está mal —concedió Henderson—. Tendré que valorarlo seriamente.

—¡¿Cómo que no está mal?! Está cojonudamente bien. Lo que pasa es que te cuesta reconocerlo porque se te ha pegado lo peor de los españoles, Jeffrey, pero tú con nuestra historia harías un libro que ni el Hemingway ese, ¡tanta fama como tiene!

—¡Hemingway! Eso es picar muy alto, *Martin,* pero bueno, por intentarlo que no quede —cedió Henderson a algo que, en realidad, venía rondándole por la cabeza desde hacía unos años—. Prometo ponerme a ello, mi teniente.

—¡Eso es lo que yo quería escuchar, cabo! —exclamó Mendoza mientras, con la calma que da saber que la vida va a transcurrir a partir de esos momentos por unos cauces relativamente normales, dos amigos seguían paseando por un parque de París, intercambiando confidencias y complicidades; de modo que, en ese apresurado cambalache de recuerdos, casi resultó inevitable que Martín lo sacara a colación, estaba seguro de que ese único halo de tristeza que velaba la voz y la mirada de su amigo obedecía a ello:

—No has vuelto a casarte porque sigues enamorado de su recuerdo, ¿verdad?

—Así es —suspiró Henderson al verse inmerso en ese bucle del tiempo. De repente lo inundó una súbita melancolía, pero al mismo tiempo se sintió extrañamente bien. Le gustó comprobar al antiguo brigadista que, al fin y al cabo, después de cuanto había ocurrido en Europa y en el mundo, la vida se empeñaba en seguir igual.

—O sea que... ni un minuto —se solidarizó Martín.

—Ni un minuto, *Martin.* Ya te lo dije en el Ebro. No lo puedo evitar.

—Me acuerdo. Si ni siquiera en el infierno de dos guerras seguidas la has olvidado, entonces tal vez hayamos encontrado la definición perfecta de la palabra amor.

—Oye, puede que yo llegue a ser un gran escritor, pero tú eres un magnífico poeta —bromeó Henderson.

—Jeff, Jeff —le reconvino Martín con una sonrisa cómplice.

—Bueno, no sé si eso será el amor perfecto o si esa es la única forma en que yo puedo amar a alguien, *Martin* —dijo Henderson con amargura—. O quizás sea todo mucho más simple y, en el fondo, de lo que hablamos es de cómo funcionan las cosas en esta maldita vida. Te lo expliqué una vez, ¿te acuerdas?; el día que decidí no matarte: es lo que ocurre cuando a uno le rompen el corazón. Cuando se lo rompen del todo, quiero decir, sin posibilidad de arreglo.

—Me lo explicaste, Jeff; lo recuerdo perfectamente. Y no me dejes de reconocer que esa también sería una bonita historia para escribir.

Y, aunque por la expresión que dejó traslucir, a Henderson pareció agradarle sobremanera este segundo argumento para lo que ya empezaba a ser una sólida carrera literaria, lo cierto es que ambos amigos estaban ya demasiado lejos para que fuese posible escuchar su respuesta con total nitidez.

Hacía un buen rato que habían salido de los jardines de Luxemburgo. Enfilaron por el bulevar de Saint Germain-des-Prés, demorando sus pasos cuanto hiciera falta. Caminaron luego por la otra vez efervescente, multitudinaria y bohemia Rive Gauche, ya sin gallardetes ni esvásticas en sus edificios, sin prisas y sin rumbo.

Sin pretenderlo, llegaron a un lugar, alegre y bullicioso, llamado el Joyeux Galopin, que les pareció perfecto para un rápido aperitivo antes de proseguir...

Un ligero almuerzo en uno de los muchos bistrós que Henderson conocía en los alrededores de la recién clausurada estación ferroviaria de Orsay...

Un café en el Barrio Latino,
dejando fluir la vida
dejando fluir París.

F I N